Nuova Narrativa Newton
1046

Della stessa autrice:

Il prossimo delitto

Copertina © Sebastiano Barcaroli

Titolo originale: *The Craftsman*

First published in Great Britain in 2018 by Trapeze

Prima edizione: ottobre 2019

ISBN 978-88-227-3588-1

www.newtoncompton.com

Realizzazione a cura di il Paragrafo, Udine
Stampato nell'ottobre 2019 da Puntoweb s.r.l., Ariccia (Roma)

Sharon Bolton

L'uomo di carta

Newton Compton editori

Per Carrie

Caro lettore,

un giorno di primavera del 1612 Richard Baldwin, proprietario di un mulino nella foresta di Pendle, nel Lancashire, cacciò dalle sue terre due donne locali accusandole di essere "streghe e prostitute" e minacciando di "bruciarne una e impiccare l'altra". Si mise così in moto una catena di eventi che portarono all'incarcerazione, al processo e all'impiccagione di nove donne accusate di omicidi perpetrati attraverso le arti della stregoneria: l'infame processo delle streghe di Pendle.

La leggenda vuole che le bambine nate all'ombra della collina di Pendle siano battezzate due volte. La prima in chiesa, come di consueto. E poi, di nuovo, in uno stagno oscuro, dove sono votate al servizio di un altro Signore. Queste ragazze trascorrono la vita scendendo a patti con questa insolita eredità, perché essere una donna di Pendle è sia una benedizione sia una condanna.

A quanto ne so, sono stata battezzata soltanto una volta, ma sono una donna di Pendle. Le donne impiccate per stregoneria nel 1612 potevano essere le mie trisavole o le mie nonne ancestrali. E fin da piccola sono stata consapevole che, se fossi vissuta in quei tempi di misoginia e superstizioni, anch'io sarei stata accusata di stregoneria.

Poiché sono sempre stata diversa – la ragazza un po' strana, seduta in fondo alla classe, che non si faceva trasportare dal vento e non seguiva le strade battute –, mi ha sempre interessato sapere cosa fa di certe donne delle streghe.

Il Nord dell'Inghilterra, la mia terra natale, è un luogo cupo. È lì che per centinaia d'anni si sono rifugiati i dissidenti e i fuorilegge che si sono dati alla macchia. Poco prima che nascessi Ian Brady e Myra Hindley minacciavano i bambini del Nord. Da giovane, la mia libertà era severamente limitata dallo Squartatore dello Yorkshire. Mary Ann Cotton, Harold Shipman, Peter Dinsdale, Donald Neilson erano tutti serial killer del Nord. Spesso mi chiedono perché scrivo questo genere di libri. Forse la spiegazione sta proprio qui.

Ma c'è un libro che ho sempre voluto scrivere. Un libro su di me e le donne come me. Donne del Nord che spiccano sulle altre e che vengono punite dalla gente perché osano essere diverse. Ho sempre voluto scrivere un libro sulle streghe. Nella fattispecie, su come le donne diventano streghe. Sono loro stesse a fare quella scelta o qualcun altro la fa per loro? Ero solita optare per la seconda spiegazione, ovvero che è la società a creare le streghe. Adesso però, dopo anni di ricerche, non ne sono così sicura. Non respingo più l'idea della stregoneria. Penso che in tutti noi ci siano grandi poteri, e alcuni hanno imparato a usarli.

L'uomo di carta *è la storia delle donne e delle streghe. Dei bambini che amiamo e dobbiamo proteggere. E degli uomini che ci temono.*

Spero che vi piaccia.

Sharon Bolton

PRIMA PARTE

«Sono sazio di orrori».
William Shakespeare, *Macbeth*

1

Martedì 10 agosto 1999

Nel giorno più caldo dell'anno Larry Glassbrook è tornato per l'ultima volta nel suo nativo Lancashire e gli abitanti sono venuti a dirgli addio. Non in modo amichevole, tuttavia.

Forse è soltanto la mia immaginazione, ma durante il breve e freddo servizio funebre la folla davanti alla chiesa sembra essersi ingrossata, molti si sono aggiunti a quelli che erano arrivati prima per assicurarsi un buon posto, come si fa di solito per una grande parata.

Ovunque volgo lo sguardo ci sono persone in piedi tra le lapidi, a ridosso del muro perimetrale e allineate lungo i sentieri come una spettrale guardia d'onore. Mentre seguiamo la bara sotto un sole che potrebbe cauterizzare le ferite, ci osservano senza muoversi né parlare.

I giornalisti sono presenti in massa, nonostante la data sia stata tenuta segreta il più a lungo possibile. Alcuni poliziotti in uniforme li tengono a distanza, impedendo loro l'accesso ai sentieri e al portico, ma i fotografi si sono attrezzati con scalette e potenti lenti telescopiche. I soffici microfoni tondi dei cronisti televisivi sembrano abbastanza potenti da cogliere lo zampettio di un topo nella chiesa.

Tengo lo sguardo abbassato e spingo un po' più su sul naso gli occhiali da sole, nonostante sappia che il mio aspetto ora è molto diverso. Trent'anni sono tanti.

Pochi metri davanti a me il sudore cola lungo il collo dei portatori della bara, che si lasciano alle spalle una scia di dopobarba, sudore infuso di birra e vestiti che non vengono lavati abbastanza spesso.

Rispetto ai tempi di Larry, gli standard sono precipitati. Il personale delle onoranze funebri Glassbrook & Greenwood indossava completi neri come il carbone appena estratto. Avevano scarpe e capelli scintillanti, si radevano così spesso da strapparsi lembi di pelle e portavano le bare con deferenza, perché erano autentiche opere d'arte. Lui non avrebbe mai permesso lo scadente laminato che vedo davanti a me.

Sapere che il suo funerale era al di sotto degli standard che gli stavano tanto a cuore sarebbe stata per Larry una cocente delusione. D'altro canto, avrebbe potuto ridere, forte e sguaiatamente, come a volte faceva quando meno te l'aspettavi e più ti dava sui nervi. E poi avrebbe potuto passarsi le dita tra i capelli neri, strizzarti allusivamente l'occhio e rimettersi a ballare sulle note della canzone di Elvis Presley che sembrava riecheggiare in continuazione nel suo laboratorio.

Dopo tutto questo tempo, il solo pensiero della musica di Elvis Presley mi accelera il battito cardiaco.

La bara scadente e i suoi portatori svoltano come un gigantesco insetto e lasciano il sentiero. Mentre ci dirigiamo a sud verso la tomba di famiglia dei Glassbrook, il sole sulle nostre facce è intenso e spietato come le luci della ribalta di uno scalcagnato music-hall. Nel Lancashire, quassù nelle brughiere, le giornate calde sono rare, ma oggi sembra che il sole abbia deciso di dare a Larry un assaggio delle temperature che lo aspettano nel suo prossimo luogo di confino.

Mi chiedo cosa ci sarà scritto sulla sua pietra tombale: *Marito amorevole, padre devoto, spietato assassino.*

Mentre scorrono i suoi ultimi minuti sulla terra, la folla sembra spingersi in avanti e ritrarsi simultaneamente, come una marea confusa che non ricorda se deve scendere o salire.

Poi, con la coda dell'occhio, mezzo nascosti dalla montatura degli occhiali da sole, vedo gli adolescenti. Un ragazzo e due ragazze, piccoli, magrolini, in abiti di poliestere dai colori sgargianti. Gli sguardi degli adulti vagano per il cimitero, fissando con risentimento le persone in lutto, con nervosismo la polizia e con curiosità i media. Gli adolescenti guardano soltanto la donna che cammina dietro il prete e davanti a me.

È bella in un modo che nessuno avrebbe immaginato quando aveva quindici anni. I suoi capelli sono biondo miele e il corpo si è arrotondato. Non sembra più un burattino di carnevale, con la testa troppo grande rispetto al corpo. Gli occhi, che un tempo ti fissavano come quelli di un galagone in un programma televisivo sulla natura selvaggia, adesso non sembrano più troppo grandi. E il vestito nero che indossa ha la freschezza e la brillantezza di un nuovo acquisto.

Un sussurro soffocato suggerisce che tutti la stanno seguendo con lo sguardo. Quando la donna con il vestito nero gira la testa, non riesco a impedirmi di fare altrettanto e scopro che i tre adolescenti si stanno avvicinando.

Quando li vedo, la ferita alla mano sinistra comincia a farmi male. La infilo sotto l'ascella destra, strofinandola con il braccio per lenire il dolore. Ne traggo un leggero giovamento, ma sento il sudore colare tra le scapole. Il prete sembra teso come me. Con il fazzoletto si asciuga la fronte sudata e inizia l'orazione funebre con l'aria di un uomo che sa che la fine è vicina. Al momento stabilito, i portatori allentano la tensione delle corde e la bara scende nella fossa, scomparendo alla vista.

È in quel momento che vedo il mio pensiero riflesso negli occhi delle persone che mi circondano e un mormorio si leva dalla folla.

«È più di quanto ti meriti, bastardo», dice una voce dal fondo.

È esattamente quello che Larry faceva alle sue giovani vittime. Le sotterrava. Ma quando lo faceva, non erano morte.

Uno degli adolescenti, il più giovane, si è allontanato dai compagni e, mezzo nascosto dietro una pietra tombale, sbircia timidamente nella mia direzione. Mi torna in mente che si chiama Stephen. Quel ragazzino pelle e ossa con la maglietta blu è Stephen.

Un portatore sudaticcio mi offre della terra perché possa lanciarne una manciata nella fossa. Non ci sono fiori sul coperchio della bara e non ce n'erano nemmeno in chiesa. Non ricordo di avere mai assistito a un funerale senza fiori, e all'improvviso ho una visione delle donne della parrocchia che ieri notte sono entrate solennemente e silenziosamente nella chiesa per rimuoverli, perché questa non è un'occasione da celebrare con i fiori.

Vicino al muro della chiesa, a malapena visibile tra la folla, c'è l'uomo che un tempo era il sacrestano. Indossa un abito nero, non solleva lo sguardo e non penso che il mio vecchio amico mi abbia vista.

Lascio cadere la terra, consapevole che, dietro di me, la stanno offrendo ad altri partecipanti alle esequie, che scuotono educatamente la testa. Accettandola, ho fatto quindi la cosa sbagliata. Che ancora una volta mi ha distinto dagli altri.

Le preghiere giungono alla fine. «Non giudicate e non sarete giudicati», butta lì il prete, animato da un improvviso coraggio. Poi fa un inchino, senza rivolgersi a nessuno in particolare, e si allontana.

Anche i portatori se ne vanno. Indietreggio e vedo la donna con i capelli biondo miele sola davanti alla tomba.

Ma non lo rimane a lungo. Lentamente, la gente avanza verso di lei. Anche gli adolescenti si avvicinano, nonostante siano più difficili da distinguere nella luce accecante del sole.

La piccola folla si ferma. La donna in nero li fissa, ma nessuno di loro incrocia il suo sguardo. Poi una donna sulla sessantina si stacca dal gruppo e avanza finché i suoi sandali polverosi non si posano sul bordo della tomba. Conosco quella donna. Anni fa, quando la miseria e la rabbia avevano avuto la meglio sui suoi istinti migliori, mi aveva aggredita. Ricordo il suo grasso dito puntato contro la mia faccia, l'odore acre del suo fiato mentre, china su di me, mi investiva di minacce e accuse. Il suo nome è Duxbury; è la madre della prima vittima di Larry, Susan.

In piedi sul bordo della tomba, la donna trattiene il respiro, si sporge in avanti e sputa. Forse è la prima volta nella sua vita che fa un gesto simile. Dalla bocca continua a penderle per un po' un filo di saliva. E quando atterra sul legno della bara, non sento alcun rumore. Quello che si avvicina dopo ha più esperienza. È un uomo calvo e corpulento dal collo taurino, probabilmente più giovane di quanto suggeriscono le pieghe della sua pelle. Scaracchia e un grumo di catarro, denso come pittura rappresa, si spiaccica sul coperchio della bara. Uno dopo l'altro, anche gli altri fanno lo stesso, finché la bara non è coperta di fiori di sputo.

L'ultimo ad avvicinarsi alla tomba è un uomo anziano, magro, con la pelle scura e gli occhi come pietre. Si guarda attorno.

«Nulla di personale, ragazza», dice alla donna in nero, mentre io cerco di immaginare qualcosa di più personale che sputare su una tomba. «Non abbiamo mai incolpato te», aggiunge allontanandosi sulle gambe artritiche.

Per un minuto, o forse più, la donna in nero rimane immobile, fissando qualcosa davanti a sé. Poi, senza voltarsi indietro, attraversa l'erba dirigendosi verso il sentiero, forse per sottrarsi all'orda dei reporter e dei fotografi. Durante il servizio funebre si sono tenuti a distanza, ma non sono venuti qui per nulla e non se ne andranno senza qualcosa.

Mentre li seguo, un rumore attira la mia attenzione e mi fermo. Dietro di me, accanto alla tomba, gli adolescenti stanno cercando di imitare gli adulti e sputano sulla bara di Larry. Immagino abbiano più ragioni che la maggior parte degli altri, ma il loro gesto sembra debole, non degno di loro. Penso che dovrei parlargli, dirgli che è ora di andarsene, ma quando mi volto sono scomparsi. Quei tre ragazzi non vedono la luce del sole da trent'anni, ma sono certa che anche la donna in nero ha visto i loro fantasmi.

2

Non ho modo di sapere cosa abbia subìto Patricia Wood nelle ore successive alla sua scomparsa. E immagino che debba considerarla una benedizione.

Quando la trovammo, tutti dissero che era troppo terribile persino da immaginare e che non ci si doveva soffermare su cose simili.

L'immaginazione è uno strumento prezioso, vitale per un detective degno del suo nome, ma è anche una pesante croce da portare.

E così immagino che Patsy abbia riacquistato lentamente coscienza, e che il suo primo pensiero lucido sia stato che non riusciva a respirare. Il tessuto che le copriva la faccia era satin, un velo sottile, ma nell'aria viziata di uno spazio chiuso dev'essere stato soffocante.

Doveva avere in bocca un sapore amaro, visto che non beveva da parecchie ore. Ma in quei primi minuti, quando ancora non sapeva dov'era o come ci era arrivata, la cosa peggiore dev'essere stata il disorientamento. Gli unici ricordi che riusciva a ripescare erano immagini casuali e frammenti di dialoghi. Forse ha provato ad aprire gli occhi, per poi chiuderli e aprirli di nuovo, ma non faceva alcuna differenza.

Penso che a questo punto abbia cercato di muoversi, di mettersi a sedere. È in quel momento che si è sentita invadere dal panico, quando si è resa conto che non riusciva a muoversi.

Ma, naturalmente, la sua situazione era ben peggiore. Patsy era sepolta viva.

3

Un paio di reporter mi seguono con lo sguardo mentre mi allontano, strizzando gli occhi per frugare nei ricordi. Ho fatto bene a non indossare l'uniforme. Non ci metteranno molto a riconoscermi, ma non gliene lascio il tempo. Varco il cancello e salgo verso la mia auto. Sono comunque più interessati alla donna in nero con i capelli biondo miele. I poliziotti devono scortarla attraverso la folla e la vedo salire su un'auto che la sta aspettando. Mi lancia un'occhiata dal sedile del passeggero. In chiesa non sembrava nemmeno essersi resa conto della mia presenza. Avevo pensato che si fosse dimenticata di me, che per lei fossi solo uno dei tanti curiosi; ma adesso quello sguardo attraverso il finestrino oscurato mi fa capire che si ricorda perfettamente chi sono.

Quando mi trasferii a Sabden, decisi di alloggiare dai Glassbrook anziché in una delle altre pensioni perché mi sentivo affine all'eccentricità di quella famiglia. In qualche modo, erano diversi dalla maggior parte delle persone che avevo conosciuto in città. Li immaginavo come colorati uccelli esotici circondati da uno stormo di piccoli e rumorosi passeri impolverati. Dopo appena un paio di settimane nel Lancashire mi ero già resa conto di quanto dovevo apparire diversa alla gente del posto. Immagino che stessi cercando qualcuno che mi assomigliasse. Non è stato il mio unico errore in questa città.

I Glassbrook abitavano nella periferia di Sabden, in una grande villa. L'ampio vialetto di ghiaia è ora invaso dalle erbacce e i semi di dente di leone mi volteggiano intorno come un esercito aviotrasportato. Il basso muro di pietra che cinge il giardino rialzato è coperto di muschio e l'erba tra gli alberi da frutto non è stata tagliata da mesi, o forse anni. È diventato un piccolo prato. I grappoli bianchi dei fiori di cerfoglio raggiungono quasi i rami più bassi degli alberi da frutto non potati, sui quali le prugne, già marce, sono circondate da nugoli di vespe. Sugli alberi ci sono centinaia di mele, ma i frutti sono minuscoli e bacati. Una poltiglia ai piedi di ogni albero indica che per anni i frutti non sono stati raccolti e sono marciti al suolo.

Svolto all'unica curva del vialetto e vedo la casa. Un edificio in pietra, costruito per un dirigente d'industria o un mercante di lana all'inizio del XX secolo. La vernice della porta d'ingresso si è scrostata e la grande finestra a bovindo è sporca e con il vetro scheggiato. Quella stanza era il mio salotto, dove trascorrevo le serate quando non riuscivo più a restare al lavoro e mi sentivo troppo sola nella mia camera.

Gli altri due inquilini erano uomini. Un agente di polizia di nome Randall (Randy per i conoscenti) Butterworth, e un placido quarantenne, Ron Pickles, che lavorava con Harry alle pompe funebri. A volte scambiavamo qualche parola, occasionalmente giocavamo a carte, ma in genere fissavamo lo schermo granuloso di un televisore in bianco e nero da dodici pollici. Si sussurrava che la famiglia nell'appartamento più grande, quello affacciato sul giardino sul retro, avesse un televisore a colori, ma era soltanto una voce.

Il piccolo televisore è ancora lì. E anche le poltrone foderate in PVC, appiccicose d'estate e fredde d'inverno. Tranne le lampadine rotte sul tappeto e le macchie di umido sulle pareti, il salotto è esattamente come lo ricordavo.

Seguo il vialetto sul retro senza staccare gli occhi dalle finestre. Le tende del salotto di famiglia sono chiuse, ma non ricordo comunque quella stanza. Non mi invitavano mai. La porta sul retro è aperta.

Mi affaccio e sbircio nella stanza che chiamavano il retrocucina. È piccola, con un enorme lavello di pietra e piani di lavoro di legno. Sugli scaffali alle pareti sono allineate polverose stoviglie, anonimi bicchieri e grandi pentole di rame. Mia madre l'avrebbe chiamata la dispensa del maggiordomo, ma nel 1969 la parola "maggiordomo" non faceva parte del lessico degli abitanti di Sabden.

«Salve!», dico.

Nessuno risponde. Mentre entro, una dolorosa fitta mi sale dalla mano sinistra al gomito. La porta di fronte a me dà sulla grande cucina dove Sally preparava i pasti per la sua famiglia e per gli ospiti. Le sue lozioni e pozioni, come le chiamava Larry, erano preparate in questa stanza e immagazzinate in un armadio sul retro. La cucina a gas che usava nel 1969 per far bollire erbe e radici è ancora lì.

Sento un ronzio alle mie spalle e mi accorgo che le api sono riuscite a entrare ma non riescono a uscire. Oltre una dozzina di minuscoli corpi gialli e neri si affollano alla finestra. Sally aveva quattro alveari in fondo al giardino, e nella primavera e all'inizio dell'estate in cui vissi qui, usciva spesso a nutrirle o curarle indossando un velo bianco e un paio di spessi guanti. Nelle calde giornate estive si sedeva e seguiva le prevedibili traiettorie delle api operaie che uscivano dagli alveari per raccogliere il polline.

Aveva la curiosa e affascinante abitudine di informare le api su tutte le novità di famiglia. Quando Cassie, la sua figlia maggiore, vinse un concorso musicale, uscì subito a dirlo alle api. E quest'ultime furono informate della morte della zia di Larry prima di ogni altro membro della famiglia. Se le api fossero state tenute all'oscuro, mi disse Sally, sulla casa si sarebbe abbattuta la sventura.

«Posso aiutarla?», mi chiede una donna il cui tono suggerisce che aiutarmi è l'ultima cosa che vorrebbe fare. Mi giro e vedo una corpulenta settantenne dai capelli grigi in piedi davanti alla porta. Frugo nella borsa e pesco il tesserino di riconoscimento della polizia di Londra. Qui nel Lancashire non ho alcuna autorità, ma dubito che lei lo sappia.

«Sono il vicecommissario Florence Lovelady», dico. «Sto cercando la famiglia».

«È da anni che non vivono qui», risponde la donna con l'abituale tono di trionfo con cui si comunica una brutta notizia.

So chi è questa donna. Sally aveva un'"aiutante domestica" che veniva ogni giorno a darle una mano in cucina e nelle pulizie. Questa donna mi ha servito la colazione e la cena sei giorni alla settimana per cinque mesi e ogni due settimane mi portava un cambio di lenzuola di nylon per il letto. Non bussava mai prima di entrare, annunciava soltanto: «Lenzuola», e poi le buttava sul letto. Dovevo sempre rifarlo da sola, ma sono quasi certa che agli ospiti maschi della pensione lo rifacesse lei. Era il tipo di donna che si faceva in quattro con gli uomini, ma considerava indegno fare lo stesso con una donna, soprattutto se era più giovane di lei. Alla fine degli anni Sessanta le peggiori discriminazioni sessuali che ho dovuto subire provenivano sempre da altre donne.

Lascio vagare lo sguardo sulle superfici polverose cosparse di insetti morti. «Mi sorprende che non l'abbiano venduta», dico.

«Le ragazze avrebbero voluto, ma Sally si è opposta».

«Tu sei Mary, giusto? Nel 1969 ho abitato in questa casa». Non aggiungo: «All'epoca dei fatti». Non mi sembra necessario.

Lei mi guarda strizzando gli occhi.

«La famiglia mi chiamava Flossie», dico con riluttanza. «Allora i miei capelli erano diversi. Di un rosso molto più acceso».

«Arancione», dice lei. «Il colore delle carote».

«Come stai, Mary?», le chiedo.

«Eri coperta di lentiggini». Fa un passo avanti, come per controllare se ci sono ancora. Ci sono, anche se con gli anni si sono sbiadite. «Arrossivi sempre, quando qualcuno ti metteva in imbarazzo».

«Sai dov'è Sally?», le chiedo. «È ancora viva?»

«È alla casa di riposo Northdean, a Barley», risponde lei. «Ma non ti parlerà».

Ho ancora in mano il tesserino. «Ti dispiace se mi guardo un po' intorno?», le chiedo.

«Fa' pure», risponde. «Vado a prendere le patate e poi chiudo».

Mi lascia da sola e si dirige verso l'orto. Mi inoltro nella casa, ma non apro la porta del salotto di famiglia – le vecchie abitudini sono difficili da sconfiggere –, e quello degli ospiti non mi interessa. Avanzo invece lungo il corridoio dall'alto soffitto che dà sulla collina.

La porta è bloccata e per un istante sono tentata di leggerlo come un segno che non c'è nulla da guadagnare nel rivangare vecchi ricordi. Ma la mia testardaggine vince sempre ogni obiezione e spingo forte la porta.

Il copriletto all'uncinetto lilla e azzurro che odiavo tanto è ancora lì, ma il colore è sbiadito dopo essere rimasto esposto per anni alla luce del sole. Il piccolo letto sotto la finestra è stato rifatto e non mi sorprenderei se quelle lenzuola fossero le stesse in cui ho dormito tanti anni fa. Se utilizzassimo le tecniche forensi che negli anni Sessanta non erano ancora state inventate, si potrebbe trovare una traccia di me. Dopo tutto, chi altri avrebbe voluto alloggiare qui dopo quello che era successo? La porta dello stretto guardaroba è aperta. Uno dei cassetti del comò accanto al letto non è del tutto chiuso e all'interno vedo una spazzola per capelli di plastica che poteva essere stata mia. È come se nessuno avesse messo piede in questa stanza dopo che me ne andai precipitosamente. Dopo l'arresto di Larry Glassbrook, a Randy e a me non permisero di entrarci. Le nostre cose furono raccolte dalla polizia e io trascorsi il resto del mio tempo nel Lancashire in un ostello dall'altra parte della città.

I tre manifesti della polizia che avevo appeso alla parete sono ancora lì.

"Scomparso", c'è scritto sul primo. "Avete visto Stephen Shorrock?". "Scomparsa", dice il secondo. "Avete visto Susan Duxbury?". "Scomparsa", c'è scritto ancora sul terzo. "Aiutateci a trovare Patsy". Li avevo attaccati con il nastro adesivo sulla parete davanti al letto, nonostante le proteste di Mary, che diceva che erano macabri e che avrebbero rovinato la carta da parati. Erano la prima cosa che vedevo ogni mattina e l'ultima prima di addormentarmi. Avvicinandomi alla casa, ho evitato di guardare il laboratorio di Larry, una bassa costruzione di mattoni vicino alla porta posteriore, ma ora non posso evitare di farlo. Allungo un braccio e mi appoggio al muro per non perdere l'equilibrio, poi respiro a fondo, nonostante l'aria sia calda e viziata.

Il laboratorio è dove Larry trascorreva la maggior parte del tempo, dove metteva su la sua musica – no, non voglio risentire quelle canzoni nella mia testa – e dove fabbricava le bare e le casse per i morti di Sabden.

E anche per alcuni sventurati ancora in vita.

4

Le parole "bara" e "cassa" sono spesso usate intercambiabilmente. Una bara è un contenitore con sei o otto lati che segue i contorni del corpo: più stretta all'altezza della testa, si allarga in corrispondenza delle spalle per poi restringersi di nuovo verso i piedi. Pensate a Dracula che esce dalla bara. Una cassa è più grande, rettangolare, solitamente con un grande coperchio bombato.

Larry Glassbrook ne fabbricava di entrambi i tipi, ma la sua passione erano le casse di legno duro. Nel 1969 soggiornai per cinque mesi presso la famiglia, e una volta – forse perché era annoiato – mi invitò nel suo laboratorio. Quando lavorava metteva sempre della musica – Elvis Presley era il più gettonato – e di tanto in tanto si fermava per stiracchiarsi o tirarsi indietro i capelli neri. Larry era un uomo di bell'aspetto che andava fiero della sua somiglianza con il King of Rock. Le compagnie femminili non gli mancavano, ma, a essere sincera, io lo trovavo un po' inquietante. Le sue capacità professionali erano tuttavia indiscutibili.

Iniziava con il coperchio, incollando e pressando con una morsa lunghi listelli di quercia. Usava anche delle graffe per fissarli meglio. La cassa era costruita secondo la stessa procedura, incollata, pressata e resa più solida dalle graffe. Larry si vantava che le sue casse potevano ospitare uomini di centoquaranta chili e anche più. Il coperchio era fissato alla cassa con quattro cerniere metalliche e sedici viti.

Nessuno poteva uscire da una cassa di Larry Glassbrook dopo essere stato chiuso dentro. In verità, erano pochi quelli che avevano provato a farlo.

In quegli anni le bare e le casse non erano sigillate ermeticamente. Se lo fossero state, Patsy Wood sarebbe potuta morire prima ancora di riprendere conoscenza. Larry chiudeva le sue casse con un metodo inventato da lui stesso. Sotto il bordo del coperchio, sul lato opposto a quello delle cerniere, c'erano due meccanismi di chiusura nascosti sotto le finiture decorative. Quando si abbassava il coperchio, una sottile fascia metallica all'interno della bara, nascosta sotto la fodera di tessuto, lo bloccava, impedendo che si spostasse durante l'interramento o in seguito a un movimento troppo brusco. Se Patsy l'avesse saputo, se fosse riuscita a togliersi dalla faccia quel velo di satin, sarebbe stata in grado di aprire la cassa.

Ma poi avrebbe dovuto farsi strada nella terra che la ricopriva.

Patsy, però, non aveva individuato quel meccanismo. Questo lo sappiamo. Ma riesco ancora a immaginarla mentre si agita freneticamente nel minuscolo spazio nel quale si è ritrovata. Avrà sicuramente urlato, in preda al terrore e alla rabbia. A quattordici anni non immaginiamo che ci possa accadere qualcosa di così terribile. A quel punto forse avrà pensato di essere stata vittima di uno scherzo, orribile ma temporaneo. Se avesse urlato forte e abbastanza a lungo l'avrebbero tirata fuori di lì, ovunque fosse.

Avrà chiamato i nomi delle persone che erano con lei prima che si ritrovasse lì dentro. Quando penso alle ore trascorse da Patsy in quella cassa, mi chiedo sempre dopo quanto tempo abbia smesso di chiamare gli amici e cominciato a invocare la madre.

Probabilmente l'ha fatto dopo meno di mezz'ora, ma immagino che quando sei intrappolato sottoterra il tempo trascorra molto lentamente.

Le casse sono più grandi delle bare, e Patsy deve essere riuscita a sollevare le mani e a sentire il morbido satin sopra la sua testa. A quel punto deve avere capito dov'era. Conosceva la famiglia Glassbrook. Sapeva qual era il mestiere di Larry. Forse lui l'aveva invitata nel suo laboratorio, o lei ci si era intrufolata con le amiche per guardare le bare nelle varie fasi di lavorazione. Ha capito allora di essere intrappolata in una cassa, anche se probabilmente l'avrebbe chiamata bara.

Immagino che sia rimasta in silenzio, convinta che gli amici (perché naturalmente erano stati gli amici. Chi altri avrebbe potuto giocarle un tiro simile?) fossero lì fuori, ad ascoltare le sue urla. Patsy si è allora sforzata di restare in silenzio, sicura che l'avrebbero tirata fuori prima se avessero pensato che stava male. Forse ha anche rantolato, come se le mancasse l'aria.

Quando questo non ha funzionato – perché contrariamente alle sue speranze gli amici non erano lì fuori – forse ha ricominciato a urlare, più forte e più a lungo. Non so per quanto tempo una persona può urlare prima che gli si strozzi la voce. Spero di non doverlo mai scoprire. Ma a un certo punto, forse dopo all'incirca un'ora, Patsy deve essere rimasta in silenzio.

Lo sforzo l'aveva di certo sfinita. Ansimava, sudava. Probabilmente avrà pensato che di lì a poco le sarebbe mancata l'aria. A questo punto avrà cominciato a cercare un modo per uscire di lì. Forse si è messa a tastare l'interno della bara, scoprendo qualcosa di ancora più terrificante che essere intrappolata lì dentro.

Non era sola.

5

La vista del laboratorio di Larry mi ha scossa nel profondo. Mi siedo sul letto per riprendere fiato e guardo la collina. Questa è la stanza con la vista migliore.

La collina, naturalmente, non è cambiata. Dubito che cambierà mai. Sotto il sole d'agosto la sua selvaggia bellezza può quasi indurci a dimenticare la sua terribile storia, la spietata persecuzione di donne indifese di cui è stata teatro. L'erba è dorata e il pendio meridionale è coperto di erica in fiore. Le rocce nude scintillano come gioielli nella luce accecante. Questa enorme collina calcarea, che ha dato origine a migliaia di oscure leggende, sorge sopra la città di Sabden, allungando la propria ombra sulle vite delle persone che abitano ai suoi piedi.

Questa è Pendle. La terra delle streghe.

In alto sopra la collina, quasi invisibile nel cielo azzurro, c'è una sottile falce di luna calante. Tra qualche ora scomparirà del tutto prima di cominciare a crescere di nuovo. Molto tempo fa ho rinunciato a scacciare dalla mia mente la costante consapevolezza delle fasi lunari, decidendo che non ci sarei mai riuscita. Ogni notte, prima di andare a letto, guardo la luna. Quando è piena, chiudo del tutto le tende, mentre quando è alla fine del suo ciclo, so che non mi sarà facile dormire.

I ragazzi erano stati presi durante questa fase lunare.

All'improvviso odo un ronzio, seguito da un picchiettio contro il vetro. Tra le carcasse delle api sul ripiano della finestra ce n'è una ancora in vita che cerca disperatamente di uscire. Allungo una mano verso la maniglia evitando di guardare il laboratorio e fissando invece gli alveari in fondo al giardino.

L'ultima volta che ho visto Larry, stava morendo. Era seduto di fronte a me nella stanza delle visite e tossiva in continuazione in un fazzoletto macchiato di sangue. Non aveva ancora compiuto settant'anni, ma sembrava molto più vecchio. I capelli, ancora folti e un po' troppo lunghi, erano diventati bianchi, mentre la faccia si era rinsecchita, le rughe erano più profonde e la pelle sembrava coperta da un velo di sudiciume. I detenuti a lungo termine non hanno mai un'aria molto pulita. Gli avevano rotto il naso più di una volta, e una ferita sopra l'occhio destro aveva lasciato una cicatrice seghettata sul sopracciglio.

«Non mi chiedi mai nulla, Florence», disse, mentre con mano tremante estraeva un'altra delle sigarette che lo stavano uccidendo. «Perché?»

«Non è vero. Lo faccio sempre», risposi evitando di guardare le sue mani contorte, rachitiche. Quelle mani un tempo così abili ora riuscivano a malapena a tenere una sigaretta.

Lui incurvò il labbro, alla Elvis, un vezzo che non aveva mai perso. «Non parlo di come stanno Sally e le ragazze, di come mi sento io e se ho bisogno di qualcosa», disse sporgendosi un po' di più verso di me. «Parlo di prima. Non mi hai mai chiesto niente su quello».

In tutti gli anni in cui sono andata a trovare Larry mi sono sempre impegnata a non menzionare il caso. Conoscevo i giochi di potere tra i killer in stato di detenzione e gli agenti che li hanno arrestati, come il bisogno di informazioni può trasformare anche il miglior poliziotto in un ostaggio emotivo a caccia di confidenze che non riuscirà mai a ottenere. C'erano molte lacune nella nostra ricostruzione del caso Glassbrook, ma la cosa non mi disturbava e non avevo alcuna intenzione di mendicare informazioni.

«Mi stavo chiedendo», disse lui con un timido sorriso, come

se ignorasse il mio silenzio, «se è perché hai avuto paura di conoscere la verità».

Tirai un finto sospiro. «C'è qualcosa che vuoi dirmi, Larry?».

Lui sembrò riflettere per qualche istante, anche se, conoscendolo ormai piuttosto bene, capivo quando fingeva di pensare e quando invece lo faceva davvero. Alla fine scosse la testa. «Nah», disse. «L'ho detto alle api».

Sento uno scricchiolio, una vecchia trave o forse un'asse del pavimento, e nel mio stato di tensione mi sembrano dei passi sulle scale. Mi volto di scatto, temendo di vedere una piccola processione di adolescenti morti che salgono verso di me, magari accompagnati da Larry. Ma, naturalmente, sulle scale non c'è nessuno.

Ho trascorso la parte migliore dei miei primi trent'anni cercando di affrontare i miei "fantasmi". So che non ci sono realmente. Non credo che i morti vivano tra noi o che possiamo vederli dopo che sono trapassati. A volte, tuttavia, immagino di avere una doppia visione su due mondi: quello che so essere reale e che vedono anche tutti gli altri, e quello generato dai luoghi oscuri della mia mente.

Nel mondo della mia immaginazione malata, i fantasmi sono i miei amici inseparabili.

Scendo di corsa le scale per uscire da quella casa sinistra. Non c'è traccia di Mary ed esco in giardino, ma non la trovo nemmeno lì. Voglio dirle che me ne sto andando. Giro attorno al laboratorio e mi dirigo verso l'orto. Non la vedo, ma mi rendo conto che sono vicino agli alveari.

Dillo alle api.

Un'idea stupida. Le api non stanno negli alveari che non vengono curati. Le quattro cassette di legno sono marce e devono essere state abbandonate da anni. Ma io sono in uno stato d'animo nostalgico, sopraffatta dai ricordi – perché altrimenti sono venuta qui? –, e mi avvicino cautamente, come facevo un tempo.

Non succede nulla. Gli alveari sono vuoti. Mi avvicino di più.

Dillo alle api.

«Larry è morto», dico sottovoce, rendendomi conto di quanto sembrerebbe strano se Mary mi sentisse. «È morto in prigione due settimane fa».

Nessuna risposta dall'alveare.

«Mi dispiace per la vostra perdita». Sentendomi un'idiota, sto per voltarmi e tornare indietro, quando mi accorgo che la parte superiore di uno degli alveari pende da una parte, come se qualcuno l'avesse sollevata e poi posata malamente. La mia passione per l'ordine non lo sopporta, e così mi avvicino con cautela, perché non sono del tutto convinta che questo alveare sia vuoto, e cerco di rimetterla a posto.

Ma non entra. Il legno si è imbarcato, oppure sotto c'è qualcosa che la blocca. La sollevo piano, trattengo il fiato e sbircio dentro. Le cornici dei favi sono scomparse, c'è soltanto un piccolo spazio polveroso e vuoto.

Non del tutto vuoto.

In fondo c'è una di quelle che la gente del posto chiama "immagini di argilla". Non proprio un'immagine, ma piuttosto un'effigie tridimensionale. Alta una ventina di centimetri, e modellata con l'argilla, raffigura una donna, come testimoniano i capelli, il seno, la pancia e i fianchi larghi. Le gambe sono piegate all'altezza delle ginocchia e i piedi sono legati alle mani dietro la schiena. Ma quel che è peggio, le hanno conficcato acuminate schegge di legno – e io so che è prugnolo, perché è sempre prugnolo – negli occhi, nelle orecchie, nella bocca, nella testa, nel petto e nei genitali.

I rumori della giornata estiva sono svaniti. Sento soltanto il sangue pulsarmi nelle orecchie.

Mi dico che è impossibile. La proprietà era stata frugata da cima a fondo. Non può essere stata qui dai tempi dell'arresto di Larry.

Eppure chi può avercela messa?

Dillo alle api.

La mano mi trema orribilmente. Mi succede sempre quando sono stressata, ma mai così forte. Allungo la mano e tocco l'effigie con la punta delle dita, inclinandola. Un pezzo si sbriciola e mi sento male fisicamente, ma riesco ad avvicinarla abbastanza. Appena la vedo, mi dico che ho già visto quei lunghi capelli ricci. Adesso lo so per certo.

Ogni vittima di Larry è stata trovata con una di queste effigi. Le mani legate ai piedi rappresentano l'incapacità di muoversi nelle casse. Il prugnolo conficcato negli occhi, nelle orecchie e nella bocca perché sottoterra saranno cieche, sorde e mute. Le ferite alla testa, al petto e ai genitali simbolizzano il prosciugamento della vita, inevitabile quando saranno interrate.

Questo, almeno, è quanto avevamo dedotto. Durante gli interrogatori Larry non ha mai spiegato perché le figure di argilla erano così importanti. Forse a me l'avrebbe detto, ma non gliel'ho mai chiesto.

Avrei dovuto farlo. Avrei dovuto chiederglielo finché ne avevo la possibilità.

Questa nuova effigie presenta abbastanza particolari, soprattutto nelle mani legate, da permettermi di cogliere chiaramente il suo messaggio. Le dita della mano destra sono divaricate in un gesto di dolore. La sinistra è afflosciata, con quattro dita piegate. Soltanto quattro. Il quarto dito, l'anulare, non c'è.

Sento una fitta alla mano sinistra. Accosto entrambe le mani alla bocca per lenire il dolore e il quarto dito della destra si infila nello spazio vuoto della sinistra. Porto la fede su una catenina al collo perché anni fa mi hanno tagliato l'anulare della sinistra.

L'effigie di argilla sono io.

6

Non si può sopravvivere a lungo dentro una bara. Le opinioni degli esperti sulla durata della sopravvivenza variavano da pochi minuti a un paio di giorni, ma tutti concordavano su un punto: dipende dalle dimensioni della bara e della persona al suo interno. Quell'estate imparammo molte cose sui metri cubi d'aria e il consumo di ossigeno del corpo umano.

Patsy era piccola; il suo minuscolo corpo non doveva avere occupato molto spazio nella cassa: doveva esserci abbastanza ossigeno, se non fosse stata deposta sopra un altro corpo.

La cassa non era sigillata e, se fosse stata lasciata sopra la terra, Patsy avrebbe avuto una possibilità di uscire (e presumibilmente di morire di sete, ma comunque una possibilità). Ma la terra ammucchiata sopra la cassa l'aveva chiusa ermeticamente. Da quando era stata sepolta, avrebbe potuto sopravvivere al massimo otto ore.

A un certo punto doveva essere stata combattuta tra la voglia di dibattersi cercando una via d'uscita e il bisogno di rimanere ferma per risparmiare il poco ossigeno che le restava, perché se qualcuno l'aveva messa lì dentro era sicura che, per l'amor di Dio, alla fine l'avrebbe tirata fuori.

Quanto a lungo una ragazza può aspettare che un burlone la tiri fuori dalla bara dove l'ha rinchiusa? Un'ora? Diciamo due.

Dallo stato in cui trovammo lei e la bara, sappiamo che la speranza di Patsy era presto svanita. Aveva profonde lacerazioni sulla pelle delle mani, molte unghie erano strappate e il velo di satin era impregnato di sangue. L'imbottitura era strappata, se l'era avvolta attorno ai pugni per proteggerli dalla dura quercia del coperchio. Ma nonostante questa precauzione, molte nocche erano spezzate. La cassa, invece, non aveva subìto danni.

Quando Patsy udì i bambini giocare – debolmente, come attraverso una nebbia, perché erano parecchi metri sopra di lei e la terra, come l'acqua, è un isolante acustico – avrà pensato che le sue preghiere erano state esaudite e si sarà messa a urlare, supplicando che, per l'amor di Dio, la facessero uscire di lì con tutto il fiato che le restava nei polmoni.

Possiamo ricostruire la cronologia con una certa accuratezza. Quando le fu data la prima reale speranza di essere salvata, era sottoterra da quattro ore e mezza.

Ma non aveva tenuto conto del terrore dei bambini nel sentire una voce urlare da una fossa appena scavata.

7

«Mary!», chiamo dalla porta sul retro. «Mary, torna subito qui!», dico, fingendomi arrabbiata.

Per alcuni secondi non succede nulla. Guardo un'ape ronzare da un fiore di lavanda a un altro, e poi Mary spunta da dietro il laboratorio di Larry.

«Da dov'è sbucata questa?», chiedo indicando la figura d'argilla che ora è posata a faccia in giù sul banco da lavoro. «No, non toccarla. Hai un sacchetto di plastica pulito o della pellicola trasparente? Potrebbero esserci delle impronte digitali».

Respiro a fondo e ci riprovo. «Mary, a parte te, chi viene in questa casa? Hai visto qualcuno in giardino?».

Non risponde.

«È importante». Sto per perdere la pazienza, ma non sono arrabbiata. «Possiamo parlarne alla stazione di polizia, se preferisci».

Anziché rispondere, Mary si china per guardare più da vicino l'effigie e fa qualcosa che non ho mai visto prima. Ringhia, arricciando le labbra e sgranando gli occhi.

«L'hai già vista prima?».

Scuote la testa. «Dove l'hai trovata?».

«Sono io, vero? Le manca anche un dito». Sollevo la sinistra, anche se Mary sa perfettamente cosa mi è successo. Tutti in città lo sanno.

Mary affonda la mano nella tasca e tira fuori un mazzo di chiavi. Quando lo lancia sul banco, un altro pezzo dell'effigie si sbriciola e devo trattenermi dall'urlarle di stare attenta.

«Chiuditi la porta alle spalle», mi dice aprendo. «Tieni pure le chiavi. Non mi serviranno».

Mi lascia sola in una casa dalla quale non vedo l'ora di uscire, eppure, non so perché, non riesco a muovermi. Sono in piedi in cucina, ma la mia mente sta guardando dentro un cassetto aperto in una camera abbandonata. La mia spazzola. Ho lasciato lì la mia spazzola.

Non sono arrabbiata. Sono spaventata.

Avvolgo la figura d'argilla in un vecchio strofinaccio e la infilo delicatamente in una borsa del supermercato prima di chiudere la porta. Non ho idea di dove sto andando. L'unica cosa a cui riesco a pensare è: "Loro hanno i miei capelli".

Loro hanno i miei capelli.

8

Mi precipito lungo il vialetto dei Glassbrook senza pensare a nulla e senza sapere dove sto andando. Non mi accorgo dell'alta figura maschile che avanza verso di me finché non vado a sbattergli contro e mi lascio sfuggire un rantolo, come un cane bastonato.

«Che cazzo!», esclama il ragazzo che mi ha quasi fatto cadere a terra, afferrandomi le braccia per sorreggermi. «Mamma, mamma, sono io. Guardami, mamma!».

Non riesco a respirare.

«Forza, guardami e conta fino a dieci. Uno, due…».

Quando arriva al dieci, ho ripreso fiato e conto silenziosamente insieme a lui. Non è la prima volta che lo facciamo.

«Va tutto bene». Sono imbarazzata e per mascherarlo mi sforzo di assumere un'aria severa. «E cosa ti ho detto sulle parolacce?».

«Cosa è successo?». Il mio figlio adolescente, dieci centimetri più alto di me e bello come un'alba limpida dopo una lunga notte d'inverno, ignora il rimprovero. «Un paio di minuti fa ho visto una vecchietta correre lungo il vialetto. E poi te. Cosa c'è là dentro?». Mi lascia le braccia e avanza verso la casa.

«Ben, non…».

Si volta lentamente. «È qui che vivevano? Hai promesso a papà che non l'avresti fatto».

«Quella che hai visto è Mary. Si prende cura della casa». Mi fa male anche la mano destra. Abbasso lo sguardo e mi accorgo che sto stringendo nel palmo le chiavi della casa. Non capisco perché Mary me le abbia date. O cosa debba farmene.

«Non riesco a credere che nessuno di voi lo sapesse», dice quasi tra sé. «Avete vissuto sempre nella stessa casa e tu non lo sapevi». Lancia una breve occhiata alle spalle. «Li portava qui, quei ragazzi?».

«Dobbiamo andare. Non hai fame?».

Percorriamo l'ultimo tratto del vialetto diretti verso l'auto. Apro il bagagliaio e infilo l'effigie dietro la mia borsa da viaggio.

«Che cosa hai fatto?», gli chiedo.

Lui tira su con il naso. «Ho sgonfiato qualche pneumatico, rubato un pacchetto di sigarette nel negozio all'angolo, dato fuoco a un garage e potrei anche avere ucciso un cane con quella cosa nel vano portaoggetti».

«Come?». Scruto la strada cercando un cane morto. «Ti prego, dimmi che non l'hai toccata», dico fissandolo negli occhi. «E come facevi a sapere che era lì?»

«Stavo cercando i fiammiferi», risponde passandomi le chiavi della macchina. «D'accordo, stavo cercando le Polo. Ma ho trovato i fiammiferi per terra, ti erano caduti dalla borsa. Hai portato con te delle strane robe, mamma».

«Sali», gli dico. «E non aprire il vano portaoggetti. Non puoi immaginare quanto sia pericolosa quella cosa».

Ben sale in macchina e la prima cosa che fa è aprire il vano portaoggetti.

«Non farlo», dico richiudendolo.

«Che cos'è?»

«Una bomboletta di gas lacrimogeno. È considerata una vera e propria arma. Non avrei dovuto portarla, se ce la trovano finiremo nei guai».

«È letale?»

«No, ma l'effetto è doloroso e per qualche minuto ti lascia paralizzato. Serve a guadagnare tempo per immobilizzare e ammanettare soggetti violenti».

«E contro chi hai intenzione di usarla? Una cameriera che ti risponde maleducatamente?».

Ben sa bene che i dirigenti della polizia, quando sono andati in pensione, non ritornano quasi mai in prima linea, ma continua a farmi domande maliziose. Mentre avanziamo lungo il vialetto, fissa il vano portaoggetti.

«Dopo pranzo dovremmo tornare a casa», dico.

«Ma siamo appena arrivati».

«E tuo padre cosa farà? Chiederà un passaggio sulla M6?».

Arriviamo in fondo alla strada. Quando abitavo qui c'era l'acciottolato e si doveva guidare lentamente, ma dopo che me ne sono andata l'hanno asfaltata.

«Mamma, te n'eri dimenticata?»

«Certo che no. Andremo a prenderlo al Terminal 2 dopo cena, il che significa che questa sera dovrò rimanere sobria».

Non sto mentendo. Per un istante gli impegni di famiglia mi erano sfuggiti di mente, tutto qui. Mi accorgo che Ben mi sta fissando, ma non mi giro a guardarlo perché sarebbe come riconoscere quello che sta pensando, e cioè che lui e suo padre avevano ragione: non sarei dovuta tornare qui.

«Eccoci arrivati», dico svoltando nel parcheggio dell'albergo dove abbiamo prenotato le stanze per le prossime due notti. Quando spengo il motore e controllo i messaggi sul cellulare, mi accorgo che mio figlio sta guardando con sgomento l'enorme palazzo annerito dalla fuliggine con le sue raffinate decorazioni murarie, le torrette, i pinnacoli e le decine di sudice finestre.

«A un paio di chilometri da qui, sull'autostrada, c'è un Premier Inn», dico posandogli una mano sulla spalla come per scusarmi. «Se preferisci possiamo stare lì, avranno sicuramente delle camere libere. Qui gli alberghi non sono mai pieni».

Lui scuote lentamente la testa. «Se va bene alla famiglia Addams, andrà bene anche a noi». Prende entrambe le borse e avanziamo insieme verso la porta d'ingresso del Black Dog.

Mi lascia entrare per prima, in pubblico i suoi modi sono sempre perfetti, e mentre varco la porta e seguo un buio corridoio sento il sordo ringhio di un cane. In quell'istante, da un altro punto dell'albergo parte la musica – *Are You Lonesome Tonight* di Elvis Presley – e un uomo alto, con i capelli scuri e un po' più giovane di me, esce da una stanza sul retro e si siede al banco della reception.

«Bentornata, agente Lovelady», dice con un sorriso che nel mio stato di agitazione mi sembra un ghigno.

Penso di essere sul punto di svenire. L'uomo davanti a me è Larry.

9

Penso che Patsy abbia continuato a lungo a chiamare i bambini dopo che se n'erano andati. Udire quei segni di vita aveva di certo rinfocolato le sue speranze. Se lei li aveva sentiti, anche loro dovevano avere udito le sue grida ed erano di certo andati a dirlo ai genitori, che presto sarebbero tornati con delle vanghe per liberarla.

Di lì a qualche secondo avrebbe sentito dei passi affrettati, il tonfo sordo delle vanghe e il rumore della terra raschiata dal coperchio della cassa. Delle voci le avrebbero detto di tenere duro, che a breve l'avrebbero liberata. L'avrebbero riportata alla luce del sole, proteggendole gli occhi dal riflesso accecante e offrendole succo d'arancia per placare la sete.

Patsy si sarà sforzata di restare calma e risparmiare ossigeno, doveva soltanto aspettare che la tirassero fuori di lì.

Ma non arrivò nessuno.

I quattro bambini, che facevano parte di tre famiglie diverse, non dissero a nessuno quello che avevano sentito. I genitori avevano proibito loro di giocare nel cimitero, e temevano la punizione dei padri più del mostro sotterraneo che pensavano di avere scoperto.

10

«Mamma?», dice Ben.

L'uomo al banco della reception porge la mano a mio figlio. «John Donnelly», si presenta. «Ho conosciuto tua madre anni fa. Da queste parti era considerata una sorta di eroina».

Mi riprendo. Non è Larry. Adesso che i miei occhi si sono abituati alla fioca luce dell'interno, mi accorgo che non gli assomiglia nemmeno. La corporatura è più o meno la stessa, ma la faccia è diversa, ha la mascella più larga e il naso più grosso. Gli manca completamente il fascino di Larry.

Firmiamo e dopo i convenevoli di rito ci consegna le chiavi e Ben e io saliamo al piano di sopra.

«È una bambola vudù», dice Ben quando esco dal bagno e lo trovo seduto sul mio letto. Almeno ha avuto il buonsenso di non toglierla dal sacchetto. «Merda, si direbbe che sei tu».

«L'ho pensato anch'io», rispondo. «È per questo che quando mi hai visto ero un po' spaventata. Ma com'è possibile? Chi poteva sapere che oggi sarei venuta qui? E per favore, puoi smetterla di dire parolacce?»

«Forse non pensavano che l'avresti trovata», azzarda Ben alzando lo sguardo.

«Sono così contenta di averti portato con me».

Ben mi fa un largo sorriso. Alle elementari uno dei suoi amici lo chiamava Pippo, come l'amico di Topolino, per il suo smagliante sorriso, che da allora l'ha sempre imbarazzato. È un vero peccato, perché quando se ne dimentica e dà libero sfogo alla gioia, il suo sorriso è adorabile.

«Ha telefonato papà», dice indicando il mio cellulare sul letto.

«Tutto bene?»

«Sì, ma potrebbe non farcela a rientrare oggi».

«Perché?»

«Violenti temporali allo Charles de Gaulle. Molti aerei sono in ritardo. Forse riuscirà a tornare a Londra, ma non a Manchester».

Con Nick dovevamo incontrarci qui. Non trascorreremo un altro giorno e un'altra notte nel Lancashire e non torneremo a casa insieme. Era un'opportunità per rivisitare le mie radici, mostrare loro il luogo dove mi sono guadagnata i galloni. Così, almeno, avevamo immaginato.

«Vuole che lo richiami», dice Ben. «Pensa che dovremmo tornare a casa».

Lo penso anch'io. Se Nick non riuscirà a raggiungerci, non c'è alcun motivo di restare qui. «E tu cosa pensi?», gli chiedo.

Per qualche minuto nella stanza regna il silenzio.

«Perché siamo qui?», domanda Ben.

«Ne abbiamo già discusso. Sei ancora troppo piccolo per rimanere solo a casa».

Lui mi fissa senza battere ciglio. «Quando parla solo uno, non è una discussione».

«Partecipare ai funerali di persone che abbiamo fatto rinchiudere in prigione per noi poliziotti è un modo per dargli l'estremo saluto», rispondo sedendomi sul letto accanto a lui. «Forse perché per tutto il tempo che sono stati in galera abbiamo temuto il giorno in cui sarebbero usciti. Quando muoiono, quella paura scompare. In realtà, mi ha un po' sorpresa non vedere nessun collega al funerale».

Ben si allunga sul letto e mi posa i piedi sul grembo. «Sono passati trent'anni. Saranno morti».

«Sei una vera delizia, lo sapevi?».

Lui fissa per qualche secondo il soffitto e mi godo questo momento di vicinanza. Poi posa lo sguardo sull'effigie sul comodino e si rimette a sedere. «Cos'è successo al tuo dito, mamma?».

In un istante il suo umore è cambiato.

«Lo sai cosa è successo. Te l'ho detto».

«No, voglio dire cosa è successo dopo. L'hai tenuto?».

Ho bisogno di un respiro profondo prima di rispondere. Da allora non ho più rivisto il mio dito… Non voglio nemmeno pensarci. «No, non l'ho conservato», rispondo. «Al processo è stato addotto come prova e poi… non ho chiesto che fine abbia fatto, ma immagino l'abbiano spedito all'obitorio dell'ospedale, dove ci sono tutti gli arti amputati».

«Non può essere finito nelle mani sbagliate?»

«Le mani sbagliate erano ammanettate», rispondo.

Cala un imbarazzante silenzio.

Loro hanno i miei capelli. Loro hanno i miei capelli. Non so a cosa stessi pensando mentre mi allontanavo di corsa dalla casa dei Glassbrook. Non c'è più nessun "loro". Non ci sono più "mani sbagliate".

Ben balza in piedi. «Su una scala da uno a dieci, quanto sei incazzata con me in questo momento?», chiede.

Lo fisso negli occhi. «Se tu non avessi detto "incazzata" sarebbe sei, ma adesso è diventato sette».

«Posso chiederti una cosa?», dice lui inarcando un sopracciglio.

In quindici anni ho imparato una cosa su mio figlio: quando ha in mente qualcosa, va fino in fondo.

«Cosa?»

«Siamo qui per via della lettera?»

«Quale lettera?»

«Quella con il timbro "HMP Wormwood Scrubs" che è arrivata due settimane fa ed è stata spedita il giorno prima che lui morisse».

Rimango in silenzio. Non so cosa dire. E poi dico la cosa sbagliata.

«Hai letto le mie lettere? Frugato nella mia borsa?».

Le sue guance avvampano. «Diavolo, no! Ieri notte hai svuotato la borsa sul tavolo della cucina e ho visto la busta quando mi sono alzato a bere. Non l'ho letta».

«Mi dispiace», dico. «Forza, andiamo a cercare un posto dove mangiare e decidiamo se restiamo o no. Puoi leggere quella lettera, se vuoi. Non ci metterai molto».

11

«Un tempo questa era una Kenyon's Bakery», dico a Ben quando mi raggiunge con un vassoio carico di cibo confezionato e contenitori per bibite grandi come secchi. Non mettevo piede in un McDonald's da quando lui aveva sette anni e aveva appena imparato a contare i soldi. I menu e le varie combinazioni dei pasti sono al di là della mia comprensione.

«Il banco girava attorno a quelle due pareti», continuo. «Il personale indossava grembiuli e cappellini bianchi e facevano delle piccole *meat pies* che erano la fine del mondo. I tavoli erano su questo lato, e non ce n'era mai uno libero».

Ben non mi sta ascoltando. Sta seguendo il suo rituale McDonald's, che consiste nell'allineare da una parte i vari sacchetti con il cibo, aggiungere ketchup, sale e pepe secondo un ordine prestabilito, e mettere i tovagliolini al posto giusto. So che finché non avrà finito, non mi darà retta. Apro il mio sacchetto, che contiene come al solito il piatto con meno calorie del menu, e inizio a mangiare.

«Forza, allora», dice Ben dopo qualche minuto. «Mostramela».

Prendo la busta e gliela passo. Ben si lecca le dita prima di spiegare il foglio azzurro carta da zucchero.

«È questa?», chiede.

«Ti ho detto che non ci avresti messo molto».

«L'ha scritta lui?»

«Sì».

«Sicura?», dice sollevando lo sguardo.

«Ricevevo due lettere all'anno da lui. Conosco la sua calligrafia».

«Non me l'avevi detto».

«Quando avrei potuto dirti che il mio nome era sull'elenco dei biglietti di auguri natalizi di uno dei più famosi serial killer inglesi? Quando avevi cinque anni? Il giorno del tuo decimo compleanno? Oppure quando sei diventato adolescente?».

Lui si mette a sedere, sembra quasi un suricato. «Biglietti di Natale? Possiamo venderli?».

Sollevo la tazzina del caffè senza staccargli gli occhi di dosso e lui abbassa lo sguardo sull'ultima lettera che mi ha scritto Larry.

«Che cosa significa?»

«Pensavo che tu avresti potuto spiegarmelo».

Ben ignora il mio sarcasmo. «Anche le altre lettere erano come questa?»

«No. Le altre erano normali. Quando sentiva qualcosa su di me al notiziario, mi scriveva per esprimere i suoi commenti. Si congratulava con me se qualcosa era andato bene e mi commiserava se invece avevo avuto dei problemi. Il più delle volte, però, mi parlava della sua famiglia, mi raccontava cosa stavano facendo Sally e le bambine».

«Lui e la moglie non avevano divorziato?»

«È sorprendente quante coppie, in circostanze simili, rimangono sposate. Sonia Sutcliffe è rimasta sposata con Peter per tredici anni dopo che lui era stato condannato».

«Sei andata a trovarlo?».

C'è soltanto una risposta ragionevole a questa domanda. Larry Glassbrook ha sepolto vivi tre ragazzi, per non parlare di tutto quello che ha cercato di farmi. Nel bene e nel male, tuttavia, a mio figlio non mento mai.

«Molte volte», rispondo. «Larry mi scriveva una volta all'anno per chiedermi di andarlo a trovare e io ci sono andata quasi sempre. Non ho mai saputo perché».

Ben si sta ancora ingozzando di cibo e parla tra un boccone e l'altro. Io, invece, ho perso l'appetito. Lui abbassa gli occhi e legge di nuovo la lettera, questa volta a voce alta: "Le ho tenute al sicuro per trent'anni. Per passarle a te...". Poi alza lo sguardo e mi dice: «Devi avere un'idea di cosa voglia dire. È un incarico importante, mamma».

Forse non ho voluto chiedermi il perché.

L'espressione seria di mio figlio mi strappa un sorriso. «Da parte di un assassino? Posso soltanto immaginare che stesse parlando di Sally e delle bambine. Che voleva che le tenessi d'occhio».

«Sì, dev'essere così», risponde Ben sporgendosi verso di me e abbassando la voce. «E cosa significa quella bambola vudù?»

«Figura d'argilla», lo correggo.

«Come?»

«Da queste parti le chiamano così».

Ben ha uno sbaffo di ketchup sul labbro superiore. Ho una voglia matta di toglierglielo con un fazzolettino, ma so che la cosa lo irriterebbe e aspetto che lo faccia da solo.

«Le streghe di Pendle – le donne e gli uomini che nel XVII secolo furono impiccati per stregoneria – modellavano figure di argilla dei loro nemici nel loro rituale per lanciare maledizioni. E per dare loro più potere, impastavano nell'argilla qualcosa che apparteneva alla vittima designata, come capelli, unghie o sangue. Così, almeno, vuole la leggenda», aggiungo stringendomi nelle spalle.

«Larry Glassbrook era uno stregone?», chiede Ben sgranando gli occhi.

Abbasso la voce perché sono quasi sicura che le persone al tavolo accanto ci stanno ascoltando. «Non abbiamo mai scoperto che uso facesse Larry di queste effigi». Mi fermo a pensare. Ben potrà scoprirlo comunque e, conoscendo mio figlio, so che lo farà. «Ne abbiamo trovata una in ogni cassa insieme alla vittima. Larry non ha mai voluto spiegare a cosa servissero».

Anche Ben sembra avere perso interesse nel cibo. «Erano giovani quei ragazzi?»

«Quattordici anni, quasi quindici», rispondo, come se non fosse così importante.

«La mia età?», mi chiede con aria smarrita.

Per un istante l'affollato ristorante attorno a noi sprofonda nel silenzio. O forse è soltanto nella mia testa. «Sì», annuisco. «La tua età».

La sua passione per le vecchie storie è svanita. Ben è figlio di due agenti di polizia. Sa che ogni storia scintillante pubblicata dai giornali per qualcuno è molto reale.

«Sono tempi difficili», dice.

«I giorni peggiori», annuisco, intuendo che avrebbe colto la doppia citazione da Dickens. Ma lui non lo fa.

«Perché ridi, allora?», mi chiede invece.

SECONDA PARTE

«È a quest'ora della notte
che le tombe, sbadigliando,
lascian liberi gli spiriti
di vagare sul sagrato».

William Shakespeare, *Sogno di una notte di mezza estate*

12

Lunedì 16 giugno 1969

La famiglia di Patsy Wood viveva in una villetta a schiera con quattro minuscole stanze, due al pianoterra e due al primo, e la facciata annerita dalla fuliggine. Quando arrivammo, nella strada c'era soltanto un'altra auto, una Hillman Imp parcheggiata poco più avanti.

Tom aveva appena fermato la macchina quando apparvero i bambini. Con indosso ancora l'uniforme scolastica, attratti dal ruggito del motore e dalle seducenti note di *I Heard It Through the Grapevine* di Marvin Gaye, emersero dai vicoli, dalle tende di perline che pendevano davanti alle porte, dal campo di calcio nel terreno abbandonato, e ci fissarono mentre scendevamo dall'auto.

L'agente investigativo Tom Devine, un mio coetaneo ma con maggiore anzianità perché era entrato in polizia all'età di diciotto anni, si vestiva sempre in modo stravagante e quando poteva si risparmiava la cravatta. La sua camicia con motivo cachemire era sbottonata, con il colletto aperto sopra il bavero della giacca. I folti capelli neri erano più lunghi di quanto fosse consentito ai poliziotti e le larghe basette scendevano ai lati della faccia fino alla mandibola. Avevo visto più di un'agente di polizia controllarsi di nascosto i capelli e il rossetto quando udiva la voce di Tom in corridoio, ma io ero abituata agli uomini rasati di fresco e con i capelli corti che lavoravano nella City, all'addestramento ufficiali a Sandhurst o alla gestione della fattoria di famiglia. Non riuscivo a guardare Tom senza pensare: “Papà non approverebbe”. A parte questo, era sposato, e quindi l’opinione di mio padre era irrilevante.

Manifesti con le fotografie dei ragazzi scomparsi erano stati appesi ai lampioni ed esposti alle finestre delle case. Patsy mancava da casa da meno di ventiquattro ore, ma c’era anche la sua faccia. Uno dei fratelli di Patsy ci fece entrare dalla porta sul retro. La stanza era buia e soffocante. Quando entrammo, la madre era china sul forno. Appena ci vide si raddrizzò e il suo viso assunse quell’aria tesa che mi sarebbe diventata familiare nel corso degli anni. All’epoca, tuttavia, mi sembrava più ostile che sofferente.

«Nessuna notizia, Nancy», disse subito Tom, che quella mattina era andato a raccogliere informazioni nel vicinato e ora stava riferendo alla famiglia. Mi era stato chiesto di andare a trovarli perché il commissario pensava che la presenza di un’agente avrebbe potuto essere d’aiuto.

«Dobbiamo farle delle domande», continuò Tom. «Può concederci qualche minuto?»

«Appena avrò dato loro il tè». Nancy portò in tavola un vassoio metallico e cominciò a servire il cibo ai quattro bambini. Era un piatto che avevo già visto nel Nordovest: un uovo affogato nel latte e nel friabile formaggio locale e poi cotto al forno.

«Sembra gustoso, ragazzi!», disse Tom ai pallidi marmocchi che non ci staccavano gli occhi di dosso.

Nancy aggiunse a ogni piatto delle fette di pane bianco prima di asciugarsi le mani nel grembiule e concederci la sua attenzione.

«Oggi Florence è andata alla scuola di Patsy», disse Tom. «L’ha per caso incontrata? Florence viene dal Sud, ha uno strano accento, ma con il tempo finirà per capirla».

Nancy mi lanciò un’occhiata.

«Ha parlato con gli insegnanti, il preside e tutto il personale, compreso quello della mensa», proseguì Tom.

«Ma soprattutto con i bambini», aggiunsi io. «I bambini sanno meglio degli altri cosa succede tra di loro, non crede, signora Woods?»

«Presumo di sì», rispose lei lanciandomi un'altra rapida occhiata. «A Pilkington la gente dice che avete preso la persona sbagliata per quegli omicidi nelle brughiere. Che chiunque abbia rapito quei ragazzi è ancora in libertà e che è stato lui a prendere la nostra Patsy».

I quattro bambini seduti a tavola continuarono a mangiare senza perdersi una parola.

«Stupidaggini», disse Tom. «Questo non ha nulla a che vedere con quello che è successo a Manchester. So di cosa parlo, Nancy».

«Eppure molti compagni di classe di Patsy sostengono che ultimamente lei parlava parecchio di Manchester». Mi sforzai di non reagire allo sguardo sprezzante di Nancy. «Parlava spesso dei cugini che abitavano lì e sembrava avessero un legame molto stretto. Ci chiediamo se possa aver preso un treno o un pullman, pensando di farsi ospitare da loro per un po'. Magari dopo una discussione in casa».

Lo sguardo di Nancy si indurì.

«Nessuno sta dicendo che Patsy ha avuto una discussione con lei o con suo padre», intervenne prontamente Tom. «Ma vogliamo sapere se avete dei parenti a Manchester».

Un breve cenno del capo. «Il fratello di Stan vive a Deansgate. Ma Patsy non sarebbe riuscita a trovarlo. Ci è andata soltanto una volta».

«I ragazzi possono essere piuttosto astuti», risposi. «Può avere trovato l'indirizzo a vostra insaputa. E nella biblioteca ci sono di certo mappe di Manchester».

«Patsy non frugava tra le nostre cose», dichiarò Nancy.

«Lei mi dia solo l'indirizzo e noi chiederemo ai colleghi di

Manchester di controllare», disse Tom. «Così potremo chiudere questo filone di indagine, per così dire».

Nancy annuì con aria riluttante e si avvicinò a una cassettiera.

«Una delle teorie su cui stiamo lavorando è che i tre ragazzi scomparsi si trovino insieme da qualche parte», dissi mentre Nancy tirava fuori dal cassetto una logora rubrica. «Che abbiano architettato insieme un piano e si siano eclissati».

«La nostra Patsy non aveva nulla a che fare con quei due».

«Francamente, signora Wood, questo è il miglior scenario possibile», le dissi. «Se i tre ragazzi sono insieme, si sosterranno l'uno con l'altro. Questo non implica tuttavia che non siano ancora in pericolo».

«Bene, adesso vi lasceremo in pace», disse Tom infilandosi in tasca l'indirizzo. «Grazie, Nancy. Le faremo sapere cosa scopriremo».

La porta sbatté alle nostre spalle. Tom si appoggiò al muro e prese le sigarette. «Hai un grande futuro dietro una scrivania, signora poliziotta».

«Non so di cosa stai parlando».

Sapevo perfettamente a cosa alludeva. Sapevo che nella casa dei Wood non ero stata all'altezza del mio ruolo.

«Hai usato parole che lei non capiva, hai perso più volte il filo del discorso e condito il tutto con quel tuo pretenzioso accento del Sud».

«Non è vero!».

Ma Tom aveva ragione. Avevo fatto proprio così. Lo facevo sempre. Quando dovevo affrontare la gente reale, un nodo mi stringeva lo stomaco e parlavo a vanvera.

Tom si incamminò verso l'auto, scostando con un calcio un monopattino abbandonato. «Lo fai sempre. Pensi che serva a dimostrare la tua superiorità. Ma non è così. Ti dà un'aria boriosa che tiene a distanza gli altri».

Tom guidava una Ford Cortina 1600E color oro con il tettuccio nero. Aprì la portiera dal lato del guidatore e salì. «E non hai nemmeno rivolto una parola ai bambini, non ti sei offerta di aiutarla a preparare il tè».

«Sono un'agente di polizia, non una cameriera», risposi aprendo l'altra portiera e salendo sull'auto bollente.

«Ascoltami bene, Flossie. Non ti dispiace se ti chiamo così, vero?».

Odiavo quel ridicolo nome affibbiatomi dai nuovi colleghi. Era ridicolo e umiliante. «Sì, mi dispiace. Il mio nome è Florence».

Tom sospirò. «Non sei molto popolare tra i colleghi, tesoro. E sei troppo intelligente per non averlo capito».

Lo sapevo. E ne avevo conferma ogni giorno.

«Non è nulla di personale», proseguì Tom. «Sappiamo tutti che sei brava e che non ti risparmi mai, ma devi smetterla di comportarti come se fossi migliore degli altri».

Non pensavo di essere migliore. Più istruita, forse. Ma non migliore in senso assoluto.

Era così?

«Alla stazione di polizia tutti nutrono un irragionevole pregiudizio su qualsiasi luogo a sud di Manchester. E metà di loro pensano comunque che le donne non dovrebbero arruolarsi in polizia».

Tom proruppe in una breve risata. «È vero. Ma noi siamo più numerosi e vinceremo sempre».

«Non posso cambiare né il mio accento né il mio sesso».

«Nessuno te lo chiede, tesoro. Ricorda soltanto che sei qui per aiutare la gente».

Mi voltai a guardarlo. I suoi penetranti occhi azzurri erano leggermente iniettati di sangue, come se la notte prima avesse bevuto troppo o non avesse dormito abbastanza. Nell'auto aleggiava il profumo del suo dozzinale dopobarba. Le poliziotte erano facilmente impressionabili.

«Sono qui per combattere il crimine», dissi.

Lui scosse la testa. «No, tesoro, non è proprio così». Fece un altro sospiro, poi avviò il motore e partimmo. Rimasi in silenzio finché non svoltammo nella strada principale per tornare alla stazione di polizia. «Quello che Nancy ha detto a proposito degli omicidi nelle brughiere l'ho sentito anche questa mattina alla scuola di Patsy», dissi alzando la voce per farmi sentire sopra Simon & Garfunkel che cantavano *Mrs Robinson* all'autoradio.

«Lo sentirai ancora spesso».

«Di certo nessuno pensa che Hindley e Brady siano innocenti. Che il vero assassino di quei bambini sia ancora in libertà».

«Nessuno è in grado di ragionare lucidamente», affermò lui. «Ma quando ha paura, la gente perde la razionalità».

Mi afferrai alla maniglia della portiera mentre Tom pigiava sull'acceleratore per superare una Triumph che procedeva a passo di lumaca.

«Ci vorrà molto tempo prima che la gente di qui dimentichi cosa hanno fatto quei due», disse Tom. «Forse non ci riusciranno mai. Una cosa come questa lascia il segno. Quando non riescono a tenere al sicuro i figli, le persone si sentono responsabile, anche se sono i figli di un vicino o se abitano dall'altra parte della città. Quando muore un bambino la colpa è di tutti, e non potranno sopportarlo di nuovo. Non così presto».

«È per questo che fingiamo che quei tre siano scappati di casa?», chiesi con un filo di voce.

«Farò finta di non averti sentita».

Rimasi in silenzio.

Tom fece un sospiro. «Non siamo idioti, tesoro. Sappiamo cosa sta succedendo. Ma se dovessimo tranquillizzare la gente, invitarla alla calma, partecipare a riunioni pubbliche e correre a destra e manca a placare gli animi, chi diavolo cercherebbe quei ragazzi?».

Non ci avevo pensato.

«Se c'è un altro killer in libertà, scorrerà sangue nelle strade, Florence», disse Tom.

Parcheggiò la macchina dietro alla stazione di polizia e per parecchi secondi rimanemmo seduti in silenzio con la musica che continuava a pulsare dall'autoradio. Poi spense la radio e mi guardò.

«Mi dispiace ma devo andare, tesoro. Non è colpa tua se sei più altezzosa della regina. Siamo tutti esasperati da questo caso».

Mi sorrise e spense il motore.

«Tom, dimmi se pensi che stia uscendo dai ranghi, ma ho avuto un'idea».

13

All'epoca la stazione di polizia di Sabden era completamente diversa da quelle dei giorni nostri. Il dipartimento di polizia investigativa era al primo piano, con le stanze divise da sottili tramezzi che davano un'illusione di privacy ma non attutivano nessun rumore. Ogni finestra interna era corredata di tende veneziane, unte da migliaia di palmi sudati e coperte di polvere, che sbatterono quando Tom e io aprimmo la porta.

Superammo la fila degli schedari metallici al centro della stanza. Ogni cassetto era pieno fino all'orlo. Nel 1969 tutte le pratiche erano ancora su carta, e la stazione ne era invasa. I faldoni formavano torri stalagmitiche che quando si schiantavano ci investivano con una valanga di fogli e cartelle finché qualcuno non ne aveva abbastanza e li scalciava in un angolo.

Anche le mensole delle finestre erano ingombre di pile di cartelle. Le finestre, in realtà, venivano aperte di rado, per paura che qualche oggetto cadesse in strada colpendo un passante, e intanto i cadaveri rinsecchiti delle mosche aumentavano di giorno in giorno. Le donne delle pulizie non avevano il coraggio di entrare nel dipartimento investigativo.

La maggior parte dei detective fumava e ogni volta che entravo in quella stanza mi bruciavano gli occhi.

Prima dell'avvento dei computer, appuntavamo le informazioni attorno a noi. Ogni parete era coperta di annotazioni, istruzioni, promemoria, mappe, fotografie di persone scomparse e di ricercati. Nessun foglio veniva mai staccato e le nuove informazioni erano fissate con uno spillo sopra le precedenti. Se avessimo tolto tutta la carta dalle pareti, avremmo perso l'isolamento acustico oppure i muri sarebbero crollati.

Il dipartimento investigativo era una massa nebulosa di carta sempre in movimento, polvere e fumo.

In fondo alla stanza c'era un ufficio d'angolo. Tom bussò e aprì la porta quando udì un grugnito dall'altra parte.

Il commissario Stanley Rushton, un uomo alto e corpulento sulla quarantina, sbatté giù la cornetta del telefono e ci squadrò attraverso una fitta coltre di fumo.

«Pezzo di merda!», esclamò.

«Ancora Earnshaw, capo?», chiese Tom.

«Come diavolo fai a saperlo?».

Nessuno si sedeva mai nell'ufficio del capo. Non c'erano altre sedie oltre la sua, e nessuno avrebbe mai osato accomodarsi lì.

«I ragazzi ne hanno parlato», disse Tom. «Deve rassegnarsi, capo. Tra poco ci saranno le elezioni del consiglio».

Non avevo mai incontrato Earnshaw, ma sapevo che era il presidente del consiglio comunale. Proprietario di parecchie fabbriche in città, era un uomo ricco e influente.

«Ha indetto una riunione cittadina per mercoledì sera», disse Rushton. «Vuole che spieghi perché non abbiamo ancora trovato quei ragazzi. Vuole anche che invii degli agenti sul Big Smoke perché qualcuno ha detto di averli visti su un treno a sud. Ma i miei uomini mi servono qui. Il fatto che doni qualche centinaio di sterline all'anno a un fondo benefico non gli dà il diritto di dirmi come devo fare il mio lavoro».

«No, capo», disse Tom.

«Cosa diavolo volete voi due?», chiese Rushton fissandoci con aria feroce.

«Florence ha avuto un'idea, capo. Vogliamo sottoporla alla sua approvazione».

Mi sentii avvampare. All'epoca arrossivo facilmente, e il caldo non mi stava aiutando.

«Pensavo che potremmo...». Mi interruppi e ci riprovai. «Be', ho parlato con i suoi compagni di scuola... di Patsy, Patsy Wood, intendo dire, e non sembrano davvero preoccupati. Ho chiesto loro se ricordavano qualcosa e hanno risposto "No". Tutto qui».

Rushton lanciò un'occhiata all'orologio. «Speriamo tu abbia finito», disse.

«Capo, visto che domani sera sarà in televisione a *Look North* per lanciare quell'appello», disse Tom, «Florence ha pensato che potremmo contattare il produttore per chiedergli di trasmettere prima un breve filmato che li aiuteremo a realizzare».

Rushton incrociò le braccia e mi squadrò dall'alto in basso. «Vogliamo entrare nell'industria del cinema, adesso?»

«Signore, quello che propongo è di trovare una ragazza che assomigli a Patsy – stessa corporatura, stessi capelli – e farle indossare i vestiti di Patsy».

Rushton inarcò le sopracciglia ma non disse nulla.

«Poi prendiamo questa ragazza, questa nuova Patsy, se vogliamo chiamarla così, e gli amici con cui era la notte scorsa, e chiediamo loro di fare esattamente quello che hanno fatto negli ultimi minuti in cui l'hanno vista. Quando dal parco hanno camminato lungo Snape Street e Argyle Street fino a Livesey Fold. Poi si sono salutati all'angolo e Patsy ha proseguito lungo Nelson Street».

Rushton mi fissò a bocca aperta.

«Capo, ho perso ormai il conto dei testimoni che ho interrogato e che sostengono di non ricordare nulla», intervenne Tom. «Ma poi, quando li metti davanti alla situazione concreta, la memoria ritorna di colpo e vengono a galla particolari che avevano dimenticato».

«La gente pensa per immagini», dissi. «A volte, stimolare la memoria con un'immagine aiuta a liberarne altre. La gente ricorda più di quanto crede, ma i ricordi sono stipati in profondità e bisogna trovare un modo per farli riemergere».

Lo sguardo di Rushton si indurì.

«Tutti in città la vedranno a *Look North*», disse Tom. «Se mostriamo al pubblico gli ultimi spostamenti di Patsy, anziché soltanto descriverli, potremo aiutare qualcuno a ricordare. Ovviamente, in sovrimpressione nella parte bassa dello schermo, sarà ben visibile il nostro numero di telefono».

«Ovviamente», disse Rushton. «Pensi seriamente che i genitori di Patsy daranno la loro approvazione? Per non parlare di quelli degli altri ragazzi».

«Tom ha un ottimo rapporto con la madre di Patsy», dissi. «E io conosco Luna Glassbrook, una delle sue amiche. Sono certa che sarà d'accordo». Quello che non aggiunsi, ma di cui ero fermamente convinta, era che Luna Glassbrook avrebbe fatto qualsiasi cosa per attirare l'attenzione.

«State parlando di una ricostruzione degli eventi», disse il commissario.

«Esattamente», risposi. «Una ricostruzione. Tecnicamente si chiama così, giusto?».

«Se funzionerà, potrà segnare una svolta», disse Tom. «Altrimenti, potremo almeno dire di averle provate tutte».

Aspettammo. Anche Rushton aveva figli piccoli. Sulla scrivania c'era una foto del figlio Brian con un casco di plastica della polizia.

«E potrebbe essere importante nel caso... nel caso non li trovassimo sani e salvi», disse Tom.

«O se ne scompare un altro», aggiunsi.

Calò un pesante silenzio. Sentivo lo sguardo di Tom sulla nuca.

«Possiamo far chiamare la produzione di *Look North* da Florence. Con il suo tono elegante riuscirà a convincerli facilmente», disse Tom.

Ci fu una pausa durante la quale Rushton continuò a fissarci. «Una telefonata non costa nulla».

Tom e io ci scambiammo un'occhiata.

«Se vengo fuori da questa storia con un odore diverso da quello della lavanda, giuro che vi appendo per le parti dove il sole non batte mai. Sono stato chiaro?», esclamò Rushton, fulminandoci con lo sguardo. «E adesso toglietevi di mezzo. Mi avete ricordato che devo farmi tagliare i capelli».

14

Martedì 17 giugno 1969

Look North accettò con entusiasmo l'idea della ricostruzione. Com'era prevedibile, i miei colleghi non furono altrettanto entusiasti. I più gentili la considerarono una pura perdita di tempo; gli altri la giudicarono un'idiozia che ci avrebbe fatti apparire ancora più stupidi di quanto non fossimo realmente agli occhi del paese. Rushton mantenne la sua parola e il martedì mattina mi concesse un permesso perché potessi prepararmi.

Lo trascorsi alla scuola di Patsy e pianificando il percorso. Poco dopo le due tornai alla stazione di polizia, affamata e accaldata, ed ebbi la netta sensazione che durante la mia assenza fosse accaduto qualcosa. Mentre percorrevo un affollato corridoio, dirigendomi verso la mensa, udii qualcuno dire: «Eccola qui!».

Tom era seduto a un tavolo da solo. Presi un panino al prosciutto e mi versai un bicchiere d'acqua, sapendo che tutti gli occhi erano puntati su di me.

«Ti fischiano le orecchie?», mi chiese Tom quando mi sedetti.

Mi guardai attorno. Due colleghi abbassarono prontamente lo sguardo, un altro continuò a fissarmi. «Cosa sta succedendo?», domandai.

Tom pulì il bordo del piatto con un pezzo di pane. «Due membri del consiglio comunale, il presidente del Rotary Club e un dirigente scolastico, stanno dando dei grattacapi a Rushton. Senza contare il solito John Earnshaw».

«Per la ricostruzione?»

«Desterebbe un panico inutile, svierebbe completamente le indagini, nuocerebbe al commercio e attirerebbe le sette piaghe d'Egitto sulla nostra ridente cittadina del Nord», rispose Tom, affettando una tremante voce da vecchio.

«Dieci», lo corressi pietosamente.

«Eh?»

«Le dieci piaghe d'Egitto. Forse pensavi ai sette peccati capitali. Quindi non si farà?»

«Oh, certo che si farà», disse, voltandosi verso la sua giacca, appesa a una sedia, e mettendosi a frugare nelle tasche. «Rushton è uno dei pochi notabili in città che non si è arreso al fascino della loggia».

«Non ho idea di cosa stai parlando. E le sigarette sono nella tasca della camicia».

Lui si batté una mano sul petto. «Massoni. Sono loro a comandare in questa città, e Rushton non lo accetta. Perché pensi che sia così mal visto dal potere?»

«Quindi si sta esponendo per me?»

«Tu gli piaci», rispose Tom accendendo la sigaretta e soffiandomi il fumo in faccia. «Anche se non riesco a capire perché».

Trascorsi l'ora successiva aspettando la notizia che la ricostruzione era stata annullata. Salii persino nella stanza del dipartimento investigativo per scoprire cosa stesse succedendo. Nell'ufficio di Rushton risuonavano voci concitate, ma quando la porta si aprì, lui uscì con la giacca abbottonata, il cappello in testa e mormorò: «Buona fortuna per stasera, ragazzi», prima di andarsene.

All'ora stabilita ci incontrammo al Sunnyhurst Park, dove Patsy e i suoi amici avevano trascorso la domenica sera. Erano passate da poco le quindici, la giornata scolastica non era ancora finita, ma il cameraman mi assicurò che un filtro sulle lenti avrebbe dato l'impressione che fosse sera.

I sei adolescenti emersero dai cancelli del parco con aria perfettamente naturale. Per la parte di Patsy era stata scelta una certa Maureen. I vestiti indossati dalla ragazza scomparsa erano svaniti insieme a lei, ma avevo cercato in tutti i negozi dell'usato ed ero riuscita a trovare un cardigan rosso e un vestito a fiori, che anche la madre mi confermò essere molto simili a quelli indossati da Patsy.

Stavo aspettando i ragazzi al primo incrocio con il produttore. Luna, con gli occhi ancora più grandi grazie al trucco che era riuscita a introdurre a scuola, camminava al fianco di Maureen. Dietro di loro c'era John Donnelly, che svettava sopra gli altri. Suo padre era il proprietario del pub più grande della città, un locale gotico, annerito dalla fuliggine, di nome Black Dog. Aveva avuto uno scatto di crescita adolescenziale prima degli altri e sembrava essere il leader naturale del gruppo.

John aveva un'aria adulta, senza tempo. I suoi vestiti sembravano datati, di tessuti naturali, anziché gli sgargianti nylon indossati dagli altri, e i capelli neri erano tagliati più corti di quanto imponesse la moda. Era tuttavia un ragazzo affascinante, con gli occhi scuri, la pelle pallida e lunghe gambe aggraziate.

Tammy Taylor, al suo fianco, era carina con i lunghi capelli scuri e la frangia. Come Luna, sembrava troppo elegante per una passeggiata nel parco. Dietro di lei c'era Dale Atherton, un ragazzino ossuto con i capelli del mio stesso colore e persino più lentiggini di me. Infine, a chiudere la fila, c'era Richie Haworth, più piccolo e tozzo degli altri, con un caschetto di capelli biondi che gli copriva la maggior parte della faccia. Mentre i ragazzi si avvicinavano alla troupe, fu l'unico che non riuscì a impedirsi di ancheggiare.

«Possiamo montarlo», mormorò il produttore.

Mentre si allontanavano lungo Argyle Street, Luna rallentò il passo per camminare accanto a John e lui le cinse le spalle con un braccio. Un'insolita manifestazione d'affetto per dei goffi adolescenti. Ma sembrava che i ragazzi cominciassero molto presto. Quel giorno, alla scuola di Patsy, un'altra delle sue compagne mi aveva detto che Luna e John erano "stati insieme" per due mesi e che Patsy aveva voluto "andare" con lui, ma John l'aveva rifiutata.

Ci eravamo aspettati di avere un pubblico per la ricostruzione, e in effetti molta gente – soprattutto donne – si affacciò alle porte o si fermò a guardarci, ma quando i ragazzi raggiunsero l'angolo, notai quattro uomini in completo scuro accanto a una Daimler nera. Uno di loro sembrava fissarmi, ma essendo la prima agente di polizia di Sabden, ero abituata a essere notata.

All'angolo i ragazzini si divisero, come avevano fatto quella domenica sera. Maureen continuò da sola, con il cardigan rosso sangue che si stagliava contro le facciate annerite delle case. Superò il negozio all'angolo, che quando Patsy ci era passata davanti doveva essere chiuso, e il pub White Lion, che invece era ancora aperto. Superò la sala scommesse e la casa con sul davanti il salone di parrucchiere. Quando arrivò allo stretto passaggio tra le due file di villette a schiera, si fermò.

Questi passaggi erano molto comuni nel Nordovest industriale. Ogni casa aveva un giardino sul retro dal quale vi si accedeva. La gente li usava per evitare di sporcare i gradini dell'ingresso e il corridoio.

Patsy sarebbe rientrata da lì. Era la via più rapida e si era fatto tardi. La porta del giardino sul retro dei Wood non era mai chiusa.

Nelle giornate calde le casalinghe del Nord stendevano ad asciugare i panni su fili tesi lungo questi vicoletti, e in una serata di giugno li avrebbero lasciati fuori fino a tardi. Alle quattro del pomeriggio c'erano file di lenzuola, camicie e asciugamani dietro i quali chiunque si sarebbe potuto infilare e... *puff!*, scomparire.

A un segnale del produttore, Maureen si incamminò nel passaggio, scostò il primo lenzuolo e scomparve.

15

«Nella piccola città del Lancashire di Sabden, ai piedi di Pendle Hill, cresce la preoccupazione per Patsy Wood, scomparsa la sera di domenica. È il terzo adolescente che sparisce in città negli ultimi mesi».

Mentre il conduttore si schiariva la gola l'immagine sullo schermo svanì, sostituita da una miriade di puntini neri. Dalla sala si levò un mormorio. Gli agenti incaricati di rispondere alle telefonate si erano radunati davanti all'unico televisore della stazione di polizia, tutti tranne Butterworth che, in piedi dietro l'apparecchio, reggeva l'antenna per migliorare la ricezione.

L'immagine si ricompose mentre la telecamera zoomava su una fotografia di Susan Duxbury e Stephen Shorrock. Susan era grassottella, con capelli castano scuro che avevano bisogno di uno shampoo, la pelle costellata di acne e occhiali del servizio sanitario nazionale. Stephen era più piccolo e più magro, con capelli color topo e uno sguardo sparuto. Nessuno dei due era particolarmente attraente, ma l'adolescenza, si sa, è un'età difficile.

«Il pomeriggio di lunedì 17 marzo Susan Duxbury è rimasta fino a tardi a scuola per aiutare un insegnante a rimettere in ordine la classe», lesse il conduttore del notiziario. «È uscita da sola ed è stata vista l'ultima volta in centro, poco lontano da casa sua. Mercoledì 16 aprile Stephen Shorrock stava giocando a calcio con gli amici, poi si è incamminato lungo la strada principale di Sabden e non è mai rientrato a casa».

Il conduttore sollevò brevemente lo sguardo dal suo bloc-notes. «Alcuni avvistamenti di entrambi i ragazzi nei pressi di stazioni ferroviarie e dei pullman hanno alimentato l'ipotesi iniziale che avessero lasciato Sabden spontaneamente, magari per fuggire di casa», disse. «Ma dopo la scomparsa della terza teenager, la polizia è sotto assedio».

Si voltò a guardare l'uomo seduto alla sua destra e la telecamera zoomò all'indietro per inquadrarlo.

«Commissario Rushton, questo è il terzo adolescente di cui si sono perse le tracce nel giro di pochi mesi. Cosa sta facendo la polizia?»

«Quello che dovresti chiederti, Frank, è perché la gente che sa qualcosa non viene a dircelo», rispose Rushton. «I ragazzi non spariscono così. Stiamo valutando l'ipotesi che quei tre, i quali si conoscevano tutti, siano insieme da qualche parte. Se è così, qualcuno deve averli visti».

«Frequentavano tutti e tre la stessa scuola. Pensa possa essere un indizio rilevante?»

«C'è soltanto una scuola secondaria a Sabden. Quello che vorrei dire a questo punto è che...».

«Sparisce un ragazzino al mese, commissario. Vuole che ne svanisca un altro nelle prossime due settimane?»

«Non è affatto vero. In maggio non è stata segnalata nessuna scomparsa».

Il conduttore inarcò le sopracciglia. «La cosa non può non riempirci di gioia. Quindi lei si aspetta che in luglio non ci saranno nuovi casi? I genitori di Sabden potranno tirare il fiato per qualche settimana?»

«In questo momento ci stiamo concentrando sulla ricerca di Patsy, Stephen e Susan, ogni allarmismo sarebbe controproducente».

«Se non intende invitarli alla prudenza, cosa vuole dire agli abitanti della città di Patsy Wood?», chiese il conduttore.

Dopo l'appello del commissario agli eventuali testimoni, trasmisero una ricostruzione degli eventi che mi fece venire la pelle d'oca.

Nonostante qualche ora prima avessi assistito alle riprese, la distanza creata dallo schermo televisivo la rendeva in qualche modo più reale, come se stessimo assistendo agli ultimi movimenti di Patsy. Quando Patsy (ovvero Maureen) svoltò nel passaggio dietro Nelson Street, udii qualcuno sospirare alle mie spalle.

Quando finì, trattenni il fiato, aspettandomi di udire i commenti che avevo sentito per tutto il corso della giornata. Ma nella stanza era calato un insolito silenzio. Qualcuno mi diede un colpetto alla spalla. Mi voltai e vidi Tom che mi faceva l'occhiolino.

Le telefonate si susseguivano. Più di un testimone era sicuro di avere visto Patsy dirigersi verso il centro della città. Altri segnalavano la sua presenza alla stazione dei pullman, al parco o su un traghetto che stava lasciando il porto di Liverpool.

Un gruppo di testimoni arrivò per parlare con Rushton e accettò con riluttanza di essere ricevuto da un altro ispettore quando apprese che il gran capo era impegnato. Li vidi soltanto di sfuggita, ma ero quasi certa che fossero gli stessi quattro uomini che quel giorno avevano assistito alla ricostruzione.

Fra tutte le telefonate che arrivarono, l'unica che contava la passarono a me perché pensavano che fosse uno scherzo. «C'è una squilibrata in linea», disse il sergente. «Pensaci tu, Flossie».

Mi morsi la lingua, sollevai la cornetta e udii una voce che chiedeva aiuto. Da una fossa appena scavata.

16

Il cimitero della chiesa cattolica di St Wilfred era così vicino alla collina che era difficile dire dove finiva l'una e dove cominciava l'altro. Forse una pietra, crollata dal muro di cinta, segnava il confine, oppure era un ciuffo d'erica al limitare tra la brughiera e le terre coltivate. Comunque fosse, c'era un tratto in cui le felci e l'erba secca cedevano il passo alle urne e alle lapidi, dove la ripida pendenza era stata livellata, ed era lì, in quel punto riparato tra il muro di cinta che si sbriciolava e le pietre tombali più antiche, che giocavano i bambini del luogo.

Il sole era basso all'orizzonte quando aprimmo il cancello. Le ombre si stavano allungando e il cielo si tingeva di rosso. Le tenebre si stendevano sulla collina, il verde e il giallo si erano tramutati in turchese, le fenditure erano più profonde, quasi nere. Era l'ora del giorno che gli abitanti del posto chiamavano la porta del crepuscolo, né giorno né notte, ma qualcosa a metà, quando le regole di entrambi sembravano sospese. Un momento in cui tutto poteva accadere. Vivevo nel Lancashire soltanto da qualche mese, ma sapevo che a quell'ora le casalinghe chiudevano le finestre e chiamavano i figli che giocavano in strada, sprangando le porte sul retro.

Quando era arrivata quella telefonata sui bambini che avevano udito strani rumori al cimitero, il sergente l'aveva passata a me. Ma con suo grande disappunto, aveva dovuto farmi accompagnare da un autista, e così l'agente Randy Butterworth e io eravamo andati insieme a casa loro.

Dopo avere udito il loro racconto, avevo chiesto di fare una telefonata per dire a Tom di raggiungermi immediatamente. Lui era parso scettico, ma era venuto lo stesso e si era incamminato per primo verso il cimitero, seguito dal padre dei bambini e da me.

L'agente Butterworth era rimasto davanti al cancello.

La tomba in questione sporgeva dalla terra come un pane appena sfornato, un tumulo ovale, perfettamente liscio. La superficie della terra si era seccata al sole, e una polvere fine, come farina integrale, danzava al vento.

I bambini, due fratelli di sei e nove anni, non erano venuti con noi, ma li vedevo sbirciare da una finestra della casa. Non erano gli unici. Si era sparsa la voce, e a tutte le finestre che davano sul cimitero era affacciato qualcuno. La gente si stava radunando anche davanti al cancello, dove Randy era di guardia e non li lasciava entrare.

«È questa», disse l'uomo.

La tomba era vicino al muro di cinta. C'erano delle corone ancora fresche e lì accanto sorgeva il capanno di lamiera ondulata che i bambini usavano come rifugio.

«Jimmy è scappato per primo», mi aveva raccontato il maggiore dei due fratelli. «Io sarei voluto restare, ma quando lui ha sentito le grida si è messo a correre a perdifiato e l'ho seguito».

Abbassammo lo sguardo sulla tomba, incerti su cosa fare. Poi Tom si tolse la giacca, me la passò e si sdraiò, premendo l'orecchio contro la terra.

«All'inizio hanno sentito dei colpi e dei graffi», disse il padre. «E hanno pensato che fosse un ratto».

«Fa' silenzio un attimo», disse Tom.

«Ma poi ci sono state le urla», continuò l'uomo. «Le hanno sentite chiaramente. Ho parlato con i nostri vicini Ray ed Elaine, e anche il loro figlio Micky le ha sentite. Non vi avrei chiamati se fosse stato soltanto per i nostri due ragazzi».

«Hai distinto qualche parola?», avevo chiesto al più piccolo dei due, con il quale avevo parlato da sola.

Lui mi si era avvicinato e aveva sussurrato: «Aiuto!».

«Sono due bravi ragazzi, non raccontano mai bugie. Di solito», stava dicendo il padre.

Tom corrugò la fronte, concentrandosi.

«Forse dovremmo aspettare davanti al cancello...», iniziai a dire.

«Ecco Dwane», mi interruppe l'uomo.

Udii sbattere il cancello, mi voltai e vidi un singolare personaggio confabulare con Butterworth e avanzare verso di noi. Alto come un bambino di dieci anni, aveva le spalle, le braccia e le gambe di un uomo adulto. I capelli erano folti e castano scuro, una corta barba gli copriva le guance, e i lineamenti marcati e bruniti dal sole suggerivano che avesse all'incirca trent'anni. Gli occhi sembravano insolitamente grandi, al pari della testa. Indossava sbiaditi abiti da lavoro grigi e marroni e portava in spalla una grossa pala.

«È il sacrestano», aggiunse. «È lui a prendersi cura delle tombe».

«Forse potrà aiutarci», dissi a Tom.

«Se smettete un attimo di parlare, glielo chiederò», rispose lui.

Sollevai una mano e mi premetti l'altra sulle labbra mentre il piccolo uomo si avvicinava. Il vento faceva frusciare i rami sopra le nostre teste, un uccello gracchiò. In lontananza udii delle voci e motori di auto. Quando sollevai lo sguardo mi accorsi che il pubblico, assiepato attorno al cimitero, adesso era molto più folto.

Incapace di resistere più a lungo, raggiunsi Tom e mi sdraiai sull'altro lato della tomba. La terra odorava di cenere, segatura e fiori. Sollevai gli occhi e, al di là delle fresie, scorsi la faccia orizzontale di Tom Devine. Per un secondo ci guardammo negli occhi e provai un'inspiegabile ma acuta sensazione di imbarazzo. Poi lui mi fece una smorfia e si alzò.

«Patsy», dissi, troppo sottovoce perché lei potesse sentirmi sottoterra. Avrei voluto urlarlo, ma la gente che ci stava osservando avrebbe pensato che mi aveva dato di volta il cervello. «Patsy», ripetei più forte.

«In piedi, Lovelady», disse una nuova voce alle mie spalle. Mi voltai e vidi l'ispettore con due dei suoi sergenti.

L'ispettore Jack Sharples doveva essere alto un metro e settanta, che all'epoca era l'altezza minima per un ufficiale di sesso maschile del Lancashire, ma era così esile e fragile da sembrare più piccolo. Era un uomo taciturno, ma aveva la capacità di non farsi sviare dai dettagli inutili e andare dritto al sodo. Noto come "Niente Cazzate Sharples", dopo aver lavorato al caso degli omicidi delle brughiere era diventato una leggenda. Si diceva che se ne fosse andato da Manchester perché non poteva affrontare un altro caso di violenze su minori.

Mi alzai. Negli anni Sessanta le agenti di polizia indossavano attillate camicie nere. Erano pieghettate sulla schiena per consentirci di correre, ma non rispettavano la modestia quando dovevi rizzarti in piedi in presenza di un ufficiale di grado superiore. Notai con sgomento che c'era anche il prete, accompagnato da un altro uomo. Sulla quarantina, corpulento e con i capelli color sabbia, indossava un completo. Conoscevo la sua faccia, se non il suo nome. Era uno dei tizi accanto alla Daimler nera che il giorno prima avevano assistito alle riprese e che quella sera erano venuti alla stazione di polizia.

«Avete scoperto qualcosa?». L'espressione di Sharples lasciava intendere chiaramente che sapeva già come avremmo risposto.

«Nulla. Ma Florence potrebbe avere un udito migliore del mio», disse Tom.

Scossi la testa.

«Questa tomba non è stata toccata», disse una voce stridula, asessuata. Dwane, il sacrestano, in piedi in cima al tumulo, abbassò lo sguardo e aggiunse: «È esattamente come l'ho lasciata».

Sotto le corone io non vedevo altro che un mucchio di terra.

«Come può esserne così sicuro?», gli chiesi.

«Sono stato io a spianarla», rispose lui, guardandomi come se avesse appena notato la mia presenza. «La gente pensa che il mio sia un lavoro facile – scavare una fossa e poi riempirla –, ma non è così. Se qualcuno l'avesse toccata, me ne sarei accorto».

«Dwane è un uomo molto scrupoloso e preciso», disse il prete.

L'uomo in completo con i capelli color sabbia guardava la gente che si era affollata davanti al cancello. «Non mi piace l'attenzione che stiamo attirando», disse.

«Forza, muoviamoci», disse l'ispettore voltandosi per andarsene. «Abbiamo del lavoro da fare. Mi dispiace di avervi fatti uscire a quest'ora, padre, signor Bannister».

«Signore!». La parola mi uscì di bocca prima che potessi pensare a quello che avrei detto dopo. L'ispettore si voltò a guardarmi. Tom non si mosse, ma abbassò gli occhi sulle mie scarpe.

«Abbiamo quattro testimoni che sostengono di avere sentito dei rumori provenire da questa tomba».

«Quattro ragazzini», mi corresse Sharples. «Quanti anni hanno?»

«Da sei a dieci», intervenne Tom prima che potessi aprire bocca. Poi, cogliendo la mia occhiata allibita, aggiunse: «Ma sono ragazzini molto svegli».

«Scommetto che hanno visto *La famiglia Addams*», disse il tizio chiamato Bannister.

«La madre non gliel'ha permesso», rispose il padre. «Ma seguono appassionatamente *Doctor Who*».

«Per l'appunto», commentò Sharples squadrandomi dall'alto in basso. «Rimettiti in ordine prima di rientrare, Lovelady».

Abbassai lo sguardo e mi accorsi che avevo uno strappo ai pantaloni e macchie d'erba sulla camicia nera.

«Signore, penso che dobbiamo esserne sicuri», dissi fermandolo di nuovo mentre stava per andarsene. L'altro uomo, Bannister, mi guardò e scosse la testa.

«Non è impossibile, signore», dissi, ignorandolo.

«Nessuno ha toccato quella tomba», ribadì Dwane.

«In ogni caso non credo che avrebbero potuto sentirla», disse Tom. «Il suono non viaggia attraverso la terra».

«E di certo non attraverso una cassa di legno sepolta a due metri di profondità», aggiunse Bannister con un sorrisetto.

«Un metro e mezzo», lo corresse Dwane. «La fossa è profonda due metri, la cassa è alta cinquanta centimetri e sopra c'è un metro e mezzo di terra».

«Anche un metro sarebbe troppo», disse Tom.

«Come fate a saperlo?», chiesi. «Qualcuno di voi forse ci ha provato?».

«Sharples, la situazione sta degenerando. Può richiamare all'ordine il suo agente?», disse Bannister.

L'ispettore fece un passo verso di me. «Lovelady, ho tre ragazzini scomparsi e, nel caso tu non l'abbia notato, c'è un folto pubblico che ci sta seguendo. Non voglio che la gente dica che quei tre sono stati sepolti vivi».

«Ho parlato con quei bambini, signore. Non credo stessero mentendo».

L'ispettore fissò il padre dei due piccoli. «Sono sicuro che non abbiano mentito, ma i bambini hanno un'immaginazione molto vivace. Giocando in un cimitero, possono essergli venute strane idee».

«Non avrebbero dovuto andarci», disse il padre. «Gliel'avevamo detto decine di volte. Alcune di quelle vecchie pietre sono molto pericolose, l'avevo anche segnalato, ma nessuno se n'è mai occupato».

«La manutenzione del cimitero spetta al comune, non alla chiesa», disse Bannister. «E controllare i bambini ribelli spetta ai genitori».

Il padre si strinse nelle spalle.

«Abbiamo tutti problemi di riduzione del personale», disse Sharples. «Oh, ecco quelli delle pompe funebri».

Ci voltammo tutti a guardare Larry Glassbrook che avanzava a grandi passi lungo il sentiero. Indossava una giacca beige con i bordi lilla sopra una camicia azzurra slacciata sul collo, e i capelli neri erano pettinati all'indietro. Il ritratto perfetto di un impresario di pompe funebri. Al suo fianco c'era il socio Roy Greenwood, più vecchio, più alto e più magro di lui, con un discreto completo nero.

«C'è qualcosa che devo sapere?», chiese Larry all'ispettore annuendo nella mia direzione. «Flossie», disse. «Sembri accaldata. Hai corso?».

Sharples emise un grugnito inarticolato. «L'agente Lovelady pensa che l'adolescente scomparsa possa essere stata rinchiusa in una delle sue bare», disse.

«È una cassa», lo corresse Larry. «Di cedro con finiture di argento dorato. Un pezzo di valore. Foderata di giallo. Con l'argento e il legno scuro io preferisco l'azzurro e il rosso, ma il giallo era il colore prediletto del defunto».

«Il signor Simmonds», disse Roy Greenwood con una punta di riprovazione. «Douglas Simmonds, settantatré anni, spirato pacificamente nella sua casa mercoledì scorso».

«Nessuno ha toccato quella tomba», ripeté il sacrestano.

«Non c'è davvero nessuna possibilità, signor Glassbrook?», chiese Tom. «Può spiegarci cosa succede a una bara quando viene chiusa? Così Florence potrà mettersi il cuore in pace».

Bannister fece un sonoro sospiro. Il prete sembrava turbato.

«Farò qualsiasi cosa per Florence», disse Larry. «Il vecchietto è in quella cassa da quattro giorni, dopo l'imbalsamazione eseguita venerdì. Il funerale è stato ieri mattina presto e quindi non c'è stato tempo per la camera ardente».

«Non la allestiamo mai se il funerale è prima delle undici», spiegò il socio. «Poi resta poco tempo per caricare la bara sul carro funebre e la cosa disturba la famiglia».

Aprii la bocca. Tom sollevò un dito per dirmi di nuovo di tacere.

«Da quando nessuno ha visto cosa c'era all'interno di quella bara... Di quella cassa, voglio dire?», domandò Tom.

«Da domenica pomeriggio alle cinque», rispose Larry. «La vedova è venuta a dargli l'ultimo saluto insieme a uno dei figli. Sono rimasti una decina di minuti e se ne sono andati».

«E poi avete inchiodato la cassa?».

Larry scosse il capo e spiegò a Tom e agli altri come sigillava le sue casse.

«Quindi da allora nessuno ha potuto aprirla?», chiese Bannister, convinto che questo avrebbe messo fine alla questione.

«Patsy è scomparsa domenica notte», dissi. «È possibile che qualcuno abbia riaperto la cassa dopo che lei l'aveva chiusa».

«Dev'essere andata così», disse Dwane.

«Avrebbero dovuto sapere come funzionava il meccanismo», osservò Larry, ignorando Dwane.

«Oppure essere abbastanza astuti da scoprirlo da soli», osservai.

«Avrebbero dovuto anche accedere alla nostra cappella», disse Greenwood, l'uomo più magro che avessi mai conosciuto. La parte superiore del corpo sembrava piegata in avanti, come se la colonna vertebrale non fosse abbastanza forte da consentirgli di assumere una postura eretta.

«Immagino che le porte della cappella siano chiuse», disse Bannister.

«Sempre», confermò Greenwood nel suo tono basso e monocorde.

«Tranne quando stiamo aspettando la consegna di un defunto. Non è il caso che qualcuno entri inaspettatamente mentre prepariamo il cadavere. E, ovviamente, di notte l'edificio e il cortile sono chiusi».

«Se quei bambini hanno davvero sentito delle urla, significa che Patsy era viva», disse Tom. «Come fai a mettere una ragazzina viva in una cassa senza che urli come una pazza?»

«Quando ho riempito la fossa, non ho sentito niente», intervenne Dwane.

«L'avranno drogata», risposi, «ridotta all'incoscienza colpendola alla testa. Oppure le avranno fatto credere che era uno scherzo».

«L'avevo detto a Rushton di non assumere una donna», disse Bannister. «Sono tutte isteriche».

«Ormai sarà morta», osservò Dwane. «Può aver resistito per qualche ora, dal funerale a quando i bambini l'hanno sentita gridare, ma non tutta la notte. Si potrebbe anche lasciarla dov'è. È un peccato rovinare un tumulo così perfetto».

«Sono d'accordo, io me ne vado», disse l'ispettore. «Lovelady, tu e Butterworth resterete di guardia alle due entrate per un'ora. No, meglio due. La nostra presenza qui non è passata inosservata e non voglio che qualche curioso o cacciatore di fantasmi cerchi di intrufolarsi nel cimitero».

«E alla fine toccherà a me ripulire tutto», disse Dwane.

Sharples si incamminò lungo il sentiero, seguito da Bannister, il prete, Larry e Roy Greenwood. Mentre Larry si voltava per andarsene, mi arrivò una zaffata del suo dopobarba, Old Spice. Avevo visto delle bottiglie nuove in fondo alle scale, che aspettavano di essere portate in bagno.

«Signore». Aggirai gli altri per avvicinarmi a Sharples. «Dobbiamo essere sicuri. E se lei fosse davvero là sotto?».

Bannister borbottò qualcosa di incomprensibile mentre Sharples emetteva un profondo sospiro. «Non posso procedere all'esumazione di una salma senza l'autorizzazione del comune. Dico bene, padre?»

«Non vedo perché gli uffici comunali debbano esserne informati», rispose Bannister.

«Non sto parlando di un'esumazione, signore, ma soltanto di smuovere un po' di terra e chiedere a Larry di aprire la cassa. Non ci vorrà più di un'ora e poi rimetteremo tutto esattamente come prima».

«E chi pagherà i miei straordinari?», chiese Dwane.

«Non vi sto ascoltando», disse l'ispettore continuando a camminare.

«Signore, se abbiamo ragione di sospettare che una vita sia in pericolo, non valgono più le procedure normali».

«Parleremo alla stazione, Lovelady», ribatté Sharples.

«Capo, Florence ha ragione», disse Tom. «Possiamo montare una tenda e aspettare che cali la notte».

«No, non possiamo aspettare», dissi. «Quanta aria le sarà rimasta?»

«Nemmeno un po'», disse Dwane. «Quella ragazza è morta».

«Quante delle telefonate arrivate questa notte segnalavano la presenza di Patsy alla stazione ferroviaria?», chiese a Tom l'ispettore.

«Oltre una decina», rispose lui.

«Esattamente. Patsy ha lasciato la città su un treno e prima o poi scopriremo dov'è. Perdere tempo con la televisione è stata una pessima idea, Lovelady. Cerca di non peggiorare le cose».

«Andiamo, Florence», disse Tom mentre gli altri si allontanavano. Tirò fuori il pacchetto delle sigarette, poi ci ripensò e lo rimise in tasca.

Abbassai lo sguardo sul metro e mezzo di terra che Dwane avrebbe potuto rimuovere in un'ora.

«Ti accompagno al cancello». Tom non mi stava proponendo di fare una passeggiata insieme. Voleva allontanarmi dalla tomba. Mi mossi lentamente, resistendo alla leggera pressione che esercitava sul mio braccio.

«Chi era l'uomo con il prete?», chiesi.

«Reg Bannister, amministratore laico della parrocchia e membro del Rotary».

«E della loggia?»

«Chissà. Forse. Ascoltami, tesoro, è meglio che ti tieni alla larga dai guai per qualche giorno».

Raggiungemmo il sentiero. La gente che aveva assistito alla scena dal cancello stava cominciando a disperdersi e mi domandai cosa gli avesse detto Sharples.

«Ci sono un sacco di giornalisti in città», continuò Tom. «Al Black Dog non c'è nemmeno una stanza libera, non succedeva dalla morte della vecchia regina. La tua ricostruzione – non voglio dire che non sia stata una buona idea – li ha attirati come mosche».

«La pubblicità ci aiuterà a trovare quei ragazzi», dissi.

Tom si fermò e mi bloccai anch'io. Mi teneva ancora per il braccio e si voltò a guardarmi lungo il sentiero.

«Non tutti la vedranno in questo modo. Dopo quello che è successo questa notte, la riunione di domani al consiglio comunale sarà molto animata. Tutti chiederanno perché la polizia non stia facendo abbastanza per trovare quei ragazzi e il commissario non saprà cosa rispondere. Così, nell'arco di ventiquattro ore passeremo dalla segreta speranza che i tre adolescenti siano scappati di casa alla convinzione che un mostro si aggira per le strade della nostra città e che la polizia non ha alcun indizio. E quando andrà tutto all'aria, la colpa ricadrà soltanto su di te».

«Non è giusto».

«Non ho detto che lo sia. Sei un bersaglio facile, Flossie… Scusa, mi è sfuggito… Perché sei appena arrivata e sei giovane. Ma sei anche brillante, e non hai paura di dire quello che pensi. E così, quelli che altrimenti si tratterrebbero ti daranno ancora più addosso, perché non vorranno essere messi in ombra da una ragazza. Hai capito cosa voglio dire?».

Sì. Non mi ero solo affacciata dal parapetto, ci stavo ballando sopra il tip-tap.

«È così anche per te?», chiesi.

«No, ma io sono più furbo della media».

Feci una smorfia. Tom era molte cose: bello, divertente, affascinante, quando voleva esserlo, ma furbo?

Mi prese di nuovo il braccio. «Lascia che ti dia un consiglio, Florence: far sapere agli altri che hai un cuore tenero non potrà nuocerti. Perché non provi a farlo?».

Avevamo raggiunto il cancello. Lui prese dalla tasca le chiavi dell'auto e fece un cenno a Randy, ma prima di andarsene si sporse un'ultima volta verso di me. «Il capo è sotto pressione, e tu non gli hai certo facilitato le cose. Promettimi che non farai nessuna sciocchezza».

Glielo promisi. Dovevo farlo. Non se ne sarebbe andato finché non l'avessi fatto.

17

Poco dopo le dieci, mentre stavo risalendo il vialetto, udii il motore di un'auto.

«Flossie!». Sally scese dalla macchina e mi fece un sorriso stanco reggendo in una mano la sua borsa di tela da ostetrica piena di biancheria macchiata di sangue. «Ci sono novità?»

«Niente di concreto, temo».

«Vieni», disse tirando fuori dal bagagliaio la borsa con le pesanti attrezzature mediche. «Ti preparo una tazza di tè».

Volevo soltanto andare a letto, ma sapevo che Sally era in ansia e così la seguii in cucina, dove Luna Glassbrook stava facendo i compiti.

Nella casa risuonavano le note di un pianoforte. Mi parve di riconoscere Mozart, ma lo stesso brano veniva ripetuto più volte ed era difficile identificarlo.

«Che cosa fai ancora in piedi, tesoro?».

Luna ignorò la madre. «Flossie, hai visto la ricostruzione? Andava bene? Quando ci siamo fermati in Snape Street sembrava ci fosse qualcosa che non funzionava. Il fratello di Richie…».

«Era perfetto», dissi. «Tutti ne sono rimasti contenti. Abbiamo avuto un ottimo riscontro».

Per una frazione di secondo si illuminò in viso, poi inarcò le sopracciglia e chiese: «Ha funzionato?». E poi, abbassando la voce, aggiunse: «L'avete trovata?»

«Non ancora, ma abbiamo ricevuto un sacco di telefonate. Ci vorrà del tempo per verificare tutte le informazioni».

«Lo zio di Richie ha detto che vi hanno chiamati al cimitero di St Wilfred. Alcuni ragazzini avevano udito delle voci e avete dissotterrato una tomba. Non era lì dentro, vero?»

«No, non c'entrava nulla con Patsy». Non mi piaceva mentire a Luna, ma era la risposta che avevamo concordato alla stazione di polizia. Eravamo stati convocati a St Wilfred in seguito a una denuncia per atti di vandalismo. Nulla a che vedere con i ragazzi scomparsi. Nessuno sapeva però quanto a lungo avrebbe retto la bugia.

Il viso di Luna si contrasse e gli occhi le si colmarono di lacrime che sembravano genuine. Con lei non si poteva mai sapere. «Non riesco a immaginarmi una fine peggiore», disse.

Nella stanza accanto, Sally aveva svuotato la borsa della biancheria e degli asciugamani insanguinati in uno dei due lavandini. Sollevò una mano verso i fasci di erbe secche appesi alle travi del soffitto e ne staccò qualche manciata. Lavanda per il profumo e rosmarino per le sue proprietà disinfettanti. Negli anni in cui ho vissuto lì ho imparato un sacco di cose sulle erbe.

«Non dare fastidio a Flossie». Mentre la lavatrice iniziava il ciclo, Sally andò ad accendere il bollitore. «Lo sai che non può dirci nulla».

«Lasci che mi occupi io del tè», dissi a Sally. «Deve essere sfinita».

«Questa notte è stato più facile del solito», disse accendendo il gas con un fiammifero. «Quattro neonati che sono praticamente usciti da soli. Cinquanta minuti dalla rottura delle acque all'espulsione della placenta».

«Mamma», gemette Luna.

«Che cosa succede alla placenta?», chiese Cassie, la figlia maggiore dagli occhi grigi e i capelli argentei che aveva seguito la conversazione appoggiata allo stipite della porta. Aveva un modo di muoversi furtivo, in totale silenzio, che nonostante vivessi da cinque mesi con la famiglia continuava a irritarmi. Soffriva anche di sonnambulismo, il che era ancora più inquietante perché le porte delle camere non si potevano chiudere a chiave. Poco dopo il mio arrivo, una notte mi ero svegliata e l'avevo trovata in piedi davanti alla porta della mia stanza. Il mio grido di paura non l'aveva svegliata, si era semplicemente voltata ed era tornata indietro lungo il corridoio.

«Che schifo!», borbottò la sorella.

«La maggior parte delle madri la mangia», le rispose Sally facendomi l'occhiolino.

«Stai scherzando?», chiese Luna sollevando lo sguardo dal quaderno dei compiti e fissando la madre con i suoi grandi occhi che assomigliavano a quelli di una rana.

«Alcune madri sono un po' schizzinose», proseguì Sally. «Soprattutto al primo parto. Seppellirla sotto un albero è un'usanza sempre più diffusa. Molte la danno alle levatrici, che la portano a casa. Com'era il tuo tè?».

«L'avete trovata?», mi chiese Cassie mentre Luna fingeva di vomitare. Scossi la testa. «Abbiamo ricevuto molte segnalazioni e seguito alcune false piste. Continueremo a cercare».

«È morta, vero?».

Luna sollevò di scatto la testa. «È della mia amica che state parlando».

«Da quando è tua amica?», chiese Cassie, che era parecchi centimetri più alta di Luna. «Quando era viva non avevi mai il tempo per vederla», aggiunse sogghignando.

«Nessuno ha mai detto che è morta. Flossie, non pensi che lo sia, vero?».

«A letto!», disse Sally indicando le camere. «Tutte e due».

«Morta stecchita come Susan e Stephen. È solo una questione di tempo prima che ne prenda un altro», disse Cassie con un sorriso cattivo. «Uno dopo l'altro li prende tutti e nessuno sa quando colpirà la prossima volta. Guarda sotto il letto questa notte, Luna».

Non riuscii a trattenermi. «Cassie, stai spaventando tua sorella!», urlai.

La sorella maggiore si incamminò verso la camera e Luna la seguì.

«È quello che pensi?», chiese Sally versando l'acqua calda nella teiera e facendone uscire un po'. «Pensi che qualcuno stia facendo questo?»

«È troppo presto per dirlo». Stavo cercando di non pensare alla tomba fresca a meno di un chilometro da lì.

«Devo imporre il coprifuoco alle bambine? Impedire che escano da sole?»

«Non abbiamo alcuna ragione di credere che Patsy e gli altri siano stati rapiti...», iniziai a dire.

Sally mi guardò con quel suo sorriso gentile e mi accorsi che i suoi occhi grigi erano umidi di lacrime.

«Se fossi in lei lo farei», risposi. «Sì. Le terrei al sicuro».

18

Venerdì 18 giugno 1969

Stanca com'ero, mi ci volle un po' per riuscire a prendere sonno. La ricostruzione era parsa un'ottima idea, ma se non avesse portato a nulla di concreto, non avremmo fatto altro che attirare ancora di più l'attenzione sulla nostra incapacità di risolvere il caso dei tre ragazzi scomparsi. Il capo avrebbe dovuto assumersene la responsabilità a livello nazionale, ma Tom aveva ragione: lì a Sabden la colpa sarebbe stata scaricata su di me.

Quando alla fine riuscii a addormentarmi, dormii male, svegliandomi in continuazione prima di sprofondare in una serie di incubi di una vividezza terrificante. Com'era prevedibile, sognai di essere intrappolata in uno spazio buio e chiuso. Tom e Dwane, sopra di me, battevano sul coperchio cercando di ottenere una risposta, ma io non riuscivo a parlare.

Quando ritrovai la voce, Tom e Dwane se n'erano andati e chiamai mia madre.

Mi svegliai avvoltolata nelle umide lenzuola di nylon, temendo per un istante di averla chiamata a voce alta. Quando non udii alcun suono nella casa – dopo tutto le mie urla erano state silenziose – mi misi a sedere e scostai le tende. Non riuscii a scorgere la luna, la collina era soltanto una vaga sagoma scura.

Ormai, quella notte non sarei riuscita a riprendere sonno.

Mia madre. Pensare a lei mi faceva stare male e cercai di scacciarla dalla mente. Ma a volte mi coglieva di sorpresa, intrufolandosi in un sogno o in un ricordo casuale.

E lo faceva sempre con uno scopo preciso.

Quella notte mi ritrovai a pensare a quando avevo dodici anni ed ero in macchina con lei. Noi due da sole – i miei fratelli erano rimasti a casa con la nonna –, e il fatto di avere tutta la sua attenzione per me mi aveva resa più loquace del solito. Non ricordo cosa le dissi di preciso, ma a un certo punto si accostò al margine della carreggiata e suggerì di scendere a sgranchirci le gambe. Salimmo una scaletta, attraversammo un campo di papaveri e, dopo un'altra scaletta, scorgemmo un grosso villaggio a circa mezzo chilometro di distanza. Scoprii in seguito che era Bletchey. Al centro del paese c'era un'enorme dimora vittoriana, con timpani e archi di mattoni rossi e un tetto a cupola di piombo con una finestra circolare.

«Un giorno sentirai chiamare il tuo nome, Florence».

Fui lì lì per dirle che lo sentivo in continuazione. Con tre fratelli piccoli, gli adulti avevano sempre bisogno del mio aiuto, ma intuii che non era quello che intendeva.

Stava fissando la casa di mattoni rossi. «Quando accadrà, non potrai nasconderti e fingere di non avere sentito, ma dovrai alzare la mano e dire: "Sì, sono qui"».

Negli anni successivi capii che mia madre aveva fatto la guerra. Qualcosa l'aveva portata dal nativo Hampshire al Buckinghamshire, dove aveva incontrato e sposato mio padre. Lei non me ne aveva mai parlato, ma quella notte, mentre seduta sul letto fissavo Pendle Hill, mi tornò in mente.

Da qualche parte, nelle tenebre, Patsy Wood mi stava chiamando.

Fuori, la collina era un'ombra che si stagliava contro l'orizzonte. Le volsi le spalle e aprii il capanno del giardino con una chiave che avevo trovato in cucina. Spinsi con cautela la porta, sapendo che cigolava. Nel capanno non c'erano finestre e per qualche secondo non riuscii a vedere nulla. Stavo per accendere la torcia, quando udii un sordo ringhio.

In un angolo, su una cuccia che si era rimediato con dei vecchi sacchi, c'era un cane nero. Piccolo e ossuto, con il pelo raso, il cane sbatté le palpebre quando fu illuminato dalla torcia. Aveva il muso lungo e le orecchie enormi, simili a quelle di un pipistrello. Non l'avevo mai visto prima. Non sapevo che i Glassbrook avessero un cane.

Il whippet – così almeno mi sembrava – emise un altro ringhio. Io non mi mossi, non pensavo costituisse una minaccia. L'unico rischio era che si mettesse ad abbaiare e svegliasse tutta la casa.

Così lo ignorai e presi la vanga che ero venuta a cercare. Poi chiusi la porta e girai la chiave. Mi sarei occupata dopo del cane.

Per raggiungere il cimitero seguendo la strada ci avrei messo quaranta minuti o anche di più. Decisi quindi di tagliare attraverso i campi, scavalcando il muro del giardino dei Glassbrook e poi seguendo le proprietà ai piedi della collina. All'inizio fu facile, c'era un sentiero battuto e la vanga mi serviva da bastone da passeggio, ma dopo una decina di minuti la vegetazione si infittì e dovetti farmi strada tra le felci.

A un certo punto inciampai e, quando mi fermai a riprendere fiato, vidi delle luci sulla collina.

Mi stropicciai gli occhi e guardai di nuovo. Era proprio così. Torce o lanterne, a metà strada lungo il pendio, e una luce più forte che poteva essere un falò. C'era qualcuno sulla collina nel cuore della notte, e la vista di quelle luci, che guizzavano e danzavano intorno, non mancò di risvegliare i miei istinti polizieschi.

Tesi l'orecchio e udii il battito di un tamburo.

Lontana, a tratti a malapena udibile, la pulsazione ritmica portata dal vento non raggiungeva di certo il villaggio. Non era il semplice ritmo ripetitivo di una banda, aveva qualcosa di più ancestrale. Ero quasi sicura che arrivasse dalla collina, dal punto dove vedevo quelle luci.

Dovevo chiamare la stazione perché mandassero un'auto a controllare.

Ma avrei dovuto spiegare cosa ci facevo lì con una vanga alle due di notte.

Mi voltai e mi misi a correre, con il rumore dei miei passi che copriva quello dei tamburi, ma la mia sicurezza stava cominciando a vacillare. Durante la seconda metà del tragitto verso il cimitero fui estremamente consapevole della notte attorno a me, del vento che scuoteva le cime degli alberi e di tutti gli altri rumori della brughiera. Scavalcare il muro del cimitero e ritrovarmi in mezzo ai morti fu quasi un sollievo.

La tomba era esattamente come l'avevo lasciata, e così pure il capanno dei bambini. Rimasi in piedi davanti al tumulo di terra rendendomi conto che di lì a un paio d'ore la gente avrebbe cominciato ad alzarsi per i primi turni in fabbrica e che dovevo prendere una decisione. Fino a quel momento non avevo fatto nulla di sbagliato. Se però mi fossi messa a scavare, avrei commesso un grave reato. Se mi avessero sorpresa, sarebbe stata la fine della mia carriera nella polizia e avrei potuto avere anche delle grane legali.

Per cosa? Anche se Patsy fosse stata sotto i miei piedi, a quel punto era già morta. Sarei dovuta tornare a casa. Ma...

Quel bambino di sei anni aveva sentito gridare aiuto da sottoterra. Mi sembrava quasi di udire quella voce che implorava di non lasciarla al suo destino.

Non avevo scelta. Morta o viva, non poteva restare là sotto, lontana da tutte le persone che le volevano bene. Sollevai le corone, l'una dopo l'altra, le spostai contro il muro di cinta e mi misi a scavare.

Dopo una ventina di minuti abbandonai ogni speranza di poter lasciare la tomba nello stato in cui l'avevo trovata. Dovevo fare del mio meglio e andarmene alle prime luci dell'alba.

Nonostante l'aria fresca della sera, cominciai a sudare. Dopo un po' smisi di guardarmi attorno per assicurarmi che non ci fosse nessuno. Ero troppo stanca per preoccuparmene. I tributi floreali finirono sotto la terra e la buca diventò troppo grande perché potessi continuare a scavare dall'esterno, e dovetti calarmi dentro.

Continuai a scavare. Ero stanca, accaldata e avevo le vesciche alle mani, ma stavo avanzando velocemente.

All'improvviso udii un colpo sordo. La vanga aveva raggiunto la cassa. Smisi di scavare e scostai la terra residua dal coperchio.

Poi udii qualcosa. Qualcosa che non era il vento o la terra che franava nella fossa... Qualcosa che sembrava... un lamento?

Scossi la testa e continuai a raschiare. I morti non si svegliano. Nemmeno quando qualcuno batte con una vanga alla loro porta d'ingresso. Impugnai più saldamente la vanga per fermare il tremito delle mani.

Il vento rinforzò e il fruscio dei rami evocava minacce sussurrate. Quando scorsi il coperchio della cassa, il cielo stava cominciando a schiarirsi e dentro di me qualcosa era cambiato. L'inquietudine che mi ero sforzata di ignorare da quando ero entrata nel cimitero si era trasformata in un profondo senso di malessere. Non avevo più caldo, ma ero scossa dai brividi.

Non credo nel sovrannaturale, non credo che i morti abbiano alcun potere sui vivi, ma mentre rabbrividivo nella fossa, riuscii finalmente a dare una spiegazione al senso di disagio che mi attanagliava. Non ero più sola.

Appena me ne resi conto, vidi un'ombra che si allungava sopra di me. Qualcuno – o qualcosa – era in piedi sull'orlo della fossa.

19

«Va tutto bene laggiù, Florence?», disse Tom Devine. «Hai bisogno di una mano?».

Mi voltai lentamente, per non fargli capire quanto ero scossa. In jeans e giacca denim, Tom era in piedi sul bordo della fossa.

«Da quanto sei qui?»

«Vuoi ascoltare tutta l'imbarazzante storia, o preferisci finire il lavoro?», mi chiese, scendendo nella buca. «Togliti! Non possiamo sollevare il coperchio con il tuo peso sopra».

Gli tesi la mano perché non c'era altro da fare. E nonostante quello che aveva detto sul mio peso, mi sollevò facilmente.

«Forse non ricordi quello che ci ha spiegato il tipo delle pompe funebri a proposito della sigillatura delle casse», disse Tom.

La mia risoluzione vacillò. «Non stai dicendo sul serio, vero? Finiremo in un mare di guai».

«Parla per te, Florence. Se non troveremo nulla, non contare su di me. Dovrai cavartela da sola».

Non avrebbe potuto essere più chiaro. Senza pronunciare un'altra parola, ci sdraiammo pancia a terra, allungammo le braccia e trovammo le chiusure segrete. Gli spiegai come azionare il meccanismo e il coperchio si sollevò di un paio di centimetri.

L'odore ci invase subito le narici. Mi aspettavo un fetore di decomposizione, ma non così intenso. Era come se qualcosa di tangibile fosse sgusciato fuori dalla cassa e mi avesse schiaffeggiato.

«Florence, alzati e fai due passi indietro», disse Tom senza sollevare lo sguardo. «In verità, voglio che corri fino alla stazione di polizia e chiami qualcuno».

«Dobbiamo esserne sicuri, prima». Respirai a fondo e mi chinai di nuovo sulla fossa. «Non preoccuparti. Sto bene», dissi sforzandomi di trattenere il respiro.

«Questo non è l'odore di un corpo imbalsamato, Florence».

Arrischiai un altro respiro. Non avevo idea di che odore avesse un corpo imbalsamato, ma immaginavo che gli agenti chimici annullassero gli odori corporei. Niente vomito, escrementi, urina e carne putrefatta, gli ingredienti del disgustoso cocktail che ammorbava l'aria nella fossa.

«Penso che tu avessi ragione, Florence». Era ancora quasi buio, ma quando lo guardai, Tom mi sembrò più pallido. «Credo sia lì dentro, e che sia morta. E non penso che tu abbia bisogno di vederla».

In seguito, ripensando alla sua galanteria, non avrei saputo dire se ero più commossa o offesa per essere stata trattata con sufficienza. Allungai le braccia e afferrai il coperchio. Tom fece lo stesso e io lo tenni sollevato mentre lui puntava la torcia sul viso morto di Patsy Wood.

Aspettando che arrivassero gli altri, usammo il nastro adesivo nell'auto di Tom e dei rami di salice per approntare un cordone di sicurezza attorno alla tomba. Mentre lavoravamo, cercai di fare in modo che lui non mi vedesse in faccia. Il che in seguito si rivelò soltanto una perdita di tempo.

«Se ti può confortare, anche a me viene da piangere», disse appoggiandosi al muro quando finimmo di recintare la tomba. «Ma è meglio farlo prima che arrivino gli altri».

Se mi fossi messa a piangere, non sarei più riuscita a fermare le lacrime, ma…

«Da quanto stavi…?», iniziai a dire. «Quando sei…? Come?»

«Sapevo che stavi per fare una sciocchezza», disse Tom mentre scorgevamo le prime luci azzurre in lontananza. «Ero venuto qui per spiegarti il tuo errore. Ma a mezzanotte non eri ancora arrivata e cominciava a far freddo, così mi sono riparato nel capanno dei bambini», disse indicandolo. «E mi sono addormentato», confessò.

«Mentre io stavo scavando, tu dormivi?»

«Ho il sonno pesante», rispose lui tirando fuori le sigarette. «E avevo bevuto un paio di birre. Mi sono svegliato soltanto quando hai colpito il coperchio della cassa con la vanga. Ormai il danno era fatto».

Gli feci la domanda che più mi terrorizzava. «Pensi che quando siamo venuti qui, prima, fosse ancora viva?».

La brace della sua sigaretta baluginò nella fredda aria dell'alba. «No», rispose. «Decisamente no. A giudicare dal suo aspetto, la morte risale a parecchie ore fa», disse, aspirando poi una lunga boccata.

Mi spuntarono di nuovo le lacrime agli occhi. Questa volta non sarei riuscita a trattenerle. «Dev'essere stato terribile...».

«No. Dacci un taglio. Quando lo sapranno, la sua famiglia e i suoi amici non si daranno pace. Noi adesso abbiamo un lavoro da fare. Dobbiamo trovare il bastardo che l'ha messa lì dentro».

Arrivò la prima auto della polizia, spense i lampeggianti e scese un agente in uniforme.

«Sono contenta che tu sia qui», dissi.

«Mi fa piacere che lo ammetti», rispose. «Dobbiamo cercare di essere convincenti. Gli racconterai che non riuscivi a dormire e che eri venuta qui a rendere omaggio a un conoscente – scegli pure un nome su una di queste lapidi – quando hai sentito dei rumori provenire da sottoterra. Qualcuno aveva lasciato lì accanto una vanga, e così ti sei messa a scavare. Quando hai scoperto che era Patsy, mi hai chiamato per chiedermi consiglio. Io sono venuto, ho verificato che era proprio lei e abbiamo chiamato la polizia. D'accordo?».

Due agenti in uniforme avanzarono verso di noi. Alle loro spalle stava arrivando un'altra auto.

«Non crederanno mai che qualcuno abbia lasciato una vanga qui vicino».

«Non importa. È abbastanza credibile da convincerli. Ma tu, Flossie, i prossimi giorni dovrai cercare di essere più umile e rispettare le gerarchie».

20

Quando rientrai nella casa dei Glassbrook, sciacquai la vanga sotto la fontana e la rimisi nel capanno. Notai con stupore, misto a una certa paura, che nonostante il capanno fosse rimasto chiuso il piccolo cane nero era scomparso, e poi, avvicinandomi alla casa, vidi una faccia pallida che mi guardava dalla finestra della cucina. Cassie Glassbrook si era alzata insolitamente presto.

Quando arrivai alla stazione, due collaboratrici dello staff civile erano nella toilette: Elaine della segreteria e Brenda, l'addetta al centralino. Invidiavo le donne dello staff civile per la libertà con cui potevano vestirsi d'estate, e dal modo in cui Elaine continuava a specchiarsi per controllare il suo aspetto, si capiva che era nuova del lavoro. Indossava una corta gonna e una t-shirt senza maniche, un'accozzaglia di colori e di stili che non mi piaceva di certo, ma con il caldo che faceva l'avrei scambiata volentieri con la mia pesante divisa.

«Buongiorno».

Non notai subito che nessuna delle due mi aveva risposto perché la porta del mio armadietto era socchiusa. L'aprii cautamente e sentii lo stesso disgustoso odore che aleggia d'estate nei gabinetti pubblici in prossimità dei pub. La mia giacca pendeva dalla gruccia, ma il berretto non era dove l'avevo lasciato. Sapevo che era bagnato ancora prima di raccoglierlo. Qualcuno ci aveva pisciato dentro.

«Voi ne sapete qualcosa?». Le due donne finsero di non vedermi, ma erano pessime attrici.

«A che proposito?», chiese Elaine lasciando cadere la cenere della sigaretta nel lavandino.

«C'è qualche problema?», disse Brenda controllandosi le unghie.

Sembravano non rendersi conto che gli specchi riflettevano le loro espressioni, o forse non gli importava che io vedessi i loro sorrisi sardonici.

Sciacquai il berretto e feci del mio meglio per asciugarlo con l'asciugamano rotante, sperando che non restassero tracce, altrimenti sarei stata multata.

A quel punto ero già in ritardo per la riunione convocata nell'ufficio di Rushton.

«Aspettavamo solo te, Flossie», disse il sergente quando entrai e, con le guance in fiamme, raggiunsi il mio posto in fondo alla fila. L'agente accanto a me mi annusò e si scostò di un passo. In un altro punto della stanza risuonò una risatina subito soffocata con un colpo di tosse.

«Buongiorno, ragazzi e ragazza», esordì Rushton. «Avete sentito tutti le voci su quello che è successo questa mattina presto, e sono qui per dirvi che dobbiamo metterle a tacere».

Rushton ci squadrò uno a uno, i nove agenti maschi e io.

«Gli sciacalli di Fleet Street sono scesi in massa», continuò. «Alcuni erano qui già prima dell'alba, ma non erano certo attratti dallo spettacolo naturale. Se becco qualcuno di voi a parlargli di Patsy Wood, costringerò quell'uomo…», si fermò un istante guardando nella mia direzione, «o quella donna, a pulire i cessi finché non andrà in pensione. Sono stato chiaro?».

Un coro di sì risuonò nella stanza.

«E lo stesso vale per la popolazione. Non dovremo parlarne con nessuno. Più tardi rilascerò una dichiarazione ufficiale. Buona giornata, colleghi».

Sulla porta, Rushton si fermò a scambiare qualche parola con il sergente. Non riuscii a sentire quello che dicevano, ma a un certo punto il sergente si voltò a guardarmi.

Mi fu assegnato il quartiere di Two Beat, e appena la riunione si sciolse mi precipitai verso la porta, ansiosa di sottrarmi alle occhiate di riprovazione dei colleghi, per non parlare della folla di giornalisti che tutti avremmo dovuto affrontare davanti all'ingresso.

Mentre mi avvicinavo alla reception sentii una mano posarsi sulla mia spalla, mi voltai e vidi uno dei colleghi anziani, un uomo di nome Colin, che era noto come "lo Straniero" perché dieci anni prima si era trasferito lì dallo Yorkshire.

Immaginai che io avrei potuto avere il soprannome "la Marziana".

«Devo accompagnarti in fondo alla strada», mi disse. E senza aspettare la mia risposta si avviò verso il cortile dove erano parcheggiate le auto della polizia.

«Perché?». Lo seguii attraverso la porta sul retro e, quando superammo la folla di giornalisti appostati davanti alla stazione, lo capii da sola. Appena mi riconobbero sul sedile del passeggero dell'auto di Colin, qualcuno gridò il mio nome. Uno si mise persino a rincorrerci.

Colin tirò su con il naso. «Chiudi il finestrino», disse senza guardarmi.

«Grazie», dissi quando si fermò qualche centinaio di metri più avanti. Lui fissò la strada in silenzio e poi disse qualcosa che forse non avrei dovuto sentire.

«Non aver fretta di tornare».

Chiusi la portiera e mi incamminai, ma poi fui subito assalita dal pensiero di quella ragazzina sotterrata viva e degli altri due che probabilmente avevano fatto la stessa fine. E pensai al loro killer, che era di certo da qualche parte in città e camminava per le strade guardando i ragazzi e aspettando la prossima occasione.

Mi chinai sul finestrino di Colin. «Che cosa dovevo fare? Lasciarla laggiù?».

Lui si voltò, e per quanto fossi arrabbiata, la sua espressione mi allarmò. «Vaffanculo», mi disse.

E così feci.

21

Conoscevo bene l'area di Two Beat, di giorno era una delle più tranquille della città: strade residenziali, qualche negozio di alimentari, una scuola primaria e un vecchio cotonificio che aveva chiuso i battenti qualche anno prima. Il mio primo compito era dare un'occhiata allo stabilimento e controllare che tutto fosse in ordine.

Mentre svoltavo l'angolo udii la voce di Tom Jones implorare perdono a Delilah, sovrastata subito dopo dal pianto di un bambino, da una madre che urlava ai figli di sbrigarsi e dal sibilo di un amplificatore. Le finestre sulle facciate delle case sembravano tutte aperte. Alcune donne stavano già strofinando i gradini dell'ingresso in vestaglia o in grembiule, con foulard attorno ai capelli. Nel Nordovest era quasi un rituale: la famiglia usciva per la giornata e la donna di casa puliva l'ingresso per quando sarebbero tornati. Molte usavano grandi spazzole di legno, ma alcune sfregavano ancora con le tradizionali *donkey stones*. Qualcuna mi augurò una buona giornata, altre si limitarono a guardarmi passare.

Solitamente tranquillo di giorno, Perseverance Mill era tuttavia tenuto sotto sorveglianza dalla polizia. Quasi ogni settimana c'era qualche segnalazione di disturbo della quiete notturna. Nelle prime ore di quella stessa mattina, mentre mi incamminavo attraverso la brughiera, due dei nostri agenti erano stati chiamati per indagare su una possibile violazione della proprietà. Non avevano trovato nulla, ma il sergente voleva che il vecchio stabilimento fosse tenuto d'occhio anche di giorno.

Il cotonificio sorgeva in fondo a una breve strada residenziale chiamata Jubilee Street ed era cinto da un alto muro sormontato da cocci di vetro. Il solido cancello d'ingresso era chiuso con una catena e un lucchetto. Una coppia di poiane che avevano fatto il nido su un camino si alzò in volo mentre mi stavo avvicinando.

Parcheggiata nella strada, a poche centinaia di metri dal cancello, c'era una Daimler. Mi guardai rapidamente attorno, rimproverandomi di non avere annotato la targa di quella che avevo visto il pomeriggio del giorno prima. Le auto di lusso non erano rare a Sabden – in molti nella zona si erano arricchiti con mulini, fabbriche e fattorie – ma non ce n'erano poi così tante.

Ero abbastanza alta da riuscire a vedere il laghetto, al di là del muro di cinta. La superficie era cosparsa di immondizia, mentre la sottile striscia di terra che lo circondava era invasa dai rovi e dalle ortiche. Maestosi fiori di epilobio orlavano la sponda e dall'acqua emergevano iris giallo chiaro. Tutt'intorno crescevano anche cespugli di viole di buddleia, il cui intenso profumo aveva un che di nauseante nell'aria già calda del mattino.

Mi diressi verso il retro, dove c'era un altro cancello, e la mia attenzione fu attratta da un graffito tracciato con la vernice bianca.

"Per opporti ai piani del Diavolo, devi indossare l'armatura di Dio".

C'era anche un simbolo a forma di diamante. La vernice era fresca, avvicinandomi ne sentii l'odore.

Un graffito religioso? Non ne avevo mai sentito parlare. E perché su quell'edificio in disuso? Era l'unico segno di vandalismo?

Dal cancello sul retro potevo scorgere il cortile e la facciata posteriore dell'edificio. L'accesso al sotterraneo era bloccato da grandi portelli metallici. Le finestre dei piani inferiori erano sbarrate, molte avevano i vetri rotti. Lungo il muro di cinta erano allineati alcuni fabbricati annessi. Per essere una fabbrica abbandonata, tutto sembrava sorprendentemente in ordine.

Ma non era così. Dentro c'era qualcuno. Per un secondo, o forse due, una figura si affacciò a una delle finestre più basse. Avevo due possibilità: chiamare una pattuglia oppure indagare da sola. L'idea di scavalcare il cancello non mi attraeva particolarmente, ma era quello che qualsiasi collega maschio avrebbe fatto al posto mio.

Mi guardai attorno – non c'era nessuno – e posai il piede sulla traversa più bassa, poi sollevai l'altra gamba, facendo attenzione a non strapparmi la gonna, e mi lasciai cadere.

Dall'altra parte del muro era tutto diverso. La fabbrica sembrava più grande e il cortile più buio. Una poiana lanciò un grido che sembrava diretto a me. Forse anche quegli uccelli erano territoriali.

Attraversai il cortile diretta alla finestra alla quale avevo visto affacciarsi quell'uomo, ma il vetro era unto e polveroso, impossibile guardare attraverso. Passai alla finestra successiva e poi a quella dopo ancora, ma all'interno non riuscii a scorgere nessun movimento.

Eppure non me l'ero immaginato.

«Cosa diavolo pensi di fare?».

Mi voltai e vidi due uomini spuntare da dietro l'angolo. Uno dei due era Terry Parker, un noto pregiudicato. Un tipo asciutto, con la faccia da topo, che in parte per i suoi precedenti, in parte perché viveva molto vicino alla casa degli Shorrock, era stato interrogato dopo la scomparsa di Stephen. Accanto a lui c'era un uomo più giovane e più corpulento.

L'uomo, che avevo la sensazione di avere già visto prima ma non ricordavo dove, teneva in mano un grosso anello di chiavi. Era sulla quarantina, con capelli castani corti e una faccia rotonda. Indossava un completo elegante, ma la pancia gli sporgeva dalla cintura e il colletto della camicia era infossato tra le pieghe di grasso.

«Abbiamo ricevuto una segnalazione per disturbo della quiete pubblica la notte scorsa, signore», dissi. «Posso chiederle il suo nome e cosa sta facendo qui?».

Contai quattro secondi prima che rispondesse.

«Mi chiamo Earnshaw, e sono il proprietario di questo posto. E adesso posso chiederle chi è lei?»

«Agente Lovelady, signore». Notai che alle sue spalle Terry stava cercando di svignarsela. «Ai fini del rapporto che dovrò consegnare al sergente, mi garantisci che è proprio Earnshaw, Terry?».

Terry annuì e continuò a indietreggiare. Interpretai il suo silenzio come un assenso.

«Io lo so chi sei», disse l'uomo più grosso. «Sei la nuova pollastra di Stan Rushton. Non hanno bisogno di nessuno che gli pulisca le celle?».

«Era qui questa mattina, signor Earnshaw?».

Lui si avvicinò finché potei sentire il suo fiato impregnato di alcol e tabacco. «Non vedo perché dovrei rendere conto della mia presenza nella mia proprietà».

«Ci è stata segnalata un'effrazione. Non ha notato nulla di insolito?».

Lui si avvicinò ancora di più e dovetti resistere alla tentazione di indietreggiare. Poi sollevò un dito e lo agitò in aria a pochi centimetri dalla tasca della mia giacca. «Ascoltami, tesoro, ieri notte né io né Terry abbiamo chiamato la polizia. Siamo le uniche persone ad avere le chiavi e le uniche autorizzate a segnalare eventuali intrusioni. Quindi, a meno che a chiamarti non sia uno di noi due, in futuro ti consiglio di restare alla stazione di polizia e renderti utile preparando il tè ai colleghi».

«Le dispiace se do un'occhiata?», chiesi indicando l'edificio.

«Certo che mi dispiace. Adesso togliti di mezzo prima che chiami Stan Rushton per parlargli del tuo comportamento».

Senza un mandato o il suo permesso non potevo fare altro. Augurai a entrambi una buona giornata e mi allontanai. Mi passò per la mentre di chiedergli di aprirmi il cancello, ma avevo la sensazione che anche quella richiesta mi sarebbe stata negata. Così lo scavalcai di nuovo, conscia di avere i loro occhi addosso. Quando atterrai dall'altra parte sentii Earnshaw dire: «Togli quella merda dal muro, Terry. Non ti pago per permettere che questo posto venga vandalizzato».

Feci rapporto alla stazione e mentre concludevo la chiamata dalla colonnina della polizia ebbi la spiacevole sensazione che qualcuno dall'altra parte della strada mi stesse osservando. Mi voltai e vidi Tom appoggiato alla sua auto. Ci fissammo per un istante e nei suoi occhi colsi qualcosa di strano. Attraversai la strada. Lui rimase in silenzio.

«Dove sei stato?». Non lo vedevo da quando avevo lasciato il cimitero di St Wilfred.

«A casa dei Wood. E poi in ospedale. Ho portato il padre di Patsy a identificare il cadavere».

«Hai rivelato la notizia?»

«Sì, insieme al capo. Ha sostenuto che io avrei saputo dirglielo meglio».

«Sono...». Mi fermai.

«L'hanno presa molto male, Florence».

«E tu?»

«Il capo mi ha mandato a prenderti», disse aprendo la portiera dell'auto.

«Dove andiamo?», chiesi salendo.

«In un posto che non ti piacerà», rispose lui.

22

«È forse una punizione?», chiesi a Tom mentre avanzavamo lungo il corridoio al pianoterra della Balckburn Royal Infirmary. Non avevo mai visto un cadavere all'obitorio e non volevo che il primo fosse quello di Patsy. E non volevo neppure che tutti alla stazione mi prendessero in giro se avessi avuto un conato di vomito o fossi svenuta.

«Non conosci ancora bene Rushton, vero?», disse Tom, guardando il cartello "Vietato fumare" e cercando un posto dove posare la sigaretta. Non trovando nessun posacenere, la lasciò cadere a terra e la schiacciò con la suola della scarpa.

Alla fine del corridoio, al di là di una serie di doppie porte, incontrammo il commissario Rushton e tre agenti del dipartimento investigativo: il detective Sharples e i due agenti che dipendevano direttamente da lui: Bob Green e Garry Brown. Green, soprannominato "il Burrascoso", aveva poco più di trent'anni e lunghi capelli che sembravano costantemente scompigliati dal vento. All'inizio avevo pensato che il suo soprannome fosse dovuto all'insolita capigliatura, ma poi scoprii che era per tutt'altro motivo. Brown, che aveva all'incirca dieci anni più di Green, era soprannominato "Fumo di legna", ma non avevo mai capito il perché. All'epoca tutti gli uomini sapevano di fumo. Lui fumava la pipa, non le sigarette, ed era di ceramica, non di legno.

Poco dopo il nostro arrivo, apparve l'anatomopatologo. «La giovane signora viene con noi?», domandò fissandomi.

«Sì», rispose Rushton.

Il patologo serrò le labbra e ci fece strada.

La sala esagonale dell'obitorio sembrava quella dei bagni pubblici di Sabden, che visitavo almeno una volta alla settimana per integrare la mia razione di acqua calda alla pensione. Funzionale e al tempo stesso elaborata, con quel design intricato e appariscente che tanto piaceva ai vittoriani. I rumori rimbalzavano contro le pareti piastrellate per poi dissolversi salendo verso l'alto soffitto.

Tutt'intorno si aprivano finestre ad arco. Le più grandi, dal pavimento al soffitto, erano state oscurate per rispettare la privacy, mentre quelle più in alto lasciavano filtrare la luce del sole. Attraverso una di esse scorsi i rami frondosi di un sicomoro. Ignorai il piccolo corpo sotto il lenzuolo sul tavolo di marmo e mi concentrai sulle foglie che oscillavano al vento. «Siete tutti pronti?», chiese il patologo, il dottor Dodds, prima di scostare il lenzuolo.

Calò il silenzio, abbassai gli occhi e guardai Patsy.

Per fortuna il suo viso era stato ricomposto. L'espressione ringhiosa, che mi aveva tanto spaventata alla luce della torcia, facendomi pensare a un topo in trappola, era scomparsa e ora sembrava che stesse dormendo.

Le mani e gli avambracci erano ancora sporchi di sangue secco e le labbra avevano perso il loro colore ed erano orribilmente screpolate, come se nello sforzo per liberarsi se le fosse morsicate. C'erano anche tre profondi solchi sulla guancia sinistra, dove presumibilmente si era graffiata.

«Quello che vediamo è il corpo di un'adolescente di sesso femminile», disse il patologo. «Caucasica, con un peso di circa quarantacinque chili e un'altezza di un metro e sessanta centimetri».

Patsy era nuda. Sapevo che era normale, ma non potevo impedirmi di essere dispiaciuta per lei. Come tutte le adolescenti, doveva essere molto pudica e probabilmente non avrebbe mai immaginato di giacere nuda su un tavolo di fronte a sei uomini.

Dovevo smettere di pensare a lei da viva.

«Un po' gracile», disse il patologo, «ma per il resto, prima del decesso sembrava godere di buona salute».

«La causa della morte?», chiese Rushton, che era il più lontano dal tavolo. Non credo che stesse nemmeno guardando Patsy, ma fissava un punto indefinito parecchi centimetri sopra di lei. Si era rasato malamente la mattina presto e si era tagliato due volte, lasciando una chiazza di peluria sotto il mento.

«Viste le condizioni in cui l'avete trovata, con ogni probabilità è stata la mancanza di ossigeno. È morta per asfissia», disse il patologo. «Nulla sembra suggerire una possibile altra causa. Le ferite alle mani e alle dita», aggiunse sollevando la mano sinistra di Patsy e illuminando con la torcia il medio e l'anulare privi delle unghie, «suggeriscono che fosse viva quando è stata rinchiusa nella cassa».

Rushton fu scosso da un tremito.

«I vestiti sono macchiati di urina, materia fecale e vomito», disse Brown, che aveva ispezionato e analizzato il resto del contenuto della cassa. «E questo convalida l'ipotesi che sia stata sepolta viva».

Guardai di nuovo i rami del sicomoro.

«Lo sappiamo che era viva», disse Tom. «Ha quasi distrutto la cassa cercando di uscire».

Tranne il patologo, tutti nella stanza fummo colpiti da quelle parole. Quella mattina avevamo visto la bara. Il rivestimento interno macchiato di sangue, il vomito sui capelli del vecchio il cui luogo di riposo era stato profanato. La povera Patsy era stata deposta direttamente sopra un altro cadavere. Doveva essere stato orribile. Quell'uomo non se lo meritava. Cercai di ricordare il suo nome. Douglas… Douglas Simmonds.

Il patologo aggrottò la fronte. «La cosa che più mi ha sorpreso è che non sembra che sia stata immobilizzata».

«Cosa vuol dire?», chiese Rushton.

«Non ci sono segni di corde o legacci attorno alle spalle e al collo». Il patologo puntò la torcia sulla parte superiore del corpo di Patsy. «I polsi e le caviglie non erano legati. La domanda che a questo punto suonerebbe lecita è: come hanno fatto a metterla in quella cassa?»

«Forse l'hanno drogata», suggerii. «Magari con del cloroformio o con un altro anestetico».

Uno degli altri, Sharples, credo, emise un sospiro.

Dodds attese almeno cinque secondi prima di rispondere. «Potremo saperlo dopo un'analisi dei tessuti. Le droghe anestetiche non sono comunque facili da ottenere».

«Quando è morta?», domandò Rushton. «Può dirci l'ora precisa?».

Volsi di nuovo lo sguardo verso i rami del sicomoro.

«Hmm, il *rigor mortis* è già scomparso; il *livor mortis* ha avuto tempo di svilupparsi sulla schiena e sui glutei. Direi che la morte è avvenuta nelle ore a cavallo tra lunedì notte e martedì mattina».

Sollevò lo sguardo su di noi. «Poco prima che vi chiamassero al cimitero ieri sera».

Nella stanza si levarono parecchi sospiri di sollievo, tra i quali anche il mio. Rushton, invece, si limitò a chiudere di nuovo gli occhi. Gli concedemmo il tempo di riprendersi e il suo viso riacquistò colore. Nel frattempo Dodds aveva aperto la bocca di Patsy con uno strumento metallico e ne stava illuminando l'interno con una piccola torcia.

«Interessante», disse.

Ci guardammo l'un l'altro aspettando il seguito.

«Sembra che di recente abbia subìto un'estrazione dentaria», disse Dodds. «Il canino superiore destro. Un lavoro decisamente mal fatto. Forse è il caso che consultiate il suo dentista».

Brown lanciò un'occhiata al suo capo e aprì la bocca.

«Nessun segno di violenza sessuale?», chiese Sharples.

Brown aggrottò la fronte e richiuse la bocca mentre la torcia di Dodds scendeva lungo il corpo di Patsy.

Non volevo vedere. Abbassai lo sguardo sulle piastrelle bianco latte del pavimento e sulla grata dello scarico al centro della stanza. Udii il rumore della carne morta che scivolava sul tavolo di marmo e il tintinnio di strumenti metallici. Nessuno parlò.

«Difficile capirlo a questo stadio», disse Dodds.

Sollevai per un attimo lo sguardo e poi lo abbassai di nuovo. Dodds aveva divaricato le esili gambe bianche di Patsy infilandole i piedi in due staffe.

«Non c'è nessuna lesione superficiale», continuò Dodds. «Nessuna perdita di sangue». Emise un sordo grugnito, come se stesse facendo uno sforzo. «L'imene non sembra intatto», osservò. «Ma questo in sé non prova nulla, visto come sono i ragazzi di oggi. L'esame dei vestiti potrà confermarlo con certezza, ma a prima vista escluderei che abbia subìto violenze sessuali».

Nella stanza si levarono altri sospiri mentre Dodds liberava i piedi di Patsy dalle staffe e le ricongiungeva le gambe.

«Procederò con l'esame degli organi interni», disse il patologo. «Se ve la sentite, potete restare», aggiunse prendendo un bisturi.

Non ce la sentivamo. Lo ringraziammo e uscimmo. Mezz'ora più tardi i miei colleghi erano nella sala riunioni vicino all'ufficio di Rushton, mentre io preparavo il tè in cucina.

23

Rushton aveva una segretaria che di solito preparava il tè durante le riunioni, ma quando passai davanti alla sua scrivania con il vassoio, non si degnò nemmeno di alzare lo sguardo e non mi aiutò neppure ad aprire la porta. Quando entrai, erano tutti in piedi.

«Manderò un paio di agenti a parlare con i responsabili delle ditte di pompe funebri della zona», stava dicendo Green. «E mi farò dare un elenco dei funerali che si sono svolti dopo la scomparsa di Susan. Così potremo controllare con discrezione le tombe».

«Penso che dovresti risalire un po' più indietro», disse Brown. «Se qualcuno sta nascondendo dei corpi nelle tombe, non lo farà necessariamente in quelle più recenti».

«Ma dopo un po' la terra si indurisce», dissi. «Le tombe fresche sono più facili da dissotterrare».

Silenzio. Posai il vassoio.

«Ci inchiniamo davanti alla tua esperienza», disse il capo. «Forse sarà meglio risalire fino all'inizio dell'anno. Non devono essercene molte. Da queste parti non c'è stata nessuna pestilenza».

Rimasi lì in piedi con il vassoio in mano, incerta se servire il tè o andarmene. Tom mi fece un sorriso a labbra strette.

«Bene!», fece Rushton, scostando una sedia dal tavolo. «Sedetevi, signori, ho qualcosa da dire alla nostra agente Lovelady», aggiunse fissandomi negli occhi. Sentii le guance avvampare mentre tutti si sedevano.

«Sono contento che tu l'abbia fatto, Florence», disse Rushton. «Hai dimostrato di avere fegato e hai ottenuto un risultato, anche se non è quello in cui speravamo».

Dal tavolo si levò qualche mormorio di assenso. Sharples mi lanciò una occhiata gelida.

«La prossima volta che farai una bravata del genere, però, potresti ritrovarti nella merda fino al collo», disse Rushton, sporgendosi verso di me sopra il tavolo. «Voglio che i miei agenti rispettino le regole e concordino con me le loro mosse anziché seguire intuizioni che potrebbero farci finire tutti nei guai. Sono stato chiaro, tesoro?»

«Perfettamente, signore. Mi dispiace», dissi.

Rushton si appoggiò allo schienale e sollevò gli occhi al soffitto. «E visto che siamo in argomento», continuò, «potrei dire qualcosa anche agli agenti che si fanno trascinare in spericolate imprese notturne da un bel viso di ragazza, ma lascerò che le vostre coscienze individuali ne traggano le dovute conclusioni».

Nella stanza calò il silenzio. Indietreggiai verso la porta, sforzandomi di non incrociare lo sguardo di Tom.

«Un'altra cosa, Flossie», disse Rushton. «Voglio che tu ti trasferisca subito al piano di sopra. Ho chiesto di far portare su una scrivania per te».

«Le dispiace se le chiedo perché, signore?», chiese Sharples, visibilmente contrariato. «Abbiamo bisogno di agenti che si impegnino a fondo in questo caso. Anche se sono...».

«Voglio un piccolo team che diriga le indagini, e Flossie si è data parecchio da fare», rispose Rushton. «Inoltre, avremo un sacco di documenti da battere a macchina, e non voglio che se ne occupino le segretarie. Ah, è meglio che indossi abiti civili, Flossie. Nelle prossime settimane dovrai cercare di renderti irriconoscibile».

«Sissignore», risposi, con la spiacevole sensazione di non essermi proprio guadagnata questa cooptazione nel team e che

Rushton volesse soltanto tenermi d'occhio. E c'era anche il problema che in realtà io non potevo…

«Avremo inoltre bisogno di un regolare rifornimento di tè», disse Brown. «Con il latte e due zollette, per favore, Flossie».

Presi la teiera tenendo lo sguardo abbassato. Se restavo calma e mi rendevo utile, mi avrebbero accettata più facilmente.

«Bene», disse Rushton, «adesso che abbiamo arruolato anche Flossie, c'è una cosa molto importante che dovrete tenere a mente. Non voglio che fuori di qui qualcuno pronunci le parole "sepolta viva" finché non sapremo con chi abbiamo a che fare».

Alzai gli occhi. «Ma signore, non possiamo…», mi bloccai, pentendomi di quello che stavo per dire. Sharples sogghignava apertamente.

«Cosa avevi in mente, Florence?», mi chiese Rushton.

«Nel corso dell'inchiesta lo si verrà a sapere», dissi.

«Ci vorranno ancora parecchi giorni, se non settimane, e nel frattempo dovremo mantenere la massima discrezione».

«Questo caso sta però attirando molte attenzioni», disse Green, «grazie alla ricostruzione televisiva di Flossie. I giornalisti assediano la stazione di polizia, dovremo rispondere a un sacco di domande».

«Questa mattina diffonderemo un comunicato», disse Rushton. «Tu sei brava con le parole, Flossie, sarà compito tuo. Patsy Wood è stata trovata in una tomba fresca con evidenti segni di manomissione. Naturalmente, non menzionare che sei stata tu a manometterla. Non ci sarà nessun altro comunicato prima della fine dell'inchiesta e bla bla bla. Inventati qualcosa che suoni convincente».

Non sapevo battere a macchina. Avevo frequentato l'università, non un corso per segretarie.

«Non sappiamo ancora nulla degli altri adolescenti scomparsi», proseguì Rushton, «e se dovessimo scoprire che anche loro sono stati sepolti vivi, avremmo una folla armata di forconi a ogni incrocio e tutte le tombe da qui a Burnley verrebbero profanate. Dobbiamo prima trovarli. Che cosa c'è, Flossie?».

Stavo porgendo il tè al detective Brown, quando mi era venuto in mente qualcosa. Nascondere quello che mi passava per la testa non era mai stato il mio forte.

«Mi scusi, signore», dissi. «Stavo pensando che quando il patologo ci ha parlato del dente mancante di Patsy, sembrava che il detective Brown volesse dire qualcosa».

Brown non pareva affatto entusiasta del fatto che lo avessi tirato in ballo.

«Volevi dirci qualcosa, Fumo di legna?», chiese Rushton.

«Non proprio», rispose Brown. «Ma sono cresciuto da queste parti e mia nonna mi raccontava sempre le vecchie storie, a volte spaventandoci a morte. Le mie preferite erano quelle sulle streghe, gli incantesimi che gettavano e la magia nera. Diceva che dissotterravano le tombe per prendere pezzi di cadaveri».

«Non capisco cosa...», disse Sharples.

«E su questo la nonna aveva ragione», lo interruppe Brown. «È stato documentato al processo delle streghe di Pendle, nel 1600 e qualcosa. Una domenica fu convocato il magistrato locale perché avevano disseppellito le tombe in una delle chiese nella foresta. La gente era andata a messa e aveva visto i resti dei propri cari disseminati nel cimitero». Si guardò attorno per controllare la nostra reazione. «Non vi sto raccontando favole, questa è storia».

«Sembra quasi che tu voglia intimidirmi», osservò Rushton.

«Ma non lo facevano soltanto per turbare la gente», continuò Brown. «Le streghe avevano bisogno di parti del corpo per i loro incantesimi».

«Fantastico!», commentò Sharples. «Basta latte, Lovelady. Non ho una carenza di calcio».

«I capelli e le unghie vanno bene, ma il sangue, i denti e le ossa sono ancora meglio», proseguì Brown. «Lei può essere scettico quanto vuole, capo, ma mia nonna si premurava sempre di gettare nel fuoco le unghie tagliate e i capelli rimasti impigliati nella spazzola per impedire che finissero in mano alle streghe. Molte donne della sua generazione facevano lo stesso».

Qualcuno bussò alla porta e la segretaria del capo infilò la testa nella stanza. «La scientifica vuole parlare con lei, signore. Dice che è urgente».

«Dobbiamo anche riesaminare gli altri due casi», dichiarò Rushton alzandosi dal tavolo. «Parlate di nuovo con i loro compagni di scuola, scoprite cosa ci siamo persi. Te ne incaricherai tu, Flossie, che sei la più simile a una scolaretta. Forse dovremmo assegnarti un'auto».

La porta si chiuse alle spalle di Rushton.

«Sei davvero capace di guidare, Lovelady?», mi chiese Sharples.

«Sissignore», risposi. «Ho preso la patente a diciassette anni».

Rushton rientrò nella stanza. Era pallido.

«Venite tutti», disse. «Hanno trovato qualcosa nella cassa».

24

La piccola figura femminile che era stata trovata nella cassa insieme a Patsy aveva un che di grottesco. Lunga circa quindici centimetri, di argilla rossastra, aveva le mani e i piedi legati dietro la schiena. Sottili schegge di legno – ne contai tredici – erano conficcate nelle mani, nei piedi, negli occhi, nelle orecchie, nella bocca, nei genitali, nell'ano, in cima alla testa e in mezzo al petto.

«Porca vacca!», esclamò Sharples.

Era ributtante, ma nessuno riusciva a distogliere lo sguardo. I capelli le cadevano sulle spalle ed erano trattenuti da un sottile nastro. I lineamenti erano minuscoli ma perfettamente delineati. Il viso era assottigliato all'altezza delle tempie con una fronte spaziosa. C'era qualcosa di strano nella bocca, ma a parte quello…

«Sembra Patsy». Mi allontanai girando attorno al tavolo, non volevo assolutamente stare vicino a quel coso.

«Dove l'avete trovata?», domandò Rushton.

I due uomini della scientifica erano indietreggiati per permetterci di esaminare l'oggetto che avevano posato sul tavolo. «Infilata sotto il rivestimento di satin», rispose uno dei due. «Abbiamo dovuto tagliarlo tutto per trovarla».

C'era anche la cassa nella quale era stata rinchiusa Patsy, che campeggiava al centro della piccola stanza. Non avevo idea di dove avessero trasferito il corpo di Douglas Simmonds, e non sembrava il momento giusto per chiederlo.

«È una bambola vudù», disse Brown.

«Quelli non sono spilli», rispose prontamente Green. «A me sembrano piuttosto pezzi di legno. Le bambole vudù hanno gli spilli».

Brown si abbassò al livello del tavolo per esaminarla più da vicino. «Ha qualcosa infilato in bocca. Sembra un dente».

Tom e Green si avvicinarono anche loro.

Il canino mancante di Patsy. Pensammo tutti la stessa cosa.

«Fumo di legna», disse il capo, che era impallidito di nuovo. «Puoi sentire al più presto il dentista di Patsy? Chiedigli se è stato lui a toglierle quel dente. Questa cosa non mi piace per nulla».

Qualcuno bussò di nuovo alla porta. Sharples coprì la figura con un panno un secondo prima che una delle segretarie aprisse la porta e chiedesse di Rushton.

Dopo che lui uscì, nessuno scoprì la figura. Nessuno sapeva cosa dire. Mi avvicinai all'altro lato del tavolo, dove erano posati i vestiti di Patsy: il cardigan rosso, l'abito a fiori, le calze e le scarpe.

«Non vi sembrano stranamente puliti?», chiesi.

«No», rispose Brown prima di lanciare una rapida occhiata agli altri, ancora riuniti attorno alla figura coperta dal panno.

«Non parlo del sangue e del vomito», dissi. «Ma di quello che non c'è. Non vedo macchie di terra. Se è stata messa nella cassa dopo la sepoltura ufficiale, avrebbe dovuto esserci almeno qualche traccia di terra. I suoi vestiti non dovrebbero essere così puliti».

Smisi di parlare perché nessuno mi stava ascoltando. La porta si aprì e rientrò Rushton. «Al piano di sotto ci sono Roy Greenwood e Larry Glassbrook», disse. «Vogliono rilasciare una dichiarazione».

Sharples allungò una mano e scoprì la figura di argilla. «Bene», disse. «Possiamo chiedergli se l'hanno mai vista prima».

La figura con le sembianze di Patsy giaceva nuda sul tavolo di legno e i suoi occhi ciechi mi fissavano.

25

«Può interrogarli Florence», disse il capo.

«Con tutto il rispetto, signore, non possiamo mandare una novellina a interrogare due sospetti», disse Sharples. «Lo farò io».

«Non sono sospetti», rispose Rushton. «Sono venuti spontaneamente per rilasciare una dichiarazione, e tu li spaventeresti. Ungili per bene, Flossie. Con te abbasseranno la guardia. Vacci anche tu, Tom. Fa' il finto tonto, ti riesce così bene».

I due responsabili delle pompe funebri furono fatti accomodare nella stanza degli interrogatori, quella con lo specchio unidirezionale, e Tom andò prima a ringraziarli per essere venuti. Io entrai un paio di minuti più tardi con un altro vassoio del tè, una matita e un blocco per appunti. Quando aprii la porta, l'odore di articoli da toilette maschili mi invase le narici. Tom aveva decisamente esagerato con il Brut 33 e riconobbi subito l'Old Spice di Larry. C'era anche un altro odore, grasso e nauseante, che immaginai fosse quello dell'olio con cui Greenwood si era lisciato i capelli.

«Siamo qui per esprimere la nostra preoccupazione per quello che è accaduto al cimitero di St Wilfred nelle prime ore di questa mattina», disse Roy Greenwood quando Tom chiese cosa poteva fare per «questi due gentiluomini».

I denti di Roy Greenwood erano perfetti, avevano il bianco smagliante delle dentiere, ma quando non parlava aveva l'abitudine di scoprirli sollevando il labbro superiore, come se sporgessero troppo. Gli occhi, profondamente infossati nella testa, erano di un insulso castano, mentre il pallore del viso e delle mani si adattava bene alla sua professione. Accanto a lui, Larry sembrava una rockstar.

«Vogliamo dire che anche noi siamo profondamente scioccati», continuò Greenwood, «e che faremo tutto ciò che sarà in nostro potere per aiutare le indagini della polizia».

«Buon per voi», disse Tom mentre io versavo tre tazze di tè.

«Assicuriamo i nostri servizi a questa città da quasi vent'anni», disse Greenwood, «e ci rincresce che la pace dei suoi rispettabili cittadini sia stata turbata da un crimine così esecrabile».

Non avevo mai sentito pronunciare la parola "esecrabile" nella vita reale.

«Vuole aggiungere qualcosa, signor Glassbrook?», chiese Tom.

Larry scosse la testa. «Roy ha parlato a nome di tutti e due. Io parlo con le mani», disse agitando le dita.

«Chi ha le chiavi della camera mortuaria?», chiese Tom dopo che ebbi versato il latte e chiesto ai due visitatori quanto zucchero volevano.

«Noi due», rispose Greenwood.

«E Sally», aggiunse Larry.

Greenwood si voltò a guardarlo. «Sally ha le chiavi della camera mortuaria?».

Larry si strinse nelle spalle. «Nel caso io perdessi le mie».

Le narici di Greenwood fremettero.

«Verificherò che la signora Glassbrook non abbia smarrito le sue chiavi», dissi sedendomi all'altra estremità del tavolo. «Volete un biscotto?».

«Se ricordo bene, ieri ha detto che quando se n'è andato, domenica sera, la camera mortuaria era chiusa», disse Tom.

«L'ho chiusa io stesso», rispose Greenwood. «Nella camera mortuaria ci sono resti umani e non possiamo permettere che qualcuno li manipoli», disse con un sorriso così ampio e ingiustificato da farmi rabbrividire.

Tom rimase impassibile. «Qualcuno potrebbe accedere dal cortile sul retro?»

«Dovrebbero scavalcare il muro e aprire il cancello dall'interno», disse Greenwood. «Ma a quel punto non potrebbero superare la porta sul retro, che è chiusa a chiave come quella principale».

«Signore», dissi, e Tom ci mise qualche istante prima di capire che mi stavo rivolgendo a lui. «Mi ha detto di ricordarle di chiedere le dimensioni della cassa». Lanciai un'occhiata a Larry. «La cassa che abbiamo dissotterrato questa mattina, quella di cedro con le finiture d'argento – un lavoro pregevole, non c'è che dire –, mi è sembrata piuttosto grande».

Larry mi fissò stringendo gli occhi. «Le casse hanno dimensioni maggiori. Sono una scelta di prestigio».

«C'era posto anche per un'amica», disse Tom.

Greenwood si risucchiò le guance sporgendo in fuori le labbra.

«A volte mettiamo più di un corpo in una cassa», disse Larry. «Non è poi così raro che un marito e una moglie muoiano insieme, una madre muoia dando alla luce un figlio o quest'ultimo nasca morto».

«Ricordo che mi aveva parlato di un meccanismo per sollevare il defunto», dissi.

«È un semplice dispositivo manuale, e l'altezza può essere regolata a seconda delle dimensioni dell'occupante della cassa».

«Quindi qualcuno potrebbe avere fatto scendere il cadavere in fondo alla cassa per lasciare spazio sopra», dissi. «Patsy potrebbe essere stata deposta sopra il defunto ma sotto l'imbottitura di satin». Lanciai un'occhiata a Tom. «Mi scusi, signore. Non volevo interromperla, mi sono lasciata trascinare».

«Nessun problema, tesoro», rispose lui. «Tutti i contributi sono ben accetti. È rimasto del tè?».

«Be', in teoria è possibile, ma...», iniziò a dire Larry.

«È assurdo!», esclamò Greenwood. «Nessuno può manomettere le nostre casse. E poi i portatori si sarebbero accorti del peso eccessivo».

Versai il tè, dimenticandomi di usare il passino per la tazza di Tom.

«Uno dei miei colleghi vorrebbe venire a trovarvi questo pomeriggio», disse Tom sollevando la tazza. «Ha bisogno di alcuni particolari sugli altri funerali di cui vi siete fatti carico quest'anno».

«Sono informazioni confidenziali», protestò Greenwood mentre Tom chinava lo sguardo sulla sua tazza di tè.

«No, non lo sono», risposi. «Le morti vengono certificate ufficialmente».

I due uomini rimasero sorpresi dal mio subitaneo cambio di tono. Abbassai gli occhi e mi morsi la lingua.

Tom si schiarì la gola. «Prima che ve ne andiate, posso chiedervi di confermarmi che nessuno di voi due ha aperto quella bara lunedì mattina?», chiese.

«Cassa», lo corresse Larry.

Tom attese la risposta.

«Nessuno di noi due l'ha fatto», disse Greenwood. «Quella mattina ho aperto personalmente la camera mortuaria e non l'ho lasciata finché la cassa non è stata caricata sul carro funebre. E le giuro che Patsy non era lì dentro».

26

Un vassoio si schiantò sul pavimento appena entrai nella mensa della scuola secondaria di Sabden, e i ragazzini proruppero in un applauso. Un insegnante urlò loro di smetterla e il colpevole fu spedito a cercare scopa e straccio. Una donna in tuta da lavoro e l'espressione serena – apparentemente originaria delle Indie occidentali, con la pelle scura – si avvicinò spingendo un carrello. Sembrava in qualche modo distaccata da ciò che la circondava e nessuno parve notarla.

Notarono me, però.

Calò il silenzio. Tutte le teste si voltarono. I ragazzini mi fissarono, gli adulti corrugarono la fronte, sussurrandosi l'un l'altro.

Al tavolo del personale scolastico, un uomo alto e smilzo con i capelli lunghi e la barba arruffata si alzò in piedi. «È in anticipo», disse. Non era vero, ma non obiettai.

«In questo momento sono impegnato», disse senza porgermi la mano. «Possiamo parlare fuori».

«Sbirri», sussurrò un ragazzino, e una risatina aleggiò nella stanza, come se fosse stato liberato un animale selvatico.

Mentre lo seguivo fuori, vidi l'addetta alla mensa avvicinarsi con grazia al tavolo del personale e sparecchiare il suo posto. I detriti del vassoio caduto erano già stati ripuliti. La donna aveva un sorriso gentile e mi chiesi se quella fosse la sua espressione abituale e se riflettesse davvero i suoi pensieri.

Seguii il signor Milner, insegnante di geografia e falegnameria, nel cortile sul retro della scuola. Era uno spazio di forma irregolare, asfaltato e circondato da un alto muro, più simile al cortile di una prigione che a un campo da gioco, fiancheggiato da ondeggianti tigli che mi ricordavano quelli della mia scuola. Era in corso una partita di calcio, con le cartelle usate come porte. Le ragazze restavano ai margini del campo per paura di essere colpite da un pallone vagante.

«Accidenti!», esclamò Milner.

In fondo al campo vidi John Donnelly insieme a un gruppo di ragazzi. Era facile individuarlo perché torreggiava sopra gli altri.

«Mi conferma che lei è l'insegnante della classe di Patsy Wood, Stephen Shorrock e Susan Duxbury?».

Anche Donnelly mi aveva vista.

Milner mi lanciò un'occhiata allusiva. «Dicono che sia stata sepolta viva. Ha qualche commento da fare?».

Come faceva a saperlo? Un gruppo di bambini si avvicinò per origliare la nostra conversazione e mi domandai se potevo chiedergli di entrare per parlare in privato.

«Purtroppo non mi è stato fornito alcun particolare», dissi. «Che lei sappia, quei tre ragazzini si conoscevano molto bene?».

Il gruppo che circondava Donnelly si sciolse e lui si mise a giocare a calcio con gli altri. Ma non sembrava molto interessato alla partita e continuava a guardarsi attorno restando ai margini del campo.

Milner trasse un profondo respiro. «Smith! Mettilo giù… non sai dove è stato. Fallo subito, altrimenti sarai punito».

«Signore, i tre ragazzi erano amici?».

Donnelly abbandonò la partita e si avvicinò a un gruppo di ragazze in mezzo alle quali riconobbi i capelli rossi di Luna. Lui chinò la testa verso di lei e, anche se nessuno dei due si guardò attorno, capii che stavano parlando di me.

Milner sospirò. «Come ha detto che si chiama?», chiese squadrandomi di nuovo.

«Agente Lovelady, signore. Erano nella stessa classe?»

«Se mi lascerà il tempo di parlare, agente, scoprirà che la capacità di ascoltare è altrettanto importante che fare domande. Frequentavano tutti lo stesso anno, come un centinaio di altri ragazzi. Erano raggruppati in quattro classi di circa venticinque alunni ciascuna. Patsy era in quarta C, Stephen in quarta M e Susan... penso che anche Susan fosse in quarta M».

«Facevano parte tutti e tre di qualche associazione?»

«Cosa intende? Un circolo giovanile? Un gruppo di scout? Non saprei proprio».

«C'è qualche membro del personale che conosceva quei ragazzi meglio di lei? L'infermiera della scuola, forse? Oppure un consulente scolastico?»

«In infermeria ci vanno solo quando sono malati e qui non ci sono consulenti scolastici», rispose lui allontanandosi e tirando fuori dalla tasca un fischietto con il quale produsse un acuto sibilo. Quando lo raggiunsi di nuovo, era in mezzo al campo e stava per essere colpito da un pallone.

«Signore, non può trovare qualcuno che la sostituisca qui in cortile? Devo farle alcune domande su quei tre ragazzi».

Lui aprì la bocca per protestare.

«Voglio sapere quali materie studiavano, chi era seduto vicino a loro in classe, chi erano i loro amici, con quali insegnanti andavano d'accordo e con quali invece avevano dei problemi, chi li accompagnava a casa e con chi avevano litigato negli ultimi mesi. E poi voglio parlare della loro situazione familiare, sapere se i genitori li sostenevano, se qualcuno di loro faceva dei lavori part-time o se a casa era particolarmente infelice».

Guardò l'orologio. «Non ho tempo. Il pranzo finisce tra quindici minuti».

«Questa è un'indagine su un omicidio, signore!».

Indietreggiò di un passo. «Parli con la segretaria del preside. È lei che li medica quando cadono e si sbucciano le ginocchia. Li conosce meglio di chiunque altro».

27

La segretaria del preside non fu molto più collaborativa di Milner, ma riuscii comunque a ottenere un sacco di informazioni sui tre ragazzi scomparsi. Un particolare che mi colpì fu che i padri di due di loro erano attivi nel sindacato. Jim Shorrock, il padre di Stephen, era il rappresentante sindacale di Pilkinton's Mill, nel centro della città, mentre Stan Wood era il segretario della federazione locale.

«C'è molta attività sindacale in città?», le chiesi.

«Quest'anno di meno, ma l'anno scorso c'è stato qualche sciopero, e alcuni si sono protratti a lungo. I ragazzi venivano a scuola affamati».

«E cosa mi dice del padre di Susan?».

La segretaria fece una smorfia. «È uscito da poco di prigione e nessuno lo assumerà più. L'hanno beccato a rubare sul posto di lavoro più spesso di quanto io vada dal parrucchiere», disse, sorridendo della sua stessa battuta.

Ottenni anche un'altra informazione, che mi rese quasi più sopportabile il caldo della giornata. La segretaria confermò che i ragazzi avevano bisogno di un permesso quando dovevano lasciare la scuola per un appuntamento medico e che l'ultima visita dentistica di Patsy risaliva a due mesi prima. L'estrazione individuata dal patologo era più recente.

Stavo dirigendomi verso la porta principale, quando dovetti scostarmi per lasciar passare un gruppo di ragazzi. Avevano le braccia cariche di rami, foglie, erbe, ed erano seguiti dalla stessa donna dall'aria pacata che avevo visto in mensa. Si era cambiata la tuta blu e indossava un grembiule di plastica macchiato di terra. Anche i ragazzi indossavano gli stessi grembiuli da giardiniere.

Li seguii lungo il corridoio, tenendomi a distanza. Salirono le scale con la donna con il grembiule che chiudeva la fila. Al primo piano continuarono a salire. La donna non si guardò alle spalle, ma avevo la sensazione che si fosse resa conto che li stavo seguendo. Era piuttosto magra, con un'enorme massa di riccioli neri che aveva scostato dalla fronte e si allargavano sulla nuca come un'aureola. Era sulla trentina, forse un po' più grande. Mentre salivamo mi accorsi che aveva lunghe unghie dipinte di rosso scarlatto.

Raggiungemmo il secondo piano e continuammo a salire. Al terzo piano, mentre i ragazzi si riversavano in un'aula circolare con le pareti di vetro, la donna si fermò sulla porta e mi lasciò entrare per prima. Passandole accanto, lessi il suo nome sul badge che aveva spillato al petto: Mrs Labaddee.

Attraverso le enormi finestre che formavano quasi un cerchio completo, scorsi la brughiera, i villaggi vicini, gli alberi del parco comunale e le ciminiere delle fabbriche. La maggior parte delle finestre erano aperte per lasciare entrare la brezza, ma con la divisa di lana morivo lo stesso di caldo. Era la classe d'arte. Sul piano di lavoro che correva attorno al perimetro della stanza c'erano vasetti di colore, pennelli, matite e due torni da vasaio.

L'insegnante era una giovane donna con gli occhiali e i capelli castano chiaro. Il suo grembiule era ancora più macchiato di quelli degli alunni. Anche le mani erano chiazzate di marrone.

«Forza, mettetevi al lavoro», disse alla classe dopo che le ebbi spiegato chi ero e chiesto di concedermi qualche minuto. «Voglio che al termine della lezione abbiate finito tutti i vostri piatti. Marlene, penso che Shelley abbia bisogno di aiuto con le sue ghiande».

Mentre la donna di colore – Marlene Labaddee – andava ad

aiutare una delle alunne, l'insegnante e io ci avviammo verso la porta.

«Potrà sembrarle una domanda strana, ma volevo chiederle che tipo di argilla usa per i suoi corsi e dove se la procura».

«Utilizziamo soprattutto argilla marrone e l'acquistiamo da un fornitore di Bury», rispose l'insegnante.

Gli alunni stavano usando le foglie e i rami che avevano raccolto per imprimere motivi vegetali sull'argilla umida dei piatti.

«Di che colore diventa l'argilla quando si secca?», chiesi.

L'insegnante indicò uno scaffale sul quale erano allineati alcuni lavori finiti ma non dipinti. Erano tutti marrone scuro.

«Di recente ho visto una figura che era molto più rossa», dissi. «Esistono tipi diversi di argilla?»

«Ce ne sono molti», rispose lei. «Il fornitore della scuola ha però una scelta limitata. Abbiamo della terracotta basica per i principianti e grès bianco per gli studenti più avanzati. Ci sono un sacco di sottocategorie. Dipende da cosa si vuole ottenere».

Guardammo Marlene aiutare un ragazzino in difficoltà appallottolando l'argilla per poi rimodellarla, versandovi sopra acqua da una brocca, finché non scintillò tra le sue mani. Le sue dita affondavano in quella materia fangosa come insetti che danzavano.

«C'è anche dell'argilla locale», disse l'insegnante. «Il museo della città ne ha una discreta riserva. Ma non gliela consiglierei, è lunga da modellare e piena di impurità».

«Sembra che la conosca bene».

«Non l'ho mai usata personalmente, ma l'insegnante di geografia, il signor Milner, mi ha chiesto informazioni perché gli serviva dell'argilla per uno dei suoi corsi», rispose lei. «Credo avesse a che vedere con la geologia locale. Gli ho dato alcune istruzioni su come usarla, ma non sono sicura che abbia avuto molto successo».

«No, non puoi mescolare l'acero giapponese e il prugnolo», disse Marlene. Era la prima volta che la sentivo parlare. Aveva una voce calda e pastosa. «L'acero è importato, mentre il prugnolo è nativo dell'Inghilterra. Le due foglie non stanno bene insieme».

«La signora Labaddee sembra molto competente», dissi. «È lei che ho visto in mensa pochi minuti fa oppure era la sua gemella?»

«No, purtroppo ce n'è soltanto una», rispose l'insegnante. «A volte ci chiediamo come faremmo senza di lei. È anche fiorista. Il negozio di fiori sulla strada principale è suo».

«Una donna molto impegnata», commentai.

«Voleva chiedermi qualcos'altro?», domandò l'insegnante. «Devo aiutare la classe a finire i lavori prima che suoni la campanella».

Quando rientrai alla stazione di polizia, Sharples mi stava aspettando. «Ti sei aggirata per la scuola senza permesso, sei entrata nelle classi non invitata?».

Tutti sollevarono lo sguardo. Le conversazioni cessarono. Un'addetta alla mensa che stava raccogliendo le tazze si immobilizzò.

Al suo tavolo al centro della stanza, Tom afferrò il telefono. «Buon pomeriggio, Brenda». La sua voce era ancora più alta del solito. «Sto cercando un numero di Manchester. Puoi provarci tu? Grazie, tesoro, te ne sono molto grato», disse dettandole il numero.

«Soltanto in una classe, signore», risposi a Sharples. «Quella d'arte. Era un'opportunità che non potevo lasciarmi sfuggire. La scuola era al corrente della mia presenza. Avevo fissato un appuntamento e quando sono arrivata sono passata in segreteria».

«Qualcuno si è lamentato, ha detto che stiamo turbando i ragazzi», disse Sharples.

«Aspetta, Doreen… Non avevo ancora finito». Tom balzò in piedi lasciando penzolare il telefono e rovesciando la sedia. Attraversò a grandi passi la stanza e frugò nel primo ripiano del carrello. «Oh, scusami, ce l'avevo io. Lascia che ti apra la porta. Scusami, Florence».

Tom mi girò attorno, aprì la porta e fece entrare la donna della mensa, che gli lanciò uno sguardo torvo e spinse il carrello verso di lui.

«È normale che i ragazzi siano turbati», dissi a Sharples. «Tre dei loro compagni sono scomparsi, e una è morta in modo orribile». Uscii dalla porta. Non sapevo cosa stessero facendo Tom e la donna della mensa, ma sembrava che lottassero per il controllo del carrello.

«C'è qualcosa di buono per cena più tardi?», lo sentii dire.

«Tom, chiudi quella cazzo di bocca!», urlò Sharples. «Lovelady, non mi importa se il capo ha un debole per te, la prossima volta che sgarrerai farò rapporto».

Alle mie spalle, udii Tom pronunciare il mio nome.

«Con tutto il rispetto, signore, dovremmo mettere in guardia quei ragazzi. Non possiamo continuare a fargli credere che Stephen e Susan sono scappati di casa. Dovremmo raccomandargli di non uscire da soli, di far sapere sempre ai genitori dove sono e di rientrare a casa prima del tramonto. Patsy non è stata la prima a finire male e non sarà nemmeno l'ultima, se non sapremo affrontare i fatti».

Mentre Sharples avanzava verso di me si aprì la porta dell'ufficio di Rushton.

«Flossie, va' subito a St Wilfred», disse. «Padre Edward mi sta facendo scoppiare la testa. Vuole sapere che cosa sta succedendo. Cerca di lisciargli le piume arruffate. Non avevi bisogno di lei, vero, Jack?»

«No, capo», rispose Sharples senza staccarmi gli occhi di dosso.

28

La navata di St Wilfred era meravigliosamente fresca dopo la pedalata a nord della città. Erano quasi le due e il caldo era ancora implacabile.

Trovai il sacerdote in sacrestia. Padre Edward era piccolo e paffuto con folti capelli bianchi. Sarebbe stato un ottimo Babbo Natale, se non l'avesse considerato poco dignitoso.

«Lei?», disse senza alzarsi quando mi vide. «Mi aspettavo il commissario Rushton».

Aprii la bocca per ricordargli che stavamo conducendo un'indagine su un omicidio e che i miei colleghi alla stazione erano molto impegnati, quando accadde qualcosa di molto strano. Fu come se avessi visto Tom, appoggiato al davanzale, in maniche di camicia, che inarcava le sopracciglia. E mi ricordai che padre Edward era stato svegliato di soprassalto alle prime ore del mattino per essere informato su un'esumazione non autorizzata avvenuta nella sua chiesa, e che era piuttosto avanti negli anni.

«Il signor Rushton mi ha chiesto di ringraziarla per la sua discrezione e la sua pazienza», dissi. «Ci rendiamo conto che questo è un momento molto difficile per St Wilfred».

Padre Edward sbuffò dal naso con un rumore simile a quello di una gomma di bicicletta che si sgonfia e indicò una sedia. Alla finestra, il fantasma di Tom inclinò la testa in segno di approvazione. Posizionai la sedia in modo da poterlo vedere.

«Sono stato con la famiglia per quasi tutta la mattina», disse padre Edward, sollevando le mani in un gesto sorprendentemente femminile. «Non vogliono sentirsi dire che la loro figlia ora è in un posto migliore. Chi lo vorrebbe?»

«Sono fortunati ad avere lei che li consola, padre», dissi. «Mi hanno incaricata di dirle che non possiamo restituire il corpo prima della fine dell'inchiesta, all'incirca tra un paio di settimane. Naturalmente informeremo anche la famiglia, ma il commissario voleva che lei lo sapesse per primo».

«E tutte le voci che circolano là fuori?», rispose agitando una mano verso la finestra. «La tomba esumata? Ho un'altra famiglia in lutto da affrontare. Per non parlare di tutti gli altri parrocchiani».

«Le farò sapere al più presto quanto tempo ci vorrà», risposi con un sorriso. Avevo eseguito il mio compito. Ancora un paio di minuti di convenevoli e poi me ne sarei potuta andare.

O avrei potuto fare il mio lavoro.

«Padre, temo di doverle chiedere qualcosa», dissi. «Mi dispiace procurarle altro disturbo, ma...».

Lui fece un sospiro. «Mi chieda quello che vuole, mia cara. Immagino stiate cercando quegli altri due ragazzi in... posti simili».

«Non dobbiamo escludere nessuna possibilità», risposi. «Volevo chiederle se recentemente ha notato qualche movimento sospetto nel cimitero».

Padre Edward mi guardò per alcuni lunghi secondi. Poi si alzò e si avvicinò alla finestra, costringendomi a girare la sedia.

Il fantasma di Tom aveva ovviamente deciso che a questo punto potevo cavarmela da sola e se n'era andato.

Trascorse almeno un minuto prima che padre Edward parlasse.

«Vent'anni fa, una notte ero qui», disse. «Avevo somministrato l'estrema unzione a un parrocchiano. Era un uomo giovane, sposato con figli, era stato molto doloroso. Tornando a casa, c'era qualcosa – non ricordo cosa – che mi serviva dalla chiesa. Non accesi le luci, sapevo che se l'avessi fatto qualcuno da fuori l'avrebbe notato e sarebbe venuto a vedere che cosa stava succedendo. E io quella notte non volevo parlare con nessuno».

Si girò a guardarmi. «Mentre ero in chiesa cominciò a piovere forte e decisi di aspettare che cessasse», disse. «Ero qui, a questa finestra, guardavo il portico e pensavo a quella vecchia leggenda sul Giorno dei Morti. Le avevo detto che era il Giorno dei Morti?»

«Non mi pare», risposi guardando di sfuggita l'orologio.

«Be', la storia vuole che se ci si siede nel portico della chiesa la notte prima del Giorno dei Morti, si vedono sfilare nel cimitero i fantasmi di tutti coloro che moriranno nel corso dell'anno successivo. Mi stavo chiedendo se avrei mai avuto il coraggio di farlo e perché tutti avrebbero voluto sedersi lì quella notte. Ricordai la storia di quel prete che l'aveva fatto e aveva visto il proprio fantasma. E poi vidi qualcosa muoversi nel cimitero. Venga qui vicino a me, le faccio vedere il punto esatto».

Mi avvicinai alla finestra e mi sforzai di non sussultare quando lui mi cinse la vita con un braccio. Con l'altra mano mi indicò un punto vicino all'angolo.

«Vidi un movimento là», disse. «Sembravano due persone vestite di nero. Ma era difficile dirlo perché erano inginocchiate».

«Inginocchiate su una tomba?»

«È quello che sembrava. Ma non erano ferme. E non stavano pregando. Stavano facendo qualcosa. Ed erano le tre del mattino».

«E lei cosa ha fatto?»

«In verità, penso di essermi girato per controllare se la porta della sacrestia era chiusa. Non le nascondo che ero piuttosto spaventato».

«Non ha telefonato per chiedere aiuto?».

Padre Edward fece una risatina. «Era il 1947, cara, nella sacrestia non c'era il telefono. L'unica cosa da fare sarebbe stata svegliare il sacrestano, il padre di Dwane, ma non avevo il coraggio di uscire nella notte. Non sono mai stato un tipo coraggioso». Si voltò di nuovo verso la stanza. «Così rimasi seduto su quella sedia e aspettai l'alba».

Mi allontanai, con la scusa di guardare la logora sedia della scrivania, ma in realtà per sottrarmi al suo braccio.

«E cosa ha scoperto all'alba?», chiesi.

«La tomba era stata manomessa, su questo non c'erano dubbi», rispose.

«E poi cosa è successo?»

«Nulla. Segnalai la cosa alla polizia, ma loro giunsero alla conclusione che era stata opera delle volpi».

«Lei però ha visto due persone».

Padre Edward tornò alla sua sedia. «Ho visto qualcosa. Ma era buio ed ero stanco. Sapevo che se avessi insistito non avrei ottenuto nulla».

Il vecchio sacerdote si resse la testa con le mani. «In questa città ci sono persone, persone importanti, che non vedono di buon occhio chi smuove le acque», disse fissando il pavimento. «È stato più o meno in quel periodo che ho cominciato ad avere problemi con il vescovo. Accuse infondate, ma il fango ti resta appiccicato addosso», concluse chiudendo gli occhi.

«Sembrerebbe che qualcuno abbia cercato di zittirla, padre».

Lui rabbrividì, sollevò gli occhi e mi fece un debole sorriso. «Sciocchezze, cara. È comprensibile che quando vengono profanate delle tombe la gente sia molto turbata. Quello che ha fatto ieri notte... oh, lo so che aveva le sue buone ragioni, ma non piacerà ai parrocchiani».

I parrocchiani potevano anche levarsi di torno. Aprii la bocca e Tom apparve di nuovo, questa volta accanto al vecchio sacerdote.

«È successo ancora?», domandai.

Lui distolse lo sguardo e fissò un punto sopra la mia spalla sinistra. «Diciamo che essendo così vicini alla collina abbiamo qualche problema con gli animali selvatici».

«Quindi è successo ancora? E lei ha visto di nuovo delle persone?»

«Penso che sia stata l'ultima volta in cui sono venuto in questa chiesa di notte». Guardò l'orologio. «Ma adesso mi scusi, cara, c'è un parrocchiano che mi aspetta».

Mi fermai ai piedi dei tre scalini dell'ingresso, chiedendomi se secondo Sharples questo significava "sgarrare". Comunque fosse, la segnalazione di padre Edward, anche se l'episodio risaliva a vent'anni prima, meritava di essere approfondita. Soprattutto se, come aveva sostenuto lui, erano state esercitate pressioni affinché la cosa fosse messa a tacere.

Gli scalini non erano stati spazzati e la porta davanti a me non veniva dipinta da anni. Agli angoli il legno stava marcendo e i cardini erano arrugginiti. Molti chiodi erano scomparsi.

«Oh, buongiorno», dissi mentre la porta si apriva.

Avevo già visto quella donna di mezza età con i capelli grigi. «Lavora alla mensa della stazione di polizia, vero?», dissi.

Lei non rispose e, dopo alcuni imbarazzanti secondi, il mio sorriso svanì. «Posso parlare con il signor Dwane Ogilvy, per favore?», chiesi mostrandole il tesserino.

«A che proposito?», domandò lei.

Avevo la sensazione che se mi fossi voltata avrei visto Tom in fondo al sentiero. Così non lo feci. «Per un'inchiesta», risposi. «È in casa?»

«È sul retro», rispose lei, girando sui tacchi.

La seguii lungo un buio e stretto corridoio fino alla stanza che fungeva da cucina, soggiorno e salotto.

Due bambini rachitici e troppo grandi per i bavaglini che indossavano erano seduti su un tappeto davanti al camino e si contendevano dei rocchetti di filo. Un altro bambino, più robusto ma dall'aria assente, fissava lo schermo nero del televisore.

Sullo scolapiatti c'era un mangano con la manica grigia di una camicia da lavoro che pendeva tra i due cilindri. La signora Ogilvy fece un cenno verso la porta. «È là fuori», disse.

Spinsi la porta e uscii nel cortile sul retro. Su un filo del bucato teso a zigzag da una parete all'altra erano appesi vestiti, lenzuola, camicie, federe e pigiami. L'odore dell'amido mi bruciò le narici quando, inoltrandomi dietro il filo, mi ritrovai intrappolata tra le lenzuola.

«Dwane?», chiamai.

Nessuna risposta, soltanto un raschiamento ritmico e regolare, come se qualcuno stesse segando un tronco. Il giardino era stretto e lungo, e io avanzai verso la fonte del rumore.

Dopo avere superato cinque file di lenzuola trovai finalmente Dwane. Seduto su una cassa capovolta, stava levigando un pezzo di legno. Alle sue spalle c'era un grande capanno con una porta centrale e finestre a entrambi i lati.

Dwane sollevò lo sguardo e sgranò gli occhi sotto le sopracciglia prominenti.

«Sono l'agente Lovelady», dissi. «Ci siamo incontrati ieri in chiesa, ricorda?»

«È lei che l'ha disseppellita».

Non confermai né smentii.

«Ha combinato un bel casino. Immagino sia venuta a chiedermi di rimettere a posto la tomba», disse alzandosi. Aveva una lima in una mano e un grosso pezzo di legno nell'altra, e nonostante fosse di un buon palmo più basso di me, feci un passo indietro.

«Può sedersi lì», disse indicando la cassa dalla quale si era appena alzato.

Sedermi mentre lui stava in piedi davanti a me con una lima in mano era l'ultima cosa che avrei voluto fare, ma intuii che il suo era soltanto un gesto di cortesia e mi sedetti sul bordo della cassa.

«Avreste dovuto usare una di queste», disse indicando la cassa. «Basta metterla accanto alla tomba e spalarci dentro la terra. E poi, quando volete riempirla di nuovo, svuotarla nella fossa senza spargerla in giro».

«È davvero sicuro che la tomba non sia stata manomessa?», domandai. «Una delle ipotesi su cui stiamo lavorando è che il corpo della ragazza sia stato messo lì dopo il funerale».

«Nessuno ha toccato quella tomba», rispose Dwane. «Gliel'ho già detto la volta scorsa. Scavare una fossa non è facile».

Si voltò e si avviò verso il muro in fondo al cortile. Aveva uno strano modo di camminare, oscillando un po' da un lato all'altro, come se le gambe faticassero a reggere il peso del corpo.

Contro il muro erano allineati alcuni attrezzi. Vidi una robusta vanga con una piccola lama, un grosso piccone, un forcone, un rastrello e una struttura rettangolare di legno che doveva essere la sagoma di una cassa.

«Prima bisogna rimuovere l'erba», disse prendendo la piccola vanga. «Le zolle devono essere asportate con un taglio netto, così poi sarà più facile rimetterle al posto giusto». Indicò quindi l'altro muro, contro il quale era addossato un foglio di compensato. «Dopo averle tolte, le poso in ordine su quello», spiegò. «Poi si comincia a spezzare la terra», disse indicando il piccone e il forcone. «È un lavoro che può richiedere ore, se non si è pratici del mestiere», continuò. «Io posso scavare una fossa nella terra vergine in meno di tre ore. Lei quanto ci ha messo?».

Molto di più, ma non avevo alcuna intenzione di dirglielo. E inoltre, avevo scavato nella terra già smossa.

«Immagini che qualcuno l'abbia osservata mentre lavorava», dissi. «Supponga che sappia come procedere con le zolle d'erba e che spali la terra in una cassa. Questi attrezzi si possono trovare in un qualsiasi negozio di ferramenta. Non pensa sia possibile che qualcuno possa avere imparato da lei? Dopo tutto, la terra non era vergine, lei gli aveva già facilitato il lavoro».

Dwane rifletté qualche istante e poi aprì le sue grosse labbra umide. «Nessuno l'ha toccata», rispose scuotendo la testa. «Vuole sapere perché ne sono così sicuro?»

«Sì, la prego».

«Le ho dato una forma speciale che soltanto io conosco», disse agitando in aria la vanga come se stesse modellando la terra. «Posso fargliela vedere, se vuole».

«Quando abbiamo visitato la tomba ieri pomeriggio, era come dice lei?».

Lui annuì lentamente, serrando le labbra. Se stava dicendo la verità, Patsy doveva essere già nella cassa quando era stata interrata. Il che significava che qualcuno era entrato nella camera mortuaria.

«Signor Ogilvy, devo chiederle dov'era la sera di domenica tra le nove e le undici».

Era in quelle ore che Patsy era scomparsa. Lui rimase impassibile, come se non si fosse reso conto del significato della domanda. «Qui, a guardare la televisione», rispose.

«E mercoledì 16 aprile, un po' prima?»

«Sempre qui, a guardare la televisione».

«Ne è sicuro? Può controllare su un diario o un calendario, se vuole».

Lui mi fissò in silenzio.

«E lunedì 17 marzo», chiesi, «all'inizio della serata?»

«Al Black Dog», rispose.

«Come ha detto?»

«Il Black Dog», ripeté lui. «Il pub in Riley Street».

«Sembra molto sicuro», osservai. «Era tre mesi fa».

«Il venerdì e il sabato sera vado sempre al pub dalle sette alle undici. La domenica la mamma non ci lascia andare, ma mi rifaccio lunedì e martedì. Mercoledì e giovedì di solito sono in bolletta perché mi pagano di venerdì».

«Capisco. Quindi il proprietario le fa credito?»

«Il proprietario è già sbronzo marcio alle nove e mezzo. Ted

Donnelly è sempre stato un grande bevitore. E anche sua moglie. Questo non le impedisce tuttavia...». Si interruppe, all'improvviso accigliato. «Ma io ho il mio sgabello», concluse.

«Prima di venire da lei ho parlato con padre Edward», dissi. «Mi ha raccontato che ci sono state delle intrusioni nel cimitero».

Dwane abbassò lo sguardo. «Sono cose che succedono in quasi tutti i cimiteri».

«Lui sosteneva che si trattava di animali... volpi, tassi, forse anche cani».

«Mi piace come parla», disse Dwane.

«Grazie. Lei cosa ne pensa? Crede che i responsabili siano degli animali selvatici?».

Lui si strinse nelle spalle, continuando a evitare il mio sguardo. «Cos'altro vuole sapere? Le piacciono le piccole cose?»

«In che senso?»

«Le piccole cose. Le piacciono?»

«Che genere di piccole cose?», chiesi, inquieta.

Dwane mi fece cenno di alzarmi e seguirlo nel capanno. Aprì la porta e mi invitò a entrare per prima.

Il tavolo al centro del capanno era un vecchio tavolo da biliardo. Riconobbi le spesse gambe arcuate di legno massiccio e il panno verde sotto il foglio di compensato che lo copriva.

Sulla superficie del compensato c'era un plastico della città di Sabden. Riconobbi la piazza centrale, il memoriale ai caduti, il parco e il palco dell'orchestra. Tutti i negozi della strada principale erano stati riprodotti fedelmente. Vidi Glassbrook & Greenwood, la Kenyon's Bakery, il negozio di dischi, la macelleria di Sherwin e l'insegna della fiorista. C'erano anche il mercato coperto e il municipio e il grande spazio aperto dove si fermavano gli autobus e i tram. Riconobbi l'insegna del Black Dog e le porte della cantina che davano sulla strada, dov'era parcheggiato il camion di un birrificio di Thwaites.

Le lunghe file di case a schiera che si aprivano a ventaglio verso la brughiera ai margini della città erano state dipinte di grigio scuro, come pietra annerita dalla fuliggine. Le strade non erano asfaltate. Allungai un dito esitante per toccarle e mi resi conto che anche l'acciottolato era stato riprodotto fedelmente con minuscoli sassolini.

Doveva averci messo anni interi per costruirlo. C'erano persino i panni stesi ad asciugare nei vicoletti, i recinti dei giardini costruiti con stuzzicadenti e piccole auto di lamiera.

Seguii l'itinerario che avevo percorso dalla stazione, dove sugli scalini c'era un agente in miniatura con tanto di casco, fino a St Wilfred, con il muro di cinta, le lapidi e gli alberi riprodotti nei minimi particolari.

Era una copia perfetta della città. Girai attorno al tavolo, dove la periferia di Sabden si inerpicava sulla collina e sorgeva la casa dei Glassbrook.

«Quella è la finestra della mia camera», dissi. «Ma le tende non sono giuste. Le mie sono blu e queste sono lilla».

Mi fermai, temendo di avere detto qualcosa di sbagliato, ma lui non sembrava irritato. Mi stava guardando come i gatti fissano gli uccelli.

«È meraviglioso», dissi prontamente. «Non ho mai visto niente di simile. Lei è un autentico artista». Stavo per dire che scavando fosse sprecava il suo talento, ma all'improvviso la sua espressione era cambiata. Non si poteva certo dire che Dwane fosse un bell'uomo, ma in quel momento c'era in lui qualcosa di decisamente spiacevole. I suoi occhi sembravano più infossati e le folte sopracciglia formavano una linea continua sulla fronte corrugata, mentre continuava a fissarmi a bocca aperta con le labbra scintillanti di saliva.

«Perché dice questo?».

Era indietreggiato di un passo e mi guardava in un modo che mi faceva sentire a disagio, nonostante sembrasse quasi avere paura di me.

«Adesso devo tornare alla stazione», dissi. «La ringrazio per il tempo che mi ha concesso».

Lui indietreggiò continuando a fissarmi. Io mi diressi verso la porta, fermandomi a salutare la signora Ogilvy e scavalcando un bambino sdraiato a terra. Avevo già sceso gli scalini e stavo raggiungendo la mia bici, quando udii Dwane chiamarmi.

«Avrebbe dovuto chiederlo a me», disse. «L'avrei tirata fuori dalla fossa per lei».

29

«“L’avrei tirata fuori dalla fossa per lei”. Devo riconoscere che ci sai fare, Flossie», disse il detective Green, posando il fermacarte di vetro a forma di colonnina della polizia che stava ammirando, un regalo dei miei nonni.

«E cosa ne pensa di quelle intrusioni notturne nel cimitero? Sono sicura che padre Edward e Dwane ne sappiano più di quanto vogliono farci credere», dissi.

«Ci è mai arrivata qualche segnalazione di furti nelle tombe, Tom?», domandò Green.

Green, Tom e io eravamo gli unici nella stanza. Rushton, Sharples e altri due agenti erano andati alla riunione cittadina. Tutti gli altri stavano proseguendo le loro indagini nelle strade, nei pub e nelle fabbriche.

«Non mi risulta», rispose Tom.

«Non colgo il collegamento», obiettò Green. «Chi ha messo Patsy in quella cassa stava aggiungendo, non rubando da una tomba, se capite cosa intendo dire».

«Padre Edward mi anche parlato di persone importanti in città alle quali non piace che si smuovano le acque. Ha detto proprio così. Penso che abbiano messo a tacere la cosa».

I due uomini si scambiarono uno sguardo come per dire: “Cosa mai avrà in mente adesso?”. Quando Tom stava per parlare, udimmo dei passi, la porta si aprì ed entrò il detective Brown.

«Quest’anno a Sabden ci sono stati cinquanta funerali», annunciò. «Un po’ di più contando anche i villaggi vicini».

«Sono un sacco di tombe da dissotterrare», commentò Tom.

«Spero che tu sia in forma, Flossie», disse Green.

«Come ti sta venendo il comunicato stampa?», domandò Brown, voltandosi verso di me.

«La bozza è stata approvata dal capo, Elaine la batterà a macchina questa mattina», rispose Tom al posto mio.

Avevo trascorso oltre un'ora armeggiando con la macchina da scrivere prima che Tom giungesse in mio soccorso, sollevandomi dall'imbarazzo.

«La riunione cittadina è finita?», chiese Brown.

Proprio in quel momento la porta si aprì ed entrò Sharples.

«Com'è andata?», gli chiese Green.

«Le solite stronzate», rispose Sharples. «Tutti volevano delle risposte. Earnshaw parlava a vanvera. Il capo si è preso una bella batosta, ma per fortuna nessuno ha menzionato che Patsy era stata...».

«Sepolta viva?», disse Tom.

Sharples lo fulminò con lo sguardo. «Com'è andata all'infermeria?».

La testa di Tom scomparve dietro gli schedari e un paio di secondi dopo riapparve al nostro fianco. «Ho parlato con uno degli anestesisti, gli ho chiesto se è possibile ridurre all'incoscienza per dieci ore una ragazzina come Patsy».

«E?»

«Ha risposto che è possibile ma complicato, soprattutto se poi si vuole farla tornare in sé», rispose Tom, scorrendo il suo blocco per appunti. «Secondo lui, la soluzione migliore sono le benzodiazepine, come il diazepam. Magari associate con l'alcol o con la morfina».

Sharples contrasse i muscoli attorno agli occhi, assumendo un'espressione pensosa.

«Ha detto però che sarebbe comunque rischioso», continuò Tom, appoggiandosi allo schedario. «Una dose sbagliata avrebbe potuto costarle la vita».

«Forse il piano era proprio questo», osservai. «Forse non si aspettavano che sarebbe tornata in sé».

«Non sarebbe stato più semplice soffocarla con un cuscino?», chiese Sharples. «E come si sarebbe procurato le... come si chiamano?»

«Benzodiazepine», dissi. «È un banale sedativo. Se mi concedete un minuto, voglio farvi vedere una cosa».

Tirai fuori dal cassetto della scrivania un foglio arrotolato. «È un grafico dei tre ragazzi, purtroppo ancora incompleto».

Gli altri si avvicinarono a guardare, Sharples per ultimo.

«In alto ci sono i loro nomi», dissi srotolando il foglio. «Nelle colonne verticali ho elencato le materie che studiavano, i loro amici e i nemici, i club ai quali appartenevano e i loro interessi extrascolastici. Mi mancano ancora parecchie informazioni, ma...».

«Non capisco a cosa serva», disse Green.

«Ci permetterà di capire cosa avevano in comune», rispose Tom al posto mio. «E potrà fornirci qualche pista per scoprire chi li ha rapiti».

«Qualcosa l'abbiamo già scoperto», dissi. «Stephen Shorrock e Patsy Wood erano entrambi figli di rappresentanti sindacali. Il padre di Susan Duxbury è invece un noto ladro».

Aspettai una reazione, ma nessuno parlò.

«Sono tutti figli di genitori difficili», dissi.

La porta si aprì di nuovo e l'agente di guardia entrò tutto trafelato. «Ci sono dei problemi a Perseverance Mill», disse. «C'è un ferito e non sono riuscito a trovare nessuna pattuglia che possa arrivarci in meno di quindici minuti».

I quattro uomini si precipitarono alle rispettive scrivanie e presero le chiavi delle auto, i portafogli e i tesserini di riconoscimento.

«Volete che venga con voi?», chiesi.

«Non credo sia necessario», rispose Sharples aggrottando la fronte.

Tom si fermò sulla porta. «Capo, la famiglia Shorrock abita lì vicino. E da quando Stephen è scomparso, Linda Shorrock è fuori di sé. Se ci sono di mezzo loro, potrebbe servirci qualcuno che la calmi, che le prepari una tazza di tè».

Sharples fece un rapido cenno di assenso. Afferrai il cappello e la giacca e li seguii.

«Ho aspettato a lungo questo momento», disse Green mentre Tom usciva sgommando dal parcheggio. Sharples era sul sedile del passeggero, io su quello di dietro, schiacciata tra gli altri due agenti.

«Sappiamo chi è il ferito?», chiesi.

Nessuno rispose. Sharples stava parlando alla radio con il comando. «Quante auto potete mandare?... Trovatene qualcun'altra e fatelo sapere al capo. Ha detto che stava tornando a casa».

A un centinaio di metri da Perseverance Mill, all'incrocio con Jubilee Street, una piccola folla si era radunata in mezzo alla strada. Quando ci videro, alcuni se la svignarono mentre gli altri corsero verso la fabbrica abbandonata.

«Quello è Randy!», disse Tom.

L'agente in uniforme appoggiato al muro d'angolo aveva perso il casco e si premeva una mano contro la tempia. Tom frenò e gli uomini scesero dall'auto.

«Flossie, è meglio se resti dove sei», disse Green. Lo ignorai e corsi verso Randy. Aveva sangue che gli colava dalla tempia e sotto la luce del lampione il suo viso era di un pallore mortale.

«Vieni a sederti», dissi, infilandogli un braccio sotto le ascelle e incamminandomi verso l'auto. «Cosa è successo?»

«Un bastardo mi ha lanciato addosso un mattone. Ma va tutto bene».

Raggiungemmo gli altri.

«Terry Parker è là dentro, signore», disse Randy. «E quella gente sta cercando di entrare».

Non c'erano lampioni in Jubilee Street e l'edificio era buio. Riuscii tuttavia a distinguere una cinquantina di persone davanti al cancello. Erano in gran parte uomini, le donne e i bambini erano ancora in casa. Potevo scorgere le loro facce ansiose dietro alle finestre, i più coraggiosi si erano affacciati alla porta.

«Terry Parker è stato segnalato un paio di volte perché bazzicava nelle aree gioco per bambini», disse Randy a nessuno in particolare. «È successo anni fa, ma la gente ha la memoria lunga».

Eravamo stati individuati. Gli uomini davanti al cancello ci additavano scambiandosi dei cenni. Un ragazzino si mise a correre verso l'edificio abbandonato.

«Stiamo facendo quello che avreste dovuto fare voi!», ci urlò qualcuno da una porta.

«Quei luridi pervertiti dovrebbero essere impiccati!», urlò un altro.

«Cosa è successo? Perché questa rabbia improvvisa?», chiese Sharples a Randy.

«I netturbini hanno trovato una scarpa di Stephen nel giardino di Terry», rispose Randy. «Uno di loro l'ha portata al pub, dove Jim Shorrock si stava sbronzando con i suoi amici. Si sono diretti tutti verso la casa di Terry, ma lui è uscito dal retro e si è barricato nella fabbrica».

«Un tempo era il custode, vero?», disse Brown. «A quanto pare, si è tenuto le chiavi».

All'improvviso si udì uno schianto. La folla era riuscita a sfondare il cancello.

«Randy, torna in auto e rientra alla stazione», disse Sharples. «Abbiamo bisogno di rinforzi, e ci servono anche i vigili del fuoco e un paio di ambulanze. Lovelady, va' con lui».

«Signore, posso fare il giro dal retro e...».

Sharples però non mi diede retta. «Non permetterò che una donna della mia squadra resti ferita. Risali in macchina».

«Con tutto il rispetto, signore, conosco questo edificio e...».

«Basta così!», urlò lui, spruzzandomi la saliva in faccia. «Questa operazione è già abbastanza pericolosa senza che una piccola presuntuosa ci si metta tra i piedi. Adesso muoviti. Randy, assicurati che resti con te. Forza, voi tre, andiamo».

Tom mi diede le chiavi dell'auto e poi i quattro si misero a correre verso il cancello urlando: «Polizia! Che nessuno si muova!». Randy mi trascinò verso la macchina. Mi voltai e vidi i quattro colleghi aprirsi un varco tra la folla, che nel giro di pochi secondi li circondò.

«Si richiede assistenza urgente. Ripeto, assistenza urgente. Quattro agenti in pericolo», disse alla radio Randy, che sembrava sul punto di svenire. Riflettei un istante e poi infilai la mano sotto il sedile del guidatore e lo avvicinai al volante.

«Cosa stai facendo?», mi chiese Randy mentre mettevo in moto.

«Ci ha detto di restare in macchina, non di restare fermi».

La strada davanti a noi era deserta. La maggior parte della gente era entrata nella fabbrica e gli altri rimasero sulla porta di casa mentre avanzavamo con i fari accesi. In fondo alla strada superammo un vecchio magazzino che era stato convertito in luogo di culto, ma le porte erano chiuse e l'interno era buio. Superai il cancello della fabbrica, dove si era assembrata la folla. Alcuni si spostarono, liberandoci il passaggio, ma non tutti. Quando non riuscii più ad avanzare, frenai e la gente si avvicinò.

«Che cos'hai in mente?», mi chiese Randy mentre eravamo seduti in auto con il motore acceso, circondati da uomini ubriachi e inviperiti. Una pietra atterrò sul tetto.

Piccola presuntuosa: era questo che pensavano di me?

Qualche centinaio di metri più avanti Sharples e gli altri stavano affrontando la folla davanti alla porta della fabbrica. I fari dell'auto di Tom erano molto potenti e mi guardai rapidamente attorno. Un alto muro di pietra, alcuni fabbricati annessi. Da dove mi trovavo non riuscivo a scorgere il cancello sul retro che avevo scavalcato quella mattina.

I quattro colleghi erano visibilmente in difficoltà. Tom aveva il bavero della giacca strappato. Gusty sembrava sfuggito a un uragano.

Non esitai un attimo e scesi dall'auto. Mentre avanzavo verso la fabbrica, gli uomini che ci circondavano si rassegnarono a lasciarmi passare.

«Torna a casa, ragazza, non c'è nulla per te qui», urlò qualcuno.

Mi feci strada tra la folla verso la porta, seguita da Randy, e udii la voce di Sharples.

«Questa porta di solida quercia è spessa dieci centimetri e ha i cardini in ghisa», urlò. «E lo stesso quella sul retro. Lo so perché mio padre ha lavorato qui finché la fabbrica non ha chiuso. Nessuno può entrare senza una chiave, e scommetto che nessuno di voi ce l'ha. Quindi perché non tornate al pub o al caldo nei vostri letti e ci lasciate fare il nostro lavoro?»

«Se animali come Parker sono in libertà, il vostro lavoro non lo state facendo!».

Randy e io raggiungemmo la porta e ci voltammo verso la folla, schierandoci accanto agli altri. Udii Sharples imprecare sottovoce.

I fari dell'auto di Tom illuminavano il cortile e gran parte dell'edificio, ma lasciavano in ombra le facce davanti a noi. Riuscivamo a vedere soltanto gli occhi scintillanti degli uomini che ci stavano minacciando. Sembrava ci fossero occhi dappertutto. Nella folla, alle finestre delle case vicine, ovunque lo scintillio di occhi che ci guardavano.

Lui è qui. Non riuscivo a scacciare dalla mente quel pensiero. Da qualche parte, tra quella folla di uomini arrabbiati e spaventati, c'era il cuore freddo di un assassino. Lui era lì. Si stava godendo tutto questo, orgoglioso del suo lavoro.

Qualcuno, nelle ultime file, cominciò a inneggiare: «Portatelo fuori! Portatelo fuori!».

«È un lurido pervertito!», urlò un altro.

«È compito nostro occuparci dei luridi pervertiti», rispose Sharples. «Adesso tornatevene a casa prima che vi faccia arrestare tutti».

La folla sembrava ingrossarsi sempre più mentre altra gente varcava il cancello.

«Portatelo fuori! Portatelo fuori!», si unirono al coro altre voci. Era come il battito di un tamburo minaccioso che cresceva di volume. Presto avrebbe coperto tutto il resto e a quel punto avremmo perso completamente il controllo della situazione.

«Jim Shorrock!», urlò Sharples. «So che è stato lei ad aizzarli. Dov'è?».

La folla si fendette per far passare un uomo.

Lo avevo visto alla stazione di polizia dopo la scomparsa di Stephen. Un tipo esile e asciutto alle soglie della quarantina. I capelli biondi erano leggermente troppo lunghi. Aveva un naso piccolo e un po' adunco e storceva la bocca quando parlava. Sembrava Stephen invecchiato. Avanzò e si piazzò davanti a Sharples. Si fronteggiarono per qualche istante come due lottatori. Sharples era più vecchio, più piccolo e più magro, ma non per questo si lasciò intimidire.

Poi Shorrock assunse un'espressione disgustata e disse: «Riesce a immaginare come mi sento?».

Sharples aprì la bocca per rispondere, ma io lo anticipai.

«Sì», dissi. I due uomini furono così sorpresi di udire la mia voce che riuscii a guadagnare qualche altro secondo. «Ha il cuore spezzato».

Shorrock si voltò. Mi lanciò un'occhiata e arricciò il labbro superiore.

Feci un passo avanti. Colpita dalla stessa sorpresa che aveva temporaneamente zittito i due uomini. E adesso cosa avrei fatto? A quel punto non potevo più tirarmi indietro. «Ha il cuore spezzato perché le manca suo figlio», dissi. «Non sopporta di vedere sua moglie affranta dal dolore. È arrabbiato con noi perché non l'abbiamo ancora trovato, e anche con sé stesso perché si dice che avrebbe potuto fare di più. Ma lei non ha nessuna colpa».

Shorrock strizzò gli occhi e sembrò sporgersi verso di me.

«Ed è anche spaventato», continuai. «Perché vorrebbe aiutarlo ma non sa come. Anche noi siamo nella sua stessa situazione, Shorrock. Anche se Stephen non è nostro figlio, siamo molto in pena per lui. Non è vero, signore?», chiesi, rivolgendomi a Sharples.

Un secondo di silenzio.

«Sì, Florence, è così», disse Sharples, e mi resi conto che i cori erano cessati.

«È quella la scarpa?», chiesi scorgendo qualcosa nella tasca di Shorrock e allungando la mano. «Posso?». Lui non obiettò nulla e io presi la piccola scarpa e la esaminai. «È blu come quelle di Stephen», dissi. «E ha i lacci bianchi». La girai e controllai il numero sulla suola. «Ma non penso che sia di Stephen, signor Shorrock. Questa è un 40, Stephen porta il 39», dissi, lanciandogli un'occhiata. «Ho letto attentamente il dossier, signore, e ho una buona memoria per questo genere di cose. Sono sicura che le scarpe di Stephen erano numero 39».

Shorrock trasse un sospiro che sembrava un singhiozzo e lo vidi tremare in tutto il corpo. Qualcuno mi sfilò di mano la scarpa mentre stringevo il braccio di Shorrock.

«Coraggio, ora è meglio che torni a casa», dissi facendolo voltare verso il cancello. «Sua moglie e gli altri vostri figli hanno bisogno di lei. Dovrebbe stare con loro. Metterò il bollitore sul fuoco e vi farò un buon tè. Signori, potete lasciarci passare, per favore?».

La folla si aprì e, continuando a tenere per il braccio Shorrock, mi incamminai verso il cancello. Alle mie spalle, sentii Sharples dire: «Randy, va' con lei». Quando superammo il cancello, gli uomini che sostavano in Jubilee Street ci seguirono.

Come Orfeo mentre lasciava gli inferi, non mi guardai alle spalle, nel timore che la folla si infiammasse di nuovo e ci linciasse. Continuammo a camminare e, quasi senza accorgermene, mi ritrovai nella stanza sul retro della casa degli Shorrock.

A quel punto, stavo tremando anch'io. *Piccola presuntuosa?* Con il mio gesto, avevo finito per dargli ragione. Mi ero ficcata in un bel guaio.

Linda Shorrock, seduta davanti alla stufa, stava fissando le braci ardenti. Quando entrammo, sollevò a malapena lo sguardo. Jim si lasciò cadere sull'altra sedia, mentre Randy salì al piano di sopra per controllare i bambini. Trovai il bollitore, misi il tè direttamente in due grandi tazze e ci versai sopra l'acqua bollente, come avevo visto fare ai miei colleghi alla stazione di polizia. Aggiunsi lo zucchero e il latte e poi mi chinai per porgere la tazza a Linda. Lei mi ghermì il braccio, rovesciandosi il tè addosso.

«Viene a trovarmi tutte le notti», disse strabuzzando gli occhi. «Mi tira per i capelli e dice: "Aiutami, mamma! Voglio tornare a casa"».

Sembrava non essersi nemmeno accorta del tè bollente che si era versata sulle mani. Posai la tazza e lei mi afferrò i polsi.

«Mi dispiace di non averlo ancora trovato», dissi. «Ma non smetteremo di cercare». Mi voltai verso Jim, che sembrava a malapena consapevole. «Non smetteremo mai», aggiunsi mentre Randy scendeva dalle scale e mi faceva un cenno.

«È qui vicino, lo sento», disse Linda stringendomi i polsi. «Non è scappato di casa. È da qualche parte qui vicino e vuole soltanto tornare».

Incrociai lo sguardo di Randy e capii a cosa stava pensando. Quando avessero scoperto che fine aveva fatto Patsy, sarebbero sprofondati nella disperazione.

«Adesso lasciamola andare», disse Jim alla moglie. «Va', ragazza, hai un lavoro da fare. Noi ce la caveremo da soli».

Guardai di nuovo Randy e lui annuì. Non potevamo fare nient'altro per la famiglia Shorrock, tranne trovare il loro figlio.

Randy e io avanzammo lungo la strada deserta. La gente era rientrata in casa e ci guardò passare affacciata alle porte e alle finestre.

«Quando è scomparso Stephen, abbiamo interrogato Terry», disse Randy. «Era un noto pedofilo e abitava nella stessa strada di Stephen. Ma aveva un alibi per quella sera e lo abbiamo escluso».

Appena entrammo nel cortile, Tom apparve alla porta. Aveva un graffio sulla guancia destra e si era morso il labbro inferiore. Un sottile rivolo di sangue gli era colato sul mento e il bavero della giacca era strappato. A Tom piacevano i suoi vestiti. Gli piaceva anche la sua macchina, ed ero contenta che fosse buio e che non potesse vedere i danni.

«L'avete trovato?», chiese Randy.

Tom scosse la testa. «Non ancora. Eppure non dovrebbe essere difficile. C'è soltanto un piano, uno spazio ristretto. A meno che quel pervertito non si sia arrampicato sulla ciminiera, non ho la più pallida idea di dove si sia ficcato».

«Non è là dentro», dissi incamminandomi verso il fabbricato che avevo notato prima. Era addossato all'angolo in fondo al cortile, in pietra come il muro di cinta, e la porta era nascosta dietro un folto cespuglio di buddleia. Dietro la finestra avevo scorto il bagliore di un paio di occhi.

Mi avvicinai alla porta e l'aprii. Dietro di me, Tom e Randy puntarono le torce sopra le mie spalle. Accucciato in un angolo, mezzo nascosto dietro alcuni sacchi, Terry Parker tremava di paura.

Offrimmo a Terry una tazza di tè, gli demmo una coperta e gli facemmo trascorrere la notte in una cella, per la sua sicurezza.

Ci spiegò che quella scarpa era sua, e ci mostrò persino la ricevuta del negozio. Non avevamo nessuna prova contro di lui e la mattina seguente avremmo dovuto rilasciarlo, nonostante l'idea non lo entusiasmasse.

A mezzanotte ci ritrovammo allo Square & Compass, un pub nel centro della città. Il proprietario aveva già chiuso, ma noi continuammo a bere.

Era la prima volta che entravo allo Square & Compass e fui sorpresa di trovarlo così piacevole. Le colonne decorate con un motivo a scaglie di pesce reggevano un soffitto in gesso su cui campeggiava la rosa rossa del Lancashire. Il pavimento era una scacchiera di piastrelle bianche e nere, mentre le finestre erano tutte in vetro acidato, alcune rotonde come gli oblò di una nave.

«Sostituirle dovrà costare un occhio della testa», dissi ammirando le finestre e pensando alle risse tra ubriachi il sabato notte.

«Nessuno oserebbe lanciare un mattone contro queste finestre», disse Brown cingendomi le spalle con un braccio e scortandomi nel locale.

All'interno, i tavoli non erano disposti come al solito attorno al bancone del bar, ma allineati in due file di séparé i cui pannelli di legno erano decorati, come le finestre e il bancone, con due triangoli intrecciati a forma di diamante. Non avevo mai visto prima quel motivo, ma c'era qualcosa che attirò la mia attenzione. Mi ci volle qualche minuto per capire che il triangolo superiore era un compasso e quello inferiore una squadra.

Lo Square & Compass non era un pub frequentato da lavoratori. La maggior parte degli avventori indossava completi eleganti, una coppia era vestita come se avesse appena finito una partita a golf. Trovammo un séparé in un angolo, dove eravamo sicuri che nessuno avrebbe potuto sentirci. Ero l'unica donna nel locale, anche il personale del bar era esclusivamente maschile.

«Non vuoi nient'altro da bere, Flossie?», mi chiese per la quarta volta Sharples guardando il succo d'arancia che sorseggiavo da un'ora.

Gli altoparlanti diffusero l'ultima hit di Andy Williams. All'epoca era il mio cantante preferito e adoravo la sua nuova canzone, *Can't Take My Eyes Off You*.

«Va bene così, capo. Grazie», risposi bevendo un altro sorso.

La combinazione di zucchero e concentrato d'arancia mi bruciò le papille gustative.

Dall'altra parte del tavolo, Tom stava ripetendo le parole della canzone fissandomi negli occhi.

«Penso che tu abbia in mente qualcosa con quel tuo grafico, Flossie, ma avrai bisogno di aiuto», disse Sharples. «Fumo di legna, puoi dire ai tuoi uomini di fornirle tutte le informazioni che le servono?»

«Signore», dissi. «Non prometto nulla, ma se mi consente di dare un'occhiata a quei dettagli sui funerali recuperati dal sergente Brown, forse potrei trovare qualcosa».

«Qualcosa di che genere? E che tipo di dettagli?», chiese Brown come se gli avessi domandato la taglia dei suoi pantaloni.

«Nome, sesso ed età del deceduto. Ora, data e luogo della sepoltura. Bara o cassa? Costo del funerale...».

«E a cosa ti servirà?»

«Potrò individuare uno schema», risposi. «Ero molto brava in matematica e sono in grado di... Oh, è difficile spiegarlo. Guardando le informazioni, se c'è uno schema, o un'anomalia, riesco a individuarli subito».

Di nuovo silenzio. Brown lasciò cadere a terra il mozzicone della sigaretta e lo spense sotto la suola. Riuscivo quasi a vedere le parole "piccola presuntuosa" scorrere nelle loro menti.

«Non vedo nulla in contrario», disse Tom.

«Non è un lavoro da poco», osservò Brown. «Dovrà esaminare una mole di informazioni, mi chiedo se Flossie non possa impiegare meglio il suo tempo».

«Ha già un sacco di impegni», disse Sharples. «Domani mattina sarà in biblioteca e a pranzo al museo».

«Cosa ci va a fare alla biblioteca e al museo?», chiese Green.

«Abbiamo bisogno di tutte le informazioni possibili su quella bambola vudù», rispose Sharples. «Anche quelle incursioni al cimitero mi preoccupano, sebbene risalgano a vent'anni fa. Credo che avremo bisogno di un esperto in magia nera, stregoneria e pratiche demoniache. E come Florence continua a ricordarci, lei ha frequentato l'università».

Poi scolò la sua pinta, si alzò e aprì la porta del séparé. «Io me ne vado», disse. «Non fate tardi, domani ci aspetta una giornata molto impegnativa. E qualcuno accompagni a casa Florence. Non è molto più grande di quei ragazzi, e sarebbe un po' imbarazzante se le succedesse qualcosa».

Mi guardò annuendo, mormorò qualcosa che non riuscii a capire e uscì.

«Cosa ha detto?», chiesi, non certa di volerlo davvero sapere.

«Ha detto "Bella!"», rispose Brown.

Tutti gli occhi si puntarono su di me.

«Come?», domandai.

«Detto da Niente Cazzate Sharples, equivale a una proposta di matrimonio», commentò Tom.

30

Giovedì 19 giugno 1969

Lasciammo il pub all'una di notte, su mia insistenza. Ero stufa di vederli ubriacarsi sistematicamente, e quando la vista gli si appannò e cominciarono a balbettare, accettarono di buon grado di tornare a casa. Gusty, troppo sbronzo per guidare, ritornò a piedi in centro, dove abitava. Scaricai Fumo di legna sulla strada principale e infine Tom, che quando mi fermai davanti a casa sua stava ancora cantando le poche strofe della canzone di Andy Williams che conosceva a memoria.

La sua casa era più grande di quanto mi aspettassi, un nuovo bungalow semi indipendente con abbaini sul tetto.

«Lascerò la macchina alla stazione di polizia, così domani potrai recuperarla più facilmente», dissi.

«Non ce n'è bisogno», rispose lui. «Puoi portarla a casa tua. Mi fido di te. Per essere una donna, guidi bene».

Avevo cominciato a guidare all'età di dodici anni. Avevo imparato in una tenuta privata vicino alla nostra casa di famiglia, e quando ero all'università avevo partecipato ad alcuni rally con uno dei miei fratelli. Ero con ogni probabilità la migliore autista della stazione.

«È molto più grande delle macchine che sono abituata a guidare, e dopo una giornata come questa, una passeggiata mi farà bene».

Silenzio.
«Buonanotte», dissi.
«Anche a te, Florence. Dormi bene».
«Forse dormirai meglio se scenderai dalla macchina e ti infilerai a letto nella tua camera», gli dissi.
Ma lui non si mosse. «È stato bello bere un goccio con te», disse. «Grazie di essere venuta».
«Grazie di avermi invitata».
È possibile che il mio tono fosse stato più tagliente di quanto intendevo, o forse non avevo semplicemente pensato che lui lo cogliesse. Tom mi fissò negli occhi e disse: «Non pensare che non ti vogliamo. Saremmo più che felici se ti unissi alla nostra compagnia, ormai sei una di noi».
In realtà, non mi sembrava di esserlo. Ma Tom era un bravo ragazzo. Un bravo ragazzo ubriaco.
«Non è perché sei una ragazza, o una snob del Sud, o perché sei più intelligente di tutti noi messi insieme, ma è perché non bevi».
«Come?»
«Devi vederla da questo punto di vista. Tutti noi ci sbronziamo – con il lavoro che facciamo ne abbiamo bisogno – e cominciamo a parlare e a comportarci come degli idioti, mentre tu te ne stai seduta a bere la tua bibita all'arancia e ci giudichi».
«Io non vi giudico».
Lui mi fissò negli occhi.
D'accordo, lo avevo fatto, ma mai in modo meschino. Avevo trovato divertenti i loro sguardi appannati e le frasi che con il passare delle ore diventavano sempre più sconnesse.
«Sarai sempre la benvenuta, Florence. Vieni con noi ogni volta che lo vorrai, ma dovrai tapparti il naso e buttare giù almeno un paio di Babycham».
«Scendi dall'auto e va' a dormire, Tom».
Alla fine aprì la portiera e praticamente si accasciò sulla strada. Poi si risollevò, barcollò fino alla porta di casa e riuscì a infilare la chiave nella serratura.

Vidi una tenda ondeggiare a una delle finestre del piano superiore.

La stazione di polizia sembrava deserta. A parte l'agente di guardia, quando entrai dal retro e salii al primo piano non vidi nessuno. Mentre lasciavo le chiavi dell'auto di Tom nel cassetto della sua scrivania un telefono si mise a squillare, spezzando il silenzio che regnava nell'edificio e facendomi trasalire.

Non era nemmeno il mio, ma quello sulla scrivania di Brown.

Quando cessò, tirai un sospiro di sollievo.

Un altro telefono, sul lato opposto della stanza, dietro gli schedari, si mise a suonare a un volume innaturalmente alto.

È lui. Sa che sono qui. Farà suonare tutti i telefoni nella stanza finché non troverà il mio.

Dopo quattro squilli cessò.

La mia paura era assurda. Il sistema telefonico era programmato in modo tale che se un apparecchio non rispondeva al quarto squillo, chiamava automaticamente il numero successivo della stessa stanza finché qualcuno non rispondeva.

Il telefono successivo era quello di Tom, e appena cominciò a suonare mi precipitai verso la sua scrivania. Lo raggiunsi al quarto squillo, ma quando sollevai il ricevitore non udii nulla. Riagganciai e mi guardai attorno, cercando di indovinare quale sarebbe stato il prossimo.

Fu quello di Green, ed era abbastanza vicino da permettermi di rispondere. Corsi alla sua scrivania e sollevai la cornetta.

«Pronto», disse. «Dipartimento investigativo della stazione di polizia di Sabden».

Silenzio all'altro capo della linea. Ma in sottofondo udii un respiro sommesso.

È lui.

«Dipartimento investigativo della polizia di Sabden, agente Lovelady all'apparecchio».

«Quella ragazza che avete trovato».

Di nuovo silenzio.

«Chi parla, prego?»

«Dov'è? Dove l'avete messa?»

«Di quale ragazza sta parlando? Può dirmi il suo nome, per favore?»

«La ragazza morta. Quella che avete trovato nella tomba. Dov'è?»

«Mi dispiace, ma è un'informazione che non posso darle. Chi è al telefono?»

«Deve essere cremata».

«Saranno i genitori a deciderlo. Se non mi dice come si chiama, sarò costretta a interrompere la comunicazione».

«Non dovete sotterrarla di nuovo. Non avrebbe pace».

«Cosa intende dire?»

«Bruciatela! Dovete bruciarla», disse la voce, troncando la comunicazione.

Presi la mia borsa e spensi le luci. Non sono una che si spaventa facilmente, ma mi precipitai letteralmente giù dalle scale.

«Agente», dissi ancora prima di raggiungere il banco dell'accoglienza, «è stato lei a passare una telefonata un paio di minuti fa?».

Lui non era seduto al suo posto, stava bevendo un tè con uno dei colleghi in servizio che era rientrato per una breve pausa.

«Non sapevo a quale scrivania fosse seduta», rispose lui. «È riuscita a parlargli?»

«Sì, grazie. Quella donna le ha detto per caso come si chiamava?».

Lui fece una smorfia. «A dire la verità, pensavo fosse un uomo. Comunque no, non ha detto il suo nome. È un problema?».

Scossi la testa e augurai a entrambi la buona notte. Quando uscii, per un istante rimpiansi di avere lasciato le chiavi dell'auto di Tom nel cassetto della sua scrivania.

Quella notte pedalai veloce, senza fermarmi nemmeno ai semafori rossi, ma rientrai a casa dei Glassbrook senza ulteriori incidenti… Finché non cercai di aprire la massiccia porta d'ingresso senza svegliare nessuno.

Nel portico inciampai in qualcosa.

Indietreggiai, più tesa di quanto sarei stata disposta ad ammettere. Tirai fuori la torcia e illuminai il pavimento del portico. Fiori. Non fiori secchi, ma rose rosse con il gambo lungo avvolte nella carta. Mi chinai per raccoglierle e vidi il mio nome scritto a matita sulla carta. Erano per me.

Mi infilai in casa con le rose – senza spine e senza profumo, come sono di solito quelle che si comprano dal fiorista – infilate sotto un braccio. In cucina trovai una brocca e la riempii d'acqua. Soltanto quando tolsi la carta mi accorsi del bigliettino all'interno. Era di Flower Pot, il negozio di Marlene, e il messaggio era di sole tre lettere: "RIP".

31

Nel grandioso stile vittoriano che dominava molti dei suoi edifici pubblici, la biblioteca pubblica di Sabden vantava grandi finestre a bovindo al pianoterra e finti balconi decorati al primo. Il tetto era una fila ondulata di fastigi e cimase scolpite, con al centro una torre rotonda sormontata da una cupola di rame.

Mi chiesi, non per la prima volta, quale fosse l'origine della ricchezza di Sabden. Non era una grande città, e il novantacinque percento della popolazione sembrava condurre vite molto modeste, ma una passeggiata nel centro, con i suoi opulenti edifici pubblici perfettamente conservati, bastava per capire che lì di soldi ce n'erano molti.

Persone importanti che non vedevano di buon occhio chi smuoveva le acque?

Superai la porta girevole ed entrai nella sala centrale della biblioteca, il cui soffitto a cupola sembrava lontanissimo dalla mia testa. La luce del sole filtrava attraverso i lucernari e la polvere scintillava attorno a me come particelle d'oro.

Tossii, anche se non avevo bisogno di schiarirmi la gola, e tirai su rumorosamente con il naso. C'era qualcosa in quel posto che mi invogliava a fare chiasso.

La stanza dei bambini era alla mia destra, gli scaffali degli adulti sulle pareti tutt'attorno. Grandi tavoli di legno e sedie per la lettura erano sparsi nella sala. Il banco dell'accoglienza era un gigantesco anello di quercia al centro del quale lavoravano tre donne, ognuna vestita in gradazioni diverse di grigio e marrone.

Due erano di mezza età. La terza sembrava più vecchia ed era impegnata a scrivere su un grande registro.

«Buongiorno», dissi gioiosamente attraversando l'atrio e dirigendomi verso la sala di consultazione. Il cartello sulla porta mi disse che dopo averla superata era richiesto il silenzio. Udii sbattere rumorosamente la porta alle mie spalle.

Ero stanca. Per la seconda notte di seguito non avevo quasi chiuso occhio. "RIP"? Cosa significava? Un altro stupido scherzo o qualcosa di più sinistro?

La sensazione di un'oscura minaccia che incombeva sulla città stava crescendo. Se camminavo da sola vedevo un'ombra davanti a me, e se smettevo di muovermi, anche soltanto per qualche secondo, il silenzio diventava inquietante. E quando mi svegliavo la notte, udivo suoni di cui ignoravo la provenienza.

Mi resi conto che non c'era nessun posto dove mi sentivo al sicuro. Non a casa dei Glassbrook, dove non potevo nemmeno chiudere a chiave la porta della mia camera; non alla stazione di polizia, dove tutti ce l'avevano con me; e di certo non in città, dove ogni sguardo che incrociavo poteva essere l'ultimo visto da Patsy Wood.

Volevo tornare al lavoro, darmi da fare, non restare seduta in quella biblioteca. Non potevo fare a meno di pensare che Sharples mi avesse spedita lì per togliermi di mezzo.

Trovai la sezione che cercavo, presi qualche libro, andai a sedermi e sentii subito le palpebre pesanti.

«Non le sarà facile leggere quello», disse una voce alle mie spalle. «È scritto in scozzese antico».

«Me ne sono accorta solo adesso», risposi stropicciandomi gli occhi.

La bibliotecaria che mi aveva avvicinata non era truccata e le sopracciglia cespugliose suggerivano che non sprecava tempo davanti agli specchi. Quando però inclinò la testa di lato, scorsi un paio di orecchini di rubino. Aveva dita grosse e mascoline, ma le unghie tinte di rosso scarlatto erano perfettamente curate. Sul suo badge c'era scritto "Mrs D. Reece".

«Posso farcela, ma sarà molto impegnativo», risposi sforzandomi di trattenere uno sbadiglio. Un'occhiata all'orologio mi disse che era già passata un'ora.

La bibliotecaria scostò una sedia e si sedette accanto a me. «Ha bisogno di aiuto? Sembra un po' disorientata».

Il mio angolo del tavolo era cosparso di libri. Benché fosse piccola, la biblioteca era ben fornita di materiale sulle scienze occulte.

«Si capisce cosa abbia spinto il re d'Inghilterra a scrivere un libro sulla stregoneria». Chiusi il volume per farle vedere la copertina: *Demonologia, in forma di un dialogo scritto da Sua Maestà per grazia divina il principe Giacomo, re d'Inghilterra, Scozia, Francia e Irlanda*. «In realtà non mi interessa. Mi dica perché tante donne nel corso della storia sono state uccise per qualcosa che ora sappiamo essere totalmente insensato».

Se la signora Reece colse la mia rabbia, non lo diede a vedere. «Era un'altra epoca», disse. «La fede religiosa non era mai messa in dubbio. La gente credeva nel diavolo e nei poteri malvagi». Sollevò una mano per grattarsi dietro l'orecchio, mostrando di nuovo lo splendido orecchino di rubino. «Quando qualcuno, soprattutto una donna, si comportava in modo poco ortodosso – specialmente se godeva di un inspiegato successo –, era facile accusarla di avere poteri soprannaturali». I suoi occhi grigi luccicarono come se stesse per piangere. «E non dobbiamo dimenticare che molte di loro confessarono».

La copertina del libro scricchiolò sul tavolo quando lo scostai. Non volevo più leggerlo. E neppure l'altro: *La meravigliosa scoperta delle streghe nella contea del Lancashire* di Thomas Potts.

Quest'ultimo raccontava gli eventi che avevano portato al processo del 1612 a Lancaster, in cui venti persone, per la maggior parte donne, erano state accusate di stregoneria e impiccate. A quanto pareva, *La meravigliosa scoperta delle streghe* era stato scritto per glorificare l'omicidio di massa.

«La stregoneria non esiste», dissi. «Né adesso né allora. Cosa c'era in realtà dietro questa accusa?»

«Nella maggior parte dei casi direi che c'era la miseria», rispose la signora Reece. «In quegli anni, per le donne senza patrimonio e senza un uomo che si occupasse di loro la vita poteva essere molto difficile. Pochi lavori erano accessibili alle donne e l'accattonaggio era illegale».

Questo, almeno, aveva un senso. «Quindi era soltanto una questione di sopravvivenza?»

«Molti potrebbero considerare le streghe di Pendle delle mere truffatrici», disse. «Ingannavano le loro comunità facendo credere alla gente che potevano gettare incantesimi, guarire i malati e favorire i raccolti. Madre Demdike, la più famosa di loro, era nota come una "guaritrice". I contadini la pagavano per "benedire" i campi, un animale o una persona malata. Lei recitava qualche preghiera, a volte lasciava anche qualche erba miracolosa, e così quella notte poteva sfamare la sua famiglia».

«Ma quando non funzionava, quando il malato moriva, la colpa ricadeva su di loro?», chiesi.

«Per molti versi, erano i peggiori nemici di sé stesse», rispose la signora Reece. «Facevano credere alla gente di avere poteri curativi e preventivi. Demdike aveva l'abitudine di dire a quelli che incrociava che avrebbe pregato per le loro anime. E poi si immobilizzava come una statua e borbottava tra sé. Non c'era da sorprendersi che la gente credesse di essere stata oggetto di una maledizione».

«Lei pensa che fossero davvero delle streghe?», chiesi.

«È quasi certo», disse la bibliotecaria. «Ma se fossero colpevoli del crimine per il quale furono impiccate, ovvero omicidio mediante stregoneria, è tutta un'altra questione».

«È assurdo», commentai. «Non potevano avere quel potere. Nessuno ce l'ha».

«Tranne un numero molto ristretto di persone», rispose lei.

Ne avevo avuto abbastanza. Presi il libro di re Giacomo e lo rimisi sullo scaffale. «Non penso che re Giacomo credesse nella stregoneria», dissi. «Sono convinta che nessuno di loro ci credesse. Quelle donne erano terrorizzate e furono sottoposte ad atroci torture. Non credo che nemmeno centinaia di anni fa la gente fosse così stupida da credere che una confessione estorta con la tortura avesse una qualche validità».

La signora Reece si alzò anche lei, avvicinandosi ancora di più. «Qualcosa l'ha spaventata», disse. «Che cosa?»

«Sono contenta di vivere in tempi più illuminati», dissi prendendo la borsa. La visita alla biblioteca era stata una perdita di tempo. Nella sala lettura c'era un odore di chiuso e di erbe che mi impediva di concentrarmi. Non ricordavo più nemmeno cosa ero venuta a farci. Erano finiti i tempi delle vendette misogine e della caccia alle streghe.

Feci per dire qualcosa, non sapevo cosa, e mi ritrovai a fissare a bocca aperta i suoi scintillanti occhi grigi, incapace di distogliere lo sguardo.

E poi lei sorrise, scoprendo i grandi denti gialli. «Non abbia quell'aria così preoccupata. Non trasformiamo più gli uomini in rospi». Poi si allontanò e l'atmosfera sembrò subito più leggera, come se qualcuno avesse aperto una porta e fosse entrato un soffio d'aria fresca. «C'è qualcos'altro che posso fare per lei?», mi chiese. «Tra poco chiuderemo per la pausa pranzo».

Era per questo che ero venuta a quell'ora. «Sono un'agente di polizia», dissi, guardandola corrugare la fronte mentre esaminava il mio tesserino.

«È un piacere incontrarla, agente Lovelady».

«Sto indagando su un caso che potrebbe avere dei collegamenti con la stregoneria e forse lei può aiutarmi».

«Ha qualcosa a che vedere con gli omicidi di quei ragazzi?».

«Perché me lo chiede?»

«Perché in città non si parla d'altro. La povera Patsy è stata trovata in un cimitero e la gente, invariabilmente ed erroneamente, associa la stregoneria a qualsiasi attività illecita nelle aree cimiteriali».

«Vorrei mostrarle qualcosa, signora Reece, ma deve promettermi che non lo dirà a nessuno».

«Certo».

Tirai fuori dalla borsa una polaroid dell'effigie di argilla. Lei la fissò attraverso gli occhiali da lettura inforcati sulla punta del naso.

«Mio Dio!», esclamò, squadrandomi. «Dove l'ha trovata?»

«Mi dispiace, non sono autorizzata a rivelarlo. Cosa può dirmi di questo oggetto?».

Lei guardò di nuovo la polaroid. «È una figura di argilla», disse.

«Come?»

«Oggi forse la definirebbero un'"effigie", ma un tempo si chiamavano "figure". Le streghe del Lancashire furono accusate di fare queste figure dei loro nemici», spiegò la bibliotecaria. Poi aggrottò la fronte e accostò la fotografia agli occhi. «Che cos'ha conficcato nel corpo? Non sembrano spilli».

«Sono sottili schegge di legno», risposi.

Lei scosse lentamente la testa. «Prugnolo», disse. «È sempre stato associato alla stregoneria. Le bacchette magiche erano di prugnolo». Alzò gli occhi e mi fissò di nuovo. «Vorrebbe raffigurare Patsy?».

Rimasi in silenzio.

«Capisco... Non può dirmelo», disse. «La sa una cosa? Penso di averla già vista».

Attraversò la stanza, si chinò davanti a un cassetto, tirò fuori un libro con una logora copertina di pelle e cominciò a sfogliarlo.

«Lo sapevo», disse porgendomi il libro. «È una copia della Bambola del Louvre».

Mi sedetti e guardai la fotografia in bianco e nero di una figura quasi identica a quella che avevo trovato: l'effigie di argilla di una donna con le mani e i piedi legati e tredici spilli o schegge acuminate che le trafiggevano il corpo. Era troppo simile per essere una coincidenza.

Mi alzai di scatto. «Signora Reece, posi subito sul tavolo quel libro e la smetta di toccarlo, per favore».

Lei corrugò la fronte e fece quello che le avevo detto.

«Adesso usciremo di qui e le chiederò di restare fuori dalla porta mentre prenderò in prestito il suo telefono per chiamare la stazione di polizia», dissi.

Lei mi fissò allibita, persino un po' spaventata. «Cosa diavolo…?»

«Forse dovrà chiudere questa sala per un paio d'ore», le dissi. «Dovremo raccogliere le impronte digitali su quel libro e in tutta la stanza».

«Ottimo lavoro, Flossie», disse Green un'ora più tardi.

La sala di consultazione era stata chiusa temporaneamente e la scientifica stava rilevando le impronte digitali. La signora Reece seguiva le operazioni da dietro il divisorio di vetro, sul quale batteva ogni volta che si avvicinavano a un libro particolarmente prezioso.

Sharples, Green, Tom e io eravamo seduti a uno dei pesanti tavoli di quercia.

«Cosa puoi dirci di quella Bambola Loo?», chiese Sharples.

«La Bambola del Louvre», lo corressi. «Dal nome del museo presso il quale è conservata».

Il libro sarebbe stato impacchettato e portato nel laboratorio della scientifica, ma avevamo delle polaroid delle pagine in questione e avevo preso degli appunti.

«È un artefatto egizio del IV secolo», dissi. «Una figura di argilla trafitta da tredici aghi di bronzo. È stata rinvenuta in un vaso di terracotta insieme a una tavola delle maledizioni su cui era stato inciso un incantesimo».

«Che cos'è un incantesimo?», chiese Tom.

«È una sorta di maledizione con cui qualcuno chiede agli dèi di danneggiare qualcun altro. Questa è particolarmente spaventosa, però. L'ho trascritta», dissi. «Volete sentirla?»

«Forza, racconta», disse Sharples.

La mia calligrafia era frettolosa e dovetti concentrarmi.

«... e portami Tolemaide, generata da Aias, figlia di Origene; impediscile di mangiare, di bere, finché ella non venga da me, Sarapammon, generato da Area, e non farle accettare le offerte di nessun uomo all'infuori di me. Trascinala per i capelli, per le budella, finché non mi rifiuti più... assoggettata a me per tutta la durata della mia vita, amandomi, desiderandomi, svelandomi i suoi pensieri».

«È un incantesimo d'amore», disse Tom, abbozzando un sorriso. «Lui vuole che lei sia la sua pollastra».

«Lo credi davvero?», risposi. «Io penso piuttosto che voglia che lei sia la sua schiava».

32

«Quello che mi sconcerta a proposito di questa Bambola del Louvre, signora Reece, è che...», disse il detective Brown abbassando lo sguardo. «Quanti libri ci saranno nella biblioteca comunale di Sabden? Diecimila? Ventimila?».

Lanciò un'occhiata a Randy, seduto al suo fianco, che si strinse nelle spalle.

«36.542», rispose la signora Reece, il cui nome di battesimo era Daphne. Non riuscii a impedirmi di pensare che avesse sparato un numero a caso.

«E lei li ha letti tutti?», domandò Brown piegando di lato la testa.

«Non faccia l'ingenuo».

Tom, seduto al mio fianco, ridacchiò e Sharples lo fulminò con lo sguardo. Il falso specchio davanti al quale ci trovavamo non era insonorizzato. Le pareti della minuscola stanza erano tappezzate di cartelli che avvertivano di restare in silenzio durante gli interrogatori.

«Eppure, appena l'agente Lovelady le ha mostrato la polaroid di una figura simile, lei ha subito trovato il libro che conteneva quella fotografia».

«Conosco piuttosto bene i libri della sezione sull'occulto», disse Daphne. «E la Bambola del Louvre è un reperto molto singolare. Dopo averla vista una volta, pochi la dimenticano».

«Cosa sa della sua storia?»

«Solo quello che ho letto su quel libro».

«Ricorda per caso chi l'abbia consultato negli ultimi mesi?».

Daphne assunse un'espressione dispiaciuta. «Una delle nostre impiegate registra tutti i libri presi in prestito dalla biblioteca», disse. «Cerca di tenere anche un registro dei libri dati in consultazione, ma non sempre può lasciare il banco dell'accoglienza. A quanto pare, comunque, negli ultimi tre anni nessuno ha chiesto quel volume».

«E insieme alla bambola c'era una specie di incantesimo, se ho capito bene», disse Brown.

«Sì, un incantesimo d'amore».

Tom mi lanciò un'occhiata come per dirmi: "Te l'avevo detto".

«E come funziona?», chiese Brown.

«Gli incantesimi d'amore sono una magia molto antica», rispose Daphne. Poi sollevò lo sguardo verso lo specchio ed ebbi la netta sensazione che avesse capito chi c'era dietro. «La figura deve essere modellata in modo da assomigliare al soggetto. Maggiore è la somiglianza, più forte sarà l'incantesimo. E deve contenere qualcosa di molto personale».

«Personale in che senso?», chiese Randy.

«Qualcosa del suo corpo. I capelli e le unghie vanno bene. Il sangue, i denti o le ossa sono ancora più potenti ma meno facili da recuperare. I vestiti o qualche oggetto personale sono meglio di niente. Di qualunque cosa si tratti, deve essere incorporata alla figura». Guardò di nuovo lo specchio. «Se l'effigie che avete trovato ha qualcosa a che fare con quella povera ragazza, conterrà una traccia di lei».

Nella stanza sul retro ci scambiammo uno sguardo d'intesa. *Il dente di Patsy.*

«L'incantesimo, le parole sulla tavoletta nel caso della Bambola del Louvre, dice cosa si vuole che accada. Nella magia bisogna essere molto chiari. L'ultima cosa che vogliamo che succeda è che l'energia sia convogliata nella direzione sbagliata».

Brown e Randy rimasero in silenzio.

«È tutto qui?», chiese Brown dopo un momento.

«No. Per renderlo effettivo, bisogna lanciare l'incantesimo».

«E come si fa?», domandò Randy.

«Ci sono vari modi. Non ho idea di come abbia proceduto quell'uomo nell'Egitto del IV secolo».

«L'agente Lovelady ha una teoria su di lei, signora Reece», disse Brown. «È un po' assurda, ma Lovelady è una giovane ragazza. Pensa che lei sia una sorta di strega».

Un lampo attraversò gli occhi di Daphne. «Una giovane ragazza molto brillante».

Brown e Randy si scambiarono un'occhiata.

«Quindi lei ammette di essere una strega?», disse Brown.

«Sono fiera di esserlo».

I due uomini si scambiarono un altro sguardo. Daphne trasse un profondo sospiro ed ebbi l'impressione che i suoi occhi incrociassero i miei attraverso lo specchio.

«Ha mai fatto un incantesimo d'amore?», chiese Randy.

Daphne fissò con aria assente una delle sue unghie smaltate di rosso. «No di certo», rispose. «Trovo aberrante l'idea di forzare gli affetti e non ho nulla a che fare con la magia nera».

«E cosa fa, esattamente, quando agisce da strega?», chiese Brown. «Se non si occupa di incantesimi d'amore, quali sono le sue funzioni?»

«I nostri riti sono privati, non posso parlarne con chiunque».

«Io non sono una persona qualunque, signora Reece», rispose Brown. «Sono un detective e sto conducendo un'inchiesta su un omicidio».

«E io non sono in stato di arresto», ribatté lei, incrociando le braccia sul tavolo. Daphne era decisamente un osso duro.

«Ha detto i "nostri" riti», disse Brown. «Intende dire che ci sono altre streghe?»

«Sì, un'intera congrega».

Ringalluzzito, Brown si sporse in avanti. «E quante streghe ci sono in una congrega?»

«Solitamente tredici, ma alcune lavorano in gruppi più piccoli».

«E cosa fa esattamente una congrega?».

Daphne fece un largo sorriso e alla vista dei suoi denti i miei due colleghi indietreggiarono. «È un luogo di incontro per scambiarsi esperienze e incoraggiarsi reciprocamente», disse. «Siamo un gruppo di persone affini, in gran parte donne, che credono nell'importanza di lavorare insieme per il bene comune».

«Che sollievo! Non so tu, Randy, ma io mi aspettavo che praticaste la magia nera».

«Oh, anche noi lo facciamo. La cosa le interessa, detective Brown? Al momento la nostra congrega è al completo, ma possiamo metterla in lista di attesa...».

Questa volta la sbuffata di Tom dovette risuonare fino in fondo al corridoio. Sharples ci lanciò un'occhiataccia e mi morsi il labbro inferiore.

«Può darmi i loro nomi, per favore?», chiese Brown impugnando la penna.

Lei scosse la testa, lentamente ma con fermezza. «Non senza il loro permesso», disse.

Povero Brown.

«Dove si trovava la sera di domenica 15 giugno, signora Reece?»

«Alle prove», rispose lei senza un attimo di esitazione.

«Quali prove?»

«Quelle del *Macbeth*».

«Come, scusi?»

«Shakespeare», rispose lei. «Non la migliore delle sue tragedie, secondo me, ma non scelgo io i testi che interpreto. Naturalmente molti membri del cast non pronunceranno mai la parola "*Macbeth*" e la chiameranno invece "la tragedia scozzese", ma queste superstizioni le ho sempre considerate assurde».

Brown si passò una mano tra i capelli. «Sta parlando di una compagnia di teatro amatoriale?»

«Certo, la Sabden Library Players'. È dall'inizio di maggio che proviamo il nuovo spettacolo. La prima è venerdì 31 ottobre e ci saranno tre repliche».

«Ci sta prendendo in giro», sussurrai. Tom mi fece cenno di stare zitta.

«Io interpreto Duncan», proseguì Daphne. «Siamo a corto di uomini. Ci troviamo alle sette e proviamo fino alle nove. Dopo andiamo tutti insieme all'Eagle and Child in Snape Street. Quella notte mi ha accompagnata a casa un altro attore e sono andata direttamente a letto. Non da sola. Potrei fornirle almeno una decina di testimonianze per quella sera».

«Grazie», borbottò Brown. «E mercoledì 16 aprile?»

«Il giorno in cui è scomparso Stephen Shorrock? Non c'è nulla di cui sorprendersi, ho seguito il caso sui giornali. Ero all'estero, sulle Alpi svizzere, per la precisione, per una vacanza con l'associazione escursionistica delle biblioteche del Nord dell'Inghilterra. Sono rientrata la domenica di quella settimana».

«E lunedì 17 marzo?», chiese Brown in tono rassegnato. «Quando Susan Duxbury è stata vista per l'ultima volta?»

«Non ne sono sicura, ma di solito trascorro i lunedì sera con le amiche».

«La congrega?», insisté Brown in un ultimo, disperato tentativo».

«Solo nelle notti di luna piena», rispose Daphne.

33

Terry Parker fu rilasciato il giorno seguente, venerdì. Nonostante la sua riluttanza a ritornare nel mondo esterno, non avevamo alcun motivo per trattenerlo e gli restituimmo i suoi effetti personali rimettendolo in libertà. Ritornai alla biblioteca comunale e, con l'aiuto di Daphne, rintracciai e presi in prestito tutti i libri disponibili sull'occulto, il folklore e la stregoneria. Nei giorni a venire avrei avuto sogni molto interessanti.

Brown andò a trovare il dentista, il quale dichiarò di avere visitato di recente Patsy ma di non averle praticato un'estrazione dentale da oltre un anno.

«Ci sono famiglie che affrontano questi problemi da sole», ci disse Brown quando rientrò alla stazione. «Un filo attorno al dente, l'altra estremità attorno alla maniglia di una porta aperta, e poi *slam*, si chiude di scatto la porta e il dente salta. Non possiamo essere certi che il dente mancante di Patsy le sia stato tolto dal suo killer. A meno che quello nella bambola vudù non sia davvero il suo. È un bel pasticcio», concluse scuotendo la testa e lasciando la stanza. Qualche minuto più tardi lo vidi nel parcheggio, dove fumava fissando l'asfalto.

Ripetei a Sharples che avremmo dovuto recarci nelle scuole e mettere in guardia i ragazzi. E lui mi ripeté di stare zitta e fare il mio lavoro.

Quello stesso giorno, mentre i colleghi più anziani e i detective cominciavano a interrogare per la seconda volta i più noti pregiudicati della città, gli agenti più giovani iniziarono una sistematica perlustrazione dei cimiteri. Cercavamo tombe, soprattutto tra le più recenti, che fossero state manomesse. La maggior parte di noi non era in uniforme, e ci spostavamo in bicicletta o su auto civili per tenere un basso profilo. Conducevamo la nostra indagine con grande discrezione, chiedendo se c'erano stati atti di vandalismo, incursioni notturne o problemi con gli animali selvatici.

Dopo l'ultimo sopralluogo della giornata, un uomo con i pantaloni color crema e una giacca sportiva mi avvicinò mentre stavo uscendo dal cimitero.

Ignorò Randy, che ci aveva portati lì, e si rivolse direttamente a me: «Florence, si aspettava di trovarli qui, Stephen e Susan?».

Non avevo idea di come conoscesse il mio nome e lo ignorai.

«Sta esumando altre tombe, Florence?». L'uomo ci seguì lungo la strada fino all'auto.

«Non siamo autorizzati a risponderle, amico», gli rispose Randy.

«Come sapeva dove trovare Patsy, Florence?», domandò il tizio aggrappandosi alla portiera mentre stavo salendo.

«È un tuo amico?», mi chiese Randy mentre tornavamo alla stazione.

«Non l'ho mai visto e non gli ho mai parlato in vita mia».

Quella sera il titolo principale del «Manchester Evening News» recitava: "Patsy: la polizia cerca nei cimiteri" e qualcuno ne lasciò una copia sulla mia scrivania. Nella seconda pagina c'era una fotografia di me, in piedi nel cimitero, che prendevo appunti.

Lavorammo fino a tardi, e quando gli altri si diressero verso il pub, io tornai a casa in bicicletta. Nelle strade sembrava esserci più gente del solito, e un paio di persone mi indirizzarono degli insulti. Andai direttamente a letto, spinsi una sedia sotto la maniglia e dormii male.

Il sabato mattina i giornali si chiedevano: "Stephen e Susan sono ancora vivi?". L'articolo al riguardo del «Lancashire Morning Post» raccontava che i detective stavano continuando a interrogare noti pregiudicati ma non avevano ancora una traccia. Alcuni sostenevano che la ricostruzione televisiva avesse depistato le indagini seminando troppe false piste.

Poco prima di pranzo mi alzai, lasciai la stanza e mi rinchiusi in un cubicolo delle toilette, dove piansi per una decina di minuti senza sapere perché.

Daphne fu interrogata di nuovo, ma alla presenza del suo avvocato, una donna alta e magra con i capelli crespi. Ancora una volta si rifiutò di fare i nomi degli altri membri della sua congrega. Sharples era fuori di sé. I suoi alibi, però, erano inoppugnabili e non era collegata in alcun modo alla scomparsa di quei ragazzi. Sharples ipotizzò di accusarla di intralcio alle indagini, ma Rushton non ne avrebbe mai autorizzato l'arresto. Nel corso dell'interrogatorio, chiese notizie della «giovane e graziosa agente Lovelady».

Mi diedero le chiavi di una Vauxhall azzurra della stazione di polizia, ma il mio entusiasmo svanì appena uscii dal parcheggio e vidi un manifesto di Patsy affisso a un lampione.

Sharples aveva spedito un agente a indagare al corso di ceramica organizzato dal comune, ma sembrava che nessuno avesse manifestato un interesse particolare per le figure umane o l'argilla locale. Quella sera, quando tornai a casa, chiesi a Sally il permesso di prelevarne un po' dal loro giardino per modellare con le mie mani una figura.

Alle nove, quando ero sola nella mia stanza, venne a cercarmi Cassie. Il tizio che mi aveva inseguita al cimitero mi stava aspettando all'ingresso. Era un giornalista.

«Ciao, Florence», disse. «Ti andrebbe di bere una cosa insieme?»

«No, grazie».

«Dài, tesoro», insistette lui, dandomi di gomito. «Soltanto un bicchierino di porto allo Star! Cos'hai da perderci?»

«Nulla tranne il mio lavoro», fui tentata di rispondergli, ma mi limitai a chiudere la porta.

Nessuno sembrò dormire bene quella notte. Udii parecchie persone aggirarsi per la casa e mi parve di sentire Luna piangere nel sonno.

La mattina seguente prelevai un po' d'argilla dal giardino e la impastai tra le dita. «Non dimenticare il tuo lavoro, Flossie», disse Larry.

Quando arrivai alla stazione di polizia, vidi che qualcuno aveva lasciato una tabella di colori Crown Paints sopra la mia scrivania, barrando i nomi ufficiali dei colori – *rosso fard, rosso papavero, cielo cremisi, lettera scarlatta, marmellata di ciliegie, piume di pettirosso* e così via – per sostituirli con nomi come *profanatori di tombe*, *centro dell'attenzione*, *strigliata del capo*, *inseguimento di sospetti, eccitazione sessuale*. Quando lo gettai nel cestino, tutti distolsero lo sguardo. Non avevo idea di che colore fosse la mia faccia in quel momento, ma "totalmente mortificata" sarebbe stata la definizione più calzante.

Il laboratorio confermò che il corpo estraneo nella bocca della figura di argilla era un dente umano. Il dottor Dodds dichiarò che poteva trattarsi del canino mancante di Patsy. Dopo questa rivelazione, Brown rimase stranamente in silenzio.

Daphne Reece protestò per la costante presenza della polizia davanti alla sua casa. Avril Cunningham, il suo avvocato, denunciò la vandalizzazione della sua auto, parcheggiata di fronte all'edificio.

Domenica sera dovemmo ammettere che i cittadini di Sabden avevano deciso che la nostra presenza non era sufficiente per proteggere i loro figli. Gruppi auto-organizzati si erano dati convegno agli incroci e pattugliarono le strade fino a notte fonda. E immancabilmente, alla fine delle loro ronde, le pattuglie si ritrovarono al pub. Domenica notte ci furono due grosse risse, e il lunedì mattina cinque uomini si presentarono al pronto soccorso con gli occhi neri e i postumi della sbornia. "La polizia di Sabden ha perso il controllo?", titolavano i giornali del giorno dopo.

Il dipartimento investigativo trascorse il lunedì interrogando le famiglie e gli amici delle tre vittime, i cui alibi furono controllati. A metà pomeriggio mi giunse voce che stava succedendo qualcosa nella sala degli interrogatori, e prima che potessi farmi coraggio e scendere a controllare, Sharples e Tom si presentarono nel mio ufficio.

«Larry Glassbrook ha appena ammesso di avere mentito a proposito del suo alibi», mi annunciarono.

«Quale?», chiese Brown sollevando lo sguardo dalla sua scrivania.

«Tutti e tre», rispose Tom lanciandomi un'occhiata nervosa mentre nella stanza calava il silenzio. «Non era a casa le notti in cui i tre ragazzi sono scomparsi, nonostante in precedenza abbia affermato il contrario e la moglie abbia confermato i suoi alibi».

Molti sguardi si puntarono su di me. Sapevano che alloggiavo dai Glassbrook.

«Dov'era, allora?», chiese Brown.

«Adesso sostiene che era al Black Dog».

«Perché mai avrebbe dovuto mentire?»

«Perché non era al bar con gli altri avventori, che potrebbero confermare il suo nuovo alibi, ma stava tradendo la moglie con Beryl Donnelly al piano di sopra».

Nella stanza calò di nuovo il silenzio. Beryl Donnelly era sposata con Ted Donnelly, il proprietario del pub, ed era la madre di John Donnelly, l'amico di Luna.

«Potrebbe essere vero», disse qualcuno. «Larry è sempre stato un donnaiolo».

«Abbiamo interrogato a fondo Beryl», rispose Sharples. «E stiamo tenendo d'occhio il nostro amico Glassbrook».

Come se la giornata non ci avesse riservato abbastanza problemi, l'edizione della sera del «Manchester Evening News» titolò a caratteri cubitali: "Patsy è stata sepolta viva?".

«Chi cazzo ha parlato con la stampa?».

Non avevo mai visto Rushton così fuori di sé. Il vetro della porta del suo ufficio rischiò di frantumarsi quando la sbatté con tutte le sue forze. Più di uno sguardo si volse nella mia direzione.

«Chi è stato? Chi ha parlato con i giornalisti dopo che abbiamo trovato Patsy?», chiese.

«Florence?», disse Sharples.

Mi alzai in piedi. «Sono stata approcciata due volte da un giornalista, ma non gli ho detto nulla», risposi.

Rushton annuì, ma tutti continuarono a fissarmi mentre lui si allontanava.

Quella sera in strada c'era ancora più gente e ricevemmo molte telefonate che segnalavano disturbi della quiete pubblica. Mentre tornavo a casa in auto, il notiziario alla radio annunciò che secondo la polizia di Sabden tutti i ragazzi della città erano in pericolo.

Tutti erano tesi e irritabili, la gente imprecava più del solito, punzecchiava i colleghi, e non credo fosse soltanto per il caldo.

Mi chiesero di indossare abiti civili e fare visita alle scuole per mettere in guardia insegnanti e studenti. Parlare in pubblico mi aveva sempre intimorita, ma scrissi un discorso e lo ripetei a casa. Avevo modellato altre figure di argilla e imparato a cuocerle nel forno di Sally.

Mercoledì mattina, quando i giornali titolarono "La polizia non ha ancora alcuna traccia", portai cinque delle mie figure di argilla in ufficio e le allineai sul davanzale. Un pesce, un coniglio, un uccello, un gatto e, almeno nella mia immaginazione, una figura umana.

«Hai un nuovo hobby?», mi chiese Green, ma capirono subito le mie intenzioni. Chiunque avesse modellato la figura di argilla che avevamo trovato con Patsy non era un dilettante. Quello stesso giorno le analisi tossicologiche rivelarono che al momento della morte Patsy era negativa alle benzodiazepine, alla morfina o ad altri sedativi, ma positiva all'alcol. Poiché non era possibile che l'alcol da solo le avesse fatto perdere i sensi per tutto il tempo in cui era stata nella cassa prima e durante il funerale, l'anatomopatologo concluse che era stata interrata dopo il funerale.

Ma il fatto che i suoi vestiti non fossero sporchi di terra e l'insistenza di Dwane nel sostenere che la tomba non era stata toccata mi lasciavano perplessa. Quella settimana Glassbrook e Greenwood avevano due funerali. Andai a trovarli e seguii le esequie da quando il corteo funebre lasciò la camera mortuaria fino al cimitero. Osservai tutte le operazioni dei due responsabili delle pompe funebri e del loro staff e riflettei a lungo.

Poi Rushton ci rispedì tutti nelle strade, costringendoci a fare lunghi straordinari. «Hai fatto un ottimo lavoro, ragazza», disse con mia grande sorpresa. «Jack vorrà ancora avvalersi del tuo aiuto, ma nei prossimi giorni voglio che quanti più uomini possibile pattuglino la città».

E così tornai nelle strade, dove notai che i ragazzi avevano smesso di giocare e persino gli adulti si affrettavano a tornare a casa guardandosi nervosamente attorno.

Ora sembrava che la priorità non fosse dare la caccia all'assassino, ma impedire che un altro ragazzo venisse rapito.

34

Sabato 28 giugno 1969

La prima mattina libera dopo tredici giorni di lavoro la trascorsi a letto. Nei fine settimana a casa dei Glassbrook la colazione veniva servita più tardi, ma io la mancai comunque.

In cucina c'era soltanto Cassie. Seduta al tavolo centrale, con i capelli chiari che le ricadevano sul viso, stava lucidando quello che sembrava un gioiello.

«Bel vestito», le dissi, anche se pensavo che con quell'abito bianco di garza assomigliasse a una sposa hippy. «Cosa stai facendo?»

«Pulisco i miei cristalli», rispose lei.

Mentre aspettavo che il bollitore fischiasse, la guardai. Sul tavolo davanti a lei non c'erano gioielli, ma pietre luminescenti. Quattro erano bianco argento, l'altra di un pallido rosa.

«Con cosa li pulisci?», chiesi più per avviare una conversazione che per un reale interesse. Avevo sempre trovato un po' irritante la trasognatezza di Cassie.

«Seta e chiaro di luna», rispose.

Sbirciai fuori dalla finestra, ma la luna non c'era.

«Li lascerò fuori questa notte e anche domani. C'è la luna piena», spiegò.

«È da un po' che non vedo il tuo cane», osservai.

«Quale cane?», chiese lei sgranando gli occhi e arrotolandosi una ciocca di capelli attorno al dito.

«Quello che ho trovato chiuso nel tuo capanno un paio di settimane fa».

«La notte che hai esumato la tomba?».

Mi voltai per preparare il tè.

«Rubi spesso le chiavi a mio padre per entrare nel suo capanno?», mi chiese mentre le davo le spalle.

Mi voltai e il sorriso ironico sulle sue labbra non mi piacque affatto.

«Se lo farai ancora, dovrò dirlo ai tuoi genitori», le dissi. «Non puoi tenere un cane chiuso in un capanno. È crudele».

«Non ti crederanno». Mi fissò per qualche secondo senza battere ciglio. Mi tornò in mente il suo sonnambulismo, che nei bambini è spesso un sintomo di stress emotivo.

«C'è qualcosa che ti preoccupa, Cassie?», le chiesi.

Lei socchiuse gli occhi grigi. «Sì, Flossie», disse. «C'è qualcuno che rapisce e uccide i ragazzi della mia età e la polizia non sa cosa fare. Racconterò tutto ai miei genitori. Gli dirò cosa mi hai appena chiesto».

Mescolai il tè e lo versai in una tazza. Poi, aggiungendo il latte, mi accorsi che mi tremava la mano. E quando lei parlò di nuovo, sobbalzai.

«Quando si vede un cane nero è un segno di sventura. Sei sicura che fosse un cane reale e non un fantasma?».

Avevo trascorso le ultime due settimane leggendo tutti i libri che ero riuscita a trovare sul soprannaturale e conoscevo la leggenda dello spettrale cane nero foriero di morte. Non volevo tuttavia confessarlo a Cassie.

«Non so di cosa parli», dissi sciacquando il cucchiaio nel lavandino e rimettendo in frigo la brocca del latte.

«Spero che tu non l'abbia toccato, Flossie».

«Cassie, mi stai sfinendo».

Presi la tazza del tè e uscii in giardino. Nonostante fosse mattina presto, il sole era già caldo. Nel laboratorio di Larry risuonava il ronzio di un attrezzo elettrico che sembrava un insetto in trappola. Mi diressi verso l'angolo più lontano, aprii la sedia a sdraio di Sally e mi sedetti.

Bevvi il tè, mi godetti il calore del sole sul viso e guardai le api entrare e uscire dagli alveari riempiendo l'aria con il loro brusio come le rose color pesca la riempivano con il loro profumo.

Sentii le palpebre diventare pesanti. Non avevo finito il tè, ma posai la tazza.

Quando mi svegliai, ero all'ombra. Ero sicura di aver fatto solo un breve pisolino, ma appena aprii gli occhi mi accorsi che non ero più sola. Intorno a me c'erano sei persone, e una di loro, la più alta, mi schermava dalla luce del sole.

Un altro reggeva in mano una radio a transistor che trasmetteva con un suono distorto e gracchiante la hit di Lulu *Boom Bang-a-Bang*, che aveva recentemente vinto l'Eurovision Song Contest.

«Cosa stai facendo, Luna?». Con la coda dell'occhio avevo riconosciuto i suoi capelli rossi. Il ragazzo davanti a me, che oscurava il sole, era John Donnelly. Mi guardai attorno e vidi Richie Haworth, Tammy Taylor, Dale Atherton e una ragazza di colore che non conoscevo. Erano tutti amici di Patsy, le ultime persone che l'avevano vista viva a parte il suo killer.

John abbassò lo sguardo sui suoi stivali. Erano vecchi e logori, con le suole bucate. «Ci stavamo chiedendo se può dirci qualcosa su Patsy».

«Dopo la ricostruzione ci sono arrivate molte telefonate», dissi. «Ci vorrà tempo per verificare tutte le informazioni».

I ragazzi si scambiarono un'occhiata.

«Siamo in pericolo?», chiese Luna, e capii che voleva che le rispondessi di sì.

È quello che avrei voluto dirle, ma invece le risposi: «Non se sarete prudenti e starete sempre in gruppo».

«Questa mattina mia madre ha visto in città la nonna di Patsy», disse Tammy. «Nel pomeriggio trasferiranno il suo corpo nella cappella di Burnley».

Mi chinai per raccogliere la tazza. «Ne sapete più di me», dissi. «Io non ne ero a conoscenza».

«Vogliamo andare a darle l'ultimo saluto», disse Richie Haworth. «Questo pomeriggio prenderemo l'autobus».

«Davvero?», chiesi guardando John, che sembrava il più sensato del gruppo. «È una vostra scelta. Ma se fossi in voi ci penserei due volte. I cadaveri non sono mai una vista piacevole», dissi alzandomi dalla sdraio. «Godetevi il sabato. Qualsiasi cosa decidiate di fare».

«Signorina Lovelady!», mi chiamò John Donnelly, inseguendomi. «È venuta un sacco di volte a scuola», disse. «E ha fatto un sacco di domande su Patsy e gli altri due. E sui loro amici».

«Sì, è vero».

«Mi stavo chiedendo se pensa che il colpevole sia qualcuno della scuola».

«No di certo. Ma se Patsy, Stephen e Susan sono stati rapiti tutti dalla stessa persona – non ne siamo sicuri, ma è quello che ipotizziamo – dev'esserci qualcosa che li collega. Sai cosa intendo con "minimo comune denominatore"?».

«È un termine matematico», rispose lui annuendo.

«Significa anche un elemento in comune tra tutti i membri di un gruppo. Patsy e gli altri dovevano avere qualcosa in comune. E se scopriremo cos'era, scopriremo anche chi li ha rapiti».

«Non avete ancora trovato nulla?».

Avevo trascorso ore analizzando ogni minimo dettaglio sulla vita di quei ragazzi. E ancora più tempo inserendo tutti i particolari nei miei grafici e studiandoli. «Non ancora», risposi. «Ma presto lo scopriremo. Ci vediamo, John. Abbi cura di te».

Entrai in casa mentre lui tornò dagli amici, che si riunirono in cerchio vicino alle ortiche, guardando di tanto in tanto la casa.

«Stanno architettando qualcosa», disse Cassie, che mi era sgusciata accanto e stava sbirciando da sopra la mia spalla.

«Sono ragazzini», dissi. «I ragazzini architettano sempre qualcosa».

«Ieri notte ho sentito Luna».

In lontananza, vidi i ragazzi scavalcare il muro per inoltrarsi nella brughiera.

«Ha pronunciato tre volte il nome di Patsy. Stava parlando con quella ragazza di colore, Unique Labaddee. La sua famiglia è molto strana».

«Unique Labaddee? Sua madre si chiama per caso Marlene?»

«Penso di sì. Ha un negozio di fiori sulla strada principale».

«Ha detto qualcos'altro?», domandai, pentendomi subito di averlo chiesto.

Lei scosse la testa. «No, ma era tutto molto misterioso».

Sciacquai la tazza e lasciai Cassie nella cucina sul retro. Non mi piaceva il suo modo furtivo di aggirarsi ed ero sicura che i ragazzi non stessero architettando nulla di più sinistro che cercare emozioni forti a spese della loro amica morta. Tuttavia, per rassicurarmi, appena entrai in camera mi affacciai alla finestra. I ragazzi non si stavano dirigendo verso la città, ma verso la collina.

Quando li avevo incontrati in giardino erano in sei, adesso però ne riuscivo a scorgere soltanto cinque. Ma erano troppo lontani perché potessi capire chi aveva lasciato il gruppo.

Mi tornarono in mente le luci della notte in cui avevo trovato Patsy. Non potevano essere i ragazzi; a quell'ora erano tutti a letto. Allora perché stavano salendo lassù?

Well Head Road, a tratti a corsia unica, girava attorno a Pendle Hill, toccando a sud Sabden, a est Barley e proseguendo a nord attraverso Downtown e poi Pendleton a ovest. A metà strada tra Sabden e Barley, un sentiero chiamato Lych Way si arrampicava fino in cima alla collina. Se i ragazzi si stavano dirigendo lassù, molto probabilmente avrebbero seguito quel percorso, che ero convinta li avrebbe portati oltre il punto in cui avevo visto le luci.

Quando arrivai al sentiero, non c'era alcun segno della loro presenza. Avevo camminato in fretta, ma ci avevo messo un po' a trovare gli stivali e il maglione, e loro erano giovani e più in forma di me. Seguii la stradina, superando maiali, galline e un collie che mi abbaiò contro. Dopo poco meno di un chilometro si biforcava in un punto in cui una grossa pietra piatta sporgeva dalla terra. Lych Way proseguiva, con una pista non accessibile ai veicoli, attraverso un campo e una fenditura nella parete di roccia.

Mi tornò in mente di avere letto qualcosa al riguardo, ma non ricordavo di cosa si trattasse.

Non riuscii a vedere i ragazzi, ma ero sicura che fossero davanti a me. Cominciai ad arrampicarmi. Il sentiero non era difficile da seguire, ma molto ripido. Era un po' come salire una scalinata che non finiva mai.

L'erba attorno a me era gialla dopo la recente calura e in alcuni punti, dove erano scoppiati degli incendi, bruciacchiata. Superai cespugli di mirtilli ed erica in fiore. C'erano pecore dappertutto.

Quando arrivai a metà strada, mi fermai a riprendere fiato. Da lassù potevo vedere di nuovo Lych Way, una linea scura e perfettamente dritta che seguiva la parete di roccia, campo dopo campo, e attraversava un piccolo torrente. Dopo circa un chilometro il sentiero si inoltrava in un boschetto in mezzo al quale mi parve di distinguere il contorno di una casa.

Lych Way? Lych Way? No, non riuscivo a ricordarlo.

Mi rimisi in cammino e dopo una curva il sentiero si allargò in uno spiazzo. Sotto l'erba e le felci c'erano lastre di pietra, e i resti di antiche mura erano stati inghiottiti dalla vegetazione. Un piccolo torrente scorreva lì accanto formando una pozza per poi precipitare a valle con una cascata.

Qualcuno aveva vissuto lì. Su quella collina troppo esposta perché gli alberi potessero sopravvivere, c'erano tre faggi cresciuti in una rientranza tra le rocce e persino un cespuglio di rose che, per quanto selvatiche, davano una parvenza di giardino.

Al centro dello spiazzo, un grande anello di terra annerita era colmo di cenere e frammenti di legno carbonizzato. Ero arrivata nel posto giusto, ma non c'era nessuna traccia dei ragazzi.

Un piede mi scivolò di lato e quando abbassai lo sguardo vidi un mozzicone di candela.

Chi poteva portare lassù delle candele?

E chi aveva acceso un fuoco in mezzo alla brughiera?

All'improvviso mi resi conto di essere completamente sola e lontana dalla città. Mi avvicinai al bordo dello spiazzo. Ancora nessuna traccia dei ragazzi. Il terreno era franoso, non era il caso di perdere l'equilibrio. Guardai in basso e, forse perché quel giorno non avevo ancora mangiato nulla, mi girò la testa ed ebbi paura.

35

Quando ritornai, Larry era in giardino, seduto contro il muro del laboratorio. Si era lisciato all'indietro i capelli con la Brylcreem e aveva la camicia aperta sul petto. Mentre attraversavo il cortile, mi guardò con gli occhi socchiusi.

Stavo per fargli un sorriso a labbra strette e passare oltre, quando mi venne un'idea. «Deve trascorrere un sacco di tempo nei cimiteri, Larry».

«Sono i miei posti preferiti. Pieni di angoli tranquilli dove nessuno ti disturba», rispose lui, sbuffando un anello di fumo.

Sapevo di dovermi muovere con grande cautela, nessuno mi aveva ordinato di interrogare Larry. «Quindi, ipoteticamente, se qualcuno profanasse delle tombe, lei ne sarebbe informato?»

«Non ipoteticamente, Flossie. Sono cose che succedono».

Mi avvicinai e lui si tolse la sigaretta di bocca.

«Ho controllato negli schedari della stazione, ma non sono riuscita a trovare nulla al proposito».

«Non lo troverai mai»

«Perché?».

«Mi stai interrogando, Flossie? E se io non avessi intenzione di collaborare?», rispose lui, infilandosi di nuovo la sigaretta tra le labbra.

«Padre Edward mi ha detto che ci sono persone importanti che non vedono di buon occhio chi smuove le acque e che ha paura di loro».

Larry non rispose.

«Anche lei le teme?».

Arricciò le labbra. «Cosa sai dei massoni, Flossie?»

«I framassoni?», chiesi scuotendo la testa.

«Sì, proprio loro. Guardati da quella gente».

Tom mi aveva raccontato che Rushton si era rifiutato di entrare nella massoneria e che questo gli era valso l'inimicizia di alcune persone molto influenti.

«Grazie», dissi, distogliendo lo sguardo.

«Beviamo qualcosa insieme questa notte?».

Mi fermai di scatto e fu un errore perché lui non mi mollò. «Potremmo andare da qualche parte fuori città», sussurrò con voce suadente. «Il sabato sera Barley Mow's non è troppo affollato».

«Devo lavorare», risposi, sentendo il suo sguardo fisso su di me mentre mi incamminavo verso la porta sul retro. A quel punto il mio tasso glicemico era crollato e mentre salivo le scale verso la mia stanza fui scossa dai tremiti.

Aprii la porta e per un istante fissai l'interno della camera negando la realtà di quello che vidi.

Un cane, lo stesso whippet nero che avevo visto nel capanno, era sdraiato sul mio letto.

Alla luce del sole potei vederlo chiaramente. Sembrava vecchio e macilento, con il muso ingrigito. Gli occhi erano cerchiati di rosso, come se avesse una piccola infezione.

«Cassie!», chiamai, convinta che stesse spiando la mia reazione da dietro la porta. «Cassie, esci di lì!».

Nessun rumore, nessun movimento. Nessuna porta si aprì.

«Cassie, fai uscire questo cane dalla mia stanza!».

Il cane grugnì, innervosito dal rumore che stavo facendo. Senza staccarmi gli occhi di dosso, si alzò e tese le orecchie scoprendo i denti.

«Via! Vattene!», dissi scostandomi dalla porta e facendogli segno di uscire. «Cassie! Sally!».

Nessuna risposta. Sembrava che nella casa ci fossimo soltanto io e quella creatura nera.

Sei sicura che fosse un cane reale e non un fantasma?

«Forza, esci di qui».

Non avevo intenzione di toccarlo. Stando a quello che sapevo sui whippet, erano cani gentili, ma questo aveva un'aria meschina, con la testa piena di vecchie cicatrici e un filo di sangue che gli colava dalla bocca.

«Dài, vattene!».

Lui si stiracchiò, sbadigliò e, senza degnarmi di uno sguardo, scese dal letto e lasciò la stanza. Lo seguii, per assicurarmi che uscisse di casa, ma quando arrivai al pianoterra era già scomparso.

L'insolito silenzio della casa dei Glassbrook mi inquietava. Mi diressi verso il laboratorio di Larry e bussai alla porta. «Larry! Ho bisogno di parlarle al più presto».

Pochi secondi dopo lui si affacciò alla porta. «Che cazzo succede?», chiese. Era la prima volta che lo sentivo imprecare in quel modo.

«C'era un cane nella mia camera».

«Cosa?»

«Cassie ha un cane, probabilmente un randagio e probabilmente a vostra insaputa. Un paio di settimane fa l'ho trovato nel capanno e poco fa era sul mio letto».

«Mostramelo», disse lui avanzando a grandi passi verso la casa.

«Non è più lì. È scappato».

Lui ignorò le mie parole e continuò ad avanzare verso la casa. Quando salimmo le scale, Sally uscì dalla sua stanza sbadigliando e stiracchiandosi le braccia.

«Cosa sta succedendo?», balbettò.

«Flossie ha detto che c'è un cane nella sua stanza», rispose Larry, salendo le scale e fermandosi davanti alla mia porta. «Dov'è?»

«È scappato, gliel'ho detto. Ma quando sono entrata era sdraiato sul mio letto».

«Eppure qui non c'è nessuna traccia», disse Larry avvicinandosi al letto. «Né peli né fango». Si voltò verso Cassie e le chiese: «Hai visto un cane, Cass?»

«Non abbiamo nessun cane», rispose lei, sgranando i suoi grandi occhi grigi.

«Soddisfatta?», mi chiese Larry.

«No, per niente. Non mi va che i suoi figli entrino nella mia stanza e mi facciano questi stupidi scherzi. Anche se questa è casa sua, ho diritto alla mia privacy e alla mia sicurezza», dissi posando una mano sulla porta. «Voglio la chiave della mia stanza entro questa sera».

«Questa è casa nostra e non chiudiamo a chiave le porte». Mi accorsi che, mentre stavamo discutendo, Sally era venuta al piano di sopra. Lei mi era sempre piaciuta ed era sempre stata gentile con me, ma adesso, guardandola in cima alle scale, mi accorsi che lei e Cassie erano molto simili. Avevano la stessa faccia ovale e gli stessi occhi grigi.

«Hai sentito cosa ha detto mia moglie», disse Larry affacciandosi alla porta. «Se qui non ti piace, puoi andare da un'altra parte».

Sally non obiettò nulla. E quando lanciai un'occhiata a Cassie, aveva lo stesso sorriso timido che avevo visto spesso sul viso di Luna.

Mi resi conto che volevano che me ne andassi. L'avevano fatto deliberatamente.

Era un pensiero ridicolo. Il cane era stato soltanto lo stupido scherzo di un'adolescente, Sally e Larry non c'entravano nulla. Ma i loro sguardi ostili non avevano nulla di ridicolo.

«Me ne andrò sabato prossimo», dissi. «A meno che non vogliate rimborsarmi l'affitto. In tal caso me ne andrò subito». Ma appena ebbi pronunciato quelle parole, mi chiesi: "Cosa sto facendo? Come riuscirò a trovare un'altra camera in meno di una settimana?".

«Fa' come credi», disse Larry. «Sei comunque una stupida presuntuosa».

Poi se ne andarono senza propormi un rimborso dell'affitto. Mi restava una settimana.

36

All'epoca non nutrivo una particolare simpatia per Larry Glassbrook. Dopo quello che mi aveva detto, frugai per un'ora nell'archivio e trovai un vecchio dossier sui massoni del Lancashire. Avevo soltanto una vaga idea su che cosa fosse la massoneria. «Una buffonata misogina», l'aveva definita una volta la nonna. «Però fanno molta beneficenza», aveva risposto mio padre.

Il dossier non mi fu di grande aiuto. Alcune segnalazioni di vandalismo e un'intrusione in uno chalet nella parte occidentale della città, un ritaglio di giornale con la foto del predecessore di Rushton a una cena in smoking in cui alcuni uomini indossavano guanti bianchi e grandi fusciacche cerimoniali.

C'era anche una mappa con tutte le logge massoniche del Lancashire orientale. Rimasi sorpresa non solo dal loro numero, ma anche dalla loro distribuzione. Nella regione settentrionale, che comprendeva la foresta di Pendle, la collina e le cittadine di Burnley e Blackburn, c'erano dodici logge. Quella meridionale e quella orientale, geograficamente altrettanto estese, ne ospitavano rispettivamente cinque e quattro.

Chiunque fossero i framassoni, in questa parte del Lancashire ce n'erano parecchi.

Quando rientrai al dipartimento investigativo, trovai Sharples seduto alla mia scrivania, intento a studiare il grafico dei ragazzi scomparsi. Oltre a noi due, nella stanza c'era soltanto Brown.

«Devo aggiungerci qualche dato», dissi. «Ieri notte, a casa, ho lavorato su una copia».

Sharples annuì con aria assente mentre Brown camminava su e giù per la stanza.

«Signore», dissi, «tre persone diverse mi hanno parlato di tombe profanate, ma le segnalazioni non hanno mai avuto un seguito perché...», mi fermai.

«Perché?», mi pungolò Sharples.

«Perché ci sono delle persone importanti che sanno che sta succedendo qualcosa di strano e chiudono un occhio. Forse sono proprio loro i responsabili. E poi Larry... sì, lo so che è uno dei sospettati... Larry mi ha detto di indagare tra i massoni».

Sharples e Brown si scambiarono un'occhiata.

«E l'ho fatto. O almeno ci ho provato, senza però scoprire nulla, tranne che da queste parti sembra ce ne siano molti».

I due uomini mi guardarono senza dire nulla.

"Sono massoni", pensai.

Brown allungò una mano verso di me, facendomi trasalire, ma mi stava solo porgendo una banconota da una sterlina. «Fatti dare la ricevuta», disse.

«Daphne Reece incontra le sue amiche al bagno turco il sabato pomeriggio», mi disse Sharples. «Vacci anche tu e cerca di scoprire qualcosa».

«Vuole che interroghi Daphne Reece al bagno turco?». L'idea che lui e Brown fossero massoni mi dava il capogiro. Era un sospetto ridicolo?

«No, non dovrai interrogarla, soltanto farci una chiacchierata», precisò Sharples. «Sono convinto che non ci abbia detto tutto, e quella sapientona del suo avvocato non mi piace per nulla. Forse tu avrai più successo. Ti ha presa in simpatia, e in un bagno turco le donne sono più inclini alle confidenze».

«Ma io non sono mai andata in un bagno turco».

«Non preoccuparti», disse Brown, «devi solo startene seduta

lì con il culo di fuori e sudare. Io ci vado quasi tutti i mercoledì sera. Il sabato è riservato alle donne».

«Vuole che scopra se le sue amiche fanno parte di quella misteriosa congrega?»

«Vedo che non hai perso la tua perspicacia, Lovelady», disse Sharples. «Se non te la senti, non importa. C'è del vomito da pulire nella cella numero tre».

I bagni pubblici di Sabden erano un grande palazzo, con un'ampia scalinata e colonne romane, nella parte occidentale della città. Armata di un biglietto, seguii il cartello con la scritta "Bagni turchi, sauna, bagno di vapore". Ero leggermente nervosa, non ero mai entrata in quella parte dell'edificio. La porta in fondo al corridoio dava su una grande sala odorante di cosmetici femminili il cui pavimento era cosparso di lettini.

Soltanto tre lettini erano occupati e non riconobbi nessuna delle donne. Una di loro si stava dipingendo le unghie di un rosso acceso; un'altra si arricciava i capelli; la terza stava dormicchiando. Erano donne o streghe?

Ero diventata una cacciatrice di streghe. Se non fosse stato per quello che era successo quella mattina, sarei scoppiata a ridere.

La sauna era deserta, come pure le docce. Quando entrai nella stanza, avvolta in un asciugamano che mi sembrava di gran lunga troppo piccolo, il vapore profumato mi invase le narici. Avanzai in mezzo alle folate di vapore e mi sedetti sulla panca più vicina.

«Adesso rilassati», disse una voce profonda e melodica accanto a me. «Inspira ed espira».

Poi udii un ansito e il rumore di qualcosa che strideva sul pavimento. «Come?», disse la voce. «Quella donna è visibilmente stressata, sto solo cercando di aiutarla».

«Non so perché immagini che tutti abbiano bisogno del tuo aiuto», disse un'altra voce, quella di Daphne.

«State parlando con me?», chiesi senza riuscire a distinguere le due donne sedute sulla panca di fronte, a meno di un metro di distanza. Avevo tuttavia la sensazione che fossimo più di tre in quella stanza.

«Per favore, Em, mettici un po' più di mentolo», disse Daphne.

Sulla panca di fronte ci fu un movimento, poi udii un sibilo e nell'aria si diffuse un odore penetrante di mentolo che mi pizzicò le narici costringendomi a chiudere gli occhi. Mi sforzai di respirare a fondo per rilassarmi, e dopo qualche secondo mi sentii invadere da una profonda sonnolenza. Appoggiai la testa alla parete calda e umida e chiusi gli occhi.

«Sì, stavo parlando con te», rispose la prima voce. Non aveva alcun accento, né del Nord né del Sud. «Ho capito che sei sotto stress appena ti ho vista entrare».

«Mi dispiace», dissi, con gli occhi ancora chiusi. «È stata una giornata dura».

«Non un problema di lavoro, spero», disse Daphne. «In questi momenti difficili abbiamo bisogno che gli uomini e le donne della polizia siano al loro meglio».

Mi chiesi se potevo stendermi, ma non ne ero sicura. Continuavo ad avere la sensazione che nella stanza ci fossero anche altre donne che non avevo ancora sentito parlare. Aprii gli occhi e cercai di sbirciare attraverso il vapore, ma adesso era ancora più denso. «Il lavoro va bene», risposi. «Grazie». Fui tentata di fingere di non sapere chi fosse, ma lei se ne sarebbe accorta di certo. «Buon pomeriggio, signora Reece», dissi. «Come ha fatto a riconoscermi?»

«Dai capelli», rispose Daphne. «E la tua voce è piuttosto peculiare, come del resto la mia».

«È da anni che te lo dico», confermò la prima voce.

«Lei è Avril Cunningham», disse Daphne. «Tesoro, questa è l'affascinante agente Lovelady di cui ti ho parlato».

Avril Cunningham era l'avvocato di Daphne. Non ci eravamo ancora incontrate. L'avevo vista soltanto da dietro lo specchio.

«Florence», la corressi.

«Certo. Le formalità sembrano un po' fuori luogo senza i vestiti addosso», disse Avril. «Allora, cosa ti inquieta, cara Florence?».

Colsi l'opportunità e parlai loro dei miei problemi con Cassie. Quando menzionai il cane, udii un borbottio soffocato in fondo alla stanza.

Sei sicura che fosse un cane reale e non un fantasma?

Conclusi raccontando che la settimana seguente non avrei più avuto un posto dove stare.

«Questo non è certo un problema», disse Avril. «Molti in città sarebbero più che felici di affittare una stanza a una giovane e gentile poliziotta».

Il vapore si fece ancora più denso e l'odore di mentolo si intensificò. Mi resi conto di quanto sarebbe stato facile, e pericoloso, addormentarsi. Faceva davvero molto caldo.

«Ci sono novità nelle indagini?», chiese Avril.

La cosa giusta da dire era che stavamo seguendo diverse piste e che Rushton, o uno dei suoi vice, avrebbe presto indetto una conferenza stampa. Ma ero stata mandata lì per guadagnarmi la loro fiducia.

«No», risposi. «Siamo a un punto morto», aggiunsi facendo persino tremolare la voce per sembrare più convincente.

«Oh, tesoro, questo è preoccupante», disse Avril. «Abbiamo fatto del nostro meglio», continuò, «ma con un problema di questa portata...».

Abbiamo fatto del nostro meglio?

Decisi di andare dritta al sodo. «Non vorrei sembrarti indiscreta, ma fai parte della congrega di Daphne?»

«Certo», rispose Avril. «Anche se non la definirei "la congrega di Daphne"... Ma può bastare così».

Un'altra voce, in mezzo al vapore, farfugliò qualcosa. Avril Cunningham, l'avvocato. Dovevo ricordarmene.

«Vi incontrate per caso su Pendle Hill? A metà del versante

meridionale, in uno spiazzo con i resti di antiche costruzioni?»

«Oh, com'è perspicace la ragazza», disse Daphne.

«Come hai fatto a capirlo?», chiese Avril. «Nessuna di noi te l'ha detto, ne sono sicura».

«Non certo io», disse una terza voce dal fondo della stanza, la misteriosa Em, che aggiungeva il mentolo al vapore ma non parlava quasi mai. Avevo quindi scoperto chi erano due delle streghe. Nel mio mestiere ci sapevo fare.

«Ho visto delle luci lassù un paio di settimane fa», risposi. «In piena notte. Sembrava ci fosse anche un falò. E quando oggi sono salita di nuovo, ho trovato un mozzicone di candela».

«Ecco cosa succede a diventare amiche di una detective», disse Daphne. «Scoprono tutti i tuoi segreti».

«Perché vi incontrate là?», domandai. «È una bella arrampicata, e di notte è pericoloso. E perché di notte? Perché fuori? E cosa fate lassù?»

«Quante domande», disse Avril. «Te le hanno già insegnate le tecniche di interrogatorio?».

Era una battuta, l'avevo capito dal suo tono, ma colpiva nel segno. «Non sono una detective ma una semplice agente di polizia», risposi. «Sono stata cooptata nella squadra, ma penso che non durerà ancora molto».

«Sciocchezze. Tu sei una ragazza molto brillante», disse Daphne. «E hai ragione, è una bella arrampicata. Non ci incontriamo sempre lassù, soltanto nelle occasioni più importanti. È un luogo di buon auspicio. Era lì che sorgeva la Malkin Tower. Lo sai cos'era, vero?».

Lo sapevo.

«La casa della Vecchia Madre Demdike e della sua famiglia», risposi, riferendomi a una delle più famose streghe del Lancashire. «Ma nessuno sa dove si trova la torre».

«Nessuno lo sa *per certo*», mi corresse Avril. «Ma chi conosce le tradizioni della stregoneria sa che quello è il luogo più probabile. La Malkin Tower in origine fu costruita per scopi difensivi, e quel sito si trova in una posizione privilegiata. Quando è caduta in rovina, soltanto le famiglie più povere volevano vivere lassù».

«E certe notti, da quel punto si vede molto bene la luna», aggiunse Daphne.

«Siamo una congrega della luna», disse Avril. «Ci incontriamo anche in altre ore, come all'alba e al tramonto, le porte del giorno, ma abbiamo sempre più successo quando lavoriamo con la luna».

«Continuate a dire "lavorare"», dissi, «ma in cosa consiste esattamente il vostro lavoro?»

«La magia, naturalmente», disse la voce di Em, e c'era qualcosa d'inquietante nel suo modo di fluttuare attraverso il vapore.

Stavo cercando di ricordare cosa mi aveva detto Daphne sulla stregoneria nella sala di consultazione della biblioteca e quello che avevo letto nelle ultime due settimane. «E questa magia, questo lavoro viene compiuto da... Mi dispiace, non ci riesco...».

«Usiamo rituali e simboli per concentrarci, ma la chiave di tutto è l'energia che generiamo con le danze, i canti e i tamburi», disse Avril. No, era stata Daphne a parlare, ma per un istante avevo confuso la sua voce con quella di Avril. Mi chiesi se si fossero scambiate di posto nel vapore. Stavo cominciando a sentirmi un po' disorientata.

«Alcune congreghe usano il sesso per generare energia, ma noi no. Hai sentito dei tamburi questa notte?»

«Molto chiaramente. Credo che aveste il vento contrario», risposi, ricordando quanto mi avesse spaventata quel suono.

«Il suono dei tamburi libera energia», rispose una delle donne, che non riuscii a identificare. «La visualizziamo mentre fluttua dove è necessaria».

«E funziona?», chiesi.

«Certo. È per questo che quella notte hai trovato la povera Patsy», rispose Avril, o almeno così mi parve. «Anche se non potevamo sapere che era verso di te, Florence, che stavamo dirigendo la nostra energia».

Aveva cominciato a girarmi la testa. Doveva essere il caldo.

«Pensi che la vicinanza abbia influito?», chiese Daphne, e dal tono della sua voce capii che stava parlando con le altre due donne e non con me. «Il fatto che Florence fosse ai piedi della collina, senza alcuna barriera fisica tra di noi?»

«È una domanda interessante», disse Avril. «Non dovrebbe, ma in effetti prima d'ora non avevamo mai avuto un tale successo».

«Non così rapido, in ogni caso», osservò Daphne.

«Forse Florence è una conduttrice», disse Em.

Avevo l'impressione di essere circondata da parecchie donne, eppure eravamo soltanto in quattro. Non avevo sentito nessun'altra voce.

«Pensate che sia grazie al vostro rito sulla collina che ho trovato Patsy?», chiesi.

«Certo», risposero all'unisono.

«Perché allora non avete trovato Stephen Shorrock e Susan Duxbury?». Non volevo sembrare troppo critica, ma l'idea che avessi agito sotto il controllo di quelle donne era ridicola.

«Ci abbiamo provato», rispose Avril. «Dopo la prima scomparsa, abbiamo fatto di tutto per rintracciarli».

«Oh! Mi è venuta un'idea!», esclamò Daphne.

«La legge delle probabilità», disse Avril. «Prima o poi doveva succedere».

«Devo uscire di qui», disse Em. «Mi sto sciogliendo».

Colsi un movimento nella stanza e poi sentii qualcuno sedersi accanto a me, la sua pelle contro la mia. Sollevai le gambe sulla panca mentre un'ombra scivolava davanti a me e si dirigeva verso la porta, lasciandosi alle spalle una scia di profumo che ricordavo dai tempi dell'università: patchouli. Era la donna che avevo visto nella mensa, Marlene.

E scoprii chi aveva telefonato alla stazione di polizia la notte in cui la folla si era radunata davanti ai cancelli di Perseverance Mill per dirmi che Patsy doveva essere cremata.

37

«Non posso», dissi. «Non sarebbe etico... Grazie. Sembra delizioso... E poi avete trovato Patsy senza nessuno dei suoi effetti personali. Potere farlo ancora?».

Parecchie ore più tardi ero a casa di Daphne e Avril. Abitavano dall'altra parte della città, ma in una casa della stessa epoca e delle stesse dimensioni di quella dei Glassbrook, in pietra, con alti soffitti stuccati e grandi finestre a bovindo. L'arredamento era consunto, ma confortevole. C'erano libri dappertutto, sugli scaffali e sul pavimento, impilati su ogni tavolino e superficie orizzontale o in precarie colonne che si innalzavano dal parquet al soffitto.

Una delle due donne era una pittrice. Paesaggi a olio erano affissi a ogni parete e nella casa aleggiava un forte odore di acquaragia.

Avril, che alla fine avevo visto in faccia nelle docce (appuntandomi mentalmente di non essere mai più presentata a qualcuno senza vestiti addosso) era sulla quarantina, un po' più giovane di Daphne. Aveva un cespuglio di capelli neri che le piovevano sulle spalle e che nemmeno il vapore era riuscito ad appiattire. Il suo viso era scheletrico, gli occhi grandi e castani e le guance scavate con gli zigomi sporgenti. Quando era vestita, indossava scarpe senza tacco, pantaloni Capri, un pullover scuro attillato e un berretto nero.

Mi piaceva. Mi piacevano tutt'e due, ma garantire quello che mi avevano chiesto mi avrebbe messo in una posizione molto difficile.

«Avere qualcosa che apparteneva a Stephen o Susan faciliterebbe molto il nostro lavoro», disse Daphne.

Mi avevano invitata a cena mentre uscivamo dal bagno turco. E mi proposero anche di trasferirmi da loro per un paio di settimane, o anche un mese, finché non trovavo un nuovo alloggio. Ero tornata di corsa alla stazione per chiedere l'autorizzazione a Sharples, il quale mi diede carta bianca nella speranza di ottenere qualche importante rivelazione da Daphne e dalle sue amiche.

Sharples sembrò tuttavia scettico quando gli esposi la mia teoria secondo la quale era stata Marlene Labaddee, una delle streghe, a fare quella telefonata anonima alla stazione la notte dopo che avevamo trovato il corpo di Patsy. «A Sabden ci sono decine di donne delle Indie occidentali», disse. «E hanno tutte lo stesso accento».

Avril rabboccò il suo bicchiere e quello di Daphne mentre io le feci cenno che per me bastava. «Quando usate i cani poliziotto dovete agire in fretta, vero?», chiese. «Riescono a concentrarsi soltanto per un periodo limitato».

«Di solito mezz'ora», risposi. «Dopo diventa difficile controllarli».

«Per noi è lo stesso», disse Avril. «Abbiamo trovato Patsy perché la pista era fresca. Susan e Stephen mancano da più tempo e abbiamo quindi bisogno di un aiuto supplementare».

Ero io che dovevo strappargli informazioni, non il contrario. «Avete ottenuto altri successi, con i vostri riti magici?», chiesi. «Spero non sia una domanda indiscreta. È la prima volta che incontro delle streghe».

Loro mi guardarono e sorrisero.

«Trovo tutto così affascinante», dissi rendendomi conto che potevano leggere nella mia mente.

«Se tu ci dicessi quando inizierete le prossime ricerche, potremmo fare in modo che il nostro convegno coincida con le vostre operazioni», disse Avril.

«Sì, potremmo darvi una mano», aggiunse Daphne. «Guidarvi nella direzione giusta. Quante probabilità ci sono che Stephen e Susan siano stati sepolti come Patsy? Ci sono soltanto sei cimiteri in città», disse guardando Avril. «Potremmo celebrare un rito in ognuno di essi».

«Se abbiamo sempre evitato i cimiteri c'è una ragione», disse Avril.

«Avete mai guarito qualcuno?». Stavo cercando di ricordare quello che avevo letto sulle streghe di Pendle. «Oppure salvato un raccolto minacciato da…».

Loro aspettarono educatamente che finissi la frase e poi Daphne, con l'aria di chi prova compassione per un bambino un po' lento di comprendonio, spiegò: «Ci sono tre discipline nella stregoneria: guarigione, divinazione e magia. Stavo per spiegartelo in biblioteca, ma siamo state distratte. Ogni strega ha una propensione naturale per una di esse. Em, per esempio, che hai incontrato al bagno turco, è una guaritrice. Naturalmente ci piacerebbe avere con noi Sally – con lei saremmo un team imbattibile – ma si è sempre rifiutata di entrare nella congrega. Alcune streghe preferiscono lavorare da sole».

Avevo atteso il momento giusto per chiedere altre informazioni sul conto di Marlene, ma le sue parole mi colsero di sorpresa.

«Sally? Intendi dire Sally Glassbrook?».

Sally una strega? In effetti era un po' strana, e sapeva un sacco di cose sulle erbe e le piante, ma una strega?

«Sally è una grande guaritrice», disse Daphne. «Le donne di mezza età lo sono spesso. Avril, invece, è sempre stata attratta dalla divinazione, mentre il mio campo è la magia».

«Purtroppo è impossibile darti una spiegazione coerente», disse Avril. «Per la sua stessa natura, la maggior parte del nostro lavoro deve essere svolto in solitudine. Em ha bisogno di silenzio e concentrazione per studiare le proprietà delle piante e preparare i decotti più efficaci. E io ho bisogno della stessa cosa quando leggo i tarocchi, le rune o i cristalli. Quando ci riuniamo, è per acquisire forza spirituale l'una dall'altra e fare magie».

«E a parte trovare ragazzi scomparsi, qual è lo scopo dei vostri riti?»

«Quando ci incontriamo, dopo i saluti e i riti iniziali, ci chiediamo se c'è qualche lavoro da fare. Una di noi può avere un amico o un parente malato, e allora lavoriamo insieme per farlo stare meglio. Qualcuna può essere alle prese con una decisione difficile e avere bisogno di essere guidata. Un'altra può avere bisogno di un po' di fortuna».

«Si possono anche vincere le scommesse?», chiesi.

«La magia non funziona per i guadagni personali», rispose Avril in tono di disapprovazione. «E neppure per fini negativi, come arrecare danno a qualcuno».

«Ogni membro della congrega ha una competenza diversa?», chiesi. «Ci sono più guaritrici che maghe?». Stavo cercando di farmi dare altri nomi, e dai loro sorrisi educati mi resi conto che l'avevano capito.

«Le congreghe più forti sono sempre le più bilanciate», disse Avril alzandosi. «Andiamo a prendere il caffè fuori».

«Florence», disse Avril posando la caffettiera sul tavolo. «Sei sicura che non possiamo aiutarti? Non sembra che i tuoi colleghi stiano ottenendo molti risultati».

«È chiaro che c'è dietro qualche rito di magia nera», disse Daphne. «O perlomeno un tentativo di emulazione. L'effigie di argilla, i ragazzi scomparsi nelle notti di novilunio. Anche tu lo pensi, e sei visibilmente affascinata dall'idea».

«Sono scomparsi tutti e tre in una notte di luna nuova?».

Le due donne si scambiarono un'occhiata. «Pensavamo che lo sapessi», disse Avril.

«Com'è possibile che non lo sai?», chiese Daphne. «È ovvio».

«Non per me. Nessuno ha mai menzionato la luna nuova. Ne siete sicure? E cosa significa?»

«Dovrai affinare le tue tecniche di interrogatorio», disse Avril alzandosi. «Dov'è il calendario, Daphne?»

«I tre ragazzi sono scomparsi tutti con la luna nuova», mi spiegò Daphne mentre Avril usciva dalla porta sul retro. «Si potrebbe argomentare che fosse per mere ragioni pratiche. Quando non c'è la luna, la notte è molto più buia... e i misfatti passano inosservati».

Sollevai lo sguardo verso il cielo turchese. Anche quella notte non c'era la luna.

«Sorgerà alle nove e trentacinque», disse Daphne.

«Come fai a saperlo?»

«Sono la strega suprema in una congrega della luna», rispose. «So tutto sulla luna».

«Ha un calendario», disse Avril attraversando il patio e avanzando verso di noi. «E tu non sei la strega suprema, siamo una congrega di pari. Ecco, Florence. Un calendario lunare».

Era un calendario molto colorato, con sulla copertina disegni di piante e di animali. Lo presi e lo sfogliai. In marzo la luna nuova era il diciottesimo giorno del mese, e Susan era scomparsa il diciassettesimo. In aprile la luna nuova era caduta il diciassette del mese, il giorno esatto della scomparsa di Stephen. Patsy era scomparsa domenica 15 giugno, anche lei il giorno della luna nuova.

«Perché è così rilevante?», chiesi sollevando lo sguardo e scoprendo che mi stavano fissando. «Lo so che voi pensate che lo sia».

Per qualche istante rimasero entrambe in silenzio, ma i loro occhi si mossero a scatti e all'unisono, come se intrattenessero una sorta di tacita conversazione privata.

Alla fine Avril disse: «Le streghe pensano che la loro opera abbia più possibilità di successo quando la luna è favorevole».

«Se praticassimo la magia nera, cosa che non abbiamo mai fatto», aggiunse Daphne, «sceglieremmo le notti di luna nuova».

«Pensate che quei ragazzi siano stati rapiti con una sorta di magia nera?», chiesi.

«Avete trovato un'effigie d'argilla trafitta da tredici schegge di prugnolo», disse Avril. «Quali altre prove vi servono?»

«La Bambola del Louvre faceva parte di un incantesimo d'amore», dissi. «Anche se quando ho letto la tavoletta, sembrava più una forma di schiavitù. Uno schiavo morto non servirebbe a nessuno».

Un lampo attraversò gli occhi di Daphne.

«A cosa stavi pensando?», le chiesi.

«No, tesoro, la mia mente non è molto lucida dopo un bicchiere o due».

«Fai anche tre», la corresse Avril.

«C'è forse un'altra congrega dedita alla magia nera?», chiesi.

Nessuna delle due donne rispose.

Avril allungò un braccio e posò una mano su quella di Daphne. «Noi non ne siamo a conoscenza».

Lasciai la casa di Daphne e Avril poco dopo le nove e mezzo, promettendo loro che avrei preso in considerazione l'offerta di una camera finché non avessi trovato una nuova sistemazione. Prima che uscissi, Daphne mi prese le mani e le scrutò.

«Hai due mani meravigliose, tesoro», disse. «In effetti, sei una ragazza molto carina. Dovresti soltanto prenderti un po' più cura di te. Un po' di rossetto e magari dello smalto sulle unghie». Si frugò in tasca e tirò fuori una boccetta. «Ecco qui!», disse mentre Avril scuoteva la testa. «Cuetx Frosted Ice color rosa canina. Se vuoi attrarre gli uomini, questi particolari sono importanti».

«Credo che il principe Carlo sia ancora libero», disse Avril.

«Grazie ma non mi interessa. Per il momento mi sto concentrando sulla carriera», risposi. E poi ebbi una visione di Tom Devine in preda ai fumi dell'alcol sul sedile del passeggero della sua auto. «Davvero, gli uomini non mi interessano, ma è molto gentile da parte vostra. Grazie».

Quando arrivai a casa, erano quasi le dieci e all'orizzonte era apparsa la luna: il suo disco color oro pallido era quasi pieno.

Girai lentamente la chiave, sforzandomi di non fare rumore. Quella sera non volevo più vedere nessuno. Ma appena la porta si aprì, dalla cucina uscì Sally, seguita da Larry.

«Flossie, grazie a Dio», disse lei precipitandosi verso di me. «Luna è scomparsa!».

38

Eravamo nella cucina dei Glassbrook. Sally, Larry, Cassie, John Donnelly, la cui presenza lì non riuscivo ancora a spiegarmi, e io. Li feci sedere tutti al tavolo per impedire che continuassero a correre su e giù per la casa urlandomi in faccia.

Non avevano chiamato la polizia. Stavano per farlo quando io avevo aperto la porta.

«Okay», dissi a John. «Spiegatemi brevemente e chiaramente cosa è successo».

«Abbiamo avuto un diverbio», rispose lui, e dalle facce degli altri tre capii che avevano già sentito quella storia.

«Su cosa?»

«È davvero importante?». Sally era ancora più pallida del solito e mi accorsi dello sforzo che stava facendo per restare seduta.

«Sì», risposi. «Su cosa?»

«Niente di importante, una stupidaggine, ma lei se l'è presa ed è uscita di casa». John si voltò verso Sally. «Non avrei dovuto lasciarla andare. Mi dispiace davvero».

«Concentrati», dissi. «Che ora era? Dov'è andata?».

Lui scosse un po' la testa, come per schiarirsi la mente. «Mezz'ora fa», rispose.

In quel momento erano le nove e quarantasette.

«L'ho seguita per una decina di minuti lungo Wraithe Road, ma non sono riuscito a raggiungerla». Trasse un profondo respiro, come se avesse fatto una lunga corsa. Stava cercando di controllare il panico. Erano tutti sconvolti. Anche a Cassie tremavano le mani.

«A che ora è arrivato John?», chiesi.

Larry aveva perso la sua abituale spavalderia. Persino i suoi capelli sembravano essersi afflosciati e gli si erano incollati alla fronte. «Non posso dirlo con certezza», rispose. «Quando sono rientrato, era in giardino e stava fissando la finestra di Luna».

«Lo fa spesso», disse Cassie.

«Stavo lanciando dei sassolini contro la finestra per attirare la sua attenzione e assicurarmi che stesse bene».

«Erano all'incirca le nove e mezzo», confermò Sally. «Stavo guardando *Mission: Impossible* e c'era la pubblicità».

«Dov'era andato?», chiesi a Larry mentre Sally emetteva un sospiro.

«Al pub», rispose Larry.

Non gli chiesi altro. Avremmo verificato in seguito. «Siete andati a controllare nella sua stanza?», chiesi al gruppo in generale. «Quando è apparso John?»

«Ci sono andata io», rispose Cassie. «Sono andata a dirle che il suo ragazzo era ancora là fuori, ma lei non era in camera».

«Nessun segno che era tornata? Il cappotto? Il letto sfatto?».

Cassie scosse la testa.

«D'accordo, vado a chiamare la polizia», dissi avviandomi verso la porta. «Voi restate qui e pensate a dove può essere andata dopo che John l'ha persa di vista. Amici, vicini, ritrovi segreti. Cassie, prendi una penna e fa' una lista».

Usai il telefono in corridoio per chiamare la stazione di polizia. Sarebbero arrivati nel giro di quindici minuti, al massimo mezz'ora.

«Mi serve il permesso di perquisire la casa», dissi quando rientrai in cucina. «Sally, venga con me, per favore. Larry, prenda una torcia e controlli che non sia nel suo laboratorio, nel capanno o da qualche parte in giardino. Cassie e John, continuate a pensare. Quando ritorno, voglio quella lista».

Sally e io cominciammo dalla camera di Luna. Il letto era intatto, la finestra chiusa e le tende aperte.

«Ho riordinato la stanza dopo che lei è uscita», disse Sally. «Lascia sempre tutti i vestiti in giro e non penso sia tornata».

«Non l'ha sentita entrare?», chiesi.

«No, ma la TV era accesa e non ci aspettavamo che rientrasse prima delle dieci», disse Sally. «Ci aveva promesso che non sarebbe tornata da sola».

Dalla stanza di Luna salimmo in soffitta, dove c'erano molti scatoloni e angoli in cui nascondersi, ma se si era rintanata lassù, i cani l'avrebbero trovata più facilmente di me. Cercammo in tutte le stanze del primo piano, compresa la mia, e del pianoterra. Quando rientrammo in cucina, Larry era arrivato prima di noi.

«Niente», disse posando la torcia sul tavolo.

A quel punto udimmo scricchiolare la ghiaia e i lampeggianti blu illuminarono la notte.

«Perché hai litigato con Luna?», chiesi un'ora più tardi a John Donnelly nella sala degli interrogatori, dove insieme a noi c'erano Tom e il difensore d'ufficio.

«Non era nulla di importante». Nel corso dell'ultima ora la sua arroganza e sicumera avevano ceduto il posto alla confusione e al nervosismo. Si era strappato le pellicine dell'unghia del pollice fino a farlo sanguinare e continuava a sospirare oscillando avanti e indietro sul sedile.

«Non lo metto in dubbio», risposi. «Ma Luna doveva ritenerlo abbastanza importante, se ha deciso di uscire di casa da sola con tutto quello che sta succedendo di questi tempi».

Lui fissò lo specchio alle mie spalle. «Chi c'è là dietro?», chiese.

La maggior parte degli interrogati non si rendeva conto della funzione di quello specchio.

«Non saprei», risposi in tutta franchezza. «Forse nessuno. In questo momento siamo molto impegnati».

Lui si passò una mano tra i capelli con un gesto che mi ricordò Larry. «Anche i genitori di Luna sono qui?», chiese.

Scossi la testa. «No. Il signor Glassbrook è fuori con la squadra di ricerca e sua moglie è a casa con Cassie. Nessun altro ascolterà quello che ci dirai».

«Vado a controllare», disse Tom, alzandosi. Uscì e riapparve pochi secondi dopo. «Non c'è nessuno», disse. «Sono usciti tutti a cercare Luna, che è quello che dovremmo fare anche noi. Allora perché non rispondi alle domande dell'agente Lovelady, John, così poi potremo darci una mossa?».

John abbassò lo sguardo sul ripiano del tavolo. «Voleva che facessi sesso con lei», disse.

«E qual era il problema?», chiesi.

John sollevò gli occhi. «Ha soltanto quindici anni. Suo padre mi avrebbe ucciso».

«Questo è poco ma sicuro», disse Tom. «Ma sono anche sicuro che la maggior parte delle quindicenni non rifiuterebbe un'offerta sessuale per timore di destare l'ira paterna».

John lanciò un'occhiata a Tom. «A quindici anni è illegale!».

«Molto ragionevole», commentai.

«Era da un po' che mi stava addosso», continuò John, fissando me questa volta. «Le dicevo che dovevamo aspettare, ma poi lei rispondeva che era perché non la trovavo bella. Mi accusava di volerla mollare per mettermi con Tammy. E poi voleva sapere se avevo fatto sesso con Patsy perché...», si bloccò.

«Perché tutti sapevano che Patsy aveva un debole per te», dissi.

«Non l'ho mai fatto, lo giuro».

«E Susan Duxbury?», chiese Tom. «Con lei hai fatto sesso?».

John arricciò il labbro in una smorfia di disgusto. «La conoscevo appena».

«Era nella stessa classe, e tu sei un bel ragazzo. Dovevano farti la corte in molte. Non dirmi che le respingevi tutte».

John distolse lo sguardo e fissò di nuovo lo specchio. «È arrivato qualcuno, dall'altra parte?»

«Non mi pare», risposi. «Che cosa hai paura di dire?».

«Chi altri verrà a sapere quello che vi dirò?»

«Dipende da quanto sarà rilevante ai fini dell'indagine», risposi. «Se è qualcosa che riguarda Luna, faresti meglio a non tenertelo per te».

John si passò le mani sulla faccia. «Non riguarda Luna, riguarda me. Be', in qualche modo c'entrano anche Luna e le altre ragazze. Voglio che sia ben chiaro che non avevo una storia con nessuna di loro».

Avevo la sensazione di sapere cosa stava per dirmi John.

«Non sono così sicuro che mi piacciano le ragazze», disse. «Non in quel modo».

«Cosa stai cercando di dire?», chiese Tom. «Che ti piace l'uccello?».

«Molti adolescenti sono insicuri riguardo alla propria sessualità», intervenni. Avrei voluto allungare un calcio a Tom senza farmi vedere. «Anch'io lo sono stata a lungo. Non c'è nulla di cui preoccuparsi», dissi cercando di sorridergli, ma John stava fissando di nuovo il piano del tavolo. «Grazie per avercelo detto», aggiunsi.

«Lo dirà a mio padre?», mormorò.

«No», risposi in tono fermo. «E nemmeno Tom lo farà».

Concludemmo l'interrogatorio dopo quaranta minuti e John raggiunse la madre che lo stava aspettando all'accoglienza. Tom e io ci dirigemmo verso il dipartimento investigativo.

«Non sa nulla, vero?», disse Tom.

«Non ne sarei così sicura. Due sue amiche sono scomparse. Ha mai avuto problemi con la giustizia?».

Eravamo arrivati alle scale.

«Nulla di particolare», rispose Tom. «Circa un anno fa ha dovuto pagare una multa perché guidando il furgone del padre nel parcheggio del pub aveva strisciato un'altra macchina, ma niente di grave».

Quando arrivammo, Rushton ci stava aspettando.

«I cani non hanno trovato nessuna traccia», stava dicendo. «Randy ha assunto la direzione delle ricerche. Ha vissuto per due anni in quella parte della città e la conosce meglio di chiunque altro. Con lui ci sono quindici uomini, oltre a qualche vicino che si è unito al gruppo. C'è ovviamente il rischio che l'abbiano caricata su una macchina e portata chissà dove, ma dobbiamo tentare tutte le strade. Gusty sta interrogando i vicini porta a porta».

«Ci sono agenti anche alla stazione dei treni e a quella dei pullman», aggiunse Sharples. «Grazie alla pronta reazione di Florence, erano lì già mezz'ora dopo la sua scomparsa. Per fortuna, la giovane Elanor non è una che passa inosservata».

Ci voltammo tutti verso la fotografia affissa nella bacheca. Una testa che sembrava troppo grande rispetto al minuscolo corpo. Occhi enormi, lunghi capelli rossi, mento a punta e sopracciglia quasi completamente depilate. Il giorno dopo quella foto sarebbe apparsa su poster affissi in tutta la regione.

Mi ero dimenticata che il vero nome di Luna era Elanor. Me l'aveva detto Sally poco dopo il mio arrivo. Elanor, scritto come il nome del personaggio di Tolkien, non come quello della protagonista di *Ragione e sentimento* di Jane Austen e non come… non riuscivo a ricordare l'altro. Era tutto molto più difficile quando il ragazzo scomparso era qualcuno che conoscevi.

La porta si aprì ed entrò Brown.

«Hai scoperto qualcosa?», gli chiese Rushton.

«Ho tirato giù dal letto Roy Greenwood e l'ho portato all'impresa di pompe funebri», rispose Brown prendendo dalla tasca le sigarette. «Abbiamo controllato tutto. Nella camera mortuaria c'erano tre cadaveri. Tutto in ordine, nessuna traccia della ragazza».

«Lunedì mattina voglio un agente in ogni agenzia di pompe

funebri della zona», disse Rushton. «Nessuna bara dovrà essere inchiodata prima che l'abbiano controllata. Voglio inoltre che tutti i cimiteri della città siano tenuti costantemente sotto osservazione da agenti in borghese, con la massima discrezione, a cominciare da questa notte. Non tu, Florence. Tu andrai a casa a farti una bella dormita. Domani mattina avremo bisogno di agenti freschi e riposati».

«Signore, sono felice di…».

«Finché sarò in carica, nessuna giovane donna farà il turno di notte, tantomeno appostata davanti a un cimitero».

Sapevo che non era il caso di discutere.

39

La faccia di Sally sembrava stranamente sgualcita, come uno strofinaccio buttato da qualche parte ad asciugare. Senza lasciarle il tempo di parlare, prima ancora di chiudere la porta alle sue spalle, le riassunsi gli ultimi sviluppi e quello che sarebbe successo nel resto della notte.

Nella penombra del corridoio, la sua vicinanza aveva un che di sgradevole. «Mi dispiace molto per quello che è successo prima, Flossie. Non vogliamo che te ne vai. Per favore, non farlo. Almeno non finché non avremo trovato Luna. E anche allora, non andartene se non sarà necessario».

Era comunque un problema in meno, pensai dandole una pacca sulla spalla. «Resterò finché avrete bisogno di me».

«Com'è possibile che sia scomparsa in questo modo?», chiese Sally seguendomi mentre salivo lc scalc. «Non ricsco a smettere di chiedermelo. Abitiamo a più di un chilometro da dove sono scomparsi gli altri ragazzi. Per tornare a casa doveva seguire strade ampie e ben illuminate. Se qualcuno l'avesse aggredita in giardino, l'avrei sentito».

Con la TV accesa non ne ero così sicura, ma annuii comunque.

«E Larry è tornato a casa lungo la stessa strada. Perché non l'ha vista?».

Mi seguì nella mia stanza, chiudendosi la porta alle spalle. «E se l'hanno messa in una bara? Sottoterra, come Patsy? Elanor è claustrofobica, impazzirebbe».

Le dissi che stavamo tenendo d'occhio tutte le imprese di

pompe funebri. «Non c'è il rischio che faccia quella fine», dissi cercando di rassicurarla.

«Esumeranno una tomba, come hanno fatto con Patsy».

«Stiamo controllando anche tutti i cimiteri».

Sally gettò la testa all'indietro ed emise un gemito. Mi avvicinai, le cinsi le spalle con un braccio e lei si strinse a me.

«Larry ha una relazione», disse singhiozzando. «Mentre nostra figlia veniva rapita da quel mostro, lui stava scopando la sua troia».

Cosa non avrei dato per essere appostata davanti a un cimitero anziché lì con lei.

«Quale troia?», chiesi. «Chi, voglio dire?», mi corressi prontamente.

Lei tirò su rumorosamente con il naso. «Beryl Donnelly, la madre di John», rispose.

«Mi dispiace davvero, ma in questo momento dobbiamo concentrarci su Luna».

Lei tirò su di nuovo con il naso e lo interpretai come un assenso.

Poco dopo mezzanotte, Randy rientrò per indossare vestiti più pesanti e uscire di nuovo dopo dieci minuti per dirigersi verso il cimitero di St Joseph, all'altro capo della città. Convinsi Sally a salire a farsi un bagno, e mentre era di sopra, per tenere le mani impegnate, mi dipinsi le unghie con lo smalto di Daphne. Quando Sally scese, le tenni compagnia finché, verso le due di notte, non rientrò Larry, purtroppo senza alcuna notizia.

Mentre Larry si versava un drink, Sally si accasciò sul tavolo della cucina. Lui posò il bicchiere e la strinse tra le braccia. Gli tenni aperta la porta mentre la portava al piano di sopra.

«Cerca di dormire un po', Flossie», disse salendo le scale. «Le tue unghie smaltate ci saranno comunque utili».

Lo guardai salire con la moglie addormentata tra le braccia

e pensai a com'era strano. E anche affascinante, nonostante quella notte non avesse quasi chiuso occhio e fosse roso dalla preoccupazione. Speravo che Sally si sbagliasse sul conto di Beryl del Black Dog, ma sapevo che non era così. Quale uomo noterebbe lo smalto sulle unghie di una donna quando sua figlia è scomparsa?

Due ore più tardi, dopo essermi rigirata senza sosta nel letto, rinunciai al tentativo di dormire.

Parcheggiai davanti a St Wilfred. I radi alberi del cimitero si stagliavano contro il grigio plumbeo del cielo mattutino.

Mi fermai accanto alla statua di un angelo alato, fissando il contorno perfetto dell'ombra che proiettava sul terreno. Poi mi voltai e vidi risplendere nel cielo la luna quasi piena. Daphne e Avril si sbagliavano, i rapimenti non avvenivano soltanto con la luna nuova.

«Agente Lovelady, tu sei la mia salvezza», borbottò Tom dal capanno.

«Ti ho portato del caffè», dissi porgendogli il thermos. «E un panino al formaggio. Avrei preferito fartelo con la pancetta, ma avevo paura di svegliare tutti friggendola».

«Sei un angelo», disse lui uscendo dal capanno e stropicciandosi le mani. Con una mano prese il thermos e allungò l'altra verso di me. «Cibo», disse.

Gli diedi il panino.

«Come stanno?», chiese con la bocca piena.

«Come puoi immaginare».

Tom finì il caffè e mi restituì la tazza per poi appoggiarsi di nuovo alla statua dell'angelo. «Un posto sinistro, non trovi? Durante l'interrogatorio, quando hai detto che eri una leccapassere, parlavi sul serio?»

«No, stavo solo cercando di togliere dall'imbarazzo il testimone», risposi con un sospiro. «E poi, a te cosa importa?», aggiunsi sollevando una mano. «No, non dire niente, non voglio saperlo. Sono venuta soltanto a controllare che tu dormissi un po'. Va' a casa. Ti sostituirò io».

«Hai sentito cos'ha detto il capo. Nessuna giovane donna starà appostata davanti a un cimitero finché...».

Indicai con un dito a est, dove il cielo si stava schiarendo. «Tra dieci minuti sorgerà il sole», dissi. «Va' a casa».

Lui fece per andarsene e poi si fermò. «Ti do un consiglio, Florence», disse, e capii che mi stava chiedendo il permesso di dire qualcosa che non mi sarebbe piaciuto.

Annuii.

«Lascia perdere i massoni».

Lo fissai negli occhi.

«Sei uno di loro?», chiesi.

Lui fece una risatina. «Non sono abbastanza vecchio, potente o ricco. In realtà non conosco nessun massone, ma se dietro a questa storia ci sono loro, tanto vale sospendere l'indagine e tornarcene a casa. Quei bastardi sono intoccabili, Flossie», disse, andandosene.

Vidi sorgere il sole da sola, con le lacrime agli occhi. Qualcosa mi diceva che per Luna Glassbrook quella sarebbe stata l'ultima alba.

40

Sabato 29 giugno 1969

Quando il sole era ancora basso all'orizzonte, udii il cancello del cimitero aprirsi e vidi Dwane avanzare verso di me con in mano una tazza a righe bianche e rosse. Aveva un occhio nero e il labbro superiore sembrava gonfio.

«Le ho portato un tè», disse quando mi raggiunse. «Non so se voleva lo zucchero. Ci ho messo solo due zollette».

«Grazie. Cosa le è successo?»

«Ieri notte due energumeni mi sono saltati addosso fuori dal pub. Non so perché, ma mi sono difeso».

«Ha sporto denuncia?»

«Non li ho riconosciuti», rispose distogliendo per un attimo lo sguardo.

«Come faceva a sapere che ero qui?», chiesi.

«L'ho vista arrivare. Ultimamente non dormo molto per via delle emicranie».

La testa di Dwane era più grande della norma. Non avevo mai pensato che quelle dimensioni insolite potessero essere la causa dei suoi dolori.

«Lo so che è domenica e che è molto impegnato, ma potrebbe farmi vedere di nuovo il suo plastico della città?», gli chiesi.

«Le piacciono le cose piccole?», mi domandò quando entrammo nel capanno in fondo al cortile.

«Può aiutarmi a trovare Nelson Street?».

Dwane si chinò sul plastico e mi indicò il punto dove Patsy era stata vista l'ultima volta.

«Ha qualcosa con cui possa segnare questo punto, per fissarmelo nella mente?».

Dwane si avvicinò a un armadio in fondo al capanno, aprì il primo cassetto e tirò fuori una decina di piccole figure di plastica.

«Quanti colori ci sono?»

«Sei», rispose lui, senza bisogno di controllare.

«Me ne servono quattro. Può darmi quattro colori diversi, almeno sei per ognuno? Per favore», aggiunsi quando lui non si mosse.

«Che colori vuole? Ho il nero, il bianco, il verde…».

«Non importa. Verde. Mi dia qualche verde».

«C'è anche il rosa. Le piace il rosa?»

«Va bene anche quello», risposi, posando una figura verde in fondo a Nelson Street, dove Patsy era stata vista l'ultima volta.

«Rosso? Blu? Porpora? Ho cambiato le tende. Se n'è accorta?»

«Quali tende?», chiesi posando altre figure dov'era stata avvistata Patsy.

«Quelle della sua camera. Prima erano lilla. Adesso le ho messe blu. E ho messo anche delle rose rosse alla finestra».

Rabbrividii. «È stato lei a lasciare dei fiori per me un paio di settimane fa?», chiesi.

Lui abbassò lo sguardo.

«Quei fiori erano stati lasciati su una tomba, Dwane. Sul biglietto c'era scritto "RIP"».

Lui continuò a tenere gli occhi chini. «A lei non mancheranno di certo», disse dopo qualche istante.

Silenzio. Trattenni a stento una risata. "RIP"? E pensare che mi ero così spaventata.

«Okay, parleremo di questo più tardi. Vede cosa sto facendo? Sto mettendo delle figure dove sono stati visti i ragazzi.

Userò il rosa per Susan Duxbury e l'azzurro per Stephen Shorrock».

«Che colore vuole per Luna?», chiese.

Continuai a disporre figure sul plastico. Conoscevo la maggior parte dei posti dov'erano stati avvistati i tre ragazzi. Quando ebbi finito, indietreggiai.

Dwane non disse nulla, guardò prima il plastico e poi me.

«Tranne Luna, sono scomparsi tutti nel centro della città», dissi.

Fissai le minuscole figure verdi, rosa, azzurre e rosse, ognuna delle quali rappresentava un avvistamento. Poi il mio sguardo si posò su un campo da cricket, nella periferia nord. Due squadre si stavano affrontando, con i giocatori tutti vestiti di bianco e una piccola folla che seguiva il gioco.

Dwane si avvicinò. «Le piace il cricket? Ogni tanto potrebbe venire a vedere una partita. Parecchie famiglie ci vengono».

«Certo che mi piace», risposi con una mezza bugia. Qualche volta, quando non avevo di meglio da fare, guardavo i miei fratelli mentre giocavano. «Sembra un'occasione speciale», osservai notando il tavolo imbandito, le sedie a sdraio e le bandierine che circondavano il campo.

«Ogni sabato pomeriggio ci vengono un sacco di donne, anche con i figli», rispose lui. «Le mogli e le fidanzate preparano il tè per tutti. Ma lei non dovrà farlo, non la prima volta».

«Grazie!», dissi. «Ma non so ancora quando sarò di turno e il sabato sono molto impegnata».

«Quando i ragazzi tornano a casa, andiamo al pub», aggiunse Dwane. «Il Black Dog».

Il pub era a un paio di isolati dal campo di cricket. «E queste cosa sono?», chiesi indicando due grandi botole davanti al pub.

«La cantina», rispose lui.

«Certo. È lì sotto che tengono la birra. Be', a questo punto devo proprio...».

«È molto antica», disse Dwane. «Un tempo ci rinchiudevano

i prigionieri prima di trasferirli al carcere di Lancaster. Dentro ci sono ancora le catene, posso mostrargliele, se vuole. Quando ha bisogno di aiuto per portare su qualche barile, il proprietario mi lascia scendere con lui».

«Adesso devo proprio andare. Grazie per il tè, Dwane», dissi, senza riuscire a impedirgli di accompagnarmi alla macchina.

Quel giorno tutti i permessi erano stati sospesi e a ogni agente in servizio era stato chiesto di presentarsi alla stazione. I miei colleghi pattugliavano le strade, bussavano alle porte, ispezionavano magazzini e persino depositi di carbone. Altri stavano setacciando i parchi e la brughiera, mentre lungo le strade che uscivano dalla città erano stati istituiti dei posti di blocco.

Con mia grande frustrazione, dovetti rimanere con la famiglia Glassbrook. Capivo il senso di quell'assegnazione, ma morivo dalla voglia di fare qualcosa di più produttivo che la babysitter. Anche Larry e Sally non volevano restare con le mani in mano, e così, a metà mattinata, quando cominciò a cadere una fitta pioggia, uscirono per unirsi alle squadre di ricerca e mi lasciarono sola con la figlia.

Cassie sostenne che quel giorno non aveva compiti e si incollò al televisore. Ogni volta che mi alzavo per andare in cucina o persino in bagno, mi seguiva. Controllò che le porte e le finestre fossero chiuse e ogni minimo rumore la faceva sobbalzare. In cucina non si sedette, ma continuò a camminare su e giù aprendo e chiudendo i cassetti. Quando aprì quello dei coltelli, li prese in mano e poi li fece ricadere uno dopo l'altro, producendo un rumore che sembrava un tintinnio di catene.

«Smettila, Cassie!».

Lei sussultò e chiuse il cassetto.

«Scusami», dissi. «Lo so che sei preoccupata, e lo sono anch'io, ma dobbiamo tenerci impegnate. Non hai qualcosa da leggere? Esercizi al pianoforte?»

«Possiamo guardare i tuoi grafici?», chiese.

«Quali grafici?», domandai, anche se lo avevo capito.

«Quelli che tieni in camera».

Inarcai le sopracciglia. Ogni giorno, prima di andare al lavoro, li nascondevo sull'ultimo scaffale del guardaroba, sotto la mia pila di maglioni. Non poteva averli visti senza frugare nella mia camera.

«Li ha trovati Luna», disse lei sulla difensiva. «Viene sempre a curiosare anche nella mia camera».

Non era il momento di farle la morale. Annuii e Cassie uscì di corsa per andarli a prendere.

Iniziai con il grafico dei funerali, srotolandolo per mostrarle tutte le sessantasei colonne, una per ognuno dei funerali che si erano svolti quell'anno a Sabden e nei dintorni. In testa al grafico c'erano sette colonne con le diciture "Data", "Ora", "Nome del deceduto", "Sesso", "Età", "Agenzia funebre", "Bara/Cassa" e "Cimitero".

«Da dove si comincia?», chiese Cassie con aria smarrita, come se si fosse aspettata che la risposta apparisse magicamente dopo avere srotolato il grafico.

«Be', il punto di partenza è sempre quello che sappiamo per certo», risposi. «Sappiamo che Patsy è stata trovata in questa tomba». Indicai il funerale di Douglas Simmonds, sepolto in una cassa al cimitero di St Wilfred alle 10.30 di lunedì 16 giugno dall'impresa di pompe funebri Glassbrook & Greenwood. Tutt'a un tratto mi ricordai che Cassie aveva soltanto sedici anni e non avrei dovuto parlarle della possibilità che sua sorella fosse stata sepolta viva.

Lei annuì e mi fece cenno di continuare.

«Così ho controllato le altre tombe a St Wilfred», dissi. «Ma quest'anno c'è stata più di una decina di funerali, e soltanto in un caso i parenti hanno optato per una cassa».

«Dev'essere per forza una cassa», osservò lei guardando il grafico. «In una bara non ci sarebbe abbastanza spazio».

«Proprio così», dissi. «Per questo non ho inserito nel grafico i funerali con la bara. Ma ce ne restano comunque più di venti».

Lei sollevò lo sguardo, come se le fosse venuta un'idea. «Come facevano a saperlo? Il rapitore di Patsy come ha potuto sapere che nella tomba che voleva usare c'era una cassa e non una bara?»

«Bella domanda», risposi. «L'unica spiegazione è che abbia assistito al funerale e abbia visto il carro funebre uscire dalla camera mortuaria. È un altro motivo per cui stiamo concentrando le ricerche sulle tombe più recenti».

«Se frequentasse così assiduamente i funerali, qualcuno lo avrebbe notato», disse Cassie. «È uno strano comportamento. Mio padre l'avrebbe individuato subito, a lui non sfugge mai nulla. Penso sia qualcuno che lavora nell'ambito dei funerali».

«Cosa intendi dire?»

«Una persona che lavora in un'impresa di pompe funebri saprebbe sempre se si tratta di una cassa o di una bara. Il sacrestano, il prete e quello che scava le tombe lo sanno sempre».

All'improvviso mi tornò in mente che Dwane non lavorava soltanto per St Wilfred ma anche per altri cimiteri. Era lui a scavare la maggior parte delle tombe a Sabden.

«Venti casse», disse Cassie scorrendo il grafico. «Perché non le controllate tutte? Perché avete aspettato così tanto?»

«La centrale non ci darebbe mai il permesso di esumare tutte quelle tombe senza prove concrete», dissi. «Dobbiamo restringere il campo».

«Escludete allora tutti i posti che sono chiusi di notte», suggerì Cassie con voce sempre più acuta. «Il cimitero di Duckworth Street, per esempio, ha soltanto un cancello che viene chiuso al tramonto. Nessuno può scavalcare un muro con un cadavere sulle spalle».

La mia considerazione per Cassie stava crescendo. «È molto difficile, ma non impossibile», risposi. «Se è successo dopo la sepoltura, quasi certamente Stephen e Susan non sono in quel cimitero. Ma potrebbero essere in uno dei tanti altri che non chiudono di notte».

«Se ha messo Patsy nella cassa prima del funerale, non può essere stato nel pomeriggio», disse Cassie. «Le casse vengono sigillate soltanto un paio d'ore prima di lasciare la camera mortuaria. I parenti e gli amici vogliono sempre dare un ultimo saluto».

«Giusto, ma nessuno pensa che sia stata messa nella cassa prima del funerale», dissi.

Tranne Dwane.

«È comunque un'ipotesi che non si può escludere. Come dite voi, bisogna avere la mente aperta».

«È quello che ho fatto», risposi indicando il grafico. «Ma i funerali che si sono svolti prima di mezzogiorno sono oltre una ventina. Ancora una volta troppi per ottenere il permesso di esumazione senza qualcosa di più concreto».

«E quelli che si sono svolti subito dopo i rapimenti?». Cassie aveva notato tre righe di testo. La prima diceva: "Susan Duxbury, scomparsa lunedì 17 marzo"; la seconda: "Stephen Shorrock, scomparso mercoledì 16 aprile"; e l'ultima: "Patsy Wood, scomparsa domenica 15 giugno". «Una tomba è più facile da scavare se la terra è ancora fresca», concluse.

«Ci avevo pensato», risposi. «Ma le tombe fresche sono anche le più visitate da parenti e conoscenti, il sacrestano e il prete avrebbero notato un'intrusione».

«Allora non c'è soluzione?», chiese Cassie corrugando la fronte.

«Sì, invece», risposi, più fiduciosa di quanto non lo fossi realmente. «La troveremo». E poi, visto che tenere la mente impegnata sembrava calmarla, le mostrai gli altri grafici. Quello dei ragazzi scomparsi era molto più semplice. Soltanto tre colonne, una per ognuno di loro.

«Abbiamo bisogno di un'altra colonna per Luna», disse Cassie.

Non mi sembrava una buona idea, ma Cassie aveva già afferrato una matita e me la stava passando. Così tracciai un'altra riga e le chiesi le informazioni che mi servivano. Data di nascita di Luna. La classe che frequentava. Le materie. I compagni con cui aveva stretto amicizia.

«Non c'è nulla che quei quattro abbiano in comune tranne la scuola e l'età», concluse Cassie.

Aveva ragione, ma non volevo dirglielo.

«E per di più non erano amici. Luna non si sarebbe mai fatta vedere in giro con quella cicciona di Susan».

Mi tornarono in mente le fotografie con la faccia paffutella di Susan. «E cosa mi dici di Stephen?»

«Pensavano che fosse strano e aveva un cattivo odore».

«Come fai a sapere tutte queste cose su di loro?»

«Li vedevo soltanto qualche volta al campo di cricket».

Cricket? Mi ricordai il campo che avevo visto quella mattina nel plastico della città, con la folla di mogli e figli che seguivano il gioco.

«Tuo padre gioca a cricket, vero?», chiesi. «Tu vai a vedere le partite?»

«La mamma ci costringe ad andarci. Dice che è un'occasione di famiglia e che dobbiamo fare il tifo per papà».

«Il sabato pomeriggio, giusto? E sai dirmi anche chi gioca in squadra con tuo padre?».

Non avevo un pezzo di carta a portata di mano, l'avrei aggiunto in seguito sul grafico.

«A parte lui, vuoi dire? Il signor Butterworth, ma credo che tu lo conosca già, e poi Greenwood, il socio di papà, che penso sia anche il presidente del club».

«In una squadra ci sono undici giocatori più le eventuali riserve», dissi. «Riesci a ricordare qualche altro nome?»

«Il padre di John è un ottimo battitore, ma il più delle volte i postumi di una sbronza gli impediscono di giocare», disse Cassie. «E poi quel piccoletto dall'aria inquietante».

Con questi eravamo arrivati a sei. «E il padre di Patsy, il signor Wood?»

«Oh, certo, anche lui», disse Cassie. «Merda!», aggiunse lanciandomi un'occhiata.

«Il signor Duxbury?», domandai. «E il signor Shorrock?».

Lei annuì sgranando gli occhi.

«E di solito venivano anche le mogli e i figli?», chiesi. «Per sostenere la squadra e perché dopo c'era un buon tè?».

Cassie annuì di nuovo. «È questo che stavi cercando?».

Le feci cenno di tacere e arrotolai i grafici.

«Devo fare una telefonata, dissi. «Chiederemo a una vicina di venire a tenerti compagnia. Io devo andare al lavoro».

41

«D'accordo, Flossie, cos'hai in mente?», disse Rushton.

Fuori pioveva ancora a dirotto, l'acqua picchiettava sulle finestre e ruscellava nelle strade. Il cielo era di un grigio plumbeo.

Nella stanza del dipartimento investigativo, tutti erano chini sui miei grafici.

«Cricket», dissi. «L'avevo detto fin dall'inizio che doveva esserci qualcosa che collegava quei ragazzi. E che quando l'avessimo scoperto, saremmo risaliti direttamente al killer».

«E tu pensi che sia il cricket?», domandò Brown con una smorfia. «Da quando in qua le ragazze giocano a cricket? Pensavo preferissero la pallavolo».

«Non le ragazze», ribattei. «I loro padri. Secondo Cassandra Glassbrook, che è una ragazzina molto brillante, i padri di tutti e quattro gli scomparsi giocano nella Sabden Weekend Cricket League al campo di Tythebarn Street».

Le facce intorno a me erano scettiche. Persino Tom non sembrava convinto.

«Le partite della Sabden Weekend Cricket League sono come riunioni di famiglia», dissi. «Alla fine del gioco le mogli e le fidanzate preparano il tè e i figli stanno tutti insieme».

Nessuno aprì bocca. Com'era possibile che non lo capissero?

«È lì che il rapitore li ha trovati», aggiunsi. «Le partite di cricket vanno avanti per ore. I giocatori aspettano il loro turno di battuta guardandosi attorno seduti ai margini del campo. Osservano i bambini che giocano, scambiano qualche parola con loro. Penso che il nostro killer sia un membro della squadra di cricket o qualcuno che assiste regolarmente alle partite».

Le espressioni attorno a me cambiarono, come se stessero cominciando a prendere in considerazione l'ipotesi.

«Ne sei sicura?», disse Rushton. «Sul padre di Susan, quello di Stephen e gli altri».

«Non al cento per cento», risposi. «Ovviamente dovremo controllare, ma...».

«Ha ragione», mi interruppe Tom, la cui faccia aveva assunto una strana gradazione di grigio. «Anche io gioco in quella squadra. Merda!», esclamò, allontanandosi di scatto per affacciarsi alla finestra con i gomiti posati sul davanzale e la testa tra le mani.

«La domanda è: chi sono gli altri?», disse Rushton. «Torna qui, Tom. Abbiamo bisogno di te per questo».

«Sono almeno undici», dissi mentre Tom si riavvicinava. «Forse anche venti. E il nostro uomo è uno di loro».

«Chi è il segretario?», chiese Sharples. «Lui saprà i nomi di tutti i membri della squadra».

«Beryl», rispose Tom. «Beryl Donnelly. Ma io li conosco tutti, signore. Posso farle la lista».

«Meglio tardi che mai», disse Rushton. «Florence, siediti accanto a lui e assicurati che scriva tutti i nomi. Poi procederemo per esclusione».

42

Quaranta minuti più tardi sulla lavagna c'erano diciassette nomi. Quelli che conoscevo erano Larry Glassbrook, Roy Greenwood, Robert Duxbury, Jim Shorrock, Stanley Wood, Ted Donnelly, John Earnshaw, Reg Bannister e Dwane Ogilvy. Notai anche un Charles Labaddee che doveva essere il marito di Marlene. Tom Devine e Randall Butterworth apparivano su insistenza di Tom. E poi c'erano cinque nomi che non conoscevo. Interrogarli tutti era la priorità della giornata.

A Tom e a me fu assegnato Roy Greenwood.

La notizia della scomparsa di un'altra ragazza aveva attirato in città una moltitudine di giornalisti. Davanti alla stazione di polizia era parcheggiata una lunga fila di macchine che non avevamo mai visto prima, e una folla di uomini in impermeabile e cappello di feltro sostava davanti all'ingresso fumando e fermando tutti quelli che uscivano.

Tom e io usammo l'ingresso sul retro. Anche se non me l'aveva detto, sapevo che Rushton si era pentito di avere permesso quella ricostruzione televisiva degli ultimi spostamenti di Patsy, e lo dissi a Tom quando salimmo sulla sua auto.

«Senza quella ricostruzione non avremmo trovato Patsy», disse in un tono insolitamente piatto. «O forse dovrei dire che *tu* non l'avresti trovata?».

Uscì sgommando dal parcheggio della stazione di polizia, svoltò l'angolo e sfrecciò lungo la strada principale. Poco prima della piazza del mercato ci fermammo a un semaforo rosso.

Rimasi in silenzio, augurandomi che fosse stato qualcun altro a trovare il collegamento con il cricket. Sembrava che ogni cosa che facevo mi attirasse l'antipatia degli altri.

Non dovemmo fare molta strada. Greenwood abitava sulla via principale, non lontano dall'impresa di pompe funebri. La casa in pietra di due piani più soffitta e cantina aveva una facciata anonima e annerita dalla fuliggine. Le finestre alte e strette erano schermate da tende di merletto. Il tetto ripido e rivestito di tegole era cosparso di escrementi di piccione. Il campanello suonò quattro volte prima che Roy Greenwood, nel suo abituale completo scuro, venisse ad aprirci la porta.

«Agenti di polizia», disse, per nulla sorpreso.

Tom gli mostrò il suo tesserino e io feci lo stesso con il mio.

«Mi dispiace disturbarla di domenica, Roy, ma vorremmo parlarle», disse Tom.

L'espressione altezzosa di Greenwood si raddolcì. «A proposito di Elanor, immagino. Mia madre e io siamo rimasti svegli quasi tutta la notte. Prego, entrate».

«Ha partecipato alle ricerche?», chiesi mentre ci faceva strada nel corridoio immerso nella penombra.

«No, di notte non lascio mai mia madre da sola. Soffre di incubi».

Greenwood ci fece entrare in un'ampia stanza. Quattro poltrone verde scuro con il poggiatesta erano disposte intorno a un caminetto con il fuoco acceso. Di fronte alla finestra c'era un pianoforte nero e scintillante come i capelli di Greenwood sul quale erano allineate una decina di fotografie con le cornici d'argento.

Accanto al caminetto era seduta una delle donne più alte e magre che avessi mai conosciuto. La testa e le spalle spuntavano dallo schienale della poltrona e aveva le gambe allungate verso il fuoco. Il vestito nero e il cardigan sembravano penderle addosso, come se il suo corpo fosse etereo. Si era disegnata le sopracciglia con la matita, ma erano diverse l'una dall'altra. Uno spesso strato di rossetto albicocca le copriva le labbra. Se non fosse stato per la pelle profondamente segnata e le rughe sul collo, sarebbe parsa una bambina che usa per la prima volta il trucco. Attraverso i capelli color lavanda riuscivo a scorgere il cuoio capelluto cosparso di croste.

Sembrava che avesse cent'anni.

«Mamma, questi sono il detective Devine e l'agente Lovelady. Signori agenti, vi presento mia madre, Grace Greenwood».

La signora Greenwood ci porse una mano tremante e notai che su un tavolino era posato un bicchiere con un liquido color ambra.

Tom le prese la mano e per un breve istante immaginai che si sarebbe chinato a baciarla. «Mi dispiace disturbarla di domenica, signora Greenwood», disse. «Ma dobbiamo fare il possibile per trovare la giovane Elanor».

I suoi occhi scintillarono e la bocca color albicocca si contrasse nella parodia di un sorriso. Tom era il tipo di uomo che riusciva ad affascinare le vecchie signore.

«Sono tempi difficili», disse Roy Greenwood. «Prego, sedetevi. In questa casa non serviamo alcol, ma forse gradite un bicchierino di cordiale?».

Sentivo un odore di whisky nell'aria e mi chiesi perché mi stesse mentendo.

«Non per me, grazie», rispondemmo all'unisono Tom e io.

Ci sedemmo cautamente. In quella stanza c'era qualcosa che ci intimidiva. Roy e sua madre ci fissarono con i loro occhi castani. Poi lei tirò fuori un fazzoletto di merletto e si asciugò una lacrima.

«Andrò direttamente al sodo perché è importante agire con la massima tempestività», iniziò Tom. «Dov'era ieri sera dalle nove a mezzanotte, signor Greenwood?».

Lui abbassò per un istante le palpebre, come se cercasse di rimanere calmo davanti a un simile affronto. «Ero qui», rispose. «Abbiamo ascoltato la radio. Mia madre la preferisce alla televisione. La sua vista non è più come un tempo».

«Posso chiederle cosa avete ascoltato?»

«*Saturday Night Theatre*», rispose la signora Greenwood con voce armoniosa, senza la raucedine così comune tra le persone anziane. «Sybil Thorndike e William Ingram in una nuova produzione di *Night Must Fall* di Emlyn Williams».

«Mia madre adora il teatro. Prima di sposarsi faceva l'attrice».

Non ne fui sorpresa. C'era qualcosa nella sua postura, nel modo regale di tenere eretta la testa che suggeriva un che di nobile, o la capacità di fingersi tale.

«Abbiamo spento la radio alle dieci, quando sono iniziate le previsioni del tempo», disse il figlio. «Non siamo rimasti ad ascoltarle e questa mattina non ci aspettavamo la pioggia».

«E cosa ha fatto alle dieci?», chiese Tom.

Greenwood sembrò offeso. «Siamo andati a letto. Sono un impresario di pompe funebri, la domenica mattina devo alzarmi presto».

«Mi conferma quindi che ieri sera e stanotte non è uscito di casa?»

«A un certo punto sono uscito in giardino a cercare il gatto».

Mi voltai verso la radio. «Questo è Chopin, vero?», chiesi. «Lei suona il pianoforte, signora Greenwood?»

«È il Preludio in do minore», rispose lei. «Non vedevamo l'ora di ascoltarlo».

Passai la palla a Tom, che si schiarì la gola. «Bella partita quella di ieri, Roy», disse.

Greenwood si sporse in avanti sulla poltrona, come se volesse alzarsi. «Ci sono altre domande?», chiese. «Mia madre non vuole perdere il concerto».

«Me ne sono dovuto andare presto, non so se l'ha notato. Mia moglie aveva un impegno familiare e mi sono perso il tè. Mi chiedevo se c'era anche Luna».

Greenwood aggrottò la fronte. «Scommetto che l'avete già chiesto ai Glassbrook. Ieri Larry giocava e saprà di certo se la sua famiglia è venuta a vederlo».

«Lo stiamo chiedendo a tutti», rispose Tom. «Ricorda di avere visto Luna?»

«Sì, adesso che me lo dice, penso di sì. È arrivata con un gruppo di giovani verso le quattro».

«Ha notato qualcosa di insolito nel suo comportamento?»

«In che senso?»

«Le è parsa turbata? Ha parlato con qualcuno oltre agli amici con i quali era venuta? Qualche adulto ha attaccato bottone con lei?»

«Non sospetterà di certo qualcuno del cricket club?», disse Greenwood.

«Sono in molti ad assistere alle partite», dissi ripensando alla folla di spettatori nel plastico di Dwane. «Ieri c'era la solita gente?»

«Direi di sì», annuì Greenwood. «E per questo, quando non c'era bisogno di me sul campo da gioco, sono andato a sedermi negli spogliatoi».

Aspettai che Tom gli facesse un'altra domanda, ma lui rimase in silenzio.

«Non ha guardato la partita?», chiesi quando il silenzio cominciò a diventare imbarazzante.

«Negli spogliatoi non ci sono lucchetti e tutti lasciano orologi e portafogli nelle tasche delle giacche», rispose Greenwood. «Quando c'è così tanta gente, io mi siedo in un angolo e leggo il giornale. Non ho quindi visto cosa faceva Luna».

All'improvviso Tom si alzò in piedi. «Bene, grazie per averci concesso il suo tempo», disse. «L'ho molto apprezzato. Non la disturberemo più».

Appena la porta si chiuse alle nostre spalle, Tom tirò fuori una sigaretta e si appoggiò alla fiancata della macchina.

«Un'uscita un po' brusca», commentai.

«Lei suona il pianoforte, signora Greenwood?», disse lui facendomi il verso.

«Cosa ho detto di sbagliato?»

«Grace Greenwood non sa suonare il piano», disse Tom. «Quel pianoforte apparteneva al suo ex marito, che suonava nei music-hall. Lo tengono lì soltanto per fare bella figura. E non era un'attrice, ma una Bluebell Girl».

«Caspita! Davvero?»

«Ho visto le fotografie. Un concentrato di sesso su due lunghissime gambe».

«Bene, mi fa piacere che ti sei ripreso. Anche se ti ci sono volute le due lunghissime e forse varicose gambe di Grace Greenwood».

«Non ce l'avevo con te, Florence, ma con me stesso», disse Tom con una smorfia. «Avrei dovuto capire che il collegamento era il cricket».

Lasciò cadere la sigaretta e la spense sotto la scarpa. «Sali», disse tenendomi la portiera aperta. Non l'aveva mai fatto prima. «L'elenco dei funerali a Sabden è nella tua camera?».

Aspettai finché non salì in macchina anche lui. «Sì. Perché?»

«So dove sono Stephen e Susan», rispose fissando la strada davanti a sé.

43

«Com'è andata?», chiese Rushton, che sembrava non essersi mosso di un millimetro da quando eravamo usciti.

«Sono terrorizzati tutti e due», rispose Tom passandogli davanti e gettando la giacca sulla scrivania. «Dove sono, Florence?».

«Non hai niente di più concreto da aggiungere?», domandò Rushton mentre raggiungevo la mia scrivania e tiravo fuori il grafico dei funerali. «Florence?»

«La madre gli ha fornito un alibi per stanotte», disse Tom. «Ed erano entrambi molto informati sul programma che sostengono di avere seguito alla radio, anche se possono averlo letto sul "Radio Times"».

«Pensi che stessero mentendo?», chiesi, posando il grafico sul tavolo.

«Forza, diamo un'occhiata». Tom me lo strappò di mano e tolse l'elastico per srotolarlo. «Può darmi retta un secondo, capo?», disse. «Ci siete tutti?», domandò voltandosi verso gli altri. «Florence e io abbiamo avuto un'idea».

Non sapevo di cosa stesse parlando, ma trovai due fermacarte e fissai il grafico sul tavolo. Gli altri si avvicinarono a guardare.

«Innanzi tutto, siamo d'accordo sul fatto che Susan e Stephen si trovano con ogni probabilità in una tomba a Sabden o in un villaggio vicino?», chiese Tom.

«Non necessariamente», disse Sharples. «Potrebbero non avere nulla a che fare con quello che è successo a Patsy».

Tom si guardò attorno inarcando le sopracciglia.

«Ma alla luce dei fatti, penso che abbiate ragione», ammise Sharples. «È molto probabile che siano in uno dei punti indicati nel grafico di Flossie».

«In questo caso», riprese Tom, «la nostra priorità è scoprire se sono stati messi nelle casse prima o dopo i funerali. Quando lo sapremo, potremo restringere il campo delle ricerche».

«Pensavo avessimo stabilito che non può essere successo prima dei funerali», disse Rushton. «Tutti gli impresari di pompe funebri con cui abbiamo parlato hanno sostenuto che era impossibile, che nessuno avrebbe potuto introdursi nella camera mortuaria».

«Sì, questo è quello che ci hanno raccontato», disse Tom. «Larry e Roy sono stati assolutamente categorici su questo punto, probabilmente perché se Patsy è stata messa nella cassa prima del funerale, uno di loro due non può non essere coinvolto».

«Hanno entrambi un alibi», disse Rushton. «Non proprio il migliore, lo ammetto, visto che a Greenwood l'ha fornito la madre e a Glassbrook l'amante. Ma senza una prova concreta, un alibi è sempre un alibi».

«Sì, ma mi sono appena ricordato qualcosa che può esserci di aiuto», disse Tom. «Se Patsy era già nella cassa, come ha sempre sostenuto Dwane, non sono stati necessariamente Larry o Roy a mettercela».

«Quando hai detto che ti sei ricordato qualcosa, ha per caso a che fare con il cricket?», domandò Rushton.

Tom si voltò a guardarlo. «Certamente, signore. Più specificamente, con gli spogliatoi».

«Come hai detto?», disse Rushton.

«Diglielo, Florence!», mi spronò Tom.

«Quando non gioca, Roy Greenwood se ne sta seduto negli spogliatoi della squadra di cricket», dissi, cercando di guadagnare tempo perché non sapevo dove Tom volesse andare a parare. «Non guarda la partita e non sta seduto fuori a godersi il fresco perché è preoccupato per la sicurezza», continuai, non sapendo più cosa inventarmi.

«Proprio così, controlla che nessun estraneo si introduca negli spogliatoi», disse Tom. «Durante la partita i giocatori lasciano tutte le loro cose negli armadietti, gli orologi, i portafogli...». Si interruppe e si voltò verso di me, facendomi cenno di andare avanti.

«E le chiavi», dissi. «I giocatori lasciano anche le chiavi negli armadietti, e quando Roy è impegnato sul campo di gioco, gli spogliatoi rimangono incustoditi».

«Stai dicendo che qualcuno ha sottratto a Roy o a Larry le chiavi della camera mortuaria mentre Roy stava giocando?», disse Sharples.

«È esattamente quello che pensiamo», rispose Tom. «Il campionato di cricket è iniziato da due mesi. Per nove sabati il nostro uomo ha avuto la possibilità di entrare inosservato negli spogliatoi e impadronirsi delle chiavi».

«Larry e Roy se ne sarebbero accorti e avrebbero denunciato il furto», obiettò Rushton.

«Forse», risposi. «Anche se non riesco a immaginarmi Larry che confessa a Roy di avere perso le sue preziose chiavi della camera mortuaria. È più probabile che si sia fatto fare una copia senza dirgli niente».

«Possiamo controllare dai fabbri locali», propose Sharples.

«Quindi le partite di cricket del sabato pomeriggio non solo offrivano al nostro uomo la possibilità di osservare e selezionare le sue vittime, ma anche di introdursi nella camera mortuaria e sbarazzarsi dei corpi?», concluse Rushton, visibilmente più rilassato. «Avete fatto un ottimo lavoro. Complimenti», disse rivolto a Tom e a me.

Aprii di nuovo la bocca. Non volevo assumermi i meriti per qualcosa che non avevo fatto. Ma poi mi venne un'idea. «La possibilità di accedere alla camera mortuaria non gli avrebbe necessariamente permesso di sapere quando ci sarebbe stato un funerale con una cassa. Non sono sicura che siamo sulla pista giusta».

«Roy registra le date dei funerali in un grosso libro nero che tiene sulla scrivania», spiegò Tom. «Ha anche una bella calligrafia», aggiunse voltandosi verso Sharples. «Non abbiamo potuto fare a meno di ammirarla, vero, capo? Per scoprire le date dei prossimi funerali basta consultare quel libro».

«E il peso aggiuntivo?», chiese Brown. «Ci eravamo detti che se ci fosse un altro corpo i portatori della cassa se ne accorgerebbero subito».

Calò un breve silenzio.

«Non ne sarei così sicura», dissi. «È quello che ha detto Roy Greenwood, ma lui non porta mai le casse. E neppure Larry. Greenwood cammina in testa alla processione con un bastone nero e argento, mentre di solito Larry non presenzia nemmeno ai funerali. I portatori sono in sei, e tutti molto corpulenti. Non sanno necessariamente chi c'è nella bara, né tantomeno quanto pesa».

Più di una testa annuì, approvando la spiegazione.

«Scusatemi se vi rompo le uova nel paniere, ma non abbiamo ancora risolto il problema di come sono stati sedati quei ragazzi», disse Rushton. «Sono scomparsi tutti la sera tardi. Chiunque li abbia rapiti deve averli portati nella camera mortuaria quando era ancora buio. Quindi prima che li calassero nelle tombe sono passate parecchie ore. Come ha fatto a impedire che si svegliassero e si mettessero a urlare? Non credo che gli sia bastato l'alcol».

«E nel corpo di Patsy non è stata rinvenuta alcuna traccia di anestetici», aggiunse Sharples.

Calò di nuovo silenzio.

«Lasciamo da parte questo, per il momento», disse Rushton. «Diciamo soltanto che hai ragione, Flossie. Erano nelle casse prima della sepoltura. Ma questo può aiutarci a trovarli?».

Tom e io ci scambiammo un'occhiata. Un tic nervoso gli contraeva il labbro superiore.

«Rifletticci pure, tesoro», disse Sharples.

«Sì», risposi prendendo una matita gialla. «Perlomeno, ci aiuterà a restringere il campo di ricerca». Mi sporsi sul tavolo e tracciai sul grafico una lunga linea orizzontale sulla casella del funerale di Douglas Simmonds, lunedì 16 giugno alle 10.30 del mattino a St Wilfred. Era la sua tomba che avevo scavato nelle prime ore del mattino.

«Patsy», disse Tom con un sorriso tirato.

Se non mi aiutava subito, ci sarebbe stata una tomba fresca con sopra il suo nome. Guardai il grafico e poi di nuovo lui, che mi fece un cenno d'incoraggiamento. Abbassai ancora lo sguardo sul grafico, sforzandomi di concentrarmi. Trovai la data della scomparsa di Stephen e tracciai una seconda linea orizzontale.

«"Giovedì 17 aprile, Ada Wright"», lesse Tom, che era seduto più vicino. «"Cassa, cimitero di St Joseph, ore 10.30, pompe funebri Glassbrook & Greenwood"».

«Giovedì 17 aprile era la mattina dopo la scomparsa di Stephen», dissi sorridendogli. Non avevo comunque rinunciato al proposito di ucciderlo.

«Quel giorno ci sono stati quattro funerali», osservò Brown. «Perché proprio quello?»

«Uno dei quattro si è svolto nel pomeriggio e altri due erano bare e non casse. Non ci sarebbe stato abbastanza spazio», risposi.

Risalii di qualche riga sul grafico e tracciai una terza linea.

«"Martedì 18 marzo, Winifred Brown, cassa"». Tom fece di nuovo gli onori. «"Cimitero di Duckworth Street, ore 9.30, pompe funebri Glassbrook & Greenwood". L'unico funerale che hanno fatto quel giorno. E la mattina dopo Susan Duxbury è stata vista per l'ultima volta».

Mi voltai verso Rushton. «Possiamo farlo, signore? Possiamo esumare quelle due tombe?»

«Tutto sommato, non credo ci siano impedimenti», rispose lui dopo un breve silenzio. «Ma dovremo farlo domani nelle prime ore del mattino. O forse meglio martedì. Dovrò mandare qualcuno a Londra a chiedere il nulla osta».

«Luna non sopravvivrà fino a martedì», risposi.

«Non ci aiuterà comunque a trovarla», disse Tom. «Stiamo tenendo d'occhio tutte le camere mortuarie. Non può metterla in una cassa di Glassbrook».

«Se esumeremo quelle tombe sarà per cercare Stephen Shorrock e Susan Duxbury», disse Rushton, «e siamo sicuri che sono già morti. Un paio di giorni in più per loro non faranno alcuna differenza».

«Nel frattempo lavoreremo su quella lista». Sharples si voltò e indicò la lavagna. «Scopriremo dove ognuno di loro si trovava quella notte e controlleremo gli alibi. Prendete le impronte digitali. Perquisite le case. Forza, ragazzi, mettiamoci al lavoro».

44

Parecchie ore più tardi una ventata d'aria fredda mi sferzò il viso mentre uscivo dal Black Dog. Presi le chiavi della macchina dalla borsa e mi incamminai verso il parcheggio. Alle mie spalle udii la porta del pub che si apriva e la voce di Dionne Warwick che prometteva di pronunciare tante piccole preghiere per l'uomo che amava.

Canticchiai una strofa della canzone e poi mi fermai di scatto. Davanti a me c'era un furgone bianco che mi bloccava il passaggio. Era parcheggiato proprio davanti alle botole della cantina e aveva il portellone posteriore aperto. Appena udì i miei passi, l'uomo che era chino verso l'interno si raddrizzò.

«Buonasera, signorina Lovelady», disse John Donnelly.

«Buonasera, John», risposi.

«Tutto bene, ragazzo?», chiese Tom dietro di me. Non mi voltai verso di lui, avevo paura di perdere l'equilibrio. «Non partecipi alle ricerche, stasera?»

«Avevo qualche commissione da sbrigare per mio padre. Inizio adesso». John fissò alternativamente Tom e me.

«Non fare tardi», disse Tom mentre riprendevo a camminare. «E assicurati di non essere mai da solo».

La mia macchina non c'era più. Mi guardai attorno nel parcheggio. C'erano soltanto quattro auto, oltre al furgone bianco del pub. Una delle altre era quella di Tom.

«Dov'è la mia macchina?», chiesi voltandomi verso di lui. «Qualcuno me l'ha rubata».

«È parcheggiata davanti alla casa dei Glassbrook», mi rispose. «L'ha riportata lì Randy».

Guardai le chiavi dell'auto che stringevo in mano e mi resi conto che John Donnelly era ancora nel furgone e sembrava ci stesse ascoltando.

«Alla stazione abbiamo copie di riserva delle chiavi di tutte le auto», disse Tom abbassando la voce. «Non volevamo che avessi un incidente».

«Sono perfettamente in grado di guidare».

«Abbassa la voce», disse. «E adesso chiudi gli occhi e cammina in linea retta fino alla mia auto. Se ce la farai, potrai accompagnarmi a casa».

Chiusi gli occhi e tutto cominciò a vorticare intorno a me. «Il Babycham è disgustoso», dissi riaprendoli.

«Ti avevo avvisata di non bere il quinto».

Non potevo averne bevuti cinque. Eravamo rimasti nel pub soltanto un'ora. «L'ultimo giro prima di andare a letto», avevano detto. «Per allentare la tensione».

Barcollai sul terreno sconnesso. Tom mi afferrò e mi guidò fino alla macchina, aprendo la portiera e aiutandomi a salire.

«Domani ti aspetterà uno dei test più cruciali per un vero poliziotto: un'intera giornata di lavoro con i postumi della sbronza», disse avviando il motore. Dal retro del furgone, John ci guardò allontanarci.

«Dove stiamo andando?», chiesi qualche minuto più tardi. Nonostante lo stato alterato, mi ero resa conto che non ci stavamo dirigendo verso la casa dei Glassbrook.

«Hai bisogno di riprenderti prima che ti riporti a casa», rispose Tom. «A Sally e Larry non piacerebbe vedere la detective che si sta occupando del caso della loro figlia entrare in casa barcollando in preda ai fumi dell'alcol. Ci sono delle caramelle alla menta nel vano portaoggetti. Comincia a succhiarne una».

Avanzammo lungo la strada principale, lasciandoci alle spalle i grandi edifici vittoriani, i negozi e le ville, diretti verso la brughiera. La radio diffondeva *Scarborough Fair*, l'ultima canzone di Simon & Garfunkel.

«Stiamo andando verso la collina», dissi quando svoltò a sinistra a un incrocio. Vedevo stagliarsi davanti a noi la sagoma scura. Poi all'improvviso lasciò la strada principale e imboccò un sentiero costeggiato da un muro di pietre. Tom scalò in seconda e io abbassai il finestrino mentre cominciavamo a salire lungo il fianco della collina.

«Siamo quasi arrivati», disse Tom.

«Arrivati dove?», chiesi.

«*A true love of mine*», canticchiò lui, lasciando il sentiero nella brughiera. Qualche metro più avanti frenò e spense il motore. «Vieni», disse aprendo la portiera. «Ho qualcosa da farti vedere».

Scesi dall'auto e mi guardai attorno. La collina era poco distante, eravamo su un pendio che non sembrava né un campo coltivato né brughiera. In lontananza scorsi alcuni alberi che sembravano dei sempreverdi. Sentii il rumore di uno sportello che si chiudeva, mi voltai e mi accorsi che Tom aveva qualcosa sotto un braccio.

«Non so se mi va di fare una camminata», dissi.

«Soltanto due passi», rispose lui prendendomi la mano. E poi si incamminò, continuando a stringerla, e l'unica cosa a cui riuscii a pensare fu: "Tom mi sta tenendo per mano".

Seguimmo un breve sentiero coperto di scricchiolanti aghi di pino e arrivammo alla grande distesa scura di un lago. Udii il fruscio delle ali degli uccelli acquatici che cercavano rifugio tra le canne e sentii l'odore pungente dell'acqua. Ci fermammo a una decina di metri dalla sponda del lago. Tom srotolò una coperta, la posò a terra e si sedette sopra. Dopo qualche secondo feci lo stesso.

«Questo è il Black Tarn», disse. «Venivamo qui da piccoli e ci spaventavamo a morte con storie di fantasmi».

Pensai al mostro che vagava per le strade di Sabden e a Luna, sola e terrorizzata. «Per spaventarmi non ho bisogno di storie di fantasmi».

La luna piena tingeva d'argento le acque del lago, uno specchio nero circondato dalla foresta nel quale si rifletteva una miriade di stelle.

Mi tornò in mente che gli specchi neri erano usati nei riti magici.

«Questo luogo ha dato vita a una leggenda secondo la quale i neonati di sesso femminile di Pendle vengono battezzati due volte. La prima volta in chiesa, come tutti i bravi cattolici che vogliono essere accolti nella famiglia di Cristo, il nostro salvatore...».

«Non sapevo che tu fossi credente».

«...E poi nel lago di Black Tarn, ai piedi della collina, dove entrano a far parte di una famiglia completamente diversa. Il doppio battesimo è una benedizione, perché conferisce loro poteri superiori a quelli delle comuni mortali, ma anche una maledizione, perché dovranno fare i conti per tutta la vita con il lato oscuro della loro natura».

«Tutto questo è molto poetico», dissi. Non avevo mai sentito Tom parlare così prima di allora.

«La domanda è: vuoi essere una donna di Pendle, Florence?»

«Come?»

«Questo lago è famoso anche perché ci si può fare il bagno nudi», disse lui, balzando in piedi e togliendosi la giacca. Sentii le monete tintinnare nelle tasche mentre la lasciava cadere sull'erba.

«Stai parlando sul serio?».

Sembrava proprio di sì. Si sfilò la camicia dalla testa e poi slacciò la cintura dei pantaloni.

«Non riesco a crederci!», dissi, distogliendo lo sguardo.

Lui scalciò via le scarpe, si tolse le calze e avanzò verso l'acqua. «Non preoccuparti, Florence, mi girerò dall'altra parte».

«Sei fuori di te! Dev'essere gelida».

Tom si fermò sulla sponda e si strofinò le braccia. «Soltanto all'inizio. Ma dopo i primi dieci minuti ti assicuro che non sentirai freddo».

Mi alzai a fatica. «Ti verrà un infarto! Io non riuscirò a tirarti fuori».

Lui abbassò i jeans e si chinò in avanti per sfilarli. Mi voltai dall'altra parte, verso la macchina, e lo vidi riflesso nel finestrino, nudo, mentre correva in avanti scomparendo alla mia vista. Per un breve istante regnò il silenzio, poi lo udii cacciare un urlo che di certo svegliò tutte le pecore nell'arco di un chilometro, seguito dal tonfo del suo corpo che si tuffava.

Mi voltai e vidi la sua testa scura emergere sulla superficie del lago.

Le spalle erano bianche sullo sfondo nero dell'acqua, le braccia mulinavano veloci in un vigoroso stile libero. Si stava allontanando da me, diventando sempre più piccolo.

Camminai su e giù per la spiaggia, soffocando la voglia di urlare. Tom, che era già a una ventina di metri dalla sponda, sollevò un braccio per salutarmi. Poi si immerse di nuovo e io trattenni il fiato finché non riapparve qualche metro più lontano.

«Alle ragazze snob non piace fare il bagno?», urlò con le mani a coppa davanti alla bocca.

Ero ancora ubriaca. Non ho un'altra scusa per quello che feci dopo. Mentre mi toglievo i vestiti, Tom lanciò un fischio. A differenza di lui – che aveva lasciato le mutande sull'erba ai miei piedi – io tenni addosso slip e reggiseno.

Ricordo ancora com'era fredda l'acqua. Non ebbi il coraggio di tuffarmi, ho sempre avuto paura delle alghe avviluppanti, dei grossi pesci e di tutto ciò che si nasconde sotto la superficie. Entrai in acqua cautamente, passo dopo passo.

Tom si immerse di nuovo, ma ero troppo preoccupata per me stessa e non gli feci caso. Riemerse a pochi metri da me e cominciò a spruzzarmi. Ogni goccia fredda era come una bruciatura.

«Smettila, altrimenti torno a riva», dissi voltandomi.

«Oh, no. Non lo farai».

Due braccia forti e bagnate mi afferrarono per la vita e mi trascinarono sott'acqua. Il gelo fluì dentro di me. Quando riemergemmo, boccheggiai in cerca d'aria. E poi la bocca di Tom si posò sulla mia e io lo strinsi forte, sentendo il suo corpo nudo premere contro il mio, le sue braccia che mi cingevano. E all'improvviso non ebbi più freddo.

Tom e io facemmo l'amore tre volte sulla coperta che aveva preso dalla macchina. Mi piacerebbe poter dire che ricordo ogni bacio, ogni tocco delle sue mani sul mio corpo, ma molti particolari sono svaniti, come il pudore e il senso di prudenza che mi avevano abbandonata quella notte. Ricordo il vento freddo sui nostri corpi ancora bagnati e il suo respiro caldo sul mio collo. Ricordo l'urgenza dei suoi baci e la dolcezza con cui entrò dentro di me. Ricordo un usignolo che cantava sopra le nostre teste e le mie grida di piacere che riecheggiavano sulla collina.

Dopo la seconda volta, la notte diventò più fredda e lui mi strinse ancora più forte e stese sopra di noi la coperta. Dopo la terza, restammo sdraiati tenendoci per mano e fissando la luna, che sembrava stesse ricambiando il nostro sguardo.

«Forse non è il caso di dirlo al lavoro», dissi.

«Contrariamente alla credenza popolare, sono le donne, non gli uomini, a parlare delle loro conquiste. E per me sarebbe ancora più compromettente che per te».

La luce della luna si attenuò leggermente. «Non ho amiche con cui spettegolare», dissi. «Posso però dirlo alle api».

Lui si voltò e mi fissò per un istante con aria confusa. «Oh, è vero. Sally alleva api».

«Hmm».

Silenzio.

Lui trasse un profondo sospiro e disse: «Dovrai concedermi un po' di tempo, amore mio. Non posso lasciare Eileen dall'oggi al domani, senza nessun progetto, e finché non risolveremo questo caso non avremo l'energia per dedicarci ad altro».

Una parte di me stava pensando: "Però, sta facendo progetti per un futuro insieme". Ma l'altra si diceva: "Sta cominciando con le scuse. La prima è il lavoro. Quale sarà la prossima?".

Mi misi a sedere. «A proposito del caso, adesso sono del tutto sobria e pronta ad affrontare i Glassbrook», dissi.

Trovammo i vestiti e ce li infilammo a fatica perché eravamo umidi e appiccicosi e ci precipitammo verso la macchina tremando di freddo. Ci scambiammo qualche altro bacio e poi lui avviò il motore e mi accompagnò a casa.

Quando ci salutammo davanti all'abitazione dei Glassbrook non mi baciò per paura che qualcuno ci stesse guardando, ma mi strinse forte la mano e sorrise, e sentii che mi bastava così.

45

Lunedì 30 giugno 1969

Mi svegliai in piena notte un attimo prima che squillasse il telefono. Non riesco a spiegarmene la ragione. So soltanto che un secondo prima dormivo profondamente e poi all'improvviso ero sveglia, seduta sul letto.

Un istante dopo suonò il telefono.

Schizzai fuori dal letto e mi precipitai giù per le scale. Quando raggiunsi l'apparecchio, ero quasi certa che la chiamata provenisse dalla stazione di polizia e che riguardasse Luna, e non volevo che Larry e Sally fossero i primi a udire la notizia, buona o cattiva che fosse.

Quando posai i piedi sulle fredde mattonelle dell'atrio, per un attimo pensai che potesse essere Tom, ma poi respinsi l'idea considerandola assurda, nonostante il mio cuore avesse accelerato il battito al solo pensiero di lui.

«Pronto», dissi sottovoce, benché udissi voci soffocate e movimenti al piano di sopra. «Parla l'agente Lovelady».

Ero talmente sicura di sentire all'altro capo l'agente di guardia alla stazione di polizia che per qualche istante rimasi attonita quando una voce sconosciuta disse: «Flooorrrenssse?».

Non avevo mai sentito pronunciare il mio nome in quel modo.

«Chi parla?», chiesi ancora a voce bassa.

Una porta si aprì al piano di sopra. «Cosa sta succedendo?», chiese Larry.

«Se volete salvarla, dovrete fare in fretta».

«Sta parlando di Luna? Dov'è?», domandai mettendo una mano davanti alla cornetta.

«Sta percorrendo la strada dei morti, e sappiamo tutti dove conduce. È quasi arrivata alla sua tomba, Flooorrrenssse».

La comunicazione fu troncata.

La strada dei morti. Il mio primo pensiero fu che fosse una figura retorica, ma dopo qualche secondo non ne fui così certa. Le strade dei morti erano reali, avevo letto qualcosa sul loro conto.

Nel frattempo Larry stava scendendo le scale seguito da Sally. Cassie si era sporta dalla ringhiera e Ron, il terzo inquilino, si era affacciato alla porta della sua camera. L'unico occupante della casa che avrei voluto vedere non c'era. Randy era al turno di notte.

«Cosa c'è?», chiese Larry strappandomi di mano la cornetta, ormai muta da tempo.

«Scusatemi», dissi. «Scusate tutti. Non ha nulla a che vedere con Luna. Devo rientrare al lavoro, ma purtroppo non ci sono novità. Tornate pure a letto». Spinsi da parte Larry e corsi al piano di sopra.

Non mi piaceva tenere i Glassbrook all'oscuro di quella telefonata, ma se li avessimo coinvolti, avrebbero soltanto rallentato il nostro lavoro. Rivolsi in silenzio una preghiera di ringraziamento a Tom per aver fatto riportare lì la mia auto e mi diressi verso la colonnina della polizia più vicina.

«Strada dei morti?», chiese l'agente di guardia e riuscii quasi a vederlo mentre si grattava la testa. «Vivo e lavoro qui da quasi trent'anni, ma giuro che non l'ho mai sentita prima».

«È un nome generico, non specifico», dissi. «Ci sono strade dei morti in tutto il paese, sono quelle che conducono ai cimiteri, ma di solito hanno altri nomi. Ah, ecco! Ho capito».

«Cosa?»

«Lych Way, una strada sterrata che prosegue con un sentiero su Well Head Road».

«La conosco. Ai piedi della collina».

«Lych Way è il nome di una strada dei morti. Lo sa dove porta? Ieri sono salita sulla collina e mi è parso di vedere una casa in mezzo agli alberi».

«Non c'è più nulla, lassù. Un tempo c'era una chiesa, ma è rimasto soltanto un cumulo di pietre».

«E il cimitero? Ci sono ancora tombe?»

«Chiamerò Sharples», disse l'agente. «E farò mandare un'auto lassù. Adesso è meglio che tu rientri, Flossie».

«Ci andrò anche io», dissi. «So dove andare. Resterò in auto finché non arriverà la pattuglia».

«Non voglio che tu ci vada da sola. Torna in stazione e vieni a prendere gli ordini qui».

«Farò attenzione, sergente, lo prometto».

Chiusi la comunicazione. Avrei potuto subire delle conseguenze per avergli sbattuto il telefono in faccia, ma discutere sarebbe stata soltanto una perdita di tempo. Era me che aveva chiamato, era a me che aveva detto di fare in fretta se volevamo salvarla.

A quell'ora mi ci vollero soltanto dieci minuti per arrivare all'imbocco di Lych Way. Lasciai la strada principale e avanzai lentamente perché il sentiero era stretto e sconnesso. Quando raggiunsi i gradini scolpiti nella pietra che il giorno prima mi avevano portato in cima alla collina, non potei proseguire oltre. Lasciai le luci accese e scesi dall'auto.

Ai piedi della scalinata c'era una grande pietra piatta con al centro una piccola candela in un barattolo di vetro. Sapevo che l'avevano lasciata per me.

Sta percorrendo la strada dei morti.

Sapevo, dalle mie letture sull'occulto, che le strade dei morti risalivano all'epoca medievale, quando in tutto il paese erano state costruite nuove chiese e i sacerdoti ai quali erano state affidate erano ansiosi di proteggere il prestigio e i guadagni ricavati dalla sepoltura dei defunti.

Erano stati costruiti sentieri che collegavano le comunità isolate alle loro chiese madri, spesso usando una nuova chiesa satellite come punto di partenza, ed era lungo questi sentieri che venivano trasportate le bare.

Lych Way, un sentiero lungo il quale per secoli erano stati trasportati i morti, si stendeva davanti a me, sprofondando nelle tenebre. In fondo al campo mi parve di scorgere una luce.

Non sono un'idiota, e naturalmente appena la vidi pensai a una trappola. Mi allontanai dall'auto, descrivendo un ampio e lento cerchio per controllare che nessuno si fosse appostato tra gli alberi.

La luce non si mosse. Era lì per illuminarmi il tragitto. O forse per attirarmi in un'imboscata.

Mi voltai verso la strada, ma nessuna auto si stava avvicinando. "Forza, muovetevi!". Non volevo camminare da sola lungo il sentiero dei morti.

All'improvviso udii riecheggiare un grido.

Mi misi a correre dicendomi che ero un tutore dell'ordine e che era mio dovere essere presente sulla scena di un crimine. Se avesse sentito quel grido, nessuno dei miei colleghi avrebbe aspettato l'arrivo della pattuglia. Avrebbero fatto tutti quello che stavo facendo io: si sarebbero precipitati senza esitare verso il pericolo, guardandosi alle spalle e all'erta contro possibili agguati, perché era quello il nostro mestiere.

Quando raggiunsi il muro in fondo al prato, mi fermai. La luce che avevo visto era un'altra candela in un barattolo di vetro posato su una pietra sporgente del muro. Accanto al muro c'erano altri scalini, e in cima un piccolo torrente con un passatoio per guadarlo. Ricordai di avere letto che gli spiriti non potevano né attraversare torrenti né salire scale. La strada dei morti era stata tracciata per fare in modo che lo spirito del defunto non potesse tornare indietro. Era una strada a senso unico. Sperai soltanto che non lo sarebbe stata per Luna.

O per me.

Mi rimisi in cammino, quasi correndo nel timore che il coraggio mi venisse a mancare, e quando raggiunsi l'estremità del campo successivo, mi parve di scorgere davanti a me, tra gli alberi, le rovine di una vecchia chiesa.

Salii gli ultimi scalini e mi inoltrai nelle tenebre della foresta. Avanzai lentamente, un passo dopo l'altro, tendendo le orecchie e guardandomi attorno, decisa a non farmi cogliere di sorpresa. Un'ultima curva.

Il piccolo cimitero sembrava non avere ricevuto visite da anni. A parte, naturalmente, chi aveva lasciato un'altra candela in un barattolo di vetro direttamente sotto una pietra tombale.

Attraverso gli alberi scorsi la strada e, finalmente, due fari che si avvicinavano. Erano ancora a circa un chilometro, ma stavano arrivando.

Il portico era tutto sbriciolato e all'ingresso c'erano soltanto due enormi massi. Li superai e mi diressi verso la luce, avanzando con circospezione tra le erbacce che avevano invaso il vialetto. Ero ormai abbastanza vicina da leggere il nome sulla lapide, ma non stavo guardando l'iscrizione. Guardavo la tomba.

Con il tempo le tombe si appiattiscono. Subito dopo un funerale, c'è un cumulo di soffice terra smossa. Anche dopo che il sacrestano l'ha spianato ed è cresciuta l'erba, continua a sporgere dal livello del terreno. Non è soltanto l'effetto della bara o della cassa, ma anche perché tra la terra è rimasta imprigionata dell'aria e ci vuole tempo prima che si rinsaldi. Secondo Dwane, ci possono volere fino a sei mesi, a seconda delle condizioni climatiche, prima che la terra si ricompatti.

Nessuno era stato sepolto in quel cimitero da decenni. La terra era dura come sul fianco della collina.

Ma non nel punto in cui mi trovavo. La tomba non era stata spianata come era solito fare Dwane, ma ammucchiata alla meno peggio, come un castello di sabbia costruito da un bambino. Quella tomba era fresca.

La terra cominciò a muoversi sotto i miei piedi.

Cacciai un urlo. Chi non l'avrebbe fatto? Indietreggiai di scatto, chiusi gli occhi e pregai che non fosse vero, ma quando li riaprii, la terra si stava muovendo ancora.

Sembrava che qualcosa stesse cercando di emergere in superficie, poi le zolle si misero a ribollire come uno stufato.

Scacciai le orribili immagini che mi si affollavano nella mente, mi inginocchiai e mi misi a scavare con le mani a coppa. La terra era calda e umida, come se avesse assorbito il calore del corpo che cercava di liberarsi. Continuai a scavare, affondando sempre di più le mani, terrorizzata dall'idea di quello che avrei potuto trovare.

Quando le mie dita toccarono un corpo caldo, urlai di nuovo e mi ritrassi. Dalla terra salì un gemito. Luna. Non era una creatura emersa dai miei peggiori incubi, ma Luna. Dovevo continuare a scavare.

Mi rimisi al lavoro con le mani ormai sanguinanti. Non mi interruppi nemmeno quando vidi la luce di una torcia alle mie spalle, né quando udii il grido dell'agente dell'auto di pattuglia e i suoi passi affrettati. Quando mi raggiunse, dalla terra era emersa una mano che mi aveva afferrato il braccio.

46

Non mi piace ammettere che per un istante fui tentata di liberarmi della sua presa e fuggire, ma per fortuna l'arrivo dell'agente di pattuglia mi diede il coraggio di cui avevo bisogno. Scavammo insieme come cani finché non spuntò la testa di Luna. Lei boccheggiò in cerca d'aria e sputò terra mentre noi le dicevamo che andava tutto bene e che adesso era al sicuro.

A un certo punto sembrò che avesse smesso di respirare, ma l'agente al mio fianco le infilò prontamente un dito in bocca e liberò la gola. Quando fummo sicuri che non sarebbe soffocata, finimmo di dissotterrarla mentre arrivavano altre auto di pattuglia e chiamavano un'ambulanza. Ma noi non volevamo aspettare e la riportammo indietro lungo la strada dei morti.

Luna era stata fortunata sotto molti aspetti. L'avevano sepolta in superficie, non in una bara o in una cassa, ma in un sacco di tela che lei era riuscita a strappare. Sapeva fortemente di alcol, e quando riuscì a parlare, disse che si sentiva stordita e che aveva un terribile mal di testa.

Due di noi viaggiarono con lei sull'ambulanza che la trasportò d'urgenza al Burnley General. Non le facemmo domande, ma Luna voleva parlare. Ci disse che non aveva idea di chi l'avesse rapita. L'ultima cosa che ricordava era che stava rientrando a casa quando aveva sentito un veicolo fermarsi alle sue spalle. Un furgoncino. Pensando che fosse suo padre che le era venuto incontro, si era fermata. Una figura mascherata era balzata giù dal sedile del guidatore e l'aveva trascinata nel retro.

Poi ricordava di essersi svegliata in uno spazio buio, con gli occhi bendati, le mani legate dietro la schiena e un orribile odore che le ricordò quello di uno studio dentistico.

Cloroformio, pensai. E guardandomi attorno mi accorsi che i miei colleghi avevano avuto la stessa idea.

Durante quel breve tragitto in ambulanza Luna sembrava decisa a raccontarci tutto quello che ricordava. Dopo un po' – era impossibile per lei dire quando perché aveva perso la cognizione del tempo – era stata costretta a bere qualcosa che le aveva bruciato la gola provocandole una profonda sonnolenza.

Alcol? mi chiesi, guardando di nuovo i colleghi.

Sostenne di non ricordarsi di essere stata trasportata dalla stanza buia al retro del furgone né di quando era stata seppellita in quella fossa. Si era svegliata con una sensazione di soffocamento e doveva essere stata sepolta da pochi minuti quando io ero arrivata. L'uomo che l'aveva messa lì sotto, lo stesso che mi aveva telefonato, probabilmente aveva assistito al salvataggio.

Perché l'aveva fatto?

Arrivammo al Burnley General insieme al resto dei Glassbrook e per una buona mezz'ora regnò il caos. Solo quando i medici insistettero che Luna aveva bisogno di riposo, lei disse che voleva parlare soltanto con me e che tutti gli altri, compresi i genitori, dovevano uscire dalla stanza.

Mi sforzai di sorridere al viso emaciato sul cuscino bianco dell'ospedale.

«Sei stata molto coraggiosa», dissi. Ma il sorriso non funzionò. Mi chiesi chi di noi due sarebbe scoppiata a piangere per prima.

Mi fissò con i suoi grandi occhi spaventati e allungò verso di me le mani ancora sporche di terra con le unghie insanguinate.

«Pensi che mia madre possa sentirci?»

«Non credo», risposi, anche se non ne ero sicura. A Sally non era piaciuto che l'avessero costretta a uscire e doveva essere nelle vicinanze.

«Non voglio che lei lo sappia», disse Luna con le lacrime che le scorrevano lungo le guance.

«Che sappia cosa?», sussurrai, benché fossi quasi certa di saperlo. In quell'espressione affranta, in quell'incapacità di incrociare lo sguardo degli altri c'è qualcosa che le donne riconoscono istintivamente. Non avevo ancora incontrato una vittima di stupro, ma ero sicura che lei fosse la prima.

«Mi ha fatto delle cose», disse Luna guardando il soffitto. «Mi ha ferita».

Conoscere i particolari era molto importante, e così la convinsi a raccontarmeli. I suoi genitori dovevano essere informati. Non c'era modo di nasconderglielo.

«Sei riuscita a vederlo?», le chiesi.

Lei scosse la testa e un'altra lacrima colò lungo la guancia.

«A tratti ho pensato che fossero più di uno», disse continuando a fissare il soffitto. «Ma ho udito soltanto una voce».

«L'hai riconosciuta?».

Lei scosse la testa.

«Era giovane o vecchio?».

Luna pensava che fosse più vecchio di suo padre e l'accento era decisamente del Lancashire.

Trascorsi oltre un'ora nella camera d'ospedale con Luna, mentre fuori gli altri continuavano a sussurrare e di tanto in tanto qualcuno si affacciava alla finestrella. Solo quando un'infermiera entrò per annunciare che la ragazza aveva davvero bisogno di riposo, cedetti il posto alla madre, che mi fulminò con lo sguardo.

Erano già le tre del mattino e avevo sperato, mi ero persino aspettata, che Tom mi avrebbe atteso in ospedale per accompagnarmi a casa o alla stazione di polizia.

In fondo al corridoio scorsi invece Sharples e due agenti in uniforme.

«Agente Lovelady», disse Sharples quando mi avvicinai. «Vieni con noi, per favore. Dobbiamo interrogarti».

47

La stazione di polizia era affollata. Tutto il personale in servizio era impegnato nelle ricerche di Luna. Quelli la cui presenza non era stata richiesta sulla scena del crimine nel vecchio cimitero erano rientrati e aspettavano gli sviluppi.

E il nuovo sviluppo ero io.

Nessuno si era complimentato con me per avere dissotterrato Luna Glassbrook dalla sua tomba prematura. Nessuna pacca sulle spalle, nessun urrà e nessun brindisi. Quando arrivammo, ci stavano aspettando nel parcheggio, affacciati a una delle finestre del piano di sopra o appoggiati al banco dell'accoglienza. Mi guardarono passare e mi accorsi che qualcosa di indefinito era cambiato.

Non ero mai stata molto popolare, ma ero tollerata, e nonostante mi considerassero strana mi avevano accettata come una di loro. Ma adesso non era più così. Senza nemmeno rendermene conto, avevo varcato una linea invisibile.

A quel punto stavo tremando. Qualche ora prima avevo lasciato di gran fretta la casa dei Glassbrook senza nemmeno prendere il cappotto. All'ospedale faceva caldo, come sempre in quei posti, ma appena ero uscita avevo cominciato a tremare. Nessuno mi aveva offerto una giacca, una coperta, nemmeno una tazza di tè. Anche se non so se mi avrebbe aiutata, quel tremore incontrollabile non era dovuto soltanto al freddo.

Mi fecero sedere nella stanza degli interrogatori. Davanti a me c'erano Sharples e Brown. Ero di fronte al falso specchio, dove facevano sempre sedere i sospetti.

«Chi ci sta guardando?», chiesi.

«Non posso dirlo», rispose Sharples aprendo una cartella. «Quello che non riusciamo a spiegarci, Lovelady, è perché il killer, il rapitore o comunque vogliamo chiamarlo abbia telefonato proprio a te per dirti dove si trovava Luna e permetterti di salvarla».

Nemmeno io riuscivo a spiegarmelo.

«Non penso fosse il killer», risposi. «Su Patsy e gli altri non ci ha dato alcuna informazione. Non voleva che li trovassimo. Sono convinta che la persona che mi ha chiamato questa notte fosse qualcun altro».

«È una teoria interessante», disse Sharples, squadrandomi freddamente. «Mi sorprende che la menzioni soltanto adesso».

«Nelle ultime ore sono stata piuttosto impegnata, signore».

«Se non era il killer, chi era allora?», domandò Brown.

«Qualcuno che lo conosce», risposi. «Qualcuno che sa cosa sta succedendo ma che ha troppa paura per parlare».

«Ma perché ha contattato te?», disse Sharples. «Non sei nemmeno una detective».

«Sono l'unica agente donna, e non passo inosservata», dissi.

«E come ha fatto ad avere il tuo numero di telefono?»

«La casa dei Glassbrook è anche una pensione. Chiunque può trovare il numero».

Dalla stanza accanto giunse il rumore di qualcosa che cadeva sul pavimento. Fissai il mio riflesso allo specchio e mi chiesi chi ci fosse dall'altra parte.

«La tua abilità nel trovare quei ragazzi scomparsi è davvero singolare», disse Brown. «Prima Patsy, adesso Luna, e ci hai suggerito anche dove cercare Stephen e Susan. Se la tua segnalazione si rivelerà fondata, dovremo chiederci se sei soltanto molto brillante per la tua età, oppure se…». Lasciò la frase in sospeso.

«Siete stati voi a mandarmi a St Wilfred dopo la segnalazione di quei bambini che avevano sentito delle urla», gli ricordai. «Pensavate fosse uno scherzo, è per questo che mi avevate scelta».

«Qualcuno ti ha suggerito dove si trovano Stephen e Susan, o l'hai scoperto da sola?», chiese Brown.

«È stato Tom a pensarlo, non io». Fissai di nuovo lo specchio, cercando i suoi occhi dall'altra parte. Se era nell'altra stanza, avrebbe indovinato i miei pensieri.

«Davvero?», domandò Sharples. «Eppure ricordo che sei stata tu a dircelo, e che eri molto fiera di te. Tom è troppo ottuso, non ci sarebbe mai arrivato». Si voltò verso Brown. «Correggimi se sbaglio», gli chiese.

Brown annuì.

«Anche i Glassbrook hanno sentito suonare il telefono questa mattina», dissi. «Come potete pensare che sia stata io a fare quella chiamata?»

«È proprio questo il punto», disse Sharples. «Abbiamo parlato con i coniugi Glassbrook, con il signor Pickles e anche con la piccola Cassie, e nessuno di loro ricorda di avere sentito suonare il telefono».

Cominciai a sospettare di essere caduta in una trappola. Un nodo mi strinse lo stomaco mentre mi rendevo conto che mi era sfuggito qualcosa.

«È ridicolo», dissi, sforzandomi di non perdere la calma. «Quando ho risposto al telefono erano tutti svegli». Ricordai le loro facce che mi fissavano dalle scale quando la comunicazione era stata interrotta.

«Dicono che ti hanno sentita sbattere la porta della tua camera e correre giù dalle scale. E poi hanno udito la tua voce, ma non ricordano nessuno squillo di telefono».

Com'era possibile? Ero scesa di corsa, ma prima che rispondessi il telefono aveva suonato tre, forse anche quattro volte. I Glassbrook stavano aspettando con ansia una telefonata. Non potevano non averla sentita.

Nel frattempo Brown stava frugando sotto il tavolo. Quando si raddrizzò aveva in mano un sacchetto di plastica con le mie figure di argilla: un coniglio, un gatto, un pesce, un uccello e un rozzo tentativo di figura umana.

«Ve l'avevo detto che volevo modellare delle effigi con l'argilla locale», dissi. «Ne ho presa un po' dal giardino dei Glassbrook per capire come si faceva».

«Nella tua stanza abbiamo trovato anche molti libri», disse Brown. «Libri sulla stregoneria, le storie di fantasmi e il folklore. Mi chiedo come tu riesca a dormire la notte».

«Mi è stato ordinato di documentarmi sulla stregoneria, un argomento per il quale non avevo mai provato interesse prima di trovare l'effigie di Patsy».

«Devi cercare di vedere le cose dal nostro punto di vista, Florence», disse Sharples. «Sei arrivata qui in febbraio e dopo nemmeno un mese è scomparso un ragazzo. Poi un secondo, un terzo e un quarto. E tu sembri sempre più informata di tutti gli altri agenti, che hanno il doppio della tua esperienza».

Avevo una risposta alla sua domanda, ma ero sicura che non avrebbe giovato alla mia causa»

«Luna è stata violentata», dissi invece. «Non ho ancora avuto tempo di fare rapporto, ma è stata costretta a sdraiarsi a pancia in giù sul pavimento in una stanza buia ed è stata stuprata due volte, da dietro. Pensate forse che abbia un pene?».

Mi guardarono con aria scioccata. Era una parola che nel 1969 le giovani ragazze carine non pronunciavano mai.

«Immagino tu sia a conoscenza del caso di Myra Hindley, Lovelady», disse Sharples.

«Conosco benissimo il caso di Hindley e Brady», annuii.

«Quindi saprai che Hindley era l'adescatrice. Era lei a convincere i bambini a salire sul furgone».

«Non si limitava a quello», disse Brown. «Svolgeva un ruolo attivo anche nelle torture. Alcuni pensano che fosse lei la mente dietro i rapimenti».

«Non sono un'adescatrice», risposi con fermezza. «Non ho nessun complice e non ho nulla a che fare con la scomparsa di quei ragazzi».

Sharples si alzò in piedi. «Basta così, per oggi. I Glassbrook non vogliono che tu ritorni a casa loro questa notte, e posso capirli. Penso sia meglio se resti qui».

Il nodo allo stomaco si allentò. «In una cella?»

«Questo non è un Bed and Breakfast, tesoro. È già molto se non sei in stato di arresto».

48

Benché non fossi stata arrestata, quando la porta della cella si chiuse alle mie spalle e udii i passi dell'agente di guardia allontanarsi lungo il corridoio, fui scossa da un brivido.

La cella era piccola e fredda, e la luce tremolante rimase accesa tutta la notte. C'era soltanto una coperta e il materasso puzzava di urina. In un angolo era posato un secchio. Le pareti erano sporche e chiazzate di umido.

Questo era ben peggio che introdursi di notte nei cimiteri e dissotterrare ragazze scomparse. Era come se gli eventi mi fossero totalmente sfuggiti di mano. Com'era possibile che mi fossi trasformata da agente fidato in possibile sospetto?

I libri sull'occulto, i grafici e le figure di argilla erano stati soltanto un tentativo di calarmi nella mente del killer, ma avevo finito per identificarmi con lui a tal punto che eravamo diventati indistinguibili.

Non dormii molto quella notte, e quando la luce dell'alba filtrò attraverso le sbarre della finestra, mi misi a sedere e cercai di calmarmi. Per sua stessa ammissione, Luna era stata stuprata, e io ero chiaramente incapace di compiere un simile atto. E non c'era nessuno che potessero accusare di essere mio complice perché, a parte i colleghi alla stazione di polizia, a Sabden non avevo alcun vero amico.

Ma come avrei scoperto nelle ore successive, alla stazione c'era qualcuno su cui potevo contare.

Luna si era fidata di me, mi aveva scelto come confidente.

L'idea che io fossi complice del suo rapimento era assurda. Presto l'avrebbero capito e quell'incubo sarebbe finito.

Da quando mi avevano rinchiusa in quella cella non mi avevano offerto nemmeno una tazza di tè. Alle otto di mattina si presentò Brown.

«Ti vogliono al piano di sopra», disse.

Mi alzai, mi rassettai i vestiti e lo seguii lungo il corridoio e sulle scale fino al primo piano. Anche quella mattina gli uffici sembravano insolitamente affollati, e ancora una volta, quando mi avvicinai, tutti si zittirono.

Brown mi scortò nell'ufficio di Rushton, dove c'era anche Sharples.

«Ti sospendo a tempo indeterminato e senza paga, Lovelady», disse Rushton. «Se cercherai di lasciare la città, contattare i Glassbrook o entrare nella stazione di polizia, ti farò arrestare».

«Con tutto il rispetto, signore, ho il diritto di sapere di cosa sono accusata». Mi tremavano le ginocchia, ma riuscii a parlare con voce ferma.

«La squadra ha sollevato delle domande che esigono una risposta», rispose Rushton, sforzandosi di non incrociare il mio sguardo. «Hai dimostrato di essere a conoscenza di particolari di cui tutti erano all'oscuro e non hai nessun alibi per le notti in cui sono scomparsi quei ragazzi...».

«Non è vero, signore», ribattei. «La notte in cui è scomparsa Luna ero con Daphne Reece e Avril Cunningham».

«Abbiamo parlato con loro», disse Sharples. «Non hanno saputo dire a che ora hai lasciato la loro casa sabato sera. Nessuna delle due ha un orologio. I loro riferimenti temporali sono i movimenti del sole e della luna, che non consentono però di stabilire con precisione l'ora».

La fortuna non era decisamente dalla mia parte.

«Questa mattina Luna Glassbrook ha rilasciato una dichiarazione che smentisce quello che ti aveva detto prima», continuò Sharples. «Ha detto che forse anche una donna era coinvolta nel rapimento e ricorda che a un certo punto aveva pensato che tu fossi venuta a salvarla perché aveva sentito distintamente un profumo che le ricordava il tuo».

«Io non uso nessun profumo», risposi.

«Un sapone, uno shampoo, qualsiasi cosa», disse Sharples.

«È una ragazza spaventata e qualcuno le sta facendo venire strane idee in testa».

«Inutile dirti che i Glassbrook vogliono che lasci immediatamente la loro casa», disse Brown. «Hanno già raccolto le tue cose al piano di sotto. E noi abbiamo recuperato le chiavi dell'auto».

Il nodo allo stomaco si serrò ancora di più. La mente mi spronava a continuare a combattere, l'istinto mi suggeriva di scappare e nascondermi.

Un telefono si mise a squillare.

«È tutto, Lovelady», disse Rushton, visibilmente sollevato, prima di afferrare la cornetta.

Sharples e Brown mi accompagnarono fuori dall'ufficio e tutti gli occhi si puntarono su di noi. Sulla mia scrivania c'era una scatola dove qualcuno aveva già messo i miei effetti personali. Ritirai il resto delle mie cose all'accoglienza e…

Non avevo nessun posto dove andare. Non ero nemmeno sicura di avere i soldi per tornare a casa, e in ogni caso mi era stato vietato di lasciare la città.

Per raggiungere la mia scrivania dovevo passare davanti a quella di Tom, l'unico nella stanza che aveva abbassato lo sguardo.

Mi fermai. «Non hai niente da dire?», gli chiesi.

Lui mi fissò con due occhi duri come il marmo. «Non peggiorare le cose, Florence», disse.

Se fossi rimasta più a lungo in quella stanza, avrei rischiato di vomitare. Mi avvicinai alla mia scrivania e presi la scatola. Era pateticamente leggera, e quando sbirciai dentro, mi accorsi che il mio fermacarte a forma di colonnina della polizia era rotto.

Brown mi tenne aperta la porta e mentre uscivo udii un sospiro di sollievo. Accelerai il passo e scesi le scale. All'accoglienza era seduta una ragazza in minigonna rossa con stivali con il tacco alto dello stesso colore e la sigaretta in bocca. Quando mi vide si alzò in piedi. Doveva avere un anno o due più di me e, nonostante il trucco un po' pesante per la mattina, era una bella donna.

«Eileen», disse il sergente nell'atrio con voce calda. Dalla stanza sul retro spuntarono altri agenti. Uno di loro stava ridacchiando.

La donna all'accoglienza avanzò verso di me e mi agitò la sigaretta davanti alla faccia, costringendomi a indietreggiare per evitarla.

«Stai alla larga da mio marito, troia, altrimenti te ne pentirai».

«Eileen!», disse il sergente, uscendo da dietro il banco. «Lasciala perdere. Non ne vale la pena».

Le mie cose, due valigie, un'altra scatola e parecchie buste di plastica, erano impilate accanto alla porta. Non sarei mai riuscita a prenderle tutte da sola, eppure nessuno si mosse per darmi una mano. Poi un agente che se ne stava sulla porta fu spinto brutalmente da parte e due nuovi arrivati avanzarono a grandi passi nell'accoglienza come attori che entrano in scena.

«Eccola», disse Daphne. «Tesoro, la macchina è qui fuori. Lascia che ti aiuti», disse prendendomi di mano la scatola mentre io la fissavo attonita.

«Sono queste le tue cose?», chiese Avril guardando la pila accanto alla porta. «Sono sicura che il sergente ci darà una mano», disse voltandosi a guardarlo. «Stiamo bloccando l'auto del commissario, sarà meglio spicciarsi».

Il sergente non si mosse, ma fece un cenno ai due agenti di guardia, che presero le valigie. Io afferrai la scatola, Avril le buste, e due minuti più tardi ero a bordo della Triumph Herald che, con il tettuccio abbassato, sfrecciava verso la loro casa fuori città.

Avril doveva passare in ufficio e ci lasciò davanti alla porta per tornare subito in città. Daphne, che cominciava a lavorare in biblioteca alle dieci, mi accompagnò in cucina, mi preparò un tè e accese l'acqua calda perché potessi farmi un bagno.

«Mi odiano tutti», dissi.

I movimenti di Daphne in cucina erano bruschi e rumorosi. Sbatteva sul ripiano le tazze e faceva tintinnare le posate. Quando aprì la porta del frigo, temetti che uscisse dai cardini.

«È un'idea stupida», continuai, pensando che anche lei mi odiasse ma fosse soltanto un po' più civile degli altri. «Non hanno alcuna prova, eppure sono saltati alla conclusione che sono colpevole. È come se volessero crederlo, come se stessero solo aspettando un minimo pretesto».

Daphne stava diventando sempre più tesa. Aveva sparso il tè sul banco della cucina mentre cercava di versarlo nella tazza con le mani tremanti.

«Mi dispiace», dissi reggendomi la testa con le mani. «Dopo il tè me ne andrò. Chiamerò un taxi. Grazie per avermi aiutata a prendere le mie cose».

Con un urlo di rabbia, Daphne sollevò in aria una brocca di latte e poi la scagliò contro le piastrelle del pavimento, mandandola in frantumi. Ci fissammo per un istante.

«Finché quel branco di idioti non si scuserà pubblicamente, tu non andrai da nessuna parte», disse Daphne. «Finché non troveremo quei poveri ragazzi e non appenderemo per i suoi patetici testicoli raggrinziti il mostro che li rapisce. E quella era la brocca preferita di Avril».

Scostò la sedia accanto alla mia, si sedette e scoppiò in lacrime.

«È con me che ce l'hai?», chiesi con un filo di voce.

Lei tirò su con il naso, se lo soffiò nella manica del cardigan e mi prese la mano, rassicurandomi.

«Dimmi una cosa», mi chiese quando i singhiozzi si placarono. «Quella bionda alla stazione di polizia, quella che ti ha dato della troia, ti aveva scambiata per qualcun'altra?».

La moglie di Tom, Eileen. Oh, se avessi potuto far tornare indietro l'orologio di ventiquattro ore!

«Capisco», disse Daphne. «Commettiamo tutte degli errori, tesoro, soprattutto quando siamo giovani. Spero ne sia valsa la pena».

«No», risposi. «Anche lui si è schierato contro di me. Non capisco come sia possibile, Daphne. Ho cercato di essere coraggiosa e brillante come loro, mi sono impegnata a fondo, e pensavo di cominciare a piacergli».

«Tesoro, ringrazia il cielo che non siamo più nei secoli bui. Ti avrebbero già bruciata su un rogo».

La fissai sgranando gli occhi.

«È quello che fanno gli uomini quando sono spaventati e si sentono indifesi. Cercano un capro espiatorio, solitamente una donna, e l'accusano di tutto quello che non va bene. Sei diventata una strega, tesoro».

Pensai alle streghe di Pendle, accusate di omicidio e condannate all'impiccagione solo per aver perpetrato qualche piccola estorsione. Fino ad allora erano state soltanto personaggi dei libri di storia, ma all'improvviso erano diventate molto reali.

«Mi accuseranno di omicidio», dissi.

«Oh, non dire sciocchezze. Hanno qualche straccio di prova?».

Scossi la testa. No, certo che non ne avevano.

«Devi prepararti al fatto che circoleranno voci sul tuo conto. Rushton subirà forti pressioni per catturare il colpevole. E mentre tutta l'attenzione sarà concentrata su di te potrà godere di una tregua».

«Pensavo di piacergli».

Daphne proruppe in un'amara risata. «Sono sicura che gli piaci, ma tiene di più allo stipendio, al rispetto dei colleghi e dei membri del golf club. Ti getterebbe in pasto ai leoni pur di preservare la sua immagine».

Daphne si alzò, si affacciò alla finestra e guardò il cielo. «Tesoro, devo andare al lavoro. Te la caverai da sola per un po'?».

Annuii.

«Fatti un bagno, disfa le valigie, dormi un paio d'ore e siediti in giardino», disse sorridendomi. «E rifatti le unghie», aggiunse abbassando lo sguardo. «Quello smalto è scrostato. Avril e io rientreremo poco dopo le cinque e decideremo insieme cosa possiamo fare».

«Non potete fare nulla. Non voglio che finiate nei guai per colpa mia».

Lei si chinò verso di me. «Quegli idioti se la sono presa con una ragazza brillante pensando che sia una strega», disse facendomi l'occhiolino. «Voglio vedere come reagiranno quando si troveranno davanti a delle vere streghe».

49

Nelle due ore successive feci quello che mi aveva detto la mia amica strega. Mi concessi un lungo bagno, mangiai pane tostato con la marmellata, disfeci le valigie e mi ridipinsi le unghie. Poi mi infilai sotto le lenzuola profumate di lavanda e cercai di dormire. Dopo mezz'ora ci rinunciai. Mi spazzolai i capelli, indossai il mio vestito preferito, uno chemisier albicocca con un colletto bianco alla Peter Pan che ero convinta sarebbe piaciuto a Daphne e Avril, e presi l'autobus numero 18 per la città.

Il lunedì era giorno di mercato a Sabden e il centro era molto affollato. Mentre scendevo dall'autobus e mi dirigevo verso la strada principale ebbi la sensazione di avere addosso gli sguardi di tutti. All'inizio non ci feci caso. Quando hai i capelli color zenzero, lunghi e ricci, ti abitui a essere guardata.

La mia prima sosta fu alla Over Sabden Building Society. Ero stata sospesa senza stipendio e volevo dare qualcosa a Daphne e Avril per contribuire alle spese. Avevo messo da parte poco più di cento sterline e ne ritirai la metà. Dovetti fare la coda e quando uscii, un quarto d'ora dopo, mi sentii invadere da una sensazione di panico.

La voce della mia caduta in disgrazia si era diffusa rapidamente. In fondo alla scalinata, appoggiata alla ringhiera, una piccola folla mi stava aspettando. Erano soprattutto donne, ma tra loro scorsi anche degli uomini anziani e alcuni più giovani che quella mattina non erano di turno nelle fabbriche.

Stavano ovviamente aspettando me, e quando mi videro non mi staccarono gli occhi di dosso.

Non riconobbi nessuno, ma capii subito che alcuni di loro, con inutili impermeabili e vistose giacche sportive, erano giornalisti. Uno aveva una grossa macchina fotografica a tracolla e mi stava fissando.

L'istinto mi suggerì di ignorarli, di scendere le scale facendo finta che non ci fossero, ma la curiosità ebbe la meglio. Sembrava che stessero aspettando qualcosa e, stranamente, volevo vedere cos'era.

Una decina di metri più avanti, in fondo al mercato, un venditore ambulante stava parlando con un uomo in giacca nera. Una busta di carta passò da una mano all'altra.

Poi una donna di mezza età e piuttosto corpulenta avanzò rapidamente verso di me. I suoi capelli permanentati scintillavano al sole e il doppio mento traballava mentre saliva gli scalini. Quando mi raggiunse ansimava e un velo di sudore le copriva il labbro superiore.

«Sai dov'è la mia Susan?», chiese puntandomi un dito in faccia. Era la seconda volta che mi succedeva quella mattina.

Una domanda difficile. Tecnicamente, se l'ipotesi di Tom era giusta – ed ero convinta che lo fosse – sapevo dov'era.

«No, non lo so. E mi dispiace molto per la vostra perdita», risposi.

«Come fa a sapere che è morta?», chiese con un sorriso ironico una donna che spingeva un grosso passeggino e che sembrava trarre piacere dal mio imbarazzo.

La signora Duxbury mi puntò di nuovo un dito contro, questa volta al petto. «Se hai fatto del male alla mia Susan…», disse, lasciando la minaccia in sospeso.

Sentii qualcosa colpirmi alla spalla. Qualcuno mi aveva lanciato un uovo. Vidi con la coda il giallo e l'albume colare sul davanti del vestito, ma non volli dargli la soddisfazione di abbassare lo sguardo.

Poco lontano dal banco delle uova c'era qualcuno che conoscevo: il poliziotto di pattuglia che faceva finta di non vedere.

«Agente Roberts, venga subito qui e plachi gli animi di questa gente, altrimenti farò rapporto al suo capo».

Non avevo la più pallida idea su come fare un rapporto contro un collega, ma il bluff funzionò. Roberts si attivò e disperse la piccola folla, compresa la madre di Susan Duxbury.

«Se non vuoi avere problemi, resta fuori città», mi sussurrò all'orecchio quando nessuno poteva sentirlo.

«Mi ricorderò di te», risposi, reprimendo la mia soddisfazione quando vidi un lampo di allarme attraversargli gli occhi.

È questo che si prova quando si è una strega.

Volevo soltanto andarmene dal centro, ma non volevo che mi vedessero scappare, così mi diressi verso il banco di un macellaio dall'altro lato del mercato, dove nessuno aveva visto l'aggressione di cui ero stata oggetto, e comprai tre braciole. Quando mi voltai per andarmene, mi trovai di fronte a Marlene Labaddee, che mi fissò negli occhi.

«Non muoverti», mi ordinò, tendendo le mani verso di me. Mi posò una mano sulla spalla e con l'altra strofinò con un panno umido la macchia d'uovo sul mio vestito.

«Perché non dovremmo sotterrare di nuovo Patsy?», le chiesi.

Lei mi strinse più forte la spalla.

«Due settimane fa mi hai chiamata alla stazione di polizia. Era molto tardi ed ero l'unica rimasta in ufficio. Hai detto che non dovevamo seppellire di nuovo Patsy, che non avrebbe riposato in pace».

«Quando torni a casa, mettilo a bagno nell'acqua con il bicarbonato. Le macchie d'uovo non sono facili da togliere».

«Perché vuoi che cremiamo il corpo di Patsy? Perché non riposerà in pace?».

Lei mosse in silenzio le labbra per qualche secondo, poi si voltò e se ne andò.

Ritornai alla fermata dell'autobus, ma questa volta non presi quello per la casa di Avril e Daphne ma quello per il cimitero di St Wilfred.

«Dwane!», chiamai quando lo vidi spingere un tosaerba. «Ha un momento libero?»

«Ho sentito che l'hanno silurata», disse lui, fermandosi.

«Più o meno», annuii. «Voglio chiederle un grosso favore».

«Se ne andrà? Tornerà da dove è venuta?».

Aveva l'aria molto abbattuta.

«A proposito di quel favore», dissi, «mi sarebbe molto di aiuto trascorrere un po' di tempo nel suo capanno per guardare quel plastico della città».

Il suo sguardo si illuminò. «Le piace davvero…».

Non era il caso di essere timida. E poi adesso ero una strega, e le streghe non si facevano scrupoli quando volevano ottenere qualcosa. «Mi piacciono le piccole cose e mi piace lei, Dwane. È intelligente, ha talento e sa rendersi utile. Sono convinta che il suo plastico mi aiuterà a chiarire molte cose. So di chiederle molto, ma là dentro ho bisogno di essere sola».

«Vuole che la lasci e me ne vada?».

«Sì, quando sono da sola riesco a pensare meglio. Non toccherò nulla, non si preoccupi».

Senza dire una parola, lui mollò il tosaerba in mezzo al prato e si avviò verso casa.

Il plastico della città di Dwane era esattamente come l'avevamo lasciato il giorno prima.

Le figure colorate erano ancora al loro posto.

«Grazie», dissi a Dwane, che era rimasto sulla porta.

Lui mi fece un cenno con il capo e mi lasciò sola.

La mattina precedente mi ero sbagliata. Ripensai alla mappa alla stazione di polizia e spostai tre delle figure. Poi scostai dal banco di lavoro lo sgabello di Dwane e mi sedetti. Era abbastanza alto da consentirmi di avere una visione d'insieme della città.

A volte, per identificare uno schema basta individuare cosa lo rompe.

I movimenti di Luna la notte in cui era stata rapita non avevano nulla a che vedere con quelli degli altri tre. Avevano tutti salutato gli amici in vari punti del centro e poi si erano diretti verso le loro case.

Luna, invece, era scomparsa a oltre un chilometro dal centro, costretta da una figura mascherata a salire sul retro di un furgone bianco. E qualcuno aveva fatto in modo che la trovassi ancora viva.

Luna era scomparsa in una notte di luna piena. Gli altri quando la luna era più scura. Luna era stata violentata, mentre non c'era alcuna prova che Patsy fosse stata molestata sessualmente. L'unica conclusione logica era che Luna fosse un caso a sé e che fosse stata rapita con un altro intento.

Era ovvio. Luna non era la quarta vittima. La sua morte non era stata programmata. Luna ci stava depistando.

Mi stava depistando.

Dwane mi accompagnò alla fermata dell'autobus e aspettò dieci minuti finché non arrivò. «So che non è stata lei», disse quando l'autobus si fermò. «Ha ancora un amico».

Quando tornai a casa di Avril e Daphne, la mia bici era appoggiata al portico. L'ultima volta che l'avevo vista era nel cortile sul retro dei Glassbrook, dall'altra parte della città.

Forse, dopo tutto, avevo più di un amico.

Quella notte, dopo cena, Daphne trascorse la serata organizzando un incontro della sua congrega della luna. Lei non me lo disse, ma mentre scendevo a piedi nudi le scale per prendere un bicchiere d'acqua, origliai la conversazione al telefono.

«Domani, al sorgere della luna», stava dicendo. «Non possiamo più rimandare, sono già passate due notti di plenilunio.

Spero che ci saremo tutte e tredici. Quella povera ragazza ha bisogno di tutto l'aiuto che possiamo darle».

Quando scesi l'ultima rampa di scale, mi vide e troncò in fretta la conversazione. Fui quasi tentata di offrirle i miei servizi. Dopo tutto, cosa avevo da perdere?

50

Martedì 1° luglio 1969

A differenza di Daphne e Avril, io non riuscivo a determinare l'ora basandomi sui movimenti astrali e così puntai la sveglia alle quattro di mattina. Indossai i vestiti che avevo messo la notte prima e scesi le scale. Mentre uscivo dalla casa udii delle voci al primo piano. Mi dispiaceva averle svegliate, soprattutto per le domande che avrei dovuto affrontare più tardi, ma non potevo fare altrimenti.

Nonostante fossi diventata un'aspirante strega, ero ancora un'agente di polizia, e dovevo portare a termine la mia indagine.

Le esumazioni di Ada Wright e Winifred Brown dovevano svolgersi secondo le regole, questa volta, ed erano state programmate simultaneamente per le prime ore di martedì 1° luglio. Saltai in bicicletta e pedalai verso il cimitero di St Joseph, nella periferia sud della città, convinta che Tom, che abitava vicino a quello di Duckwork Street, avrebbe presenziato all'altra esumazione.

La macchina di Rushton era parcheggiata accanto al cancello.

Lasciai la bicicletta e avanzai rasente al muro per non farmi vedere. Il detective Brown stava supervisionando la delimitazione del sito e il montaggio della tenda. Rushton, un po' in disparte, stava fumando. Notai un uomo in nero che doveva essere il prete. Vidi gli operai sollevare il tappeto erboso e scavare la terra. Poi installarono delle luci e, sotto la guida del sacrestano, entrarono nella tenda. Brown e Rushton si allontanarono per andare a sedersi in auto.

Io mi sedetti sull'erba umida di rugiada, per essere meno visibile, e ascoltai i colpi ritmici delle vanghe che affondavano nella terra. Guardai le braci delle sigarette punteggiare di rosso le tenebre e udii brandelli di conversazione.

Quando cominciarono a suonare le sirene delle fabbriche, poco prima delle sei del mattino, uno degli operai andò a chiamare Rushton e Brown. Aspettai finché non furono dentro la tenda e poi mi avvicinai.

Sapevo che la tomba era rettangolare e profonda circa un metro e mezzo. Rushton, Brown e tutti gli altri dovevano essere in piedi intorno alla fossa.

«Forza, ragazzi, tiratela su», disse Rushton.

La tenda si gonfiò da un lato e udii un sordo grugnito.

«Avanti così, piano», disse una voce che non conoscevo, e immaginai la cassa che si sollevava lentamente dalla terra e le facce degli operai tese per lo sforzo.

La vernice della cassa sarebbe stata opaca e corrosa dopo mesi di permanenza sottoterra. Mentre veniva sollevata avrebbe urtato contro i bordi della fossa, facendo franare un po' di terra sul coperchio.

Dopo qualche istante di silenzio udii un rumore metallico seguito da un paio di imprecazioni soffocate.

«Lasciatemi provare».

«Devi tirare forte».

Gli concessi parecchi altri minuti, ascoltandoli armeggiare con il coperchio, finché non riuscii più a trattenermi.

«Io so come aprirla», urlai.

Nella tenda calò il silenzio. Un secondo più tardi Rushton avanzava a grandi passi verso di me.

«Cosa diavolo stai facendo qui, Lovelady?».

Mi fissò come se volesse colpirmi. Feci due passi indietro, non perché avessi paura di lui ma perché la mia mente era lucida e la sua no. «Resti dov'è, signore. E anche lei, detective Brown».

Con mia grande sorpresa, lo fecero entrambi. Alle loro spalle, vidi gli operai uscire dalla tenda.

«Ti ho detto di stare alla larga», disse Rushton mentre Brown chiamava l'agente al cancello.

«Con tutto il rispetto, signore, ha detto che mi avrebbe arrestata se fossi tornata alla stazione, se avessi cercato di contattare i Glassbrook o di lasciare la città. Non ho fatto nessuna di queste cose, e questo è un luogo pubblico. Non mi sono avvicinata in alcun modo alla scena del crimine e non c'è alcun rischio che la comprometta. Ma se mi tocca, sarà lei a rischiare di compromettersi».

Sentivo il suo respiro pesante.

«Sai come aprire questa cassa?», chiese Brown.

«Sul lato opposto alla cerniera ci sono due piccole leve color oro», dissi, consapevole che quella familiarità con le casse non avrebbe giovato alla mia attuale situazione. «Fatele scorrere lungo il bordo e poi giratele. Sentirete uno scatto e il coperchio si sbloccherà».

Brown lanciò un'occhiata a Rushton, che annuì e poi si voltò verso l'altro agente, che nel frattempo ci aveva raggiunti.

«Resta con lei», gli disse. «Non deve allontanarsi».

Rushton e Brown rientrarono nella tenda. Io aspettai.

«Mio Dio!», esclamò un operaio. Un secondo più tardi l'odore di putrefazione e sostanze chimiche ci raggiunse. L'agente al mio fianco si tappò il naso.

«Niente», disse la voce di Brown. «Niente tranne...».

«Non immaginavo che i cadaveri avessero questo aspetto», disse un'altra voce.

«Signore, questo odore non è normale». Dovevo assolutamente entrare nella tenda. Feci un passo avanti, ma una mano si strinse attorno al mio braccio. «Signore, questo non è l'odore di un corpo imbalsamato», continuai. «Sono stata io a dissotterrare Patsy, ricorda? Dovete controllare a fondo».

«Potrebbe avere ragione», disse Brown. «Quel rivestimento di tessuto ha qualcosa di strano».

«Spostatela», dissi. «Mettetela su un fianco e controllate sotto».

Nella tenda calò il silenzio. Poi udii il rumore di un tessuto strappato.

«Oh, mio Dio!», esclamò Rushton.

Uscì dalla tenda e sollevò gli occhi al cielo respirando affannosamente. Poi mi prese di nuovo in custodia.

51

«Luna ha cambiato la sua versione», mi disse tre ore più tardi. «Sembra che non sia stata violentata».

Ero di nuovo nella stanza degli interrogatori, davanti allo stesso specchio, e Rushton e Brown mi stavano interrogando.

Dovevano esserci dei lavori in corso alla stazione, oppure qualche trasloco interno, perché sentivo dei colpi sordi e il rumore di oggetti pesanti che venivano trascinati. Ogni colpo risuonava nel corridoio e mi faceva sobbalzare, anche se mi sforzavo di non darlo a vedere.

«Allora è una bugiarda», dissi. «O ha mentito a me, o ha mentito a voi. In ogni caso, mi amareggia che vi fidiate più di lei che di uno dei vostri agenti».

Dietro la porta risuonò un clangore metallico che li fece indietreggiare entrambi.

Rushton sembrava a disagio, e non soltanto per quei rumori. Di solito non era lui a condurre gli interrogatori. E ora stavo scoprendo che non era molto dotato. Gli mancavano la prontezza di Sharples e l'attenzione ai particolari di Brown. Sembrava quasi triste.

«Oppure si è sbagliata», ipotizzai. «Ha confuso una penetrazione sessuale da parte di un completo estraneo con qualcosa di assolutamente diverso».

«Così non ci aiuti», disse lui facendo una smorfia.

«Luna adesso sostiene di avere avuto di recente il suo primo rapporto sessuale con uno dei suoi amici», intervenne Brown.

«Aveva paura che i suoi lo scoprissero, o di essere rimasta incinta, e così ha pensato che se ci diceva che era stata violentata non avrebbero potuto biasimarla. Poi però si è pentita e ha deciso di dirci la verità».

Dal piano di sopra riecheggiò un tonfo e i due uomini sollevarono lo sguardo. Pensai alla nuova versione di Luna. Era credibile, tranne per…

«Ho parlato con John Donnelly», dissi. «Ha negato di avere mai avuto rapporti sessuali con Luna».

«Non è stato John Donnelly», disse Rushton, «Ma Dale Atherton. Luna ce l'aveva con John perché non era andato a letto con lei, e così, per dispetto, l'ha fatto con Dale».

Era tipico di lei reagire in quel modo.

«Sostiene ancora di avere sentito il mio profumo quando la tenevano prigioniera?», chiesi. «Un profumo che non ho mai usato».

«Non è mai stata sicura di questo», rispose Brown. «Non stava accusando te. Nessuno ti ha accusata».

«Non ancora», precisò Rushton.

Uno schianto sul soffitto ci fece sobbalzare tutti e tre.

«Cosa diavolo sta succedendo?», chiese Rushton precipitandosi fuori dalla stanza prima di concludere formalmente l'interrogatorio.

Sei ore più tardi mi riportarono a casa di Avril e Daphne. Dopo il breve interrogatorio ero rimasta per quasi dieci ore in una cella senza vedere nessuno tranne l'agente di guardia, che mi aveva portato due pasti e cinque tazze di tè, mi aveva scortata in bagno risparmiandomi l'umiliazione del secchio e tenuta informata sull'investitura di Carlo come principe del Galles a Caernarfon.

Quando scesi dall'auto della polizia, la Triumph Herald di Avril era parcheggiata davanti alla casa. Ancora una volta la mia bicicletta era nel portico, come un boomerang che ritorna da solo.

«Siamo in giardino», disse Avril quando mi sentì entrare in cucina. «Portati un bicchiere».

Sul tavolo della cucina c'era un bicchiere di vino e lo presi senza pensarci, convinta che mi avrebbe risollevato il morale. Le due donne si stavano godendo il sole del tardo pomeriggio su due sdraio nel patio. Avril indossava gli occhiali da sole, Daphne un largo cappello di paglia. Sul tavolino di ferro battuto davanti a loro c'era una bottiglia di vino rosso mezza vuota. C'erano soltanto tre sedie a sdraio nel giardino di Avril e Daphne, e io non sapevo dove sedermi perché sulla terza c'era Tom Devine.

Lo fissai in silenzio.

«Ti ha riportato la bici», disse Daphne con un filo di voce.

«Ancora». Il sorriso di Tom svanì prontamente.

Avril si alzò. «Dovremmo lasciarli da soli», disse a Daphne, sollevandosi meno graziosamente dalla sdraio. Si allontanarono abbassando lo sguardo e la porta sul retro si chiuse alle loro spalle.

Mi sedetti sulla sdraio lasciata libera da Avril e posai gli occhiali sul tavolino. «Dammi un po' di vino», dissi a Tom.

Lui mi versò un bicchiere e lo bevvi. Aveva un colore rosso sangue e lasciò un sedimento granuloso in fondo al bicchiere.

«Parla», dissi. «Altrimenti vattene. E fallo subito».

«Immagino tu sappia che questa mattina abbiamo trovato Stephen», esordì.

«Non me l'hanno lasciato vedere, ma l'avevo capito», risposi, fissando la brughiera.

«Era sotto il rivestimento di tessuto della cassa. La mia squadra, invece, ha trovato Susan».

«Ci avevi azzeccato, allora». Guardai un grande uccello nero descrivere lenti cerchi nel cielo. «Oppure pensano ancora che il merito sia mio?»

«Non volevo scaricarti. Stavo solo cercando di dimostrarti che non sono un idiota». Prese la bottiglia di vino e riempì il mio bicchiere e il suo. Non obiettai.

«*Post mortem?*», chiesi.

«Li avevano infilati entrambi sotto il rivestimento di tessuto della cassa. Siamo tutti concordi sul fatto che li hanno messi lì dentro prima della sepoltura. Non avrebbero potuto fare un lavoro così pulito dissotterrando le casse».

Mi appoggiai allo schienale continuando a fissare la brughiera. Sapere che qualcuno si era introdotto nella camera mortuaria di Glassbrook & Greenwood le notti precedenti i tre funerali non ci era di alcun aiuto. Questo l'avevamo già capito.

«Stephen non si è svegliato. Quando li ha messi nelle casse, lui e Susan potevano essere già morti».

«Non lo erano», mi smentì Tom. «Accanto a Susan abbiamo trovato tracce di vomito e saliva. Stephen si era pisciato addosso. Ma hai ragione: nessuno dei due si è svegliato. Erano troppo composti, non c'erano segni di convulsioni o ferite alle mani».

«Be', almeno questo. Sarebbe stato difficile reggere la vista di un altro cadavere come quello di Patsy».

Calò un breve silenzio mentre pensavamo al tessuto strappato e alle mani sanguinanti di Patsy, alle sue labbra morsicate e ai graffi sulla sua faccia.

«Forse pensava che Patsy fosse morta», disse Tom. «Forse non era nelle sue intenzioni sottoporla a quella tortura».

«Oppure ha sbagliato qualcosa con Susan e Stephen. Forse doveva ancora trovare il dosaggio giusto».

Era un particolare importante. I ragazzi dovevano svegliarsi e ritrovarsi intrappolati, oppure no? Si introduceva di nascosto nel cimitero e si sedeva accanto alle tombe per godersi le loro urla? Era rimasto frustrato con Susan e Stephen e aveva deciso di provarci ancora?

«C'è qualcos'altro?», chiesi.

Tom infilò una mano nella tasca interna della giacca. «Se qualcuno verrà a sapere che ti ho mostrato queste, finirò nei guai», disse posando sul tavolo due polaroid.

«Bambole del Louvre», dissi chinandomi per osservarle più

da vicino. «Figure d'argilla, come dicono da queste parti. Erano nelle casse?»

«Assomigliano molto a quella che abbiamo trovato accanto a Patsy», disse Tom. «Come puoi vedere, Susan è un po' grassottella. Stephen ha genitali maschili. E ci sono le schegge di prugnolo nei punti giusti».

Non volevo guardarle, guardai invece Tom.

«Avevano tutti i denti?»

«A entrambi mancava un canino. Un'estrazione recente. Stiamo contattando i loro dentisti. I due denti sono stati impastati con l'argilla delle effigi, come nel caso di Patsy».

«E Luna?».

Lui scosse la testa. «Niente. Nessuna figura di argilla, nessun dente mancante».

«Il suo caso è diverso, Tom. Lei non fa parte dello schema».

«Pensi sia un tentativo di depistaggio?», chiese lui, ringalluzzendosi quando mi sentì pronunciare il suo nome.

«Dei diciassette membri del cricket club quale pensi sia l'ultimo che avremmo sospettato quando è scomparsa Luna?».

Tom si strinse nelle spalle.

«Luna è stata rapita da qualcuno che si preoccupava per lei. Che non voleva lasciarla morire e che proprio per questo mi ha coinvolta».

Tom si appoggiò allo schienale, fece un sospiro e tirò fuori le sigarette. «Larry? Cristo santo! Buona fortuna, tesoro, non sarà facile sostenere la sua colpevolezza».

Mi trattenni a stento dal dirgli di non chiamarmi "tesoro", ma quello era un campo in cui non volevo avventurarmi. «Io non voglio sostenere nulla», risposi invece. «Sono stata sospesa senza paga, ricordi?»

«No, non è così», disse lui. «Maledizione, ho bisogno di una sigaretta. Wilma e Betty non mi lascerebbero fumare».

«Hanno ragione. È una pessima abitudine».

«Rushton non può farlo e lo sa. Deve pagarti. Aveva solo perso le staffe. Mi assicurerò che venerdì ti facciano avere la tua paga».

Era già qualcosa.

«Manderà una macchina a prendermi domani mattina. Vuole farmi altre domande».

Tom annuì.

«Ho trascorso tutta la giornata in una cella. Rushton mi ha parlato soltanto dieci minuti».

«Portati un libro», suggerì Tom. «Ma non sulla stregoneria».

«Che cosa sta succedendo? Perché vuole interrogarmi di nuovo se non ha niente da dirmi?»

«Magari è solo per tenerti al sicuro».

Era una possibilità che non avevo preso in considerazione. Ma visto che ero diventata una sospetta, c'era gente in città capace di farsi giustizia da sola.

«Io credo che voglia tenerti lontana dai guai», continuò Tom. «Metà degli agenti alla stazione sta scommettendo su quale sarà la tua prossima mossa».

Guardò l'orologio, svuotò il bicchiere e si alzò. «Quanto resterai qui?», mi chiese.

«Non posso lasciare la città», risposi. «E non ho nessun altro posto dove andare».

«Ti prego soltanto di stare attenta», disse abbassando la voce e guardando alternativamente me e la casa. «Girano delle voci. C'è qualcosa di strano in quelle due».

«Sono lesbiche», risposi, «io però non lo sono. Ma non c'era bisogno di dirtelo, vero?».

Ci guardammo negli occhi e non credo che Daphne e Avril fossero in cima ai suoi pensieri.

«Perché hai parlato di me a tua moglie?», gli chiesi.

Lui fece un sospiro. «Non immaginavo che ti avrebbe aggredita. E io non le ho detto niente. Ero tornato a casa tardi e fuori di me, sai com'è, non è il tipo di cosa che mi capita tutti i giorni, e lei ha trovato un tuo capello sulla mia giacca».

«E mi è saltata addosso in quel modo soltanto per un capello?».

Lui si strinse nelle spalle. «È da mesi ormai che ce l'ha con te. Da quando sei arrivata. Ha capito che io…».

«Cosa?»

«Floss, non possiamo farlo adesso. Dobbiamo prima risolvere questo caso, poi ne riparleremo, tu e io», disse sollevando le mani. «Ti chiamo presto. Per favore, sta' alla larga dai guai».

La porta sul retro si aprì misteriosamente prima che Tom potesse toccarla e lui scomparve. Rimasi dov'ero e guardai il sole sprofondare sopra la brughiera tingendo d'oro l'erba e striando di rosso il turchese del cielo. Mi resi conto che il Lancashire era bello. Inospitale, imprevedibile e a volte quasi selvatico, ma straordinariamente bello.

C'era ancora un "tu e io".

Soltanto in seguito mi sarei domandata se era quello che lui voleva farmi credere.

52

«Voi due state architettando qualcosa», dissi alla fine della cena durante la quale Avril e Daphne non avevano smesso di scambiarsi occhiate cariche di sottintesi.

«Sciocchezze», rispose Avril. «Tra noi c'è molta comunicazione non verbale. Succede a tutte le coppie dopo un lungo periodo di convivenza. Tom sembra un ragazzo molto carino».

«Tom è sposato, e non cercare di cambiare argomento. So che questa notte uscirete. Ho visto le borse accanto alla porta. È una riunione della congrega?»

«Cosa ti ha fatto venire questa idea?», chiese Daphne sgranando gli occhi e fingendosi sorpresa. «Oh, guarda, è rimasto un ultimo sorso. Bevilo tu, Florence, e goditi una serata rilassante».

Svuotò la bottiglia nel mio bicchiere. Era molto più di un sorso. Era la seconda bottiglia della serata e mi ero scolata la mia parte.

«Cosa mi ha fatto venire questa idea?», risposi. «Tutte le telefonate dei giorni scorsi per radunare la congrega al sorgere della luna e il mantello di velluto blu appeso accanto alla porta».

Le due donne si scambiarono un'altra occhiata.

«Visto che ormai sono un'apprendista strega, posso venire con voi?», chiesi.

«Ti sei sbagliata, tesoro», disse Daphne. «Questa sera abbiamo le prove. Il mantello di velluto è per Lady Macbeth. Ci piacerebbe molto farti venire con noi, ma il regista non vuole prove aperte fino alla sera della prima».

Era inutile insistere, le aiutai a lavare i piatti e poi per loro arrivò il momento di andare. Finii il mio vino e pensai che stavo cominciando a prenderci gusto.

«Goditi la pace e la tranquillità», disse Daphne mentre uscivano. «Alle otto c'è *Z Cars*. Noi rientreremo prima delle dieci».

Mi diede una pacca sulla spalla e poi uscirono. Aspettai qualche minuto prima di salire al piano di sopra. In una camera il cui arredamento mescolava lo sfarzo orientale con un minimalismo spartano trovai il calendario lunare. La luna sarebbe sorta alle nove e mezzo.

Non sarebbero di certo tornate alle dieci. Perché mi avevano raccontato quella bugia sapendo che sarebbe stato così facile smascherarle?

Scesi barcollando al piano di sotto, avevo decisamente bevuto troppo. In cucina ingollai un bicchiere d'acqua e mi sentii subito meglio. Trovai un'aspirina per bloccare un incipiente mal di testa e un minuto prima delle otto imboccai la strada in sella alla mia bicicletta.

Era una splendida serata, calda e profumata, con una leggera brezza. Mi diressi verso il centro della città senza mai toccare i freni.

Avril e Daphne non sarebbero salite subito sulla collina. Prima dovevano raccogliere le altre donne della congrega e ci avrebbero messo almeno una quindicina di minuti. Sarei arrivata prima di loro.

Il vento mi rinfrescava il collo, sollevandomi i capelli che ondeggiavano alle mie spalle come una bandiera. Accelerai ancora il ritmo delle pedalate.

Sapevo che era meschino spiare le due donne che mi avevano aiutata e non mi piaceva farlo. D'altro canto, ero un'agente di polizia e tre ragazzi erano stati uccisi. Avril e Daphne ne sapevano più di quanto mi avevano detto. E se anche pensavano che quello che mi stavano nascondendo non fosse rilevante, non spettava a loro giudicare. E poi volevo scoprire chi erano le altre donne della congrega, e cosa facevano, per assicurarmi che i loro riti fossero davvero benigni come sostenevano.

Un'auto strombazzò, facendomi sbandare, e riuscii appena in tempo a posare un piede a terra.

Ero in pieno centro, in mezzo a un incrocio. Una Ford Cortina aveva frenato bruscamente per evitarmi e l'uomo al volante stava scuotendo la testa. Un autobus mi passò accanto e parecchie teste si voltarono a guardarmi. Sollevai una mano per scusarmi e mi accostai al marciapiede.

Era come se avessi perso la memoria. Non ricordavo com'ero arrivata dalla via di Avril e Daphne al centro. Eppure ero lì, nella strada principale, vicino al mercato all'aperto e alla stazione degli autobus.

Rimontai in sella, anche se mi girava un po' la testa, dicendomi che un po' di sforzo fisico e di aria fresca mi avrebbero rimessa in sesto.

All'improvviso vidi il commissario Rushton in piedi sul ciglio della strada, fumava la pipa e indossava un pigiama a righe blu e grigie. Sollevò una mano e mi indicò il cartello stradale: "Pendle Road". Stavo per andare nella direzione sbagliata. Svoltai in Pendle Road e, mentre acceleravo, mi dissi che Rushton non avrebbe dovuto fumare a letto. Era molto pericoloso.

Non avrei più toccato alcol. La testa mi pulsava e non riuscivo a pedalare. Scesi dalla bicicletta e rimontai in sella solo quando raggiunsi Well Head Road.

Un'auto mi superò. Non era la Triumph di Daphne, ma l'auto gialla con i paraurti blu di un circo, guidata da un clown con un ombrello a righe. "Non sta mica piovendo", pensai quando mi passò davanti.

La luce dorata stava svanendo. Il sole sprofondò all'orizzonte, tingendo il cielo di porpora. Guardai l'orologio. Erano passate da poco le nove. Ci avevo messo quasi quarantacinque minuti invece dei trenta previsti.

Stavo perdendo tempo, e appena me ne resi conto, mi sentii

invadere dal panico. C'era qualcosa che stava sfuggendo al mio controllo.

Poi, all'improvviso, mi si rivoltò lo stomaco. Balzai giù dalla bici e vomitai la cena.

Quando mi fui svuotata del tutto, mi misi in cammino. Attorno a me i colori si stavano dissolvendo rapidamente. La collina gettava la sua ombra sulla brughiera circostante, come un'enorme bestia accovacciata. Le rocce assumevano strane forme: creature irsute pronte a balzarmi addosso, folletti alati con capigliature di erba selvatica.

Tutt'a un tratto ebbi la sensazione di non essere sola. Una pioggia di sassolini si staccò dal muro al mio fianco, come se qualcosa di piccolo e invisibile mi seguisse zampettando. L'erba al di là del muro frusciò, come se qualcuno stesse attraversando il campo di corsa.

Quando arrivai al punto dove il sentiero Lych Way lasciava la strada, mi fermai a riposare. Le streghe sarebbero passate di lì. Non ero ancora al sicuro. Il pallido volto di un cadavere in decomposizione mi fissò da dietro il tronco affusolato di un sicomoro, ma stava solo cercando di attirare la mia attenzione, e così lo ignorai e iniziai a salire.

La collina si ergeva, scura e massiccia, sopra di me.

Non ce l'avrei mai fatta. A ogni passo rischiavo di scivolare. Mi voltai e vidi che la luna era già alta nel cielo.

E poi udii un'auto, che si fermò proprio sotto di me, seguita da una seconda e da una terza. Stavano arrivando. Erano a meno di duecento metri, e io ero stremata.

Lasciai il sentiero e mi arrampicai sulla collina aiutandomi con le mani. Da sotto salirono delle voci, sentii il battito di un tamburo e il rumore di portiere che si chiudevano. Poi scorsi delle luci e delle ombre confuse che salivano verso di me.

Mi appiattii sulla fredda terra, sperando che le tenebre, l'erica, le rocce e le asperità del terreno avrebbero celato la mia presenza. Riconobbi la voce da contralto di Avril, quella sorda e bassa di Marlene e la risata di Daphne mentre avanzavano lungo il sentiero.

In testa al gruppo c'era un uomo. Roy Greenwood, il socio di Larry, era un membro della congrega della luna. Indossava comodi abiti sportivi e sotto un braccio reggeva una fascina di legna per il fuoco. Dopo di lui c'era Daphne con il mantello blu e il tamburo, seguita da Avril e da due donne che non conoscevo, una delle due avvolta in un lungo mantello scuro. Marlene Labaddee camminava a fianco di David Milner, l'insegnante di geografia della scuola secondaria. Seguivano altre due donne e poi Brenda, l'addetta al centralino della stazione di polizia. Riconobbi la donna alle spalle di Brenda, anche se all'inizio non riuscii a ricordarmi chi fosse. Era la signora Ogilvy, la madre di Dwane, che lavorava nella mensa della stazione di polizia. E infine un uomo e una donna che sembravano una coppia sposata. Tredici. Il numero della congrega.

Mi superarono e salirono sulla collina. Non riuscii a seguirli, mi mancavano le forze per rialzarmi in piedi. Guardando le loro luci allontanarsi tremolando, feci due considerazioni. La prima fu che forse, dopo tutto, Daphne e Avril non erano state indiscrete. Forse avevano fatto in modo che le sentissi mentre organizzavano l'incontro perché sapevano che le avrei seguite.

La seconda fu che non ero ubriaca. La perdita della cognizione del tempo e le allucinazioni non potevano essere dovute soltanto all'alcol. Quella sensazione che il mondo mi stesse sfuggendo di mano era stata causata da qualcosa di completamente diverso. Alcol e droghe. Era così che le vittime venivano neutralizzate.

Se ci fossi riuscita, mi sarei precipitata di corsa giù dalla collina. Forse ci avevo anche provato, ma non lo ricordo. Non ricordo nulla.

53

Mi svegliai nel buio più completo, a faccia in giù, con le mani e i piedi legati dietro la schiena.

Ero in una cassa.

Cercai di urlare, ma dalla bocca non mi uscì alcun suono. Oltre che legata, mi avevano anche imbavagliata, infilandomi in bocca qualcosa con un sapore disgustoso. Terrorizzata, rotolai su un fianco, divincolandomi. C'era spazio intorno. Non ero ancora in una cassa. Sotto di me sentii una lastra di fredda pietra.

Ansimando e sudando, riuscii a mettermi a sedere, ma lo sforzo mi fece mancare il respiro. Non c'era aria lì dentro. Sarei morta soffocata.

Cercai disperatamente di urlare dietro il bavaglio e poi le tenebre mi avvolsero.

Quando ripresi conoscenza, avevo una fitta al braccio destro e la testa mi pulsava dolorosamente. Chiusi gli occhi per vincere le tenebre e mi concentrai sul respiro. Inspirare, espirare. Pensare soltanto a quello. Contai cinquanta respiri, cento, e poi aprii gli occhi.

L'oscurità intorno a me era solida, come un muro nero che potevo quasi toccare. Pensai a quanto doveva essere terrorizzante la cecità, non riuscire a vedere il pericolo che ti circonda.

Perché aveva scelto me? Non ero un'adolescente. Avevo ventidue anni. Non era giusto.

Il respiro diventò di nuovo affannoso. Chiusi gli occhi e ricominciai a contare. Dopo il dieci ero abbastanza in forze per fare un altro tentativo. Sbattei due volte le palpebre per assicurarmi di avere gli occhi aperti.

Girai la testa senza scorgere alcuno spiraglio di luce. Mi sporsi a destra e sinistra senza incontrare alcuna parete. Lo spazio in cui mi trovavo non era molto ristretto.

Non ero ancora sottoterra.

Dovevo restare calma. Continuare a respirare. Pensare. L'effetto del narcotico che mi avevano somministrato stava svanendo. Per un po' mi aveva tolto ogni capacità di pensiero, ma adesso stavo tornando in me. Spaventata a morte, ma capace di riflettere.

Ero in un interno. Nessuna notte poteva essere così buia. Ed ero seduta su qualcosa di freddo e duro: un pavimento di pietra. L'aria pesante e umida mi suggeriva che doveva essere sotto il livello del terreno. Una cantina.

Continua a respirare. Fa' il pieno di ossigeno.

Mi doleva la testa. Avevo sete. Il dolore al braccio si stava attenuando, sostituito da un fastidioso intorpidimento. Mi dissi che era un buon segno. Le braccia e le gambe funzionavano ancora. Non c'era nessuna frattura.

Continua a respirare. Pensa a cosa fare.

Le mani e i piedi erano legati saldamente, ma se fossi riuscita a togliermi il bavaglio, avrei potuto gridare per chiedere aiuto. Torsi la testa a destra e a sinistra, strofinando il mento sulle spalle, aprendo e chiudendo la mandibola. Continuai a farlo finché non fui quasi sul punto di soffocare. Ci volle un po', e rischiai di vomitare ancora, ma alla fine riuscii a liberarmi del bavaglio, sputai lo strofinaccio che mi avevano infilato in bocca e respirai a fondo per riprendermi.

Potevo respirare e urlare. Era già un passo avanti. Il prossimo...

Qualcosa accanto a me si mosse. Mi immobilizzai e tesi le orecchie.

Uno zampettio, seguito dal rumore di qualcosa che rotolava. Roditori. Immaginai due piccoli occhi che mi scrutavano nel buio e una coda che si agitava. Nessun problema. Non avevo paura dei topi.

Senza rendermene conto, mi ero raggomitolata per proteggermi dal topo che fingevo di non temere. Respirai a fondo e mi ripetei più volte che i topi non mi facevano paura.

Era ora di muoversi. Di scoprire dove mi trovavo e quanto era grande quello spazio.

Mentre avanzavo lentamente sul pavimento umido, mi sforzai di capire quanto tempo fosse passato. L'ultima cosa che ricordavo era quando la congrega mi era passata davanti al sorgere della luna, alle nove e mezzo di sera. Avevo un po' fame, il che significava che dovevano essere trascorse alcune ore. Anche la sete non eccessiva mi suggeriva che non dovevo essere lì da molto.

Era una questione di ore, non di giorni. Doveva essere ancora martedì notte, oppure mercoledì mattina. Questa ricostruzione temporale mi fece subito sentire meglio.

Ma poi udii di nuovo quel rumore, questa volta più forte e più vicino. Non sembrava un topo, ma qualcosa di più grande. Nella mia mente vidi fauci spalancate, il corpo sottile e contorto di una creatura che non aveva mai visto la luce del giorno e che mi si stava avventando addosso.

Non so quanto a lungo gridai prima di rendermi conto che era stata la mia immaginazione.

Era soltanto un topo che le mie urla avevano spaventato. Oppure qualcosa che si godeva il mio terrore aspettando il momento giusto.

Smettila! Continua a respirare. Pensa.

Non riuscivo a uscirne. Daphne e Avril mi avevano drogata. Usando le conoscenze erboristiche di Marlene, avevano aggiunto qualcosa al vino che avevo bevuto. Quando avevo visto Rushton in pigiama sul bordo della strada e il clown in Well

Head Road non ero impazzita, ma erano state allucinazioni indotte da quella droga.

Avanzai centimetro dopo centimetro sul pavimento freddo e a tratti bagnato, e mi chiesi se mi trovassi in una grotta e stessi andando nella direzione sbagliata.

Continua a respirare. Continua a muoverti. Continua a pensare.

Ero stata ingenua. Era chiaro fin dall'inizio che le colpevoli erano Daphne e Avril. Era un caso di stregoneria e loro erano due streghe confesse. Eravamo stati tratti in inganno dalla loro sicurezza, dai loro alibi e anche – per quanto mi riguardava – dal fatto che mi piacevano.

Avril e Daphne. Come potevo essere stata così stupida?

Avril e Daphne non avrebbero segnalato la mia scomparsa. Quando si fosse presentato l'agente che la mattina veniva a prendermi a casa, avrebbero pensato che ero scappata. Avril e Daphne avrebbero detto alla polizia che ero partita con le mie cose per tornare a casa. Avrebbero mandato degli agenti a controllare a casa dei miei e sarebbero giunti alla conclusione che mi ero data alla macchia per sfuggire alla giustizia.

Non mi avrebbero cercata a Sabden e non avrebbero esumato nessuna tomba per me.

Quando con le mani toccai il muro freddo, mi venne il sospetto che Tom fosse in qualche modo coinvolto in quella storia. Non faceva parte della congrega, ma questo non significava nulla. Forse il suo ruolo era quello di sedurmi per scoprire cosa sapevo e cosa pensavo.

Tom non aveva avuto bisogno di un filtro d'amore, per quanto mi concerneva.

Le lacrime possono essere molto irritanti quando hai le mani legate e non puoi asciugarle. Bruciano gli occhi e fanno prudere le guance.

Continuai ad avanzare seguendo il muro e cercando qualche oggetto appuntito. Quando raggiunsi un angolo, udii avvicinarsi qualcuno.

Una porta pesante che si chiudeva. Passi. Qualcuno stava scendendo una scala? I passi si avvicinarono e attraversarono la stanza accanto. Il rumore metallico di un lucchetto.

Siamo eterni ottimisti, pensai, mentre la speranza di essere salvata svaniva con l'allontanarsi dei passi. Fissai lo sguardo sul punto da dove era arrivato il rumore. Una sottile lama di luce danzava nelle tenebre. Il cigolio di una porta che veniva aperta e lo scalpiccio sul pavimento di pietra.

Se qualcuno fosse venuto a salvarmi, avrebbe pronunciato il mio nome.

Un sottile fascio di luce perlustrò la stanza, illuminando pareti scure gocciolanti di umidità alle quali erano appese spesse catene. Mi rintanai nell'angolo nel vano tentativo di nascondermi e tenni gli occhi aperti, perché se c'era qualcosa da vedere, volevo vederla.

Una vaga forma si stagliava contro la porta. Anche la stanza alle sue spalle era buia.

La luce mi trovò, mi illuminò al centro del petto e poi salì verso il viso, accecandomi.

«Sono un'agente di polizia e sequestrarmi costituisce un grave reato», dissi. «Avril? Daphne? Se siete voi, la polizia vi sta già tenendo d'occhio e sa dove sono andata ieri notte. Se mi farete del male, trascorrerete il resto della vita in prigione».

La sagoma si avvicinò continuando a puntarmi la torcia in faccia. Mi afferrò per i piedi e mi trascinò brutalmente fuori dall'angolo facendomi sbattere la testa contro il muro. Poi salì a cavalcioni sopra di me. Non era una donna, ma un uomo forte e muscoloso. Mi fece girare, premendomi la faccia contro il pavimento, e io cominciai a urlare. Lui mi prese per i capelli, mi sbatté la faccia a terra e mi si sedette sul petto. Riuscivo a malapena a respirare. Rimasi immobile, cercando di non soffocare. L'uomo mi afferrò le mani e sentii qualcosa di freddo e tagliente scorrere lungo il mio dito anulare. La paura mi paralizzò. Un secondo prima che lo facesse, sapevo già cosa stava per fare. Ma questo non rese meno insopportabile il dolore.

Non udii lo scatto metallico delle cesoie, e nemmeno lo schiocco dell'osso che si spezzava. Il mio urlo coprì tutto il resto.

54

Sprofondai nelle tenebre e nel dolore. Ogni volta che riprendevo conoscenza, mi rendevo conto di essere sempre nello stesso posto freddo e umido.

Il dolore alla mano era fortissimo. Mi aveva tagliato più di un dito? Cercai di toccarli uno dopo l'altro, ma dopo alcuni tentativi ci rinunciai. Ero troppo confusa. Mi restava ancora qualche dito, mi bastava questo.

Le creature che condividevano con me quella prigione si erano fatte più audaci e i loro zampettii e squittii erano diventati la colonna sonora della mia incarcerazione. Più di una volta sentii qualcosa sfiorarmi.

Mentre oscillavo tra il sonno e la veglia ebbi visioni di topi che leccavano il mio dito sanguinante e mordicchiavano la carne. La mano mi faceva talmente male che poteva anche non essere un'allucinazione. E poi i ratti si trasformarono in qualcos'altro, che non apparteneva a questo mondo. Avevo incubi orrendi, ma il momento peggiore era quando mi svegliavo dopo un bel sogno, un sogno in cui ero salva, e mi ritrovavo in un letto di ospedale con Tom che mi sorrideva.

Avevo la gola riarsa, come se mi avessero strizzata, prosciugando tutti i liquidi del mio corpo.

Il bavaglio era stato sostituito con un altro ancora più stretto, per impedirmi di urlare. Evidentemente, lì c'era qualcuno che avrebbe potuto sentirmi. Un pensiero che sarebbe potuto essere incoraggiante, se mi fosse rimasta qualche speranza. Rimasi sdraiata sulla fredda pietra chiedendomi quanto tempo sarebbe passato prima di ricevere un'altra visita e sentendomi sempre più debole mentre il sangue continuava a sgorgare dalla ferita aperta.

Fui svegliata di nuovo dal rumore della porta che si apriva e poi si richiudeva con uno schianto. Udii dei passi avvicinarsi, sentii un odore fin troppo familiare e finalmente capii chi mi aveva rapita.

Mi chiesi se avevo la forza per combattere e la risposta fu no. Vidi il fascio di luce di una torcia, chiusi istintivamente gli occhi e sentii qualcosa di ruvido che mi veniva infilato sopra la testa.

Un sacco.

Ripensai al sacco in cui aveva rinchiuso Luna e mi dibattei con tutte le mie forze. Niente cassa per me, soltanto un ruvido sacco dal quale, a differenza di Luna, non sarei riuscita a liberarmi.

La mia resistenza fu vana. Mi sollevò il bacino e infilò le gambe nel sacco spingendo in giù le spalle. Nonostante avessi i polsi legati e il dolore fosse risalito lungo il braccio, continuai a scalciare e dibattermi, perdendo una scarpa. Poi afferrai il sacco e sentii il rumore del tessuto che si strappava.

Lui mi picchiò, naturalmente. Era molto più forte, non era ferito e non aveva le mani e i piedi bloccati. Quando finalmente riuscì a infilarmi anche la testa nel sacco, lo chiuse con un nodo ben saldo.

Calò il silenzio. Lo sentii ansimare e alzarsi in piedi. Poi udii dei colpi e dei raschiamenti che non riuscii a interpretare e ci fu un leggero cambio d'atmosfera. Ora sembrava facesse più freddo e mi giungevano i rumori del mondo esterno. Il rombo lontano di un'auto.

L'uomo mi prese, mi portò sulle spalle per qualche metro e poi mi scaricò, e io atterrai quasi immediatamente, come se fossi stata sollevata da un buco scavato nella terra. Mi spinse con un piede facendomi ruzzolare. Udii ancora il rumore di una pesante porta che si chiudeva e fui sollevata di nuovo. Questa volta atterrai su una superficie metallica. Una portiera si chiuse, sentii il rombo di un motore che si avviava e l'auto in cui ero rinchiusa si mise in movimento. Decisi che avrei aspettato che si fermasse per aprire la portiera con un calcio e rotolare fuori. Meglio morire sulla strada che come aveva programmato quel bastardo.

Ma l'auto non si fermò. Nemmeno una volta. Dopo una quindicina di minuti udii la portiera del conducente aprirsi e chiudersi, e poi quella posteriore.

Non mi sarei data per vinta. La mia vita stava per finire nel più orribile dei modi e mi dibattei dentro il sacco urlando più forte che potevo nonostante il bavaglio mi stesse soffocando.

Lui mi caricò di nuovo in spalla e mi gettò a terra. Continuai a divincolarmi, scalciare e gridare finché non fui esausta. Ridotta allo stremo, aspettai che mi facesse rotolare nella tomba aperta.

Ma lui non lo fece e se ne andò.

Accanto a me non c'era nessuno. Ovunque mi trovassi, ero sola.

Poi udii dei passi, qualcuno che correva.

Ricominciai a divincolarmi. Qualcuno si chinò su di me e mi liberò i piedi dal sacco. Sentii la tela che si strappava, una voce che mi diceva di restare ferma – «Per l'amor di Dio, non si muova» – e due mani che mi sfilavano il sacco dalla testa. Vidi di nuovo il cielo, le stelle e la luna, gli alberi che costeggiavano il cimitero e le lapidi, una delle quali aveva rischiato di diventare la mia. E vidi la grossa testa e il piccolo corpo dell'uomo che ora mi stava togliendo il bavaglio e lo strofinaccio infilato in bocca, fissandomi con gli occhi sgranati, come se avesse dissepolto qualcosa che non era ancora morto.

Dwane si riprese subito dallo shock e si allontanò urlando: «Mamma! Papà! Venite qui! C'è qualcuno che ha bisogno di un'ambulanza».

Parlare non era facile, ma dovevo fermarlo.

«Dwane, la prego, la smetta di urlare».

Non ero sicura che mi avesse sentita, ma tacque subito.

«Ho bisogno di bere», rantolai. «E devo telefonare al commissario Rushton. Può aiutarmi ad alzarmi?».

Lui guardò le corde che mi imprigionavano i polsi e le caviglie e, da uomo pratico qual era, tirò fuori un coltellino dalla tasca posteriore dei pantaloni. Pochi secondi dopo ero libera e mi aiutò a sollevarmi in piedi. Avevo perso una scarpa.

Barcollai e Dwane mi afferrò prima che cadessi, e poi avanzammo insieme ondeggiando, come una strana coppia ubriaca, verso l'ingresso del cimitero di St Wilfred.

«Mi serve un telefono», dissi.

«L'ha già detto», rispose Dwane.

Nel portico mi dovetti fermare per appoggiarmi di nuovo al muro. «Ha visto chi mi ha portato qui?», chiesi.

Lui scosse la testa. «Nah. Ho sentito il motore dell'auto e ho pensato che era strano a quell'ora della notte. Mi sono affacciato alla finestra e non ho visto niente, ma con tutto quello che succede ultimamente nei cimiteri ho deciso di uscire a dare un'occhiata». Ero contenta che Dwane fosse più forte di quanto sembrava perché le ginocchia non mi reggevano.

«L'ho presa», disse cingendomi la vita con un braccio e facendomi girare verso la strada. «Tutta la città la stava cercando», disse quando ci rimettemmo in cammino. «Rushton ci ha fatto setacciare anche la brughiera».

Tutta la città?

«Hanno affisso manifesti con la sua foto nelle strade. Bella fotografia. Ne ho appeso uno in camera».

«Come facevano a sapere che ero scomparsa?», chiesi.

«Sono state le due donne che l'hanno ospitata a segnalarlo. Hanno sostenuto che non poteva essere scappata perché aveva lasciato tutte le sue cose a casa loro. E io ero d'accordo. Ho detto che non sarebbe mai scappata».

Oh, Avril, Daphne, mi dispiace tanto.

«E poi hanno trovato la sua bici lassù. Non era un buon segno».

Ci fermammo davanti all'ultima casa della fila, a pochi metri dalla chiesa. Dwane picchiò il battente della porta.

«Che ora è?», domandai, rendendomi conto che avrei dovuto chiedere piuttosto che giorno era.

«Le tre passate», rispose lui. «Non lo apprezzerà molto».

Sopra le nostre teste si aprì una finestra. «Che cazzo succede?», urlò qualcuno.

«La signora ha bisogno di aiuto», rispose Dwane. «È della polizia».

Mentre aspettavamo, mi disse che era venerdì mattina e che ero scomparsa da due giorni.

«Dwane», dissi un paio di minuti più tardi, quando una donna in camicia da notte aprì la porta e ci fissò sgranando gli occhi, «devo parlare con il commissario Rushton. Non mi fido di nessun altro. È molto importante che parli con lui prima che qualcun altro sappia che mi ha trovata. Può provare a chiamare la stazione e a farselo passare?».

Dwane mi lanciò un altro dei suoi sguardi insondabili e compose quattro numeri.

«Zio Stan», disse dopo qualche secondo. «Sono Dwane e sono da zia Janet. Fa' venire qui il capo. C'è una persona che vuole parlargli».

55

Venerdì 4 luglio 1969

Mentre aspettavamo che arrivasse Rushton, scoprii che lui e la madre di Dwane erano cugini e che Rushton era il padrino di Dwane. Zia Janet, un titolo onorifico poiché tra loro non c'era alcuna parentela, era una donna pacata e sensibile. Mi offrì un bicchiere d'acqua, poi una tazza di tè troppo zuccherato e infine un'aspirina. Quando arrivò l'auto di Rushton, mi sentivo un po' meglio.

«Florence, cosa diavolo...», disse Rushton entrando senza bussare. Poi mi vide seduta in soggiorno, con una coperta sulle spalle e il tè in mano. Zia Janet stava pulendo la ferita con acqua calda e cotone mentre Dwane era in piedi alla mia destra. «Cristo!», esclamò impallidendo. «L'ambulanza sta arrivando?»

«Non c'è tempo, signore», dissi. «So chi è stato, se agiremo in fretta potremo provarlo». Aprii la mano destra e gli mostrai il piccolo triangolo di tessuto color albicocca e il bottone che tenevo stretti nel pugno. «Li ho strappati dalla sua camicia», dissi. «Se riusciamo a trovarlo subito...».

«Chi?», chiese Rushton.

«Larry Glassbrook», risposi. «Ho sentito l'odore del suo dopobarba».

Rushton mi portò con la sua auto a casa dei Glassbrook. Dwane era seduto dietro di me sul sedile posteriore. Il commissario aveva cercato di rispedirlo a casa, ma lui aveva insistito per accompagnarci. Non voleva lasciarmi. Tre auto della polizia ci seguirono con le luci e le sirene spente. Rushton non voleva correre rischi.

Non era stato facile convincerlo ad arrestare Larry prima di portarmi in ospedale. Soprattutto con zia Janet che continuava a parlare del rischio di un'infezione, con conseguente amputazione del braccio, se non mi fossi fatta visitare subito.

Alla fine lo convinsi a concedermi un'altra ora.

«Quelle due vecchie megere ti hanno drogata», disse mentre ci allontanavamo dal cimitero. «L'hanno ammesso loro stesse, dicendo che volevano che ti facessi una bella dormita e non le seguissi sulla collina. Abbiamo capito cosa doveva essere successo quando abbiamo trovato lassù la tua bicicletta. Ti abbiamo cercata per ore. Anche con i cani».

«Larry deve avermi seguita quando sono uscita di casa e poi mi ha caricata sul furgone mentre la congrega era sulla collina».

«Quando mi sono arruolato nella polizia non avrei mai immaginato che un giorno avrei arrestato streghe e stregoni...», disse lui scuotendo la testa. «Ma perché ha scelto te, Florence? Senza offesa, non sei più un'adolescente».

«Sapeva che stavo per smascherarlo», dissi. «Tenevo i miei grafici e i miei appunti in camera e non la chiudevo mai a chiave. Sapevo che le ragazze entravano a curiosare, deve averlo fatto anche lui. È per questo che voleva che me ne andassi. Pensava che avessi scoperto qualcosa ed era convinto che non gli restasse molto tempo».

«Ma Luna è sua figlia! Come ha potuto farle una cosa simile?»

«Non credo che Luna abbia mai corso un reale pericolo. È rimasta nella tomba soltanto per pochi minuti. Lui sapeva che l'avrei tirata fuori».

«Ma se è stato lui, come ha fatto a telefonarle per dirle dove si trovava Luna?», esclamò Dwane. «Quella notte era a letto al piano di sopra».

Rushton inchiodò i freni. «E tu come diavolo fai a saperlo?», chiese fissandolo nello specchietto retrovisore.

Dwane parve offeso. «La mamma serve la colazione, la cena e il tè alla vostra mensa tre giorni alla settimana», disse. «Pensate che sia sorda?».

Rushton fece un sospiro mentre io mi voltavo verso Dwane. «Dev'essere stata la sua amante, Beryl, a fare quella telefonata. E scommetto che gli ha fornito anche dei falsi alibi».

Svoltammo nel vialetto dei Glassbrook. Di fronte alla casa erano parcheggiate parecchie auto. E quando Rushton si fermò, vidi scendere Sharples, Brown, Green, Butterworth e Tom. Strinsi il tovagliolo da tè impregnato di sangue che avevo avvolto attorno alla mano e cercai di aprire la portiera, ma Dwane era già fuori e mi aiutò a scendere. Mi cinse la vita con un braccio e mi aiutò a camminare. Gli altri si erano radunati sul marciapiede di fronte e aspettavano che attraversassimo.

«Sono contento di vederti, Florence», disse sottovoce Sharples. Tom fissò Dwane come se volesse prenderlo a pugni.

«Voglio che circondiate la casa», disse Rushton. «Io entrerò con Florence e Jack. Randy e Tom ci copriranno le spalle. Dwane resterà in macchina».

Rushton, Sharples e io ci incamminammo lungo il vialetto seguiti da Tom e Randy, mentre Dwane rimase indietro. Gli altri si sparpagliarono attorno alla casa, che sembrava immersa nelle tenebre.

«È meglio entrare dal retro», dissi.

Lasciammo il vialetto e tagliammo attraverso il giardino. Mentre ci avvicinavamo alla porta sul retro scorsi una luce in cucina. Rushton mi passò davanti e aprì la porta.

Larry era seduto al tavolo con una bottiglia di brandy e un bicchiere. Indossava una camicia color albicocca macchiata di sangue e si reggeva la testa con le mani. Quando entrammo non sollevò lo sguardo. Seguii Rushton, alle mie spalle c'erano

Sharples, Tom e Randy. Ci disponemmo attorno al tavolo, ma al centro c'ero io, la più vicina.

«Si alzi, per favore», disse Rushton a Larry. «Devo dare un'occhiata alla sua camicia».

Larry svuotò il bicchiere di brandy e mi guardò.

«Come va, Flossie?», chiese con un sorriso di pura malvagità.

«In piedi!», disse Sharples. Larry si alzò e vedemmo chiaramente l'angolo di camicia strappato con il bottone mancante.

«Vuoi fare tu gli onori, agente Lovelady?», disse Rushton.

Non ricordo come andarono esattamente le cose. Sognavo da tempo il mio primo arresto, mi ero esercitata un'infinità di volte davanti allo specchio, ma adesso che era arrivato il momento, mi sfuggivano le parole.

«Sei un uomo spregevole. Morirai in prigione», fu quello che gli dissi.

Rushton recitò la giusta formula di rito e poi Tom e Randy lo perquisirono e frugarono nelle tasche della giacca che aveva lasciato sulla sedia. E fu lì che Tom trovò qualcosa che sapevo l'avrebbe ossessionato per sempre.

Il mio dito.

TERZA PARTE

«Addensatemi il sangue:
ostruite la porta e le vie del rimorso,
perché nessuno scrupolo di pietà naturale
abbia a scuotere il mio fiero proposito...».

William Shakespeare, *Macbeth*

56

Martedì 10 agosto 1999

«Dobbiamo trovare Sally», dico.

«Avevi detto che tornavi a casa».

«Larry sapeva che sarei venuta per il suo funerale. Sapeva che avrei trovato la figura d'argilla. In pratica, è stato lui a dirmi dove cercare. E questo significa che dev'essere stata Sally a metterla lì».

«Ma come?», domanda Ben corrugando la fronte, una sua vecchia abitudine infantile che ancora oggi mi commuove.

«Non può essere stata Mary. Ho visto la sua faccia. Era terrorizzata. Lei e Sally erano le uniche ad avere le chiavi».

«Non c'era bisogno di chiavi. Se Larry aveva detto a Sally di nascondere la figura d'argilla in un posto dove tu l'avresti trovata, l'avrebbe messa da qualche parte in casa. Non ha senso, mamma».

Non sto ascoltando realmente Ben. «Sally è stata l'unica ad andare a trovarlo oltre a me. Ho ancora le sue chiavi. Devo restituirgliele».

Mi alzo in piedi. Lui resta dov'è. «Non è una buona idea, mamma».

Ben è molto saggio per la sua età, ma è ancora un bambino, e io sono decenni che dico agli altri cosa fare. Troviamo la macchina e partiamo.

Quando ci lasciamo alle spalle la città, i ricordi riaffiorano come un mantello logoro ma caldo. La stretta strada non è cambiata. I muri sono ancora anneriti dalla fuliggine e decrepiti come l'ultima volta che sono passata di qui. A ogni curva mi aspetto di incrociare un gregge di pecore.

Le fattorie e i fabbricati che superiamo sono la stessa bizzarra miscela di vecchie pietre, legno marcio e lamiera ondulata.

Freno ancora una volta per non investire una pecora.

Ci inoltriamo nelle brughiere scintillanti sotto i raggi del sole. L'erba è verde trifoglio e l'erica stende pennellate di colore sul paesaggio, sul quale incombe, vigile e spoglia, la collina.

Ben rimane in silenzio per la maggior parte del viaggio. Guarda fuori dal finestrino e si gira verso di me soltanto una volta. «Sembra *Cime tempestose*, vero?», dice. Non posso dargli torto. Non gli dico però che sta vedendo la foresta di Pendle al suo meglio e che nei mesi invernali l'atmosfera qui diventa cupa.

La casa di riposo Northdean è un grande edificio in pietra di tre piani con finestre a timpano e una moltitudine di comignoli. L'architettura assomiglia a quella dell'abitazione dei Glassbrook, e mi chiedo se l'abbiano scelta perché il suo stile e la vicinanza alla collina avrebbero fatto sentire Sally come se fosse a casa.

Alla reception – scintillante e funzionale, con un profumo chimico di essenza di rose – Ben e io aspettiamo che ci prestino attenzione. Quando arriva una donna in camice azzurro, le do i nostri nomi e le chiedo se possiamo vedere Sally. «Naturalmente», risponde lei. «Venite con me. Tra mezz'ora serviremo il tè agli ospiti della casa, lo gradite anche voi?».

«È da molti anni che non la vedo», dico mentre la seguiamo lungo un corridoio e saliamo al primo piano. «Cosa devo aspettarmi?»

«Un inizio di demenza», risponde lei. «Temo che non la riconoscerà, ma le farà piacere ricevere visite. La conosce bene?».

Sorride a Ben e mi rendo conto che le attenzioni femminili sono qualcosa a cui mio figlio e io dovremo abituarci.

«Sono una vecchia amica», dico. «La famiglia viene a trovarla spesso?».

Lei non risponde, ma dal modo in cui rallenta il passo capisco che conosce la storia di Sally e il suo rapporto con l'uomo che abbiamo sepolto oggi. Bussa a una porta in fondo al corridoio ed entra senza aspettare che le rispondano. Mi sembra di udire delle voci nella stanza, ma quando Ben e io la seguiamo, vediamo soltanto una figura seduta su una poltrona davanti alla finestra.

«Salve, Sally», dico chiudendomi la porta alle spalle. «Sono Florence. Si ricorda di me?».

Lei non risponde e io mi avvicino, vedendo il suo riflesso sul vetro della finestra. La bella donna che ricordavo è scomparsa. Sally è sempre stata magra, ma adesso la pelle sembra penderle dalle ossa, come se avesse all'improvviso perso peso. Profonde rughe le contornano la bocca e gli occhi sono quasi scomparsi sotto due sopracciglia diventate ancora più prominenti con l'età. O forse è un'illusione creata dalla mancanza di capelli. Al loro posto ci sono ora larghe chiazze di cuoio capelluto arrossato. La guardo sollevare una mano tremante e strapparsi una ciocca e poi noto che i suoi vestiti, la poltrona e il tappeto sono coperti di capelli. Se li sta strappando tutti.

La vista di Sally ridotta in quelle condizioni smentisce i nostri sospetti. Non sembra affatto capace di lasciare da sola la stanza e svolgere malvagie commissioni per conto di Larry. E non può nemmeno essere stata lei a lasciare l'effigie di argilla facendo in modo che la trovassi.

«Non siamo soli, mamma».

Mi volto e nell'angolo vicino alla libreria vedo una donna che si è bloccata nel gesto di riporre un libro su uno scaffale. Per un istante penso di essermi sbagliata, che Sally è lei e che non è affatto cambiata. È ancora magra come un salice, con i capelli biondi scintillanti, anche se molto più corti di come li ricordavo. È truccata però in un modo che non è mai stato di Sally, e anche i vestiti sono diversi. Non l'ho mai vista in jeans e stivali con i tacchi alti.

«Ciao, Flossie», dice la donna. «Che sorpresa. E chi è questo ragazzo incantevole?»

«Mio figlio», rispondo. «Ben, lei è Cassandra Glassbrook. Ne hai di certo sentito parlare. Cassie Glass, la cantautrice».

«È troppo giovane», dice Cassie sorridendo alternativamente a Ben e a me, come una volpe che si chiede quale gallina sbranare per prima. «È da anni che non esce un mio disco».

«Molta gente pensa che sia stata Cassie e non Bryan Ferry a scrivere *Slave to Love*». Spero che Ben non dica che non conosce né *Slave to Love* né Bryan Ferry, che per una volta nella sua vita abbia un po' di tatto.

«Gli hai fatto causa?», chiede.

«Abbiamo raggiunto un accordo», risponde Cassie con quel sorriso compiaciuto che ricordo così bene.

«Una gran bella canzone. Mamma e papà la mettono quando pensano che io sia a letto».

«Non sapevamo che ci fossi anche tu», dico. «La donna che ci ha fatti entrare non ci ha avvisato. Se tu e tua madre volete rimanere da sole…». Lascio la proposta in sospeso.

Cassie si allontana dallo scaffale. «È da anni che la mamma e io non ci parliamo. Restate qualche minuto. Le piace avere gente intorno. Anche se è impossibile dire quanto capisca».

Cassie e io ci sediamo accanto a Sally, davanti alla finestra. È come se la collina fosse il quarto membro del nostro gruppo, non Ben, che si siede un po' discosto e apre il suo libro.

«Non mi sono annunciata alla reception», dice Cassie. «Sono entrata da una porta laterale che di giorno non è mai chiusa».

Ricordo la vecchia abitudine di Cassie di muoversi furtivamente e spuntare fuori all'improvviso, quando nessuno se l'aspettava.

«Ti ho cercata al funerale ma non ti ho vista», dico.

Lei si stringe nelle spalle. «Avevo gli occhiali da sole ed ero seduta in alto. Ho pensato che a Luna avrebbe fatto piacere avere tutta l'attenzione per sé».

Subito dopo il servizio funebre Luna era salita su un'auto che l'aspettava. Sembrava del tutto indifferente all'ostilità dei concittadini. Adesso sarà a parecchi chilometri da qui, starà tornando alla sua vita opulenta. L'ultima volta che ho sentito parlare di lei viveva a Londra. Cassie, invece, vive in un loft riconvertito vicino a Salford.

«Quando sei andata l'ultima volta nella vecchia casa?», chiedo a Cassie.

«Perché?», ribatte lei.

Ricordo che non si possono chiedere informazioni a Cassie Glassbrook, bisogna strappargliele.

«Oggi ho trovato là qualcosa che potrebbe essere rilevante per il caso di tuo padre e devo segnalarlo alla polizia. Se tu…».

«Emozionante! Che cos'è?».

Lascio passare qualche secondo reggendo il suo sguardo.

Il sorriso di Cassie svanisce. «Datti una calmata, Flossie. Cosa ci guadagno dalla tua approvazione? O cosa ci perdo a essere me stessa?».

Non le rispondo.

«So che hai visto papà in prigione», continua Cassie. «Me l'ha detto la mamma. Di cosa ti ha parlato?».

Sally contrae a scatti la faccia, come se un insetto la stesse infastidendo e cercasse di scacciarlo.

Ai vecchi tempi anche Cassie lo faceva, e diceva tutto quello che le passava per la testa senza pensare alle conseguenze. Ricordo a me stessa che non si è mai sposata, non ha mai avuto figli e che ha raggiunto da giovane il successo finanziario. Con ogni probabilità, non è mai cresciuta.

«Mi ha parlato di voi tre», rispondo. «Tu, Luna e vostra madre». Lancio un'occhiata a Sally. Sta di nuovo fissando il vuoto con un'espressione assente. «Se sei andata di recente in quella casa, se tuo padre ti ha chiesto di lasciare lì qualcosa, mi sarebbe di grande aiuto saperlo».

«Te lo dico se tu mi dici cos'è».

«Lo sai che non posso farlo».

«E se lo chiedessi a questo splendido ragazzo?».

Sorride di nuovo a Ben, e la sua espressione da predatrice mi fa venire voglia di graffiarla. Immagino le mie unghie che affondano nelle sue guance, lacerando la pelle, facendo scorrere lacrime di sangue sul suo viso.

Il respiro mi diventa di nuovo affannoso. Sento avvampare le guance. Ben aveva ragione: sono stata una stupida a venire qui.

«Sono rimasto in macchina», dice Ben. «Non so niente».

Cassie espira rumorosamente, come se si stesse sgonfiando sulla sedia, e poi si volta verso di me. «Sono più di dieci anni che non entro nella casa degli orrori», dice. «E non ci tornerò mai».

Il suo viso ora è serio, il sorriso ironico è sparito. Le credo. Cerco di respirare a fondo senza che gli altri se ne accorgano, ma Ben mi lancia uno sguardo preoccupato. «Perché non hai mai lasciato la città, Cassie? Per voi tre sarebbe stato di certo più facile».

Cassie guarda la madre. Per un istante i loro occhi sembrano incontrarsi, ma poi lo sguardo di Sally si appanna di nuovo. «La mamma si è rifiutata», risponde. «Ha tirato in ballo varie scuse nel corso degli anni. Non è vero, mamma?». Si china sulla madre e srotola delicatamente il capello che si è avvolta attorno all'indice posandole poi la mano sul grembo.

«La prima scusa è stata che papà non avrebbe voluto vendere la casa. Poi ha detto che nessuno avrebbe voluto vivere in un posto con un passato così macabro. Qualche anno più tardi Luna e io siamo andate all'università e la questione non è più stata sollevata. Là, almeno, avremmo potuto fingere di essere persone normali. Ma dimmi una cosa, Flossie, ti ha mai detto perché l'ha fatto?»

«Parecchie volte», rispondo. «Ha detto che l'aveva fatto per amore».

«È un po' contorto», dice lei con una smorfia.

«Sì, l'ho pensato anch'io».

Cassie socchiude gli occhi e mi sfiora la mano. «Ti manca ancora», dice con un abbozzo di sorriso che le arriccia gli angoli della bocca.

«Le dita non ricrescono», commenta Ben, sorprendendoci entrambe.

«No», dice Cassie, e so che l'irritazione di mio figlio la lascia indifferente, forse persino la diverte. «Ma ci sono sempre le protesi e gli arti artificiali».

«Un dito non è un arto, e la mamma non perde tempo a dipingersi le unghie, lei cattura criminali».

Ben non ha il mio colore di capelli, ma ha il classico temperamento di quelli con i capelli rossi. «Sei ancora in contatto con Luna?», chiedo per cambiare argomento, perché non voglio che si mettano a litigare. Ben è più brillante, ma ha un profondo senso di lealtà, e se si scontreranno, Cassie ne uscirà vincitrice.

«Non l'ho più sentita da quando è andata all'università», risponde. «E penso che anche la mamma non la veda da anni».

Guardiamo entrambe Sally. Forse è soltanto una coincidenza, ma sembra che stia trattenendo le lacrime.

«Quello che hai affrontato è un grosso trauma», dico.

Cassie fa una smorfia. «Non è stato soltanto per papà. Luna era fuori di sé per John. L'ha mollata poche settimane dopo che papà è finito in prigione».

«La cosa non mi sorprende», dico. «E in ogni caso John si era già tirato indietro. Non credo fosse pronto per una relazione seria».

«L'ha lasciata per mettersi con me».

«Davvero?», chiedo, come se non fosse una cosa importante, mentre in realtà lo è.

«Era sempre stato interessato a me», mi confessa Cassie. «Ma io non pensavo fosse il caso di mettermi con uno più giovane. Fingendo di fare la corte a Luna, poteva vedermi senza destare sospetti», dice scoppiando a ridere. Poi distoglie lo sguardo.

«Ricordi quando hai trovato un cane nella tua camera? Era di John. Nel pub di suo padre c'erano sempre dei cani neri. Per dare un senso al nome del locale, immagino. Era con me in casa. Non sapevamo dov'era andato». Poi ride di nuovo ed è come se stesse ridendo di me. «Siamo quasi morte di paura quando ti sei messa a urlare come una pazza e papà si è precipitato su per le scale».

Scuoto la testa senza sapere perché. Se John era interessato a Cassie e usciva con lei, perché aveva detto a Tom e a me che pensava di essere gay? Quale quindicenne, negli anni Sessanta, avrebbe sostenuto di essere gay se non lo era?

Mi alzo per andarmene. Rivedendola, mi sono ricordata perché Cassandra Glassbrook non mi è mai piaciuta. Mi rincresce per Sally, ma non posso fare nulla per lei. Posso soltanto sperare che la trattino bene. Mi chino per darle la mano e salutarla, ma il suo sguardo è fisso sulla collina e non credo si sia accorta della mia presenza.

Cassie ci guarda uscire. Fissa Ben, ma le sue ultime parole sono per me. «Hai mai pensato che Larry avesse un motivo per tenerti vicino?».

57

Quando usciamo il sole è ancora forte, ma la brezza mi scompiglia i capelli e raffredda le gocce di sudore sulle tempie di Ben. Non ci dirigiamo verso l'auto. Abbiamo bisogno entrambi di aria fresca.

Camminiamo fino in fondo al parcheggio e lasciamo vagare lo sguardo verso la brughiera.

«Hai ancora le chiavi della loro casa, mamma?».

Abbasso gli occhi sulla borsa. «Oh, sì. Me n'ero dimenticata».

«Non è vero. Ti ho vista frugare nella borsa tre volte».

Uno stormo di uccelli solca il cielo. Piccoli corvi neri. Gli unici che nidificano sulla collina.

«Sei sempre rimasto sprofondato nel tuo libro», dico. «Non puoi aver visto niente».

«Ho visto la vecchia guardarvi parlare ogni volta che pensavate non vi stesse vedendo. Non è affatto demente, mamma. Sta solo fingendo».

Mi giro a guardarlo. «Sciocchezze», dico, ma lui mi fissa senza battere ciglio.

«Quando hai detto che Larry l'aveva fatto per amore, il suo viso si è contratto, come per una fitta di dolore. E poi di nuovo quando avete parlato del cane».

«Ti dava le spalle. Non puoi aver visto la sua faccia».

«Ho visto la sua reazione».

Quello che mi sta dicendo mi sembra assurdo. Eppure l'intelligenza di Ben non smette di sorprendermi da quindici anni. «Sally non ha ancora settant'anni. Perché mai dovrebbe fingere di essere demente e rinchiudersi in una casa di riposo?»

«Se la gente pensa che le manca qualche rotella, la lascerà in pace e non l'assillerà con le domande. Ci sono molti modi per fuggire, mamma».

«No», rispondo dopo averci riflettuto un po'. «Avrebbe potuto vendere la casa. Trasferirsi altrove con le ragazze. Rifarsi una vita».

«E se non ci fosse riuscita?».

Un nodo mi stringe lo stomaco. Trent'anni fa pensavo di avere le risposte. Non tutte, forse, ma le più importanti. E adesso mi rendo conto di quanto poco sapevo.

Ben e io continuiamo a camminare in silenzio, usciamo dal parcheggio e avanziamo lungo la strada.

«Ho pensato a quella lettera», dice Ben. «A tutte le lettere che ti ha scritto Larry. Dovevano saperlo in molti, e anche che andavi a trovarlo. Si aspettavano che tu tornassi per il suo funerale».

«Ma non potevano sapere che sarei andata agli alveari».

Mi torna in mente la spazzola per capelli che avevo dimenticato a casa dei Glassbrook.

Loro hanno i miei capelli. Loro hanno i miei capelli.

E se avessero anche il mio dito? Se fossero riusciti in qualche modo a impadronirsene? E se loro avessero il mio osso, l'essenza più potente di tutte?

«Mamma!».

Devo concentrarmi su Ben e scacciare questi pensieri ridicoli. Non c'è nessun "loro". Larry, il killer di adolescenti, l'uomo che aveva programmato di uccidermi, ha costruito quella figura di argilla trent'anni fa e nessuno l'ha ancora trovata.

«Era colpevole?», chiede Ben.

Ed ecco che ritorna la domanda che non mi sono mai concessa

di farmi. Nemmeno quando mi sveglio la notte, e mi sembra di essere l'unica persona in questo mondo, oso pormela.

«C'erano numerose prove», rispondo.

«Quali prove, esattamente?».

Respiro a fondo. «In parte circostanziali. Aveva accesso alle casse subito prima del funerale e un mezzo per trasportare i ragazzi svenuti. Li conosceva tutti tramite il cricket club e poteva avvicinarli senza intimorirli. Era un uomo di bell'aspetto e questo rendeva la gente più incline a fidarsi di lui».

«E nella tasca della sua giacca hanno trovato il tuo dito».

«Un'altra prova», annuisco. «Insieme al mio sangue sulla sua camicia e nel suo laboratorio. Ha confessato che era lì che mi aveva tenuta per due giorni. Imbavagliata, così nessuno dei suoi familiari mi avrebbe sentita urlare».

Ben trasale. Gli accarezzo velocemente la mano.

«Nel suo laboratorio la polizia ha trovato una figura di argilla non finita e alcuni effetti personali delle tre vittime precedenti», dico. «Quanto bastava per condannarlo anche senza confessione».

«Quindi era colpevole?», ripete Ben.

«Non ha mai detto di non esserlo», dico.

«Hmm...».

«Si è dichiarato colpevole, ma ha rivelato il minimo indispensabile. Non c'è stato un processo, e quindi non gli hanno fatto molte domande».

«Ma tu l'hai interrogato?»

«No, non ho avuto l'autorizzazione. Ma è stato interrogato a lungo e ho letto le trascrizioni».

«E?»

«Erano molto vaghe. Si è rifiutato di rispondere a molte domande oppure ha sostenuto di non ricordare. Inoltre ha dichiarato che non era stata Beryl a fare quella telefonata che mi aveva permesso di salvare Luna, ma non ha voluto dire chi era stato».

Ben mi guarda con aria di commiserazione. «E tu non hai cercato di farglielo confessare?»

«Non hai idea delle pressioni cui eravamo sottoposti per arrestare qualcuno. E Larry era il classico caval donato al quale non si guarda in bocca».

«Quindi era colpevole?», chiede di nuovo Ben.

Quando si fissa su qualcosa, Ben non demorde.

«Non lo so davvero», rispondo. «Forza, dobbiamo rientrare. Voglio parlare con qualche superiore alla stazione di polizia prima che se ne vadano tutti».

Lui mi segue, incapace o restio a vedere il terrore che mi attanaglia. «Perché Larry o qualcun altro dovrebbe dichiararsi colpevole di un crimine che non ha commesso?», domanda.

«È quello che mi sono chiesta anch'io», rispondo. Il caso Glassbrook mi ha fatto fare carriera e mi ha resa famosa. Ancora oggi, quando mi incrociano, i giovani ufficiali si danno di gomito, dicendosi: «È lei, Florence Lovelady!».

Quel caso mi ha cambiata profondamente. Anch'io, come tutti, ho i miei demoni. E nessuno può uscire indenne da un'esperienza simile. Ci sono momenti in cui le tenebre sembrano essere ancora dietro l'angolo, e adesso che sono tornata al Nord mi succede sempre più spesso.

Ma sono sopravvissuta e ho consegnato l'assassino alla giustizia. Ho vinto, e questo mi ha reso più fiduciosa, meno incline a tirarmi indietro e a lasciare agli altri le luci della ribalta. Mi ha fatto inoltre capire l'importanza della vita, e di non lasciarsi sfuggire le opportunità che ti offre. E mi ha insegnato a non sprecare mai il mio tempo, perché il tempo è prezioso. L'arresto di Larry ha fatto di me quello che sono.

«Chi voleva proteggere?», chiede Ben.

Torniamo alla macchina e ci sediamo con le portiere aperte perché fa troppo caldo.

«È possibile che Larry sapesse chi era il vero assassino e se ne sia assunto comunque la colpa?», domanda ancora.

«Perché avrebbe dovuto farlo?»

«Doveva essere qualcuno a cui teneva molto».

Scuoto la testa. «Può essere soltanto qualcuno della sua famiglia. Le due ragazze erano ancora bambine e Sally non era una donna robusta».

«Nessuna delle vittime era robusta, e Sally, come tutti gli altri nella casa, poteva disporre di potenti anestetici ostetrici, oltre che delle sue erbe magiche».

Non sapevo che Ben fosse così informato sul caso. Non avevo tenuto conto delle potenzialità di Internet e della determinazione degli adolescenti.

«Sally?», dico. «Non è possibile».

«Non è affetta da demenza, ne sono sicuro. Pretendere di non ricordare nemmeno il proprio nome è il modo migliore per evitare domande imbarazzanti. A chi mai verrebbe in mente di interrogare una demente?»

«Ma gli omicidi sono finiti».

«Forse faceva parte dell'accordo», risponde Ben dopo averci riflettuto qualche istante. «Larry si è preso la colpa a patto che loro la smettessero. Forse aveva una sorta di assicurazione. Aveva nascosto qualcosa in quella vecchia casa. Forse è per questo che non voleva che la vendessero».

Non è possibile. La casa era stata perquisita da cima a fondo. Se ci fosse stato qualcosa, l'avrebbero trovato.

«O forse gli omicidi non sono affatto finiti», insinua Ben. «Potrebbero avere scelto meglio le loro vittime. Adolescenti scappati di casa la cui scomparsa non sarebbe stata denunciata da nessuno?»

«Hai una mente molto contorta, lo sapevi?»

«Sei stata tu a insegnarmi tutto quello che so».

Mi sforzo di sorridere anche se è l'ultima cosa che mi sento di fare. «Ma non tutto quello che so io», rispondo. «Forza, muoviamoci, si sta facendo tardi».

«Non andiamo mica a casa?», dice lui, con un'aria così preoccupata che per un istante sono tentata di puntare verso l'autostrada.

«Solo un'altra notte. Qual è la cosa peggiore che può succedere?», gli chiedo.

58

La stazione di polizia di Sabden è sempre nello stesso edificio, ma la riconosco a malapena perché è stata ampliata con pareti di vetro e porte girevoli. Le luci non tremolano più come una volta e le piastrelle scheggiate sono state sostituite da una moquette blu. Alle pareti sono appese enormi fotografie della polizia in azione: uomini in giubbotto fluorescente che traggono in salvo pensionati da case allagate, un'agente giovane e carina che visita una scuola elementare, un poliziotto di colore che parla con un gruppo di ragazzi.

Da dietro la sua gabbia di vetro l'agente all'ingresso mi guarda distrattamente, ma quando gli mostro il tesserino scatta subito in piedi.

«Buon pomeriggio, signora. Ha un appuntamento?».

Gli rispondo di no, spiegandogli però che ho nuove informazioni sul caso Glassbrook e che vorrei parlarne con un superiore.

Lui si allontana un paio di minuti, e quando ritorna Ben e io veniamo scortati attraverso una stanza degli interrogatori al pianoterra.

«Le celle erano in questo corridoio», spiego a Ben. «Una volta mi hanno rinchiusa qui per tutta una notte», dico, sorridendo all'agente che ci accompagna, come se volessi dimostrargli che non nutro alcun rancore, anche se lui è di gran lunga troppo giovane per essere stato in servizio.

«All'epoca non c'ero», conferma lui. «Posso offrirvi un caffè?».

Io declino. Ben invece ne chiede uno nero con tre zollette di zucchero.

«Cosa c'è?», mi chiede quando lo guardo sorpresa appena esce l'agente.

«Da quando in qua bevi caffè? E per di più con lo zucchero?».

Lui mi fa un largo sorriso. «È per calarmi nel ruolo del poliziotto», risponde.

L'agente torna subito con il caffè e un bicchiere d'acqua per me, che non l'avevo chiesto ma che comunque apprezzo. E poi, nel corridoio, alle sue spalle, appare lui.

Non indossa l'uniforme ma un completo scuro con una cravatta nera allentata. Aspetta che l'agente si allontani e poi entra nella stanza e si chiude la porta alle spalle. Squadra dall'alto in basso Ben, che si alza in piedi, e poi si volta verso di me.

«Florence Lovelady in carne e ossa», dice Tom Devine.

Ho visto la sua fotografia per trent'anni. Ho letto i rapporti dei casi in cui è stato coinvolto. Dopo l'avvento di Internet, seguire le tracce delle vecchie fiamme è diventato molto più facile. Ma nulla mi aveva preparata all'odore di Tom. La sua pelle è invecchiata e i capelli scuri si sono tinti d'argento, ma gli occhi sono dello stesso azzurro profondo.

I capelli più corti e la barba rasata di fresco gli stanno bene, mettendo in risalto la forma della testa e la mascella. È più grosso di quanto lo ricordavo, ma sono muscoli e non grasso in eccesso.

Sembriamo entrambi imbarazzati. Quando si ritrovano, i vecchi amici si baciano e si abbracciano, ma l'idea di farlo con Tom mi sembra assurda. Poi si volta verso mio figlio. «Io sono Tom», dice porgendogli la mano. «Qualche anno fa tua madre e io abbiamo lavorato insieme».

Per un tacito accordo, ci sediamo tutti e tre. Poso la borsa in grembo come una nervosa donna di mezza età. In fondo, è quello che sono.

«Avevo sentito che eri in città», dice Tom.

«Pensavo di vederti in chiesa», rispondo.

«Impegni», dice lui stringendosi nelle spalle. *Sai com'è.*

Ben posa il suo libro sul tavolo senza aprirlo. Guarda alternativamente Tom e me. Tom, seduto di fronte a me, mi fissa.

«Come te la passi?», mi chiede.

«Tutto bene», rispondo. Sono la donna poliziotto con più anzianità attualmente in servizio in Inghilterra. La natura del mio ruolo nella polizia metropolitana mi tiene lontana dai riflettori, ma sono pochi i colleghi che non hanno sentito il mio nome.

«Come sta la famiglia?», domando.

«Bene, grazie. Kent insegna alla Lancaster University, Charlene fa l'infermiera».

Aspetto.

«Eileen e io abbiamo divorziato dieci anni fa. Un rischio del mestiere, come ben sai. Secondo i ragazzi, sta bene».

Non so come reagire alla notizia. Trent'anni fa, poco dopo l'arresto di Larry Glassbrook, Eileen aveva annunciato di essere incinta. Non avevo mai visto Tom così confuso, era totalmente incapace di prendere una decisione, e così l'avevo presa io per lui.

Molti hanno pensato che fossi venuta via dal Lancashire perché ero traumatizzata dal caso Glassbrook, e io ho lasciato che lo credessero. In verità me ne sono andata perché non sopportavo la sua vicinanza.

«Allora, cosa posso fare per te?», mi chiede, e io mi rendo conto che Ben mi guarda perplesso. Sembra essersi accorto della mia momentanea assenza.

Apro la borsa e tiro fuori l'effigie. Quando tolgo la carta, Tom si incupisce.

«Da dove viene quella?», mi chiede, e dalla sua voce è scomparsa ogni gioia.

«L'ho trovata stamattina nella casa», rispondo. «O meglio, nel giardino». La prendo e, senza toccarla direttamente con la mano, la giro. «Sono io», aggiungo. «E non sembro quella di trent'anni fa».

«Posso chiederti perché sei voluta andare in quella casa?», mi domanda torcendo il viso e inarcando le sopracciglia, e per un istante mi sembra di rivedere il vecchio Tom. «Spero tu non sia entrata con un'effrazione».

«Ci sono andata per pura curiosità», rispondo. «E non c'è stato bisogno di forzare nessuna serratura. C'era la vecchia custode di Sally».

«Allora, cosa ne pensi?», chiede Ben, e per un istante Tom e io rimaniamo sorpresi, come se ci fossimo dimenticati della sua presenza. «Larry Glassbrook era colpevole?»

«Certo che lo era», risponde Tom, abbassando lo sguardo sulla mia mano posata sul tavolo. La mano sinistra.

«E come spieghi quella figura di argilla di mia madre in un giardino dove lui non ha messo piede per trent'anni?»

«Non saprei, figliolo», dice Tom, e io so che a Ben quella risposta non piacerà. «Ma se mi chiedessi di avanzare un'ipotesi, ti direi che è uno scherzo. Ci sono un sacco di giornalisti in città. Forse è stato soltanto uno stratagemma per farle rilasciare un commento».

Mi guarda di nuovo. «Chiunque abbia fatto qualche ricerca nel corso degli anni sa che eri in contatto con Larry e che deve rivolgersi a te per sapere il seguito della storia», dice.

Non posso che essere d'accordo con lui. Lo so che può sembrare strano, ma mi basta essere nella stessa stanza con Tom per sentirmi più calma.

«Era nascosta in un alveare. Come poteva sapere che la mamma sarebbe andata a cercare lì? Non potevano immaginare che sarebbe stata lei a trovarla».

Tom solleva la testa, come un cane da caccia che segue una pista, e il suo sguardo cattura il mio. «Dillo alle api», dice, e sorridiamo entrambi.

Ben spinge indietro la sedia facendola stridere sul pavimento.

«Se me la lasciate, farò controllare le impronte digitali», dice Tom. «Forse scopriremo qualcosa. La farò anche confrontare con gli originali. Chissà dove saranno finiti. Forse dovremo usare le fotografie». Si china per guardarla più da vicino. «Non mi sembra molto simile. L'argilla è più scura».

Ha ragione. Me ne sarei accorta io stessa, se non fossi rimasta così spaventata. «Grazie», dico.

Lui si accorge che il mio umore è migliorato e mi sorride. «Quanto resti?»

«Abbiamo prenotato per due notti al Black Dog».

«Hai una serata libera per cenare insieme?»

«Sono troppo piccolo per essere lasciato solo. E lei è sposata. Con mio padre. Che ci raggiungerà appena riuscirà a prendere un aereo», dice Ben.

Tom inarca le sopracciglia, divertito. «Sei invitato anche tu», gli risponde.

Mi alzo in piedi. «Forse non è stata una buona idea, ma mi ha fatto piacere vederti. E sono sicura che posso lasciare quell'effigie nelle tue mani».

Anche Tom si alza. Ben, invece, rimane seduto. «La lascerai qui?», mi chiede.

«Quel caso non mi riguarda più, tesoro», rispondo stringendomi nelle spalle.

«Mamma, quella è una bambola vudù. Se qualcuno la danneggia, danneggia anche te. Non puoi lasciarla qui».

Non ho mai visto mio figlio così preoccupato. Anche Tom sembra sorpreso.

«Ce ne prenderemo cura noi», dice. «Finché ci sarò io, nessuno farà del male a tua madre».

Tom ci accompagna alla porta.

Prima di uscire gli dico: «Sono andata alla casa di riposo dove vive Sally e ho parlato con Cassie Glassbrook».

Tom fa un sospiro esagerato. «Non vorrai mica che ti faccia pedinare?», dice.

«All'epoca lei e John Donnelly uscivano insieme. Quando lui ci aveva detto che pensava di essere gay».

«Molti adolescenti sono confusi sulla propria sessualità. L'hai detto tu stessa».

«Lui non era confuso. Stava mentendo».

Siamo arrivati all'uscita. Tom emette un altro sospiro. «Florence, quel caso è chiuso. Lascia perdere». Mi tiene aperta la porta e mentre gli passo davanti lo sento mormorare: «Ti lascerò perdere».

Quando vedo la faccia di Ben, mi rendo conto che l'ha sentito anche lui.

«Ci andavi a letto?», mi chiede.

Ci fissiamo dai due lati dell'ingresso e so che chi ci vede penserà: "Una madre che si riprende il figlio ribelle diffidato dalla polizia".

«Quello che è successo quindici anni prima che tu nascessi non sono affari tuoi», rispondo.

«Lo prendo per un sì», dice lui.

Rimango in silenzio e continuiamo a fissarci.

«Che cosa c'è che non va?», gli chiedo.

La sua espressione passa dalla rabbia alla tristezza nell'arco di un secondo. «Non mi piace questo posto. Mi fa venire i brividi. Voglio tornare a casa».

«È la prima cosa che faremo domani mattina».

Contrae la gamba, come se volesse pestare il piede.

«No, voglio partire adesso. Non mi piace il modo in cui ci guarda la gente. Non mi piace come ti hanno abbindolata per farti venire qui e non mi piace quell'idiota tutto azzimato».

Mi incammino, lasciandomelo alle spalle, ma ha soltanto quindici anni e ovviamente mi segue. Mentre apro con il telecomando le portiere della macchina, mi dice: «Scusa, mamma».

Sembra sinceramente pentito, e così lascio correre. È raro che

Ben mi crei problemi. Sto per avviare il motore quando lui mi dice: «Hai ancora quelle chiavi, mamma».

Questa volta non fingo nemmeno di essermene dimenticata.

«Sono passati trent'anni. Non mi importa se era colpevole o innocente. Per favore, mamma, lascia perdere».

59

Quando ritorniamo, John Donnelly ci sta aspettando al bar. Offre a entrambi un drink, e poiché voglio parlargli, accetto una Diet Coke. Ben chiede lo stesso, anche se è diventato stranamente silenzioso.

John ha ora quarantacinque anni, è un uomo di bell'aspetto, ma nei suoi modi c'è qualcosa di spiacevole. Ti guarda sempre di sbieco, sorridendo tra sé quando parla, come se fosse divertito da qualche scherzo privato. Forse è sempre stato così. O forse me ne accorgo soltanto adesso.

Come della fede nuziale alla mano sinistra. «Hai sposato una ragazza di qui?»

«Sì, proprio così», dice la barista. Mi volto per vederla meglio. È un po' più tonda, soprattutto il viso, e i suoi capelli ora sono tinti di castano scuro. Lo si capisce dalla ricrescita grigia sulle tempie.

«Ciao, Tammy. Che sorpresa!», dico lanciando uno sguardo a John.

«Perché?», chiede lei avvicinandosi.

«Non pensavo tu fossi un tipo da matrimonio, John», dico, sapendo che c'è un limite oltre il quale non posso spingermi. «Ma se lo eri, pensavo che avresti sposato una delle sorelle Glassbrook. Non so bene quale delle due».

Lui sorride tra sé pulendo un bicchiere. Tammy mi fissa con aria feroce.

«Poco fa ho visto Cassandra», dico. «Era stranamente loquace. Mi ha raccontato un sacco di cose».

In quello stesso istante dalla stanza sul retro spunta un whippet nero, che con movenze delicate e leggere passa alle spalle di John, avvicinandosi alla porta. John si volta a vedere cosa sto guardando e sorride.

«Alcuni cani vivono molto a lungo», dice.

Nessun cane vive per trent'anni. Eppure gli assomiglia moltissimo.

«Chi è il vasaio?», chiede Ben, indicando gli scaffali accanto al caminetto sui quali è esposta una collezione di vasi di pregevole fattura il cui stile suggerisce che siano opera di un unico artigiano.

«Io», dice una voce alle mie spalle.

L'uomo che è appena entrato nel locale avrà una sessantina d'anni. La sua pelle ruvida è segnata da profonde rughe e i capelli sono grigio cenere. È vestito molto meglio di quanto ricordavo e alle sue dita scintillano anelli d'oro.

«Mi hanno detto che era tornata», dice mentre io avanzo verso di lui e tendo le braccia. «Appena l'ho saputo, sono venuto a cercarla».

«Oh, Dwane», dico. «Sono così contenta di vederla!».

L'abbraccio si protrae più a lungo del previsto.

«Questo è mio figlio Ben», dico. «Tesoro, lui è Dwane. Ricordi che te ne ho parlato?».

«Piacere di conoscerla», dice Ben porgendogli la mano. «Resta con noi?».

Dwane sembra contento e prende la sua pinta dal bancone. Mentre ci dirigiamo verso un tavolo, rimango colpita dall'improvvisa maturità sociale di mio figlio, ma appena apre bocca capisco che ha in mente qualcosa.

«Quindi adesso si dedica ai vasi, signor Ogilvy? E fa ancora plastici di villaggi?»

«Ho cominciato dopo che lei è partita», risponde Dwane rivolgendosi a me. «Dopo tutto il clamore per quei ragazzi, volevo vedere come si faceva. Ero piuttosto bravo, e così ho deciso di seguire un corso serale».

«È più che bravo. Ha sempre avuto molto talento», dico.

«Ho fatto una scultura di lei», dice Dwane. «Un po' a memoria e un po' ispirandomi alla foto di quando era scomparsa».

Ben e io ci scambiamo un'occhiata.

«Una scultura di me?», chiedo. «Dwane, perché dovrebbe...».

«L'abbiamo trovata», dice Ben. «Nella casa dei Glassbrook».

Dwane si incupisce e con un cenno del capo indica uno scaffale. «Non è possibile», risponde. «È lassù».

Si alza ma non si muove. «Non riesco a prenderla», dice. «Dovrete farlo voi. John non se ne avrà a male. Finché non le vende, sono ancora mie. Metterò la sua dietro, così non la venderà. Prima la tenevo in casa, ma a mia moglie non piaceva».

Ben si è già alzato e si è sollevato in punta di piedi per sbirciare dietro lo scaffale.

«Stai attento», gli dico.

Ritorna con una testa di argilla. Alta una ventina di centimetri, raffigura me da giovane. I capelli mi piovono sulle spalle e sto sorridendo come non mi succede da tempo.

«È fantastica!», esclama Ben, il cui umore è visibilmente cambiato. «Ti assomiglia proprio, mamma». Poi si volta verso Dwane e aggiunge: «Possiamo comprarla? A papà piacerebbe un sacco».

«Non è in vendita», risponde Dwane.

«Appartiene a questo posto», spiego a Ben, sorridendogli. «Io ero quella donna quando vivevo qui».

«Quella che abbiamo visto oggi è diversa», risponde lui con un colpetto di tosse. E quando lo guardo aggrottando le sopracciglia, mi ignora. «Ne abbiamo trovata una nella vecchia casa dei Glassbrook. Trafitta da schegge di legno. Lei non ne sa nulla?».

Dwane fissa Ben e poi guarda me per avere conferma. Annuisco.

«Come quelle dei ragazzi?», chiede.

Annuisco di nuovo.

«Non è bello», commenta.
«Ha fatto lei anche quella?», gli domanda Ben.
«Nemmeno per sogno», risponde Dwane. «Quando tornerà a casa, Florence?»
«Sono appena arrivata», rispondo. «Vuole già liberarsi di me?».
«Sì». Si alza lasciando la sua pinta mezza piena. «Deve tornare a casa. Qui non c'è niente per lei», dice allontanandosi e uscendo dal pub.
«Sembra una persona gentile», dice Ben.
Ci guardiamo e cerchiamo di sorriderci senza riuscirci.

60

Dopo la cena, sorprendentemente appetitosa rispetto ai miei ricordi del cibo locale negli anni Sessanta, dico a Ben che devo allontanarmi per un po'. Lui sa dove sto andando e mi conosce abbastanza da sapere che è inutile cercare di convincermi a non farlo. Si assicura che abbia con me il cellulare e mi raccomanda di guidare con cautela e di fargli sapere se arriverò tardi.

La ghiaia del vialetto scricchiola sotto i miei piedi mentre fisso le finestre buie davanti a me. La casa ha un'aria ostile, soprattutto al calare del sole, ma non mi sento un'intrusa. Ho come la sensazione che non stia aspettando altro che il mio ritorno.

Sono passate da poco le nove e la luce sta scemando. Il cielo turchese del tramonto è screziato di nuvole rosa e dorate. Tra un'ora sarà completamente buio.

La porta del giorno.

Niente luna questa notte. Ovunque si trovi, l'invisibile corpo astrale sta tramontando e sorgerà di nuovo soltanto nelle prime ore di domani mattina. Sarà una notte buia. Una notte per la magia nera.

Sono quasi arrivata.

Non ho mai praticato la magia nera, ma se lo facessi, vorrei rischiarare le tenebre di questa casa. Trent'anni fa ho estirpato il male che vi regnava, ma l'energia lasciata da Larry e dai suoi atti è ancora presente. L'ho sentita questa mattina e la sento adesso, mentre mi avvicino. Questa casa ha bisogno di aiuto, come tutti coloro che vi sono stati legati: Cassie, Sally, Luna – ovunque si trovi –, persino Mary. E io. Il ritrovamento della figura d'argilla mi ha spaventata più di quanto sia disposta ad ammettere. Non ho avuto altra scelta che affidarla a Tom, anche se Ben non era d'accordo, ma non potevo restarmene con le mani in mano ad aspettare quello che sta bollendo in pentola.

Perché qualcosa sta bollendo. L'ho sentito tutto il giorno.

Quando sono davanti alla porta, apro la borsa e tiro fuori il sale. Nella maggior parte delle benedizioni delle case viene usato il sale bianco, preferibilmente marino, ma nelle rare occasioni in cui una casa ha un'energia particolarmente negativa, il sale nero può assorbirla e rimuoverla. Mi verso in mano una manciata di grani neri e li lascio cadere a terra mentre cammino lungo il perimetro della casa.

Il cerchio magico, punto di partenza di molti incantesimi, crea uno spazio "sacro" che contiene e focalizza l'energia dell'incantesimo e al tempo stesso funge da protezione.

Creare il cerchio mi fa sentire meglio per qualche istante, ma poi mi avvicino alla porta sul retro e i miei timori si ridestano. L'energia negativa che Larry ha lasciato si è intensificata nel corso degli anni. Mi aveva spaventata questa mattina e sarà ancora più forte adesso che sta calando la sera.

Infilo la chiave nella serratura. Come mi conosce bene mio figlio! Non ho mai avuto intenzione di restituire le chiavi prima di avere la possibilità di venirci un'ultima volta.

Qualcosa si muove all'interno. Sento dei passi affrettati, forse anche una porta interna che sbatte, e il cuore mi balza in gola, come un animale intrappolato che cerca di fuggire.

«Fatti coraggio, Florence. Qui non c'è nulla che possa farti male».

Lo dico a voce alta, perché le parole hanno potere e non posso benedire la casa se sono spaventata. Avrò disturbato qualche topo, nulla di più.

Avanzo nella cucina e nel corridoio tenebroso. Mi inginocchio, prendo quattro corte candele, le dispongo in cerchio e le accendo.

Altri movimenti nella casa. Topi, mi ripeto. Forse anche scoiattoli.

Poso il mio calice, una solida coppa d'argento, al centro del cerchio di candele e ci verso dentro una miscela di erbe e piante secche. Agrifoglio per la protezione, rosmarino per la purificazione, sandalo per l'esorcismo, pino per invertire le energie negative e rosa per ripristinare la calma.

Hai portato delle strane cose, mamma.

Le erbe secche prendono subito fuoco. Il fumo penetrerà negli angoli più remoti della casa, dove nemmeno la mia voce può arrivare. Apro la bocca per cominciare, e da sopra la mia testa riecheggia un suono così inatteso che mi ci vogliono un paio di secondi per rendermi conto del suo significato. Un breve, ritmico battito di tamburi, il lamento di una chitarra e la profonda e pastosa voce di Elvis che canta di cuori spezzati.

La tentazione di alzarmi e correre è forte. Premo i palmi sul pavimento, pronta a spingermi in piedi. La musica si ferma.

Non è reale. Non è reale.

La casa è ora immersa nel silenzio, sento solo il mio respiro e i battiti del cuore. La mia immaginazione è talmente forte che a volte il confine tra ciò che so essere reale e ciò che non può esserlo diventa molto labile.

Quella musica, però, era così vivida che non avrei potuto immaginarmela.

Non mi metto a correre. Resto dove sono, conto alla rovescia da dieci e immagino Ben che mi tiene le mani contando insieme a me. L'amore combatterà la maggior parte dell'energia negativa, ma non riesco a liberarmi dalla sensazione di non essere sola nella casa.

«Non ho paura», dico, anche se non è vero. Ho la schiena rivolta verso il soggiorno e rimpiango di non averci dato un'occhiata prima di inginocchiarmi.

Chiudo la porta sul retro, ma c'è una fredda corrente d'aria che si insinua in tutta la casa. Le candele stanno lottando per restare in vita. Le loro ombre danzano sulle pareti mentre mi alzo.

«Tocco la terra e tocco il muro per benedire questo luogo e renderlo sicuro».

Recitando le parole di un'antica formula di benedizione, avanzo lungo il corridoio toccando tutte le porte che supero.

«Benedico il tavolo, le sedie e il focolare, benedico la dispensa e tutto ciò che c'è da mangiare».

Ho già pronunciato delle benedizioni – sono una semplice e gentile forma di magia –, ma sapevo che questa sarebbe stata difficile. Mi sforzo di ricordare le parole e mi sento stremata mentre salgo le scale. Le erbe magiche non hanno la loro solita dolcezza, come se qualcosa nella casa le stesse facendo marcire.

Per eseguire correttamente la benedizione, dovrei entrare in ogni stanza, ma all'improvviso mi torna in mente Cassie con il suo sguardo assente e stralunato da sonnambula e i capelli argento, il fetido cane nero accucciato sul mio letto con intenti malevoli e Larry, appoggiato alla parete, le palpebre abbassate, come se i suoi occhi storti si notassero di meno se sono mezzi chiusi. Non riesco a scacciare il pensiero che siano ancora qui e mi stiano aspettando dietro le porte chiuse.

Quando raggiungo la prima porta, la sensazione di essere osservata diventa più forte. Mi volto, cercando di cogliere un movimento, un'ombra che non dovrebbe esserci, ma la luce tremolante delle candele mi impedisce di vedere.

La casa è più buia di quanto dovrebbe essere. Fuori, una debole luce rischiara ancora il cielo, ma qui dentro sembra esserci una forza che la tiene lontana, come le imposte alle finestre.

La porta della mia vecchia camera è aperta, eppure ero sicura di averla chiusa quando sono venuta qui questa mattina. La spingo con il piede ed entro. L'incantesimo è soprattutto a mio beneficio, è in questa stanza che rimarrà qualche essenza di me.

«Che la fortuna e la speranza accompagnino ovunque le persone che hanno abitato questa casa».

Tocco le pareti, cerco di trasmettere calma e pensieri felici, ma le parole che sto recitando mi suonano sciocche e trite. Mi sento come una bambina con i tacchi alti della madre, e quando apro gli occhi e guardo fuori dalla finestra, vedo l'ombra della collina e il laboratorio dove Larry mi ha tenuta legata, imbavagliata e terrorizzata per quasi tre giorni. Il posto dove sono stata mutilata e dove sono cambiata per sempre, il posto dove ho perso una parte di me, e non sto parlando del dito mancante, che brucia ancora di un dolore fantasma.

Lascio la stanza e scendo frettolosamente al piano di sotto. Dopo un'ultima, rapida preghiera, spengo le candele, raccolgo le ceneri delle erbe, ancora calde nella mia mano, e le disperdo nel corridoio. Poi raccolgo i detriti e le chiavi appese in cucina ed esco.

Sono passati trent'anni dall'ultima volta che sono entrata nel laboratorio di Larry. Lo spazio è stato ripulito, i pesanti attrezzi che ricordavo sono scomparsi, forse venduti. Non ci sono bare o casse, né finite né in lavorazione, e immagino che Roy Greenwood, che ha diretto l'impresa fino alla morte prematura, le abbia rimosse.

Nella sua testimonianza Larry aveva dichiarato di avermi tenuta rinchiusa nel piccolo deposito del legno sul retro. Supero banchi di lavoro e morse, calpestando mucchi di segatura, come se nessuno avesse spazzato il pavimento da trent'anni. La porta si è incastrata e devo spingerla forte. All'improvviso mi torna in mente il rumore di porte che sbattevano.

Erano porte, ricordo, non una porta.

Ma è passato tanto tempo, e ho sepolto quei ricordi più a fondo di quanto Larry abbia sepolto le sue vittime. Dopo avere testimoniato non ho mai cercato di rievocare consapevolmente quei giorni. Non ne parlavo mai. Quando la notte mi svegliavo dopo sogni in cui ero intrappolata, immobile, al buio – e quei sogni si sono protratti per molti anni – accendevo la lampada sul comodino o la radio e leggevo un libro per rischiarare la mente.

I miei ricordi sono quindi vaghi ed elusivi, ma ciò non toglie che la stanza in cui mi trovo è molto più piccola di quanto dovrebbe essere. Nella mia memoria era un locale ampio e freddo, che sapeva di umido e di vecchio. Questo, invece, non è né umido né vecchio.

«Ehi!». Tendo l'orecchio per ascoltare l'eco, che non arriva.

C'è un modo per saperlo con certezza. Mi inginocchio e mi chino sul pavimento. Mi sdraio a pancia in giù, premendo la guancia contro il suolo, e ne ho la conferma. Il pavimento è di cemento grezzo, quello dove mi ha tenuta prigioniera era invece di liscia pietra. Ha mentito.

Sono stata tenuta prigioniera in un vasto spazio di pietra. C'erano porte di legno, e quando mi hanno portata via c'erano delle scale che salivano, come se quel locale fosse un seminterrato. Una cantina. Il percorso fino al cimitero è stato molto breve. Doveva trovarsi da qualche parte in centro.

Lascio il magazzino del legno sbattendomi la porta alle spalle e dicendomi che non è un mio problema. Larry ha confessato. Gli omicidi sono cessati e non devo svegliare il can che dorme.

E poi, mentre sono in piedi nel suo laboratorio, ricordo quando si è messo a ballare con una canzone di Elvis mentre mi mostrava come costruiva le sue amate casse. Non mi sono mai sentita a mio agio con Larry, ma era davvero un assassino?

Non possiamo mai prevedere chi diventerà un killer o riconoscere quelli che lo sono già. Se ho imparato una cosa in trent'anni di servizio, è proprio questa.

Fuori, l'assenza della luna mi innervosisce. Sento l'improvvisa urgenza di tornare al Black Dog da mio figlio. Il cielo è però punteggiato di stelle che poco lontano da qui scintilleranno sulla superficie di un lago nero, limpido e immobile come uno specchio. È stato in una notte come questa che ho nuotato con l'uomo che amavo e sono diventata donna della foresta di Pendle.

Una donna che avrebbe sempre cercato di venire a patti con la propria duplice natura.

Mi sento invadere da una sensazione che non provavo da anni, come se davanti agli occhi mi si schiudessero possibilità prima impensabili. Non riesco a impedirmi di pensare che se tornassi al Black Tarn ora, Tom sarebbe lì ad aspettarmi, e la mia vita potrebbe prendere una piega molto diversa.

Amo mio marito. Adoro mio figlio. Ma Tom.

Tom…

Mi sforzo di scacciare dalla mente questi indomabili impulsi primitivi e mi incammino verso il vialetto e la macchina, quando alla finestra della mia vecchia camera vedo una faccia che mi guarda come uno dei fantasmi della casa.

Ma non è un fantasma. Ho trovato Luna.

61

Luna mi aspetta in corridoio, fissando i resti delle erbe bruciate.

«Continuavo a sentire rumori», dico. «Anche musica. Mi hai spaventata».

Lei non si scusa. «Ho trovato in soffitta il suo vecchio giradischi. Mi ero dimenticata quanto detesto Elvis». Abbassa di nuovo lo sguardo sulle erbe bruciate. «Grazie», dice. «È stato gentile da parte tua provarci. Ne abbiamo fatte un sacco nel corso degli anni. Soprattutto la mamma, ma anche Cassie e io. Non hanno mai funzionato, però».

Gli incantesimi non funzionano mai di fronte a un dubbio, ma non glielo dico. Ammiro invece la donna che è diventata. Alcune donne fioriscono a quarant'anni, e Luna è una di loro. La sua pelle è liscia e morbida, gli occhi sono ancora enormi, ma il make-up non gli rende giustizia, facendoli apparire invitanti anziché pungenti. Il rossetto, invece, è perfetto, persino a quest'ora, persino qui, e mi sorprende il modo in cui si ritocca in continuazione il trucco come se fosse una maschera.

Indossa lo stesso vestito di sartoria e le stesse scarpe eleganti che aveva al funerale. Fa l'avvocato d'impresa a Londra e i suoi vestiti saranno di certo costosi. A tracolla ha però una grossa borsa che è più pratica che bella.

Respira affannosamente, troppo affannosamente per qualcuno che non ha fatto altro che vagare in una casa vuota.

«Hai un bell'aspetto, Luna», le dico, anche se in realtà mi

sembra un contenitore scintillante ma vuoto. In lei c'è visibilmente qualcosa che non va e comincio a sentirmi a disagio in quel corridoio buio.

«Elanor», mi corregge. «Luna è come mi chiamava lui», aggiunge fissandomi insistentemente.

Per spezzare la tensione mi dirigo verso la cucina e sento i suoi tacchi ticchettare dietro di me.

«Siediti», dice, e suona come un ordine.

Sono turbata e voglio andarmene per tornare da mio figlio al Black Dog, ma al tempo stesso sto cominciando ad accettare il fatto che sono tornata nel Lancashire per trovare delle risposte che questa donna potrebbe darmi.

Aspetta che io faccia quello che mi ha detto. Scosto lentamente una sedia e mi prendo il mio tempo per sedermi. Stiamo facendo un gioco, danzando nella buia e polverosa cucina, e spero che lei conosca le regole perché io non sono sicura di saperle.

«Mio padre era un mostro».

Non obietto nulla.

Lei è ancora in piedi sopra di me. «Sono venuta a bruciare questa casa». Solleva la borsa che ha posato sul pavimento e tira fuori una tanica di benzina che posa sul tavolo. La tanica è piccola ma piena fino all'orlo, quanto basta per appiccare rapidamente il fuoco.

«Sono contenta che tu abbia cambiato idea», dico, calcolando mentalmente la distanza che mi separa dalla porta sul retro. Sono più vicina di lei, ma io sono seduta. «Non sarebbe stato saggio».

Lei guarda la tanica e poi qualcosa che non riesco a vedere nella sua borsa. Fiammiferi, forse.

«Sei già venuta qui prima?», chiedo pensando all'effigie nell'alveare.

Lei scuote la testa. «Non volevo incrociare Mary. Dubito che venga qui dopo il tramonto. Scommetto che nessuno ne ha il coraggio. Tu hai più fegato della maggior parte della gente, Flossie. L'hai sempre avuto».

«Avevi sospettato di qualcuno?», le chiedo. «Quando ti hanno rapita, ti è mai capitato di pensare che forse conoscevi la persona che ti teneva prigioniera?».

Io l'avevo capito. Non nelle prime ore, e forse neanche nei primi giorni, ma quando Larry era venuto a portarmi fuori da quel posto, l'avevo riconosciuto. Il suo odore, il suo modo di muoversi. Com'era possibile che Luna non avesse riconosciuto suo padre?

«Lo avrei difeso fino all'ultimo respiro». I suoi grandi occhi scintillano nel buio della cucina e le trema il labbro, ma la Luna che ricordo era una grande simulatrice.

«Una volta», dice. «Soltanto una volta, ho pensato: "Oh, non è giusto". È come un nodo allo stomaco, Flossie, come se avessi mangiato argilla che ti si rapprende nella pancia, impedendoti di respirare».

«Conosco quella sensazione», rispondo. «Si chiama paura».

Lei annuisce, abbozzando un timido sorriso, come se quella parola la lusingasse. Poi attraversa la cucina e si affaccia alla finestra sopra il lavandino.

«Una notte era là fuori. Oh, da qui non possiamo vederlo. Vieni di sopra».

Si volta ed esce dalla stanza. Sento i suoi tacchi sul parquet del soggiorno. «Vieni», mormora.

La tanica di benzina è ancora sul tavolo, la sua borsa è ai miei piedi. Tutto è sotto controllo. La seguo di sopra. Lei entra nella mia vecchia camera, sale in ginocchio sul letto per guardare fuori dalla finestra e mi fa segno di avvicinarmi.

«Eri nella mia stanza?», le chiedo senza riuscire a trattenermi.

«Sei scomparsa per quasi tre giorni», risponde. «Cassie e io stavamo facendo l'incantesimo della protezione per te. L'avevamo trovato in uno dei libri della mamma. Cassie aveva detto che avrebbe funzionato meglio in camera tua».

«Grazie», dico, stranamente commossa. «Magari ha funzionato».

«Cassie era stata chiamata di sotto e io ero rimasta per rimettere in ordine. Tipico. Avevo appena finito, quando ho visto qualcuno in giardino».

Salgo sul letto e mi avvicino a Luna. Fuori c'è ancora un po' di luce e riusciamo a distinguere i contorni del giardino: gli alberi del frutteto, le cassette che delimitano l'orto di Sally, i vecchi alveari.

«Davanti agli alveari», dice Luna, «c'era papà. Aveva una vanga e stava scavando».

«È un giardino», dico.

«Era buio», ribatte Luna. «E in tutto il tempo che sei vissuta qui hai mai visto papà fare giardinaggio?».

No. Era Sally a occuparsi del giardino, aiutata dal marito di Mary nei lavori più pesanti. Non ho mai visto Larry scavare.

«Quando l'ho visto mi sono venuti i brividi», dice Luna. «Non era normale. Nessuno scava di notte, a meno che non abbia qualcosa da nascondere».

«Eri tentata di scoprire cos'era?»

«Non ho osato», dice lei. «E poi poche ore dopo l'hai trovato e l'hanno arrestato. Abbiamo sentito che aveva confessato. Ho pensato che stesse nascondendo delle prove e che a voi, a quel punto, non servissero più. E così ho deciso di non dire nulla. Di qualsiasi cosa si trattasse, non volevo saperlo».

«Non l'hai mai detto a nessuno?»

«No».

Dovrei dirlo a Tom. O mandargli in qualche modo un messaggio. Rivederlo forse non è stata una buona idea, ma la possibilità di trovare nuove prove mi alletta. Dopo tutto, la rassicurazione di avere condannato l'uomo giusto è quello che ci – mi – serve.

«Devo rientrare». Preferisco non dirle dove sto. «Dove trascorrerai la notte?»

«Qui. Non mi piacciono gli alberghi. Soprattutto in questa città».

«Allora forse non è il caso di bruciarla».

«Lo farò domani mattina», risponde lei con un cupo sorriso.

Mentre scendo le scale sento i suoi passi dietro di me, ma non mi volto finché non raggiungo la porta della cucina.

«Pensi che fosse colpevole?», le chiedo.

«Certo», risponde. «Ha confessato».

Quando esco dalla casa mi sento più leggera. Il fatto che Luna sia convinta della colpevolezza del padre mi ha risollevato il morale. Lei lo conosceva bene. E non ha alcun dubbio. Anche Cassie ne è certa. L'abbiamo consegnato alla giustizia e adesso è morto. Finalmente è finita.

C'è poco traffico e non ci metto molto a tornare in albergo. Mentre supero la reception, al bar vedo di spalle qualcuno che potrebbe essere Tom, ma non mi fermo. Voglio tornare subito da mio figlio. Mio figlio che oggi è stato la mia roccia e la mia àncora, come ha sempre fatto dal giorno in cui è venuto al mondo strillando e agitando i pugnetti.

Scommetto che mentre spingeva per uscire da me ha imprecato. All'improvviso mi assale il desiderio di sentirlo imprecare.

La porta della sua camera è aperta e la stanza è vuota. Busso alla porta del bagno senza ottenere risposta. L'apro e anche lì non c'è nessuno. Per un istante mi chiedo se si stia nascondendo, ma è da anni che non fa più questo gioco con me e non lo farebbe di certo qui, e non adesso.

Mi dico che sarà nella mia stanza, avrà finito i biscotti e sarà andato a cercare qualcosa da mangiare nella mia camera. Chiudo la porta e vedo il suo cellulare sotto una sedia, ma non ci faccio molto caso.

La mia porta è chiusa, e mentre infilo la chiave il cuore mi martella nel petto. La camera è buia ed esattamente come l'ho lasciata. Non c'è alcun segno del passaggio di Ben, ma controllo lo stesso in bagno.

Mio figlio è scomparso.

62

Il panico è solo interiore, esteriormente riesco a conservare la calma. Controllo nel guardaroba, sotto il letto, dietro la tenda della doccia, nel caso abbia voluto giocarmi uno stupido scherzo, anche se so che non l'avrebbe mai fatto.

Scendo di corsa al piano di sotto ed esco nel parcheggio dalla porta sul retro. Non c'è alcun motivo per cui lui debba trovarsi lì, ma controllo comunque, e sbircio sopra il basso muro nero oltre il quale c'è il fiume che attraversa, perlopiù sotterraneo, il centro della città.

L'acqua è bassa, le sponde sono coperte di vegetazione estiva. Non può essere finito laggiù, il solo pensiero mi fa accapponare la pelle. Rientro in albergo, mi infilo dietro il banco del bar, ignorando le proteste della cameriera, e trovo John Donnelly in cucina.

«Ben è scomparso», gli dico. «Non riesco a trovare mio figlio. C'è una sala giochi da qualche parte? Un posto dove magari sta guardando la televisione?».

Appare Tammy, che mi fissa con gli occhi sgranati, tirata in viso.

«No», risponde John. «Ai bambini non è consentito l'accesso alle sale comuni. Quand'è l'ultima volta che l'hai visto?».

Non rispondo alla sua domanda. Nella mia mente se ne affollano già troppe. «L'avete più visto questa sera, dopo che me ne sono andata?»

«L'ultima volta è stata a cena», dice Tammy. «Più di un'ora fa. E poi è salito di sopra con te».

John solleva le mani per dire che non ha nulla da aggiungere.

«Ha parlato con qualcun altro in albergo?». Penso a Dwane e mi chiedo se è ancora qui. Potrebbe avere invitato Ben a vedere il suo plastico della città. Mio Dio, ti prego, fa' che Ben sia con il mio vecchio amico.

Tammy scuote la testa.

«Vuoi che chiami la polizia?», chiede John.

«Dammi ancora un secondo», dico dirigendomi verso il bar. Apro la porta e scopro che avevo visto giusto: Tom è al banco. Mi sta dando le spalle, ma riconosco la sua giacca e la sua voce quando ride.

«Tom!», lo chiamo.

«Ehi!», esclama lui. Si finge sorpreso ma la luce nei suoi occhi mi dice che sperava di vedermi, che è venuto qui per incontrarmi.

«Cosa è successo?», chiede quando vede la mia faccia.

«Ho bisogno di parlarti. Subito».

Lui mi segue nel corridoio deserto. Ci sono soltanto John e Tammy davanti alla porta della cucina.

«Ben è scomparso», dico. E per non sprecare tempo aspettando le sue domande gli racconto tutto. «Quando sono uscita, un'ora e mezza fa, era qui. L'ho cercato nelle nostre stanze, nel parcheggio e nelle sale comuni. Non ha preso con sé né il cappotto, né il telefono, né il portafoglio. Tammy e John non l'hanno visto. Non mi aveva detto che sarebbe uscito e non conosce nessuno in città. Non è da lui uscire senza lasciarmi un messaggio».

Poi, sapendo che sarebbe venuto fuori, aggiungo: «Sono stata alla casa dei Glassbrook. Ho una copia delle chiavi. Lui sapeva che stavo andando là».

Tom strizza gli occhi. «Potrebbe averti seguita lassù?»

«Non è impossibile», rispondo.

«Hai una sua fotografia?»

«Di sopra. È di qualche anno fa, ma...». Mi interrompo perché mi sta assalendo il panico. In fondo alla mia gola c'è un urlo e...».

«Florence!», dice Tom.

Incrocio il suo sguardo.

«Prendila, presto! Ci vediamo qui tra due minuti. Va'!».

Salgo di corsa nella mia stanza e prendo la borsa. Poi vado in quella di Ben, raccolgo il telefono e cerco la chiave senza trovarla.

Quando scendo, nell'atrio non c'è nessuno. La chiave di Ben non è appesa alla reception e questo mi suggerisce che non aveva intenzione di uscire dall'albergo.

«Florence». Tom è tornato. «Lascia che ti racconti cosa ho fatto», dice, facendomi cenno di avvicinarmi. «Sto prendendo la cosa sul serio. Non perché sono preoccupato – non può essere andato lontano, e sono sicuro che sta bene –, ma per te». Mi fa un timido sorriso. «E per noi. E perché è successo qui».

Ricambio il suo sorriso per ringraziarlo. Tom sa che gli chiederò ogni sforzo possibile per ritrovare mio figlio, e che se non lo farà solleverò un putiferio. Sa che dopo quello che abbiamo affrontato insieme prenderemo sempre sul serio la scomparsa di un ragazzo. E sa anche che qui, nel Nordovest, temeremo sempre il peggio.

«Ho segnalato la sua scomparsa e adesso invierò la fotografia», mi dice. «Tra dieci minuti arriverà un'unità cinofila».

I cani potranno seguire le sue tracce soltanto se Ben si è allontanato a piedi.

«Una squadra verrà a perquisire l'albergo con la collaborazione di John e Tammy. Un'altra comincerà a setacciare la città, i parchi pubblici, i pub che servono alcol ai minorenni».

Annuisco. So che Ben non è in uno di quei posti, ma Tom deve seguire le sue procedure.

«Tu e io andremo alla casa dei Glassbrook, per assicurarci che non sia lì. Poi ti riporterò in albergo e lo aspetterai, chiamerai suo padre e gli amici che potrebbe avere contattato».

Suo padre! Mio Dio, suo padre!

Tom mi fa strada lungo il corridoio e fuori dall'albergo mentre mi sento sommergere da un'ondata di déjà-vu. In passato Tom e io abbiamo affrontato molte situazioni simili, ma non mi sono mai sentita così impotente.

«Te la stai cavando alla grande», dice, aprendomi la portiera dell'auto.

«Ho bisogno di entrare nel sistema informatico», dico mentre usciamo dalla città. «Verrò alla stazione di polizia dopo aver fatto quelle telefonate. Voglio controllare se ci sono altri casi di ragazzi scomparsi nel Nordovest. Parlerò anche con la polizia dello Yorkshire».

Tom non dice nulla.

«Della contea di Cumbria e del Marseyside». Mi rendo conto che sto parlando a me stessa. «Ma lui non può portarlo fin là, sarebbe troppo rischioso. Deve avere la sua base da queste parti. Come diavolo faceva a sapere che sarei tornata? E come ha convinto Ben a lasciare l'albergo? Ben non è uno che si lascia ingannare facilmente».

«Non perdere la calma, Florence», mi dice Tom, e all'improvviso scorgo la paura che sta cercando di nascondermi. «Non c'è nessun "lui"», continua. «Nessun predatore a piede libero a Sabden. È stato Larry Glassbrook a uccidere quei ragazzi e adesso è morto».

Tom ha acceso le luci rotanti e stiamo sfrecciando lungo le strade deserte. Una parte di me vuole urlargli di rallentare per controllare ogni angolo buio che superiamo; l'altra parte vorrebbe che andasse ancora più veloce. Arriviamo alla casa dei Glassbrook e Tom svolta nel vialetto e si ferma davanti alla porta. Poi prende dal bagagliaio una torcia e un paio di guanti monouso, e io ringrazio il cielo che ragiona ancora a mente lucida, come un agente di polizia e non come un genitore sull'orlo del panico.

Tom bussa alla porta per svegliare Luna mentre io attraverso il giardino controllando dietro agli alberi e sotto i cespugli. Quando in casa nessuno risponde, tiro fuori le chiavi ed entriamo. La controlliamo da cima a fondo e poi passiamo al laboratorio di Larry, al deposito del legno sul retro e al capanno in giardino. Non c'è alcuna traccia né di Luna né di Ben.

«Tom», dico mentre siamo davanti alla porta sul retro, chiedendoci cosa fare adesso, «lo so cosa pensi, e so che se fossi in te penserei lo stesso, ma puoi darmi retta, per favore?»

«Forza, parla».

Gli racconto quello che mi ha detto Luna. Che una notte, mentre io ero scomparsa, aveva visto Larry scavare in giardino e si era molto spaventata, in parte perché suo padre non si occupava mai di giardinaggio e in parte perché nessuno scava in piena notte a meno che non abbia qualcosa da nascondere.

«Dove nel giardino?», chiede Tom.

«Vicino agli alveari».

Tom rimane in silenzio.

«"Dillo alle api"», ripeto. «L'ultima volta che ho visto Larry aveva in mente qualcosa. Mi disse che l'aveva detto alle api. Io pensai si riferisse all'effigie che avrei dovuto trovare. E se non fosse stata quella? Se Larry non ne fosse stato nemmeno al corrente ma avesse nascosto qualcos'altro vicino agli alveari?».

Tom fa un sospiro. «Come vuoi tu», dice. «Rischiamo di scavare per mezz'ora e poi trovare i resti del gatto di Larry. Penso che potremmo impiegare meglio il nostro tempo. Ma abbiamo una torcia e nel capanno ci sono delle vanghe. Decidi tu cosa vuoi fare».

Prendo la mia decisione. Recupero una vanga e guido Tom fino agli alveari. Lui punta la torcia a terra e vediamo soltanto erba non falciata. Potremmo scavare per ore senza trovare quello che Larry ha lasciato. Mi avvicino agli alveari e sento qualcosa di duro sotto il piede.

Afferro la mano di Tom e gli faccio abbassare la torcia. Un sassolino. Di per sé sarebbe insignificante, se non ce ne fossero altri. Una fila di sassolini. Sei in linea retta e poi una linea di altri quattro che si congiungono formando la lettera "L".

«Eccolo», dico. «È qui».

Reggo la torcia mentre Tom si mette subito a scavare.

"L" per Larry? "L" per Luna? "L" per Lovelady? "L" per Love?

«Ehi!», esclama Tom quando la mia mano tremante fa ondeggiare la torcia. Dalla terra è emersa una borsa di tela, vecchia e molto sporca.

«In casa», dice Tom.

Sul tavolo della cucina, Tom apre la borsa. Dentro c'è una grande busta marrone, senza francobollo o timbro postale, indirizzata a "Larry Glassbrook, Esq" in un'elegante calligrafia vecchio stile.

Tom la rovescia e ne escono delle fotografie in bianco e nero e un frammento di tessuto macchiato. Tom dispone le fotografie sul tavolo, e quando vediamo la prima mi accorgo che lui è rimasto colpito quanto me. È una fotografia di noi due.

È stata scattata trent'anni fa, quando vivevo e lavoravo qui. Sono una giovane donna di ventidue anni e sono brilla. Tom mi sta accompagnando fuori dal Black Dog.

Nella seconda fotografia siamo a pochi metri dal pub e sullo sfondo riconosco la macchina di Tom. Nella terza ci sono il furgone del pub e John Donnelly che sta tirando fuori qualcosa dalla cantina. Le tre fotografie sono state scattate la notte che Tom e io abbiamo fatto l'amore al Black Tarn e che ho dissepellito Luna dalla sua tomba prematura.

Nella quarta fotografia non ci siamo né Tom né io, ma Luna che sta salendo sul retro del furgone del Black Dog. Dietro di lei, pronto a chiudere il portello, c'è John. Nell'ultima c'è il furgone che lascia il parcheggio del pub. Riconosco John al volante. All'epoca era troppo giovane per guidare. Ricordo che una volta Tom mi ha detto che era stato fermato e multato per guida senza patente.

«Non capisco», dice Tom. «Chi le ha scattate?»

«È la stessa notte», dico. «In tutte le fotografie John indossa gli stessi vestiti».

«Indossava sempre gli stessi vestiti. Quel povero bastardo non aveva nulla da indossare tranne quello che gli aveva lasciato il padre».

Indico la fotografia di Luna che sale sul retro del furgone. «Questi sono i vestiti con cui l'abbiamo trovata», dico. «Ed è anche la notte in cui l'abbiamo trovata».

Tom non risponde.

«Guarda la luna», dico indicando con il dito il disco bianco nel cielo e passando da una fotografia alla successiva. «La notte in cui è stata rapita Luna era quasi piena e quando l'abbiamo trovata era piena».

«Non è nella stessa posizione», dice Tom, dubbioso.

«Non sarebbe possibile. La luna si muove nel cielo. Apparentemente, le fotografie di John e Luna sono state scattate circa un'ora dopo che noi ce ne andammo».

«Chi può averle scattate?», chiede di nuovo Tom. «Chi diavolo può essere rimasto appostato per ore davanti al Black Dog sperando di cogliere questa remota possibilità?».

Non lo so, e al momento non è questa la mia priorità. «Queste fotografie dimostrano che Luna non è stata rapita. Né da suo padre né da qualcun altro. Ti sembra forse che John la stia costringendo a salire sul furgone? Era una simulazione. Ti avevo detto fin dall'inizio che il rapimento di Luna era diverso».

«Aspetta un attimo, Florence. L'avevi trovata in una fossa poco profonda», dice Tom.

Allungo una mano per toccargli il braccio, ma lui si ritrae. «Sì, una tomba molto diversa da quelle degli altri. Non era in una cassa ed era fuori città. Ho avuto una soffiata. Mi hanno detto dov'era. Luna non è mai stata in pericolo».

Lui fa un passo indietro per guardarmi meglio. «Dov'era per

tutto il tempo in cui è scomparsa? E perché? Perché mai qualcuno dovrebbe simulare un rapimento? A che scopo?».

All'improvviso mi è tutto chiaro. Più avanti me la prenderò con me stessa per non averlo capito prima, per avere ignorato i dubbi che ho sempre avuto sulla colpevolezza di Larry, ma per il momento mi basta la conferma che avevo visto giusto.

«Per distogliere l'attenzione dai veri killer», dico. «Loro. Sono stati John e Luna a uccidere Stephen, Susan e Patsy. Probabilmente anche Tammy, Dale e Unique hanno avuto un ruolo. All'epoca avevamo pensato che il rapimento di Luna fosse un espediente di Larry per distogliere l'attenzione da sé stesso, perché chi mai avrebbe ucciso la propria figlia? Avevamo visto giusto sull'espediente, ma non sul responsabile».

Tom scuote la testa, ma so che ci sta pensando.

«Sapevano che mi stavo avvicinando alla verità», dico. «Luna aveva trovato i miei grafici, sapeva che mi ero informata sui ragazzi a scuola, che stavo raccogliendo informazioni su di loro. Lei e John mi avevano vista in segreteria. Un giorno hanno persino cercato di strapparmi informazioni qui in giardino. Ricordi quando John ci ha detto che era gay? E quando Luna cercava di gettare sospetti su di me? Sono bugiardi e manipolatori. Erano pericolosi da adolescenti e lo sono doppiamente ora. Sono stati loro a rapire Ben».

Penso alle facce preoccupate di John e Tammy al Black Dog e mi rendo conto di quanto sarebbe facile sventrare qualcuno a mani nude. Sento le mie unghie affondare nei palmi e il respiro che si accelera. Sto ribollendo di rabbia. Questa gente non ha la più pallida idea di cosa ha scatenato rapendo mio figlio.

«Elanor Glassbrook non vive a Sabden da anni», dice Tom, e la sua voce mi sembra molto lontana.

Mi sforzo di parlare con calma, anche se vorrei soltanto urlare. «John Donnelly e Tammy sono i proprietari del pub dove stiamo. Ben si sarebbe fidato di loro. Se avessero bussato alla sua porta dicendogli: “È successo qualcosa a tua madre. È al piano di sotto. Vieni presto”, lui l’avrebbe fatto».

Tom si gira e si china sul lavandino. Per un istante penso che stia per vomitare. «Perché Larry ha confessato?», chiede ai rubinetti. «Se era innocente, perché si è accollato trent’anni di prigione?»

«Per amore», rispondo. «Sapeva che era stata Luna e si è assunto la colpa per lei».

«E lei ha lasciato che suo padre andasse in prigione?», chiede parlando al proprio riflesso.

Mi metto dietro di lui. «Era un’adolescente psicopatica. Lo avrebbe fatto impiccare volentieri».

Tom fa un ultimo, lungo sospiro. Sento che sto per perdere la pazienza, ma ho bisogno di lui accanto a me.

«Qualcuno gli ha fatto avere le prove», dico. «Qualcuno ha mandato a Larry queste fotografie». Allungo una mano e prendo il frammento di tessuto. Anche se non indossassi i guanti, non avrei paura di contaminarlo con il mio DNA perché lo è già. Questo tessuto avvolgeva il dito che mi è stato mozzato.

«Qualcuno gli ha mandato il mio dito», dico. «Larry deve avere capito che era mio, mi aveva fatto i complimenti per lo smalto delle unghie. Sapeva che sua figlia era un mostro, ma voleva proteggerla».

Tom si volta e non riesco a vedere l’espressione dei suoi occhi. «Gli omicidi sono finiti», dice. «Negli ultimi trent’anni nessun ragazzo di Sabden è scomparso».

«Il patto doveva essere questo», dico. «Lui si assumeva la colpa e loro dovevano smetterla. Ha sepolto le prove per assicurarsi che avrebbero mantenuto la parola. E per tutto questo tempo non ha voluto che Sally vendesse la casa perché le fotografie erano seppellite in giardino».

«Oh, merda!», esclama Tom.

«E magari non si sono fermati», dico. «Forse sono diventati

più astuti. È per questo che voglio fare quella ricerca sui ragazzi scomparsi. Dopo che avremo fermato John e Tammy».

Rientriamo in città. Per la maggior parte del viaggio mi aggrappo al sedile perché in trent'anni la guida di Tom non è affatto migliorata. Quando il traffico lo costringe a rallentare, dico: «Larry non mi ha tenuta per due giorni nel deposito del legno. Ha mentito. Prima ci sono andata e non è lo stesso posto».

Questa volta non ha nulla da obiettare. «E dove, allora?»

«Credo al Black Dog», rispondo. «In una cantina. E quelle doppie porte che abbiamo visto permettono di accedere facilmente al parcheggio. Penso sia lì che hanno tenuto Luna e anche me. E forse anche altri, per un certo periodo».

«Abbiamo perquisito il Black Dog».

«Forse c'è una cantina nascosta che nessuno conosce». Mi chiedo se il mio bisogno di trovare Ben è così forte da farmi immaginare nascondigli che non esistono. «Dwane mi ha parlato una volta di un'antica cantina, con ancora le catene ai muri, che usavano per tenere i prigionieri diretti al carcere di Lancaster. Ne hai mai sentito parlare?»

«Forse», risponde lui stringendosi nelle spalle.

«E Luna era una prigioniera consenziente, sapeva che doveva nascondersi».

«Ma tu non lo eri. Ti abbiamo cercata nelle cantine del Black Dog. Ti abbiamo cercata dappertutto. Per tre notti nessuno di noi ha chiuso occhio».

La sua voce si spezza e gli tocco la mano. Non posso permettere che qualcuno di noi due si lasci prendere dal panico. Ben è mio figlio. La mia vita finirà se finisce la sua.

Quando arriviamo al pub, nel parcheggio ci sono già le auto di pattuglia con i lampeggianti.

Tom spegne il motore e si volta verso di me. «Tu resti qui», dice.

Allungo una mano verso la maniglia e lui mi blocca il braccio. «Non essere sciocca, Floss. Non posso coinvolgerti in questo. Ci andrò da solo, e convocherò John e Tammy Donnelly alla stazione di polizia per interrogarli. Se non ci verranno di loro spontanea volontà li farò arrestare. Poi perquisiremo le cantine. Resterai qui finché i Donnelly non se ne saranno andati, poi salirai nella tua camera. Sono stato chiaro?».

Non posso obiettare, non posso fare nulla che potrebbe ritardare la ricerca di Ben.

Guardo Tom scomparire all'interno del pub e fisso la porta per un secondo. Poi guardo la borsa di tela nel sacchetto delle prove sul sedile posteriore e mi faccio prendere dal panico.

Tammy e John si sono allontanati su due auto diverse. Riappare Tom, seguito da un uomo in abiti eleganti. Sono convinta di conoscerlo, ma non riesco a dargli un nome. È all'inizio della quarantina, con i capelli scuri, folte sopracciglia e occhi sottili color ardesia. Qualcosa nel suo portamento mi suggerisce che è un poliziotto. Scendo dall'auto per incontrarli. Entrambi si accorgono che ho pianto ed evitano il mio sguardo.

«Sarò io a condurre l'interrogatorio», dice Tom. «Ci vorrà ancora un po' perché stiamo aspettando gli avvocati e...».

«So come funziona», dico. «Voglio ascoltare».

Lui scuote la testa. «Non è possibile, Florence. Ti affido al detective Brian Rushton, il figlio di Stan. Lui sa tutto di te e ti sarà di aiuto».

Annuisco all'uomo che ricordo soltanto dalle fotografie, un ragazzino tarchiato con il casco da poliziotto. Questa somiglianza con il padre mi rassicura. Dietro di noi sento Tom salire in auto e allontanarsi.

«Andiamo a controllare le cantine, signora», mi dice Rushton con la voce del padre. «Può venire anche lei, se farà esattamente quello che le dirò».

Le cantine sono molto vaste. I muri di pietra sono dipinti di bianco, ma la pittura è vecchia e si sta scrostando. I pavimenti di porfido in alcuni punti sono ricoperti di linoleum macchiato e incurvato, le pareti sono chiazzate di muffa. Le stanze che attraversiamo sono fredde e nell'aria ristagna un odore di birra alla spina e asciugamani umidi.

I fusti argentati della birra, dai quali si dirama un labirinto di tubi che salgono al piano di sopra, scintillano nella penombra. Ci sono scatole di patatine e noccioline, birre in bottiglia e in lattina e soft drink. Stanze con sedie e tavolini impilati contro le pareti e altre piene di mobili e accessori per il bagno.

Cerchiamo in ogni angolo, ma non troviamo Ben. Controllo persino nelle botti vuote, ma non è nemmeno lì. Quando arriviamo alla stanza con le due grandi botole attraverso le quali si accede al parcheggio, mi fermo. Possono essere queste le porte che avevo sentito sbattere e che avevano usato per caricarmi sul furgone, ma non ne ho la certezza.

«C'è un'altra stanza da questa parte», dice il barista che ci sta facendo da guida, scortandoci verso un muro di pietra contro il quale sono ammassati dei barili. Dietro i barili scorgo un pannello di compensato.

«Cos'è quella stanza?», chiede Rushton.

«È un vecchio locale che non usiamo più», risponde il barista.

I barili sono pesanti e ci vogliono quattro uomini – Rushton, il barista e i due agenti che ci hanno accompagnati – per ribaltarli e farli rotolare da una parte. Quando tolgono il pannello di compensato, vediamo un basso arco di pietra stillante di umidità oltre il quale c'è un piccolo locale con carcasse di vecchie botti.

Appena superiamo l'arco mi sento assalire dalla claustrofobia. La torcia di Rushton illumina una stretta scala in fondo alla stanza. È talmente vecchia e logora che in alcuni punti la pietra si è sbriciolata. Mi chiedo se sia abbastanza solida da reggere il nostro peso.

«Attenti a dove mettete i piedi», dice il barista, schizzando su per la scala come uno scoiattolo.

«Non è necessario che venga anche lei», dice Rushton. Io però lo seguo e ci arrampichiamo sulla scala scivolosa mentre i due agenti ci aspettano di sotto.

È questa la stanza di cui mi ha parlato Dwane. Il luogo dove venivano imprigionati i miscredenti e i criminali diretti al carcere di Lancaster.

È un locale di tre metri per due, con il soffitto talmente basso che non ci si può alzare in piedi. Sopra le nostre teste c'è una griglia di ferro che si apre sulla sponda del fiume, che quando è in piena allaga di certo la cantina.

Sui muri ci sono i resti di catene, ceppi, manette, e più in basso, a pochi centimetri dal pavimento in terra battuta, anelli di ferro.

«È qui che la teneva prigioniera, signora?», mi chiede Rushton a bassa voce.

La fredda terra sotto i piedi, la sensazione di essere in un seminterrato e l'umidità sono le stesse, ma lo spazio è diverso. La prigione che ricordo era più grande.

«Non credo», rispondo.

«Conosco quel vecchio caso, ho riletto il dossier più di una volta, e questa parte della cantina non è mai stata perquisita. Potrebbe essere qui che ha imprigionato lei, Luna e gli altri».

«Ma Ben non è qui», rispondo. «E questa è l'unica cosa che conta».

63

Faccio le mie telefonate. Chiamo mio marito, che è ancora a Parigi, e gli mento dicendogli che non sono preoccupata e che sto solo valutando tutte le possibilità. Poi chiamo i nonni di Ben e mento anche a loro. Telefono anche al migliore amico di mio figlio, al suo secondo migliore amico e alla ragazza alla quale vorrebbe dare un appuntamento che non ha mai osato chiederle. Nessuno di loro l'ha sentito, e nonostante le mie bugie, si accorgono del panico che mi divora.

Dare un nome alle paure le rafforza. Il rapimento di Ben – giacché non posso più parlare di "scomparsa" – sta diventando più serio a ogni minuto che passa. Vorrei correre nella notte urlando il suo nome. Vorrei bussare a ogni porta dell'albergo per farmi dire dai clienti cosa hanno visto o sentito. Vorrei entrare nella sua stanza e prendere qualche indumento ancora impregnato del suo odore per stringermelo al petto. Ma non faccio nessuna di queste cose. Con la prima non otterrei nulla, la seconda interferirebbe con le indagini della polizia e la terza è la tipica reazione di un genitore che ha rinunciato alla speranza di trovare il figlio. Ma io non rinuncerò.

Mi sto chiedendo se ci sia qualcun altro a cui dovrei telefonare, quando bussano alla porta. Per un istante sento rinascere la speranza, ma poi mi rendo conto che se fosse Ben non busserebbe.

Apro la porta e davanti a me c'è Brian Rushton.

«Ha un minuto, signora?», mi chiede, come se avessi qualcosa di più urgente da fare. Rushton tiene stretta sotto il braccio sinistro una pila di raccoglitori, come se ne trovano ormai soltanto nei vecchi archivi non ancora digitalizzati. Si siede sul letto mentre io prendo una sedia.

«Mio padre mi parlava spesso dei vecchi tempi», dice. «Soprattutto del caso Glassbrook. Non è mai riuscito a toglierselo di testa».

Non sono l'unica, allora. I miei dubbi avevano assillato anche lui. «Suo padre era un ottimo ufficiale», dico.

Lui fa un mesto sorriso. «Ci sono cose di cui probabilmente lei è all'oscuro», dice. «Cose che risalgono a molti anni fa. Le indagini sono state messe a tacere, come se qualcuno non volesse smuovere le acque».

Smuovere le acque? Ho già sentito queste parole.

Quel qualcuno poteva essere stato soltanto suo padre, ma non glielo dico. «Che genere di cose?».

Lui abbassa lo sguardo sui raccoglitori. «Quattro mesi dopo il suo funerale, quello vero, il corpo di Patsy Wood è stato trafugato».

Era l'ultima cosa che mi sarei aspettata.

«Qualcuno si è introdotto di notte nel cimitero e l'ha dissotterrata», continua. «Poi hanno riempito di nuovo la fossa, ma la mattina dopo il guardiano se n'è accorto e ha capito che c'era sotto qualcosa. L'ha segnalato alla polizia e c'è stata un'indagine in sordina. La cassa era vuota».

È come se la stanza fosse diventata all'improvviso bollente. «Com'è possibile che io non l'abbia saputo?», chiedo.

«La notizia non è stata diffusa», risponde Rushton stringendosi nelle spalle. «Immagino che mio padre abbia pensato che quel caso aveva fatto già abbastanza danni. Ormai quella ragazza non avrebbe più potuto soffrire, ma la sua famiglia sì. Forse voleva solo risparmiarle un altro dolore».

Guardo la finestra. È già aperta, ma in questa stanza non c'è aria. Ha messo la cosa a tacere?

Brian Rushton piega la testa di lato. «Non l'avrei menzionato, ha già abbastanza a cui pensare, ma c'è qualcos'altro».

«Cosa?».

Fa un sospiro. «Alcuni resti umani sono stati rinvenuti tra le ceneri di un falò sulla collina, ma all'epoca non c'erano ancora i test del DNA».

Non avrà pace… Dovete bruciarla.

«Perché mi dice questo?».

Abbassa lo sguardo sui dossier che tiene sottobraccio.

«Pensa che abbia qualcosa a che fare con la scomparsa di Ben?».

Mi guarda. «Non so cosa c'entri. So soltanto che la gente non ha visto di buon occhio la condanna di Larry Glassbrook, anche se nessuno l'ha mai detto apertamente. Me l'ha fatto capire mio padre».

Si alza in piedi. «Tom mi ha detto cosa ha trovato nella casa dei Glassbrook. E mi ha parlato anche dei suoi sospetti su Luna e i suoi amici. Se ha visto giusto, ci siamo persi un sacco di cose».

Mi alzo anche io.

«Ho appena ricevuto una telefonata dal capo», dice Rushton. «Gli avvocati di John e Tammy sono arrivati e l'interrogatorio sta per cominciare. Ha detto che può assistere anche lei».

«Vuole tenermi d'occhio, vero?», dico mentre scendiamo le scalc.

«Mi ha detto anche che lei ha sottratto delle prove e che se non le restituisce subito la farà arrestare», risponde lui con un mezzo sorriso, per farmi capire che non lo intende davvero. Comunque sia, è un bravo poliziotto. Apro la borsa per mostrargli la busta che ho prelevato dalla sacca di tela mentre ero sola nella macchina di Tom.

«Non l'ho compromessa in alcun modo», dico. «Ho sempre indossato i guanti».

Lui mi fissa in silenzio.

«Non potevo restarmene seduta lì aspettando che portaste fuori Tammy e John. Mi sembrava di impazzire. Ho pensato che magari, riguardando quelle fotografie, mi sarebbe venuto in mente qualcosa».

«Ed è successo?».

Scuoto la testa.

«Le restituisca, allora».

64

«Non la stessa sera», sta dicendo John Donnelly quando arriviamo. È allungato sulla poltrona e si sta torcendo le mani. «Cosa provano i vestiti? All'epoca indossavamo gli stessi abiti finché non puzzavano».

«La stessa luna». Non riesco a vedere la faccia della detective che lo sta interrogando, soltanto i capelli castani che le piovono sulle spalle.

«A quanto ne so, la stessa luna sorge ogni notte da milioni di anni», dice John. Porta una mano alla bocca per mordersi le unghie e mi accorgo che sta tremando.

«Sostiene che le foto sono state scattate prima della scomparsa di Luna», dice un agente accanto a me.

«Nessuna traccia di Luna?», chiedo. Lui scuote la testa. Luna e Ben sono scomparsi.

Tammy e John vengono interrogati in stanze separate.

In entrambi i locali ci sono telecamere a circuito chiuso che consentono di seguire in diretta i due interrogatori. Sull'altro schermo, Tammy non finge nemmeno di non essere spaventata, ma la sua versione coincide con quella di John: nessun membro della banda era a conoscenza della scomparsa degli altri ragazzi.

«Luna era convinta che suo padre fosse colpevole», sta dicendo. «Dopo il suo arresto non è più stata la stessa. Non è mai riuscita a superare il trauma. Dev'essere stato Larry a scattare quelle fotografie».

«Perché avrebbe dovuto mandare delle fotografie a sé stesso?», chiede Tom. «E soprattutto, perché avrebbe dovuto scattarle?».

Lei non gli risponde. «All'epoca John usciva con Luna», dice invece. «Rubava sempre il furgone al padre per portarci in giro. Non significa nulla».

Tom si appoggia allo schienale e si gratta la testa. «La notte in cui era scomparsa Luna avevo interrogato John e ricordo distintamente che ci aveva detto di essere gay. Il che è strano se si pensa che è sposato da oltre vent'anni e che voi due avete tre figli ormai grandi. Perché avrebbe dovuto farci credere che era gay, Tammy?»

«Gay non significa necessariamente assassino», dice lei.

«Ma sostenere di non esserlo significa essere un bugiardo», ribatte Tom.

«Mi chiedo chi confesserà per primo la verità, lei o sua moglie?», dice la detective a John. «Spero che sarà sua moglie, non credo che sarebbe in grado di sopportare una lunga detenzione».

John impallidisce.

«Adesso capisco come funzionava», dice lei. «Di chi potevano fidarsi i ragazzi se non di altri ragazzi? Soprattutto dei ragazzi fichi della banda di cui tutti volevano far parte. Forse la spacciavate come una sorta di prova di coraggio: "Entriamo nella camera mortuaria a vedere qualche cadavere. Ci troviamo lì alle dieci. Riuscite a uscire di casa senza che vostra madre se ne accorga?"».

«Donnelly scuote la testa a beneficio delle videocamere», dice l'agente al mio fianco.

«Non avrebbe nemmeno avuto bisogno di forzare la serratura. Luna poteva sottrarre facilmente una copia delle chiavi. E nella borsa di sua madre c'erano tutti i sedativi di cui aveva bisogno. Facile».

«Il mio cliente non ha nulla da dichiarare», dice l'avvocato.

«E poi l'avete tenuta segregata in cantina», continua la detective. «Sappiamo benissimo come l'ha fatto, John. Quello che non sappiamo è perché».

«Perché ha ucciso i suoi amici, Tammy?», domanda Tom. «Che cosa avevano fatto Susan, Stephen e Patsy oltre a volere far parte della vostra banda?».

La porta si apre e un sergente in uniforme si affaccia. «È pronta per lei, signore», dice. «Ha firmato il modulo dell'immunità giudiziaria».

L'avvocato di Tammy, le cui palpebre si erano abbassate, si raddrizza di scatto sulla sedia. «Che cos'è questa storia?», chiede stropicciandosi la faccia.

La porta si chiude alle spalle del sergente.

«Devo lasciarla per un po', Tammy», dice Tom alzandosi. «C'è un'altra persona che ha bisogno della mia attenzione e spero che sia più collaborativa».

«Chi?», chiede Tammy. «Chi c'è?»

«Non perdere la calma, Tammy», le dice l'avvocato. «Cos'è questa storia dell'immunità giudiziaria? Non ne ho mai sentito parlare».

«Oh, lasci perdere, Mack. Confonde sempre i moduli», dice Tom.

«È Luna? Luna è qui?»

«Ieri sera Luna ha minacciato di bruciare la casa dei Glassbrook», dice Tom. «È una donna a cui non manca lo spirito di iniziativa». Si ferma sulla porta. «Potrei metterci un po'. Nel frattempo vi farò portare qualcosa da bere».

«Aspetti», dice Tammy.

Tom si volta e la guarda corrugando la fronte.

«Tammy, non credo…», comincia a dire il suo avvocato».

«Non può fidarsi di Luna», dice Tammy. «Nessuno può fidarsi di Luna, non ha la testa a posto».

Tom sospira. «Tammy, ha qualcosa di concreto da dirmi? Perché io…».

«È stata una sua idea».

Tratteniamo tutti il respiro.

Un'ora più tardi ci ritroviamo nella sala riunioni.

«Secondo John e Tammy, e le loro versioni sembrano coincidere, il rapimento di Luna è stato simulato dai ragazzi stessi. L'hanno tenuta nascosta per due notti nelle cantine del Black Dog e poi John l'ha portata in quel vecchio cimitero. Quando Florence è arrivata, era nella tomba soltanto da pochi minuti».

«Perché?», chiedo. «Perché avrebbero dovuto fare una cosa così stupida e irresponsabile?»

«Secondo John, per farsi quattro risate», risponde la detective scoccandomi un sorriso. «Quei ragazzi erano andati in televisione, e l'attenzione è una cosa strana, più ne hai e più vuoi averne».

«Secondo Tammy, è stata un'idea di John e Luna, che l'avevano costretta a seguirli. Ha ammesso tuttavia di essere stata lei a farti quella telefonata in cui ti ha detto dove trovare Luna».

Poteva essere stata la voce di Tammy quella che ho udito quella notte. Ricordo che era acuta e asessuata, come se cercasse di dissimulare la sua vera voce.

«Questo spiegherebbe perché la scomparsa di Luna era così diversa dalle altre», dice Brian.

Ci avevo pensato anch'io.

«L'unico punto su cui le versioni di John e Tammy differiscono è che secondo John il vero motivo per cui Luna ha proposto quel finto rapimento era perché sapeva già che suo padre era sospettato e voleva distogliere l'attenzione da lui. Pensava che nessuno avrebbe sospettato Larry del rapimento della sua stessa figlia. La storia dello stupro, le accuse contro di lei servivano soltanto a proteggere suo padre».

«Luna odia suo padre», dico. «L'ha chiamato "mostro"».

«Ma questo non esclude che volesse proteggerlo», dice la detective.

Più di una testa annuisce impercettibilmente e sento la tensione allentarsi nella stanza.

«Quindi, se stanno dicendo la verità, tutto questo conferma che Larry Glassbrook era il vero colpevole dei tre omicidi e del rapimento dell'agente Lovelady nel 1969».

«E cosa mi dite delle fotografie scattate quella notte nel parcheggio del Black Dog?», chiedo. «Non ha senso che Larry le abbia scattate per poi spedirle a sé stesso».

«Nemmeno quello che hanno fatto i ragazzi ha senso», risponde Tom.

Nessuno parla. Tom ha ragione.

«John e Tammy Donnelly sono due bugiardi», dico. «Ci hanno mentito trent'anni fa e continuano a mentirci adesso».

All'improvviso tutti abbassano lo sguardo.

«Non abbiamo nessuna prova che Tammy o John questa notte siano usciti dal Black Dog», dice un giovane agente. «Al contrario, erano insolitamente occupati. Tammy era in cucina e John faceva la spola tra la cucina e il bar per dare una mano a servire. Se uno dei due si fosse assentato anche per poco, il personale l'avrebbe notato».

«Ce n'erano altri tre nella banda», dico. «Dale Atherton, Richie Haworth e Unique Labaddee».

«Dale Atherton è morto anni fa», dice qualcuno. «Ha avuto un infarto».

«E a quanto parte Richie Haworth è emigrato», dice qualcun altro. «In Nuova Zelanda, credo».

«C'è una novità», interviene Tom. «Abbiamo ricevuto una segnalazione dalle ferrovie. Un testimone sostiene di aver visto un ragazzo che corrisponde alla descrizione di Ben comprare un biglietto da un distributore automatico cinque minuti prima che partisse il treno per Manchester», dice allungandosi sulla poltrona. «Hai detto che non avete avuto alcuno screzio, Florence, ma è possibile che ci sia qualcosa di cui tu non sei al corrente? Qualcosa che abbia improvvisamente indotto Ben a tornare al Sud?».

Lo fisso in silenzio.

«I treni della West Coast diretti al Sud partono ogni ora da Manchester», dice qualcun altro. «A Victoria Station e a Piccadilly ci sono videocamere di sorveglianza. Posso chiedere a qualcuno della Greater Manchester di visionare le riprese».

Tom annuisce e l'idiota convinto che mio figlio abbia preso un treno per Manchester si alza ed esce dalla stanza.

«L'hanno già fatto prima», dico. «Dopo la scomparsa di ogni ragazzo abbiamo ricevuto segnalazioni di avvistamenti alle stazioni degli autobus e delle ferrovie. Hanno cercato di farci credere che i ragazzi erano scappati per evitare che li cercassimo qui».

«Chi è stato? Chi vuole depistarci?», chiede qualcuno.

Lo ignoro.

«I cani hanno trovato una traccia», dice l'agente in uniforme al fianco di Tom.

«Perché me lo dite soltanto adesso?», chiedo alzando la voce.

«La traccia esce dal Black Dog, gira a destra sulla strada principale e prosegue per duecento metri», dice Tom. «Poi svolta di nuovo a destra su Old Sabden Road e alla fine della strada si perde».

In fondo a Old Sabden Road c'è Station Road. La traccia seguita dai cani portava alla stazione ferroviaria.

Mi alzo.

«Siediti, Florence», dice Tom.

Lo ignoro.

«Brian, va' con lei», ordina Tom. «Continueremo a cercare, Florence. Cercheremo tutta la notte e lo troveremo».

Continueranno a cercarlo, su questo non ho dubbi. Ma non lo troveranno.

65

Accetto che Brian Rushton mi accompagni in auto in albergo e poi gli chiedo di lasciarmi sola. Gli dico che me la caverò benissimo e che la cosa migliore che può fare per me è andare a cercare mio figlio insieme agli altri, ricordandogli che ha ancora lui la busta con le fotografie.

Appena Brian se ne va, esco dal retro e salgo sulla mia macchina.

La prima fermata è alla casa dei Glassbrook, dove mi introduco nel laboratorio di Larry. Ci metto cinque minuti a trovare quello che mi serve e ficco tutto dentro un vecchio zaino. Prima di andarmene, mi volto a guardare gli alveari. Trent'anni fa erano vivi e ronzanti, pieni di piccole creature che Sally accudiva regolarmente. Larry non aveva potuto nascondere la mia effigie negli alveari prima dell'arresto. Il che significa che l'ha fatto qualcun altro, di recente, sapendo che io l'avrei trovata. La domanda è: chi?

E perché?

Per confondermi. Spaventarmi. Irritarmi. Forse tutte queste cose insieme, ma soprattutto per tenermi qui, per fare in modo che non lasciassi la città. Nessun agente coinvolto nel caso Glassbrook ignorerà questa nuova prova. Qualcuno lo sa. Qualcuno mi ha manipolata affinché restassi qui. Avevo deciso comunque di restarci, ma loro non lo sapevano.

John e Tammy lo sapevano, visto che ho prenotato due notti al Black Dog. Non avrebbero avuto bisogno di attirarmi con quell'effigie. Secondo la polizia, questa notte John e Tammy non sono usciti dal pub. Non credono che siano stati loro a rapire Ben, e sto cominciando a crederlo anch'io.

Luna? La famiglia può accedere liberamente alla casa. Se fosse stata lei a lasciare l'effigie, l'avrei trovata sul cuscino del mio vecchio letto, non in giardino. Dale Atherton è morto. Richie Haworth emigrato. La certezza che i ragazzi fossero i responsabili delle morti dei loro amici sembra abbandonarmi con la stessa rapidità con cui si è impadronita di me.

Lasciandomi a mani vuote.

Risalgo in macchina e mi inoltro nell'aperta campagna. Davanti a me si staglia la collina. Continuo ad avanzare e poi, quando non posso procedere oltre, mi accosto al bordo della strada e spengo il motore. Mentre scendo dalla macchina, mi assale un pensiero terribile.

Perché vogliono che venga qui? Perché vogliono farmi restare in città?

Sono l'ultima persona che vorrebbero riaprisse quel vecchio caso. E perché mai rapire mio figlio quando sanno che farò di tutto per trovarlo? Perché, tra tutti i poliziotti della contea, hanno scelto proprio me?

L'unica spiegazione che mi viene in mente è la vendetta, e se è così, a questo punto Ben sarà già morto.

No, non posso rinunciare.

Questa notte non c'è la luna, ma l'energia astrale è dalla mia parte. Nel cielo non ci sono nuvole e le stelle sembrano particolarmente luminose mentre scendo dall'auto e comincio ad arrampicarmi. L'ultima volta che sono salita quassù avevo trent'anni di meno e ora l'ansia mi toglie il respiro, ma non mi do per vinta. In mezz'ora dovrei farcela.

Mi fermo nella piccola radura dove si davano convegno le streghe. C'è un cerchio di pietre con cenere e qualche pezzo di legno carbonizzato, i resti di un fuoco acceso da poco. Sapere che questo è ancora un luogo sacro mi incoraggia.

Che sia o meno il sito della Malkin Tower non ha importanza. È il luogo dove per decenni le mie sorelle hanno praticato le arti magiche. Qui posso raccogliere le energie che mi serviranno.

Uso il legno che ho rubato nel laboratorio di Larry per accendere un fuoco. Dovrà bruciare a lungo ed essere visibile. Quando ne ho ammucchiato a sufficienza prendo i fiammiferi dalla borsa e lo accendo.

Tempo fa Daphne e Avril mi hanno insegnato che la stregoneria ha tre discipline: guarigione, divinazione e magia. Le ho studiate e praticate tutte e tre, ma, come mi hanno detto le due donne, le streghe sono sempre attratte da una in particolare. Io sono una divinatrice, capace di prevedere eventi futuri e interpretare i presagi. Uso tarocchi, rune vichinghe e cristalli, ma il mio metodo prediletto è il fuoco.

Il fuoco si accende subito e dopo pochi minuti ci sono fiamme dorate e braci ardenti. A quel punto spargo le erbe. Lavanda, salvia, menta e petali di rosa hanno forti proprietà protettive. L'achillea e la canfora potenziano le capacità psichiche. L'anice mi aiuterà a sprofondare nella trance. Mi siedo e lascio che la mia mente si svuoti e diventi ricettiva.

«Mio figlio è qui. Mio figlio è vivo. Mio figlio è in pericolo».

Guardo le spirali di fumo salire nelle tenebre e sento il calore del fuoco arrossarmi le guance. Vedo la faccia di Ben, ma so che è soltanto una manifestazione della mia paura. Devo calarmi più a fondo. Mi sporgo in avanti e inalo il fumo delle erbe. Dopo qualche istante mi sento invadere da una grande calma. Quando raggiungerò lo stadio in cui sarò consapevole di ciò che mi circonda, ma mi sentirò separata da esso, allora comincerò a vedere.

Il vento si rafforza. La collina comincia a gemere e sospirare, e il fumo delle erbe mi avvolge.

Vedo catene. Vedo mio figlio avvolto dalle tenebre. Vedo un piccolo roditore, aggressivo e spaventato al tempo stesso.

Mio figlio è sottoterra, ma non può muoversi né respirare. Vedo spesse pareti attorno a lui. E porte chiuse.

È perfettamente immobile, come un…

Un nuovo aroma mi invade le narici, non è amaro come quello delle erbe che ho bruciato, ma di una dolcezza nauseante. È il profumo della buddleia. Non ricordo se qui vicino c'è un cespuglio e non voglio uscire dalla trance per verificarlo. Vedo teste di uomini arrabbiati. Una folla. Alti muri. Luci abbaglianti.

Sto vedendo dove è tenuto prigioniero mio figlio o solo ricordando dove lo ero io? Non importa. Entrambi i modi mi faranno risalire a lui.

Parlami, Ben. Dimmi dove sei.

Un ciocco di legno scivola nel fuoco, sollevando spruzzi di scintille che si trasformano in un uccello che si alza in volo.

Non riesco a trattenere la visione, che si dissolve davanti ai miei occhi, non lasciandomi altra scelta che distogliere lo sguardo. E guardando il cielo punteggiato di stelle, ritorno al presente. Sono vicina alla sommità dell'antica collina e non sono più sola. Un gruppo di figure oscure mi circonda. I miei occhi stanchi si sforzano di metterle a fuoco e riesco a contare dodici persone. Tutte donne. Alcune giovani, altre vecchie. Le streghe sono venute per me.

Mi alzo in piedi vacillando sulle gambe e Avril Cunningham mi afferra, impedendomi di cadere.

«Allontanati dal fuoco e respira a fondo», mi dice.

Alla luce delle stelle non sembra quasi invecchiata. I capelli sono ancora neri, anche se forse un po' più radi. È ancora alta e spigolosa, e con gli occhi enormi. Soltanto quando ride vedo le profonde rughe attorno agli occhi e alla bocca.

«Tesoro», dice. Mi volto verso le altre e riconosco Marlene Labaddee e una donna più giovane, ma che le assomiglia molto, che immagino sia Unique. Quando la vedo, mi scatta qualcosa dentro. Unique era un membro della banda.

«Devi fidarti di noi, Florence», dice Avril come se fosse un avvertimento.

Unique mi fissa con i suoi grandi occhi color cioccolato. È adorabile, come ricordo lo era anche sua madre.

«Hai trafugato il corpo di Patsy Wood e l'hai bruciato?», chiedo a Marlene.

«L'abbiamo fatto tutte insieme», risponde Avril. «Devi calmarti, Florence. Devi fidarti di noi».

Mi giro per guardarla in faccia. «E Daphne?», chiedo.

«È in macchina», dice Avril. «Voleva salire con noi, ma le ho detto di risparmiare le energie per le cose importanti».

Mi allontano e guardo ai piedi della collina. Non riesco a vedere le macchine, ma distinguo una luce che potrebbe essere quella di una casa. Sollevo una mano in segno di saluto.

«Non abbiamo molto tempo», dice Avril alle mie spalle.

«Come sapevate che ero qui?», le domando.

«Quando abbiamo sentito che eri uscita dalla stazione di polizia, siamo andate al Black Dog e non ti abbiamo trovata. Allora ti abbiamo cercata a casa dei Glassbrook e nel cimitero di St Wilfred, e a quel punto abbiamo visto il fuoco».

Una delle donne ha portato altra legna e sta ravvivando il fuoco.

«Questa è Jenny Ogilvy», dice Avril presentandomi una donna piccola e magra all'incirca della mia età. «La moglie di Dwane. Hai mai conosciuto sua sorella Lorraine?»

«Mio marito è innamorato di te da trent'anni», mi confida Jenny.

Non sono dell'umore per le scuse. «Gli voglio bene anch'io», dico. «È un carissimo amico».

Lei annuisce seria in volto mentre Avril mi presenta le altre. Ricordo Brenda, che lavorava al centralino della stazione di polizia, ma la maggior parte degli altri nomi mi entrano da un orecchio ed escono dall'altro. Per ultima mi porge la mano Mary, la domestica dei Glassbrook, che mi saluta con un freddo cenno del capo.

«Hai visto qualcosa?», mi chiede Avril indicando il fuoco ora ruggente. Le racconto cosa ho visto, ma quando aggiungo che potrebbe essere soltanto il mio ricordo del luogo in cui sono stata tenuta prigioniera, lei piega la testa di lato.

«La polizia pensa che Ben abbia lasciato la città», dico. «Sono confusi, come lo eravamo tutti trent'anni fa. Credono ancora che sia stato Larry a uccidere quei ragazzi. Ma non è stato lui. Il vero killer è ancora in libertà».

«Lo sappiamo», risponde lei. «Ma adesso la cosa più importante è trovare tuo figlio».

«Faremo l'incantesimo della ricerca», dice Jenny. «Ci divideremo e andremo ai quattro angoli. Sappiamo che è da qualche parte in città».

I quattro angoli sono semplicemente i punti più a nord, sud, est e ovest della città. La congrega li ha identificati qualche anno fa, e le streghe sanno esattamente dove si stanno dirigendo e cosa faranno una volta giunte alla meta. Useranno il fumo, o forse la polvere, seguendo la direzione in cui si disperderà mentre loro pronunciano le parole dell'incantesimo. Poi confronteranno i risultati per localizzare il punto in cui potrebbe trovarsi Ben. Avril solleva una catena che porta al collo. Alla luce del fuoco vedo un cristallo a forma di lacrima. Lo fa scorrere sulla mia nuca e sento la sua liscia freschezza sul collo. «Marlene resterà qui con te», dice. «Ha molte cose da dirti».

Scuoto la testa. «Qui ho finito. Devo tornare in città a cercare mio figlio».

Avril solleva entrambe le mani, come se volesse impedirmi fisicamente di andarmene. «Florence, è meglio se resti. La storia degli uomini di carta potrebbe interessarti».

66

Le altre ci lasciano. Come se l'avessimo deciso in anticipo, Marlene e io prendiamo posto sulla nuda terra e ci guardiamo attraverso le fiamme. Il mio corpo febbricitante ha bisogno di muoversi e restare seduta è una forma di tortura, ma aspetto.

Marlene fissa il fuoco come se anche lei avesse i miei poteri divinatori, e so che quello che sta per dirmi mi disturberà. Anche lei, come me, non vorrebbe essere qui.

Se devo restare calma per Ben, lo farò.

«Gli uomini di carta?», chiedo. Non ho mai sentito parlare di un gruppo simile, eppure quel nome mi suona stranamente familiare. Come se aspettassi di conoscerli da anni. «Chi sono?».

«Non lo sappiamo», risponde Marlene senza distogliere lo sguardo dal fuoco. «Non siamo nemmeno sicure che esistano davvero, ma è da anni che in città si parla di un altro gruppo».

«Un'altra congrega?».

Vedo la sua testa annuire attraverso il fumo. «Sì, ma diversa. Molto diversa dalla nostra».

«In che senso?».

Lei raccoglie un bastone e attizza il fuoco. «Nel corso degli anni ci sono stati dei segnali che non potevamo ignorare. Profanazioni di tombe attribuite alle volpi. Chiese vandalizzate. Animali rubati o seviziati».

Quelli che sta descrivendo sono classici indizi di magia nera.

Ma sono anche cose che succedono di tanto in tanto senza che dietro si celi alcunché di sinistro.

«In questa città il potere è concentrato nelle mani di poche persone», dice Marlene. «Membri del consiglio comunale, rappresentanti della legge, imprenditori e ricchi uomini d'affari. Fanno quello che vogliono e sono intoccabili».

«Più che stregoneria, sembrerebbe massoneria», dico, ricordando quello che mi ha detto Larry molti anni fa.

«Forse le due pratiche non sono così distinte. O forse una è la copertura dell'altra».

«Stai dicendo che i massoni praticano la magia nera? È impossibile. Un tempo erano in molti, soprattutto da queste parti».

«No, non è questo che voglio dire. Forse i massoni proteggono le streghe, o perlomeno evitano di interferire con le loro attività».

Attizza di nuovo il fuoco. La catasta di ceppi crolla, facendo sprizzare una scia di scintille. «Anni fa», dice, «quando i ragazzi hanno cominciato a scomparire, temevamo fosse opera degli uomini di carta. Abbiamo fatto tutto quello che potevamo: incantesimi di protezione e di rintracciamento. Quando Larry è stato arrestato e ha confessato, è stato un sollievo. Dopo tutto, era soltanto un killer depravato», dice, e io mi chiedo se in città qualcuno fosse realmente convinto della sua colpevolezza.

«Larry era un uomo di carta?», chiedo.

Scuote la testa. «Impossibile. L'avrebbero protetto, mentre lui era solo».

«Dimmi quello che sai», le chiedo.

Fa un respiro profondo. «Erano tutti uomini», risponde. «Nessuna donna ha mai fatto parte del gruppo. Ne parlavamo soltanto tra noi donne perché non si poteva mai sapere se l'uomo a cui ti rivolgevi era uno di loro».

«Ma nella vostra congrega c'erano anche uomini. Ricordo di averli visti», dico.

Lei annuisce. «Adesso non più. È da tempo ormai che abbiamo smesso di fidarci degli uomini interessati alla stregoneria. Gli uomini vogliono entrare nella nostra congrega per imparare le nostre arti e poi usarle per fini sbagliati».

Mi tornano in mente Roy Greenwood, il socio di Larry, e David Milner, l'insegnante di geografia.

«E poi?», chiedo, perché finora non mi ha detto nulla.

«Avevano bisogno di noi. Avevano bisogno di me. Gli uomini non sono mai stati bravi guaritori. Di tanto in tanto mi chiedevano di rifornirli di cordiali. Ma sempre attraverso dei messaggeri. Mai direttamente».

«Sei un'erborista, è normale che ti chiedessero dei cordiali».

Marlene scuote la testa. «Non quel tipo di cordiali», risponde con aria preoccupata.

«Erano cordiali per far dormire la gente?», chiedo, sapendo che molte erbe e piante hanno effetti soporiferi. Il comune papavero, per citarne una.

«No», risponde lei. «Volevano dei cordiali che tenessero le persone sveglie ma completamente immobili. Dovevano vedere e sentire, ma non essere in grado di muoversi».

Mi sento mancare il respiro. Sta parlando di uno stato di paralisi indotta. La posizione più spaventosamente vulnerabile in cui ci si possa trovare.

«Se gli uomini di carta erano davvero i responsabili della scomparsa di quei ragazzi, cosa c'era dietro? Perché volevano seppellirli vivi? Erano dei sadici?», chiedo.

«No, non credo fosse per piacere, ma per potere. Un potere molto malvagio».

«Cosa intendi dire?».

Marlene contrae la faccia in una smorfia orrenda. «La mia gente può trasformare i morti in schiavi».

«Zombie?», chiedo fissando i suoi occhi scintillanti.

Lei arriccia il labbro superiore in un ghigno. «No, gli zombie sono schiavi soltanto nel corpo, le loro menti sono morte. La mia gente usava la magia nera. Il corpo dei loro schiavi era morto, ma la mente era ancora viva, seppure in catene».

Non la seguo. Una mente in catene?

«Non ho una conoscenza diretta di queste cose», dice. «Sono solo le storie che ho sentito».

Marlene sta mettendo le mani avanti, ma non posso essere troppo pressante. Ho bisogno di lei. «Capisco», dico, «sono tue deduzioni».

«Se si prende una persona viva e la si rinchiude in un luogo di morte, eseguendo certi rituali, nel momento in cui muore ci si può appropriare dell'energia che la animava. Il suo corpo muore, ma l'anima resta in vita».

«Sono in molti a crederlo. Anche i cattolici parlano di immortalità dell'anima», osservo.

«Ma queste anime non migrano», risponde Marlene. «Sono intrappolate, schiave di coloro che hanno eseguito i rituali magici».

Sono colpita dal suo uso ricorrente della parola "schiavo".

«A cosa può servire uno schiavo senza forma corporea?», chiedo.

«Per chi pratica la magia nera può avere molte funzioni, come attraversare muri, librarsi nell'aria o spaventare a morte i nemici. Uno schiavo che non sia vincolato alle leggi fisiche può conferire al suo padrone un potere straordinario».

Sollevo le mani. «Marlene, non ti seguo più. Anch'io so che le energie naturali possono essere imbrigliate, ma quello di cui mi stai parlando va al di là….».

«C'è anche di peggio».

«Cosa?»

«Le anime incatenate non hanno pace. Quando non eseguono il volere di chi le ha assoggettate, ritornano nella tomba per ricongiungersi con il corpo putrefatto. Non sanno però che i vermi stanno divorando la loro carne. Pensano di essere ancora vive. E questa condanna sarà eterna».

«Nessuna magia può mantenere in vita un corpo senza aria».

Marlene si sporge in avanti, quasi si fosse dimenticata che tra noi c'è un fuoco. «Non riesci a capirlo, vero? Il corpo muore, ma la mente non lo sa. È la peggiore delle morti, perché non finisce mai. Molto peggio che essere sepolti vivi, perché se sei sepolto vivo muori nel giro di qualche ora. Quando tu eri qui, trent'anni fa, gli uomini di carta stavano cercando di schiavizzare una mente. I primi due sono stati uccisi dal cordiale. Patsy Wood è stata schiavizzata, ma l'abbiamo liberata bruciando il suo corpo. Quando Larry era in prigione, non potevano agire perché temevano che se fossero scomparsi altri ragazzi lui avrebbe ritrattato la sua confessione. Ma hanno sempre aspirato a schiavizzare un'anima, e adesso ci stanno provando di nuovo. Con tuo figlio».

Abbassa gli occhi sulla mia mano sinistra. «Hanno il suo osso, che è il tuo. Hanno fatto l'effigie: la figura d'argilla che hai trovato, che di certo non sarà più alla stazione di polizia. E da qualche parte ci sarà una cassa, un luogo di morte. Quando hanno saputo che saresti tornata, hanno programmato di usarti. Tuo figlio era un bonus».

Questa donna è pazza. Le cose che mi sta raccontando sono assurde. Mi alzo in piedi.

«L'effigie funzionerà anche per lui, perché è carne della tua carne».

«Perché dei ragazzi?», chiedo. «A parte me, le prime vittime erano tutte adolescenti».

Si alza anche lei. «Perché sono quasi adulti ma ancora piccoli e non possono opporre più di tanta resistenza. Gli adulti sarebbero meglio, ma sono più difficili da intrappolare».

«Perché non ci hai mai raccontato queste cose?», le chiedo. «Quando quei ragazzi sono scomparsi, dovevi esserne già al corrente. Avete bruciato il corpo di Patsy».

Lei si volta e sputa a terra. «Pensi che la polizia avrebbe creduto a queste storie di magia nera?»

«Le avremmo liquidate come dicerie», ammetto, «ma avremmo indagato tra coloro che ci credevano. Avresti dovuto dircelo».

Lei distoglie lo sguardo. «Noi non sapevamo nulla».

«Sciocchezze. Sapevate più di quanto stai ammettendo», rispondo. «Per Avril e le altre potevano essere soltanto supposizioni, ma tu eri troppo ben informata».

Marlene abbassa lo sguardo.

«Tuo marito è uno di loro, vero? Charles Labaddee è un uomo di carta».

«Non è più mio marito».

Mi ha dato la risposta che mi serviva.

«Chi altri?», chiedo, aggirando il fuoco per avvicinarmi a lei. «Chi sono gli altri uomini di carta? Dove si incontrano? Dove stanno tenendo Ben? E quando vogliono praticare quel perverso rituale? Questa notte?».

Mi torna in mente che stanotte non c'è la luna e mi sento assalire dal panico.

«Non lo so», risponde lei scuotendo la testa, e mi rendo conto che mi ha detto tutto ciò che sa.

«Se mio figlio morirà questa notte, farò in modo che tu sia accusata di intralcio alla giustizia e complicità in omicidio», le dico. «Tuo marito marcirà in prigione e...».

«Pensi che me ne importi qualcosa di tutto questo?», mi sibila in faccia afferrandomi la spalla. «Ascoltami. Tuo figlio non morirà. La morte sarebbe una benedizione rispetto a quello che soffrirà. Resterà intrappolato in quella cassa fino alla fine del tempo, boccheggiando in cerca d'aria e picchiando contro il legno finché non gli si spezzeranno le dita. Continuerà a invocare il tuo nome, supplicandoti di salvarlo, anche dopo che tu sarai morta e ridotta in polvere».

La terra mi manca sotto i piedi e mi sento cadere. Non ci sono più stelle nel cielo, sono circondata dalle tenebre. Poi qualcosa mi schiaffeggia forte sulla guancia.

È stata Marlene. Vedo la sua mano sollevata, pronta a colpirmi di nuovo. «Devi trovare il corpo di tuo figlio e poi bruciarlo», mi urla. «Se non lo farai, lui non avrà mai pace. È l'ultima cosa che puoi fare per lui. Trovalo e brucialo».

67

Non ricordo come sono scesa dalla collina, ma adesso sono in auto, ho messo in moto e sto per partire. Ho le mani piene di graffi e le ginocchia sbucciate, ma non ricordo di essere caduta. E non rammento nemmeno il viaggio di ritorno in città. È come se all'improvviso mi fossi ritrovata nel parcheggio della stazione di polizia. Spengo il motore, consapevole che il mio arrivo è stato notato dall'agente di guardia e che a questo punto tutti sapranno che sono tornata. Resto ancora qualche secondo seduta in macchina, respirando a fondo e cercando di calmarmi.

Marlene è convinta che Ben sia già morto, che gli uomini di carta si siano vendicati di me e che l'unica cosa che mi resti da fare sia salvare la sua anima immortale. Io però non sono disposta ad accettarlo. Sto cercando mio figlio, non il suo cadavere.

Il killer non era Larry. Adesso lo so per certo. Larry ha confessato perché pensava che la figlia Luna avesse ucciso tre dei suoi amici e si è assunto la colpa per proteggerla. Le fotografie che ha nascosto erano per lui come una polizza d'assicurazione: se Luna fosse rimasta alla larga dai guai, non avrebbe avuto nulla da temere.

"Le ho tenute al sicuro per trent'anni", mi aveva scritto.

Ma anche Larry si sbagliava. Luna e i suoi amici non erano più responsabili delle morti di Susan, Stephen e Patsy di quanto non lo fosse lui. Larry è stato fuorviato da chi gli aveva mandato quelle fotografie e il mio dito. Mi chiedo se anche i miei capelli e la mia scarpa, insieme ai pettini, i fazzoletti e le chiavi delle altre vittime che avevamo trovato nel laboratorio di Larry, gli siano stati recapitati come le fotografie e il mio dito, o se è stato lui stesso a prelevarli quando mi ha salvata.

Larry mi ha salvata. Nonostante lo immaginassi da tempo, adesso che ne ho la certezza mi sento turbata. Devo la vita all'uomo che per trent'anni ho considerato un mostro.

Devo fidarmi di qualcuno, ha detto Avril, e il suo consiglio è giusto. Mi fido della congrega, persino di Marlene. In fondo, penso che mi abbia detto tutto ciò che sa. Avril e le altre hanno capito cosa sta succedendo, ma la maggior parte di loro sono donne anziane, senza alcun potere o influenza, e c'è un limite a quello che possono fare. C'è sempre stato.

E mi fido di Tom. Credo nel potere collettivo e nell'integrità della polizia britannica, ma Tom e la sua squadra hanno i paraocchi e, come abbiamo fatto trent'anni fa, non accetterebbero mai spiegazioni che sfuggono alla loro logica. Stanno cercando Ben, ma nei posti sbagliati.

È giunto il momento di fare una scelta. Posso unirmi alla congrega e affidarmi ai loro poteri occulti e ai loro incantesimi per farmi guidare da mio figlio. Ormai è da trent'anni che sono una strega, e ne sono trascorsi quasi altrettanti da quando sono entrata nella polizia.

Ma, prima di tutto, io sono l'agente Lovelady.

Quando entro nella stazione, chiedo di Brian Rushton, non di Tom. Mi fido di Tom, naturalmente, e mi rendo conto che una parte di me lo ama ancora, ma lui è convinto che trent'anni fa avevamo visto giusto, mentre Brian sa che non è così.

Spiego rapidamente a Brian cosa ho scoperto. Gli racconto che trent'anni fa in città c'era un altro gruppo di streghe e che sono convinta siano state loro a consegnare a Larry quelle fotografie.

«Dobbiamo rilevare le impronte digitali», dico. «Potete farlo qui?».

«Streghe?», fa lui.

«Non è necessario che tu ci creda», rispondo. «Basta che accetti che sono state loro. Potete verificare le impronte digitali?»

«Soltanto se sono nitide e chiare. Non abbiamo l'attrezzatura per rilevare impronte parziali», risponde lui, aggrottando la fronte al pensiero delle streghe.

«Possiamo provarci?»

«La scientifica lo sta già facendo. Andiamo a vedere se hanno scoperto qualcosa».

Lo seguo lungo il corridoio e scendiamo nel seminterrato.

«Abbiamo rilevato tre impronte più o meno complete», dice l'agente della scientifica. «Ma, a essere sincero, le prove potrebbero essere state contaminate», aggiunge inarcando le sopracciglia.

«Cosa vuoi dire?», chiede Brian.

L'agente ci mostra l'immagine ingrandita di un'impronta digitale. Guardo i solchi e le spire circondate di polvere nera. «Questa è l'impronta del capo», dice con un sorriso imbarazzato. «È facile contaminare accidentalmente una prova, soprattutto in momenti di grande tensione. Troveremo di certo anche le sue», conclude rivolgendosi a me.

Mi ci vuole qualche secondo per ritrovare la voce. «Eravamo talmente emozionati per la scoperta che non abbiamo preso precauzioni».

Brian impreca sottovoce, il rispetto che nutre per me e Tom lo trattiene dal criticarci. «Nessun'altra impronta?», chiede.

«Non ancora», risponde l'agente della scientifica scuotendo la testa.

«Lasciamogli fare il suo lavoro», dico a Brian. «Non mi sento bene. Posso sedermi da qualche parte?».

Mentre lo dico, so di correre il rischio che Brian mi porti all'accoglienza o in una delle stanze degli interrogatori, ma lui mi guarda in faccia e si rende conto che sto male davvero e non osa lasciarmi sola. Mi fa strada nella stanza del dipartimento investigativo e mi fa sedere alla sua scrivania. Poi mi prepara un tè e dice qualcosa sottovoce a una donna nell'angolo, lanciandomi un'ultima occhiata prima di andarsene. È chiaro che le ha detto di tenermi d'occhio.

Non sto affatto bene. Non mi sono mai sentita così male in vita mia. Mi sforzo di tenere a freno la voglia di mettermi a urlare e correre fuori dalla stanza. Sento il mondo vorticare attorno a me, lasciandomi in una profonda e inesorabile oscurità, e so che devo aggrapparmi a qualcosa. Chiudo gli occhi, poggio la testa sulla scrivania di Brian Rushton e prego, invocando calma, forza e chiarezza di pensiero. Cerco di entrare in contatto con le mie sorelle ai quattro angoli per attingere al loro potere.

Ho poggiato la testa sul dossier che Brian aveva portato nella mia camera d'albergo, quello sul vecchio caso Glassbrook.

Quando mi raddrizzo sulla sedia, nessuno mi sta guardando. Nella stanza ci sono tre persone, ma sono chine sul loro lavoro e non si accorgono quando faccio scivolare il dossier sulla scrivania e lo infilo nella borsa.

«Devo andare in bagno», dico alla donna incaricata di tenermi d'occhio.

«Posso aiutarla? Sa dove andare?», mi chiede lei, facendo cenno di alzarsi.

«In fondo al corridoio», rispondo. «Se tra dieci minuti non torno, venga pure a cercarmi», aggiungo con un sorriso che vorrebbe essere coraggioso.

I bagni femminili sono notevolmente migliorati rispetto a trent'anni fa. Ci sono sei cubicoli, tutti vuoti, e io mi chiudo a chiave in quello più lontano dalla porta.

Trent'anni fa le persone che hanno ucciso quei ragazzi, i cosiddetti "uomini di carta", quando si sono resi conto di cosa avevano fatto Luna e i suoi amici, hanno colto l'occasione per incolpare dei delitti Larry. Perché l'abbiano fatto ancora non lo so. Forse si sentivano vulnerabili, sapevano che la polizia era sulle loro tracce dopo che i delitti erano stati collegati al cricket club.

Per incolpare Larry, gli hanno quindi spedito le foto incriminatorie e altre prove che avrebbero portato alla sua condanna – come il mio dito amputato – lasciando che traesse l'unica conclusione possibile. Hanno scommesso su di lui, salvando me e assumendosi la colpa dei delitti.

Il che significa che dovevano avergli detto dove trovarmi. In quella busta marrone spedita a Larry deve esserci qualcos'altro. Qualcosa che non ho ancora visto ma che ora ho la possibilità di trovare, se non è andato distrutto o perso trent'anni fa.

Mi siedo sul water e scorro il dossier. Vedo fotografie che ricordo, appunti scritti a mano, molti da me, e rileggo le dichiarazioni dei testimoni, tenendo d'occhio l'orologio perché so che prima o poi qualcuno verrà a cercarmi.

Finalmente, quasi alla fine del dossier, trovo l'elenco dei vestiti che Larry indossava la notte dell'arresto. Mentre lo leggo, mi tornano in mente i jeans a gamba dritta, la giacca marrone chiaro con i bordi lilla, la camicia color albicocca, le scarpe di camoscio a punta.

L'elenco prosegue con il contenuto delle tasche dei jeans: "un set di tre chiavi, un portafoglio di pelle nera con una banconota da cinque sterline e tre da una sterlina. Monete per un totale di sei scellini e dieci penny. Un fazzoletto a righe bianche e blu. Un pettine a denti stretti di plastica marrone".

E poi il contenuto delle tasche della giacca: "un dito amputato (con ogni evidenza l'anulare dell'agente Florence Lovelady), un pezzo di tessuto insanguinato avvolto attorno al dito, un ritaglio della «Sabden Gazette» datato 18 giugno 1969".

Non riesco a immaginare perché quella notte Larry avesse in tasca un ritaglio dalla «Sabden Gazette». Qualche minuto più tardi lo trovo, raggrinzito e sbiadito, ma ancora leggibile.

È la storia della rivolta a Perseverance Mill. Non mi ero accorta che quella notte c'era anche un fotografo che aveva scattato la foto, inquadrata da dietro la folla, che correda l'articolo. Si vedono decine di uomini, molti con in testa i baschi di moda in quegli anni, che avanzano verso il cancello della fabbrica, fronteggiati da sei uomini della polizia: l'ispettore Sharples, i sergenti Brown e Green e gli agenti Butterworth, Devine e Lovelady.

Un pesante cancello di metallo. Un locale sotterraneo. Il posto poco distante dal cimitero di St Wilfred dove sono stata trovata. Trent'anni fa Larry Glassbrook mi ha salvata a Perseverance Mill, ed è lì che tengono mio figlio.

68

Non mi fido di nessuno.

Esco dalla stazione di polizia e dico all'agente di guardia che sto tornando in albergo. Lui annuisce e per fortuna non mi guarda negli occhi, altrimenti vedrebbe la scintilla che non riesco a celare.

Guido più in fretta che posso, controllando nello specchietto se qualcuno mi segue. Mi dirigo ancora una volta verso la casa dei Glassbrook e prendo gli attrezzi che mi servono nel capanno di Larry: un coltello molto affilato, un tronchese, un grosso martello e un piede di porco. Li avvolgo in un pezzo di tela e li carico in macchina insieme alla torcia e alla bomboletta di gas lacrimogeno.

Mentre avanzo verso la fabbrica, la mia speranza comincia a svanire. L'edificio è stato abbandonato nel 1969 e sarà stato di certo demolito per lasciare il posto a un complesso residenziale.

Ma quando imbocco Jubilee Street, vedo che il muro di mattoni che cingeva la fabbrica è ancora lì.

Il cancello è stato sostituito da uno più solido e sopra c'è un cartello illuminato. Parcheggio tra una Citroën e una Honda e leggo: "Perseverance Mill, locali industriali e laboratori in affitto".

Gli uomini di carta di cui mi ha parlato Marlene sono ricchi e potenti. Magari sono loro i proprietari di questo edificio, e lo sono da oltre trent'anni. Forse John Earnshaw, che ne era il proprietario nel 1969, è uno di loro. Impossibilitati a tenerlo sfitto, per non violare i regolamenti dello sviluppo urbano, devono averlo ristrutturato, affittandone una parte e tenendone un'altra per sé.

Mi sto arrampicando sugli specchi? Non credo. In questo posto c'è sempre stato qualcosa di strano e l'intuito mi dice che ho ragione.

Non mi resta molto tempo. Gli uomini di carta devono avermi tenuta d'occhio da quando sono arrivata in città. Probabilmente sanno già che ho lasciato la stazione di polizia e hanno capito che sto arrivando. Non ho tempo da perdere, ma non scomparirò senza lasciare tracce.

Prendo il telefono. Avril risponde al primo squillo.

«Florence, tesoro, siamo quasi certe che è da qualche parte in centro. Non lontano dalla strada principale, più vicino a Padiham che alla collina e non oltre il ponte di Hinton Street. Mi dispiace che non possiamo essere più…».

L'area che mi ha descritto è all'incirca di un chilometro quadrato.

«Avete visto giusto», dico. «È a Perseverance Mill. Ci sono appena arrivata».

«Oh, mio Dio! Aspettaci. Stiamo arrivando».

«No, Avril, restate dove siete. Restate ai quattro angoli. Ho bisogno della vostra protezione. E della vostra forza. Subito. Potete farlo?»

«Florence, ti prego, dimmi che non stai…».

«Avril, devo andare. Posso contare su di voi?».

Una breve pausa. Poi lei dice: «Sempre» e la comunicazione si interrompe.

Scendo dalla macchina e mi guardo attorno. Nelle auto parcheggiate – che adesso sono molte – non c'è anima viva. Nessuno mi sta guardando dalle finestre delle case vicine. Tocco i cofani delle auto. Sono tutti freddi.

Lo stagno c'è ancora, ma è stato trasformato in un giardino in cui gli impiegati possono rilassarsi durante la pausa pranzo.

Sbircio sopra il muro e il profumo dolciastro della buddleia mi invade le narici. Sulla collina non ho controllato se c'erano dei cespugli di buddleia e non posso quindi sapere se quello che ho fiutato sia reale oppure se si tratti di un ricordo o di un presentimento. Ma questo non ha importanza.

Ricordo un altro cancello sul retro dell'edificio. È più basso di quello davanti e meno illuminato. Le donne della mia età non sono in genere scalatrici provette, ma io non mi faccio problemi né di pudore né di abbigliamento, infilo i miei attrezzi attraverso le sbarre e in meno di un minuto scavalco il cancello.

Nel cortile interno non è parcheggiata nessuna auto e non ci sono luci.

Avanzo rasente il muro, restando nell'ombra e controllando se ci sono videocamere. Se Ben è qui, il posto sarà ben sorvegliato. Le botole sono esattamente dove le ricordavo, ma non c'è modo di accedervi dal cortile. Devono essere chiuse dall'interno.

Trent'anni fa Larry è riuscito a introdursi in questo edificio. All'epoca, però, era abbandonato e i miei rapitori volevano che mi trovasse. Forse hanno persino lasciato aperto il cancello. Mi chiedo se fosse spaventato mentre si faceva strada in quei locali bui, se fosse tentato di rinunciare.

Come me, Larry voleva salvare sua figlia. Mi blocco per un istante al pensiero che Larry voleva salvare anche me.

Continuo a camminare cercando l'ingresso che deve avere usato Larry. Dietro l'angolo c'è una porta, ma è chiusa. Avanzo ancora e sul retro vedo una finestra di vetro satinato che sembra quella di un bagno.

È da venti minuti che ho lasciato la stazione di polizia. Stanno arrivando.

Spingo un bidone dell'immondizia contro il muro, ci salgo sopra e sfondo la finestra del bagno con il piede di porco. Nessun allarme, ma sento un dolore pungente alla mano destra, e quando abbasso lo sguardo mi accorgo che sta sanguinando. Maledicendomi per la mia goffaggine, srotolo la manica della camicia per coprire la ferita e tolgo i frammenti di vetro dal telaio della finestra prima di scavalcarla. Atterro sul pavimento piastrellato del bagno degli uomini. Ancora nessun allarme.

I bagni sono stati puliti da poco e l'odore di ammoniaca mi irrita la gola, facendomi pulsare la testa. Mi volto verso la finestra e quando vedo gli schizzi rossi del mio sangue sulle piastrelle bianche, mi sento mancare.

Srotolo una lunga striscia di carta igienica e l'avvolgo attorno alla mano, ma il dolore alla testa sta diventando sempre più forte.

E poi mi rendo conto di non essere sola. Qualcuno è in piedi alle mie spalle. Sento il suo respiro sul collo, il sibilo dei suoi polmoni. Mi giro di scatto, appoggiandomi al muro, e vedo soltanto la ventola dell'aspiratore sulla parete di fronte.

Devo uscire da questo bagno.

La porta si apre su un corridoio fiocamente illuminato dalle luci di sicurezza. Giro a sinistra, dirigendomi verso le botole, in un interno completamente cambiato. Alla mia destra ci sono uffici con le pareti in vetro oltre i quali c'è un atrio che ora è immerso nella penombra. In fondo ci sono altri uffici e il muro di cinta dell'edificio.

C'è qualcuno negli uffici! Noto alcune sagome scure avanzare verso di me, accelerare il passo quando mi vedono fare altrettanto e precipitarsi verso le porte per bloccarmi l'accesso al corridoio. Faccio dietrofront, mi metto a correre nella direzione opposta e loro fanno lo stesso. La testa mi pulsa sempre più forte, sento salire la nausea.

Quando apro di nuovo la porta del bagno, mi arriva una folata d'aria fresca. L'odore di erba e fumo di legna mi schiarisce un po' la testa. Un pensiero mi attraversa la mente e mi volto ancora una volta.

Le figure negli uffici si sono fermate e mi stanno guardando. Sollevo la mano destra e loro fanno lo stesso. Avanzo e anche loro avanzano. La distanza tra di noi diminuisce. Per un attimo mi chiedo se non siano i miei doppi e sono tentata di darmela a gambe. Ma so che sono soltanto ombre e riflessi della mia paura.

Sto perdendo troppo tempo rincorrendo dei fantasmi. All'improvviso mi sembra di udire il motore di un'auto.

Mi rimetto in cammino, ignorando gli inquietanti rumori che riecheggiano attorno a me. Quel suono sibilante non è prodotto da serpenti in agguato ma dalle tubature interne. E l'ombra tremolante sulla parete è un uccello notturno che passa davanti alla finestra, non un pipistrello.

Quando arrivo in fondo al corridoio, giro a destra. Un tempo lì c'era la porta delle scale per il sotterraneo. Il mal di testa sta svanendo, adesso ho bisogno di adrenalina, di energia nervosa, mi sento stremata.

Qui dentro l'aria è calda e stantia.

La porta di legno marcio che ricordavo non c'è più. Al suo posto ce n'è una di metallo, come quelle che di solito danno accesso alle stanze di manutenzione e alle caldaie. Davanti alla porta mi fermo per riprendere fiato. Non ha ancora suonato nessun allarme.

La porta è chiusa, ma il piede di porco di Larry e la mia disperazione hanno la meglio e al quinto tentativo il lucchetto si spezza e la porta si apre. Per qualche ragione, questo posto non è protetto dai normali sistemi di sorveglianza. La scala davanti a me scende nell'oscurità e, nonostante le mie capacità divinatorie, non so cosa troverò là sotto.

Sono già stata qui. *Ciao, Florence*, sussurrano le tenebre. *Bentornata a casa*.

Mi fermo a riflettere un istante. La porta chiusa suggerirebbe che Ben non è piantonato. Forse non devo fare altro che scendere queste scale, liberare mio figlio e portarlo fuori di qui. Ma appena sono entrata ho sentito aleggiare l'influsso della magia nera. Anche adesso, mentre scendo le scale, sento un'oscura presenza in agguato nelle tenebre.

Accendo la torcia e la punto verso il basso. Vedo pareti di gesso, una ringhiera metallica e scale di calcestruzzo che scendono all'infinito, dritte all'inferno. All'improvviso metto un piede in fallo e cado. Mi aggrappo alla ringhiera, ma la torcia mi sfugge di mano e la sento rimbalzare sui gradini sotto di me. Mi sono storta un braccio e ho sbattuto la testa contro la parete, ma non è niente di grave. Tenendomi aggrappata alla ringhiera, mi volto a guardare il gradino su cui sono scivolata. È intatto. Ho soltanto perso l'equilibrio.

In fondo alle scale, venti scalini sotto di me, vedo la luce della torcia illuminare il polveroso pavimento di pietra. Mi sta indicando la strada per mio figlio.

Se mai ho avuto bisogno di essere coraggiosa, è adesso.

Ai quattro angoli della città le mie sorelle mi stanno inviando tutta la forza e tutto il coraggio di cui dispongono. Non hanno avuto il tempo per complessi preparativi e dovranno ricorrere al più semplice dei rituali: pregheranno per me.

Scendo un altro gradino e sento un lamento.

Mi sento raggelare. Là sotto c'è un animale ferito che sta gemendo di dolore. Lo immagino strisciare verso di me, trascinare il suo corpo scheletrico sul pavimento, avvolgersi attorno al mio piede e affondare i denti nella mia carne.

Mio Dio! Com'è possibile che non l'abbia riconosciuto? È mio figlio quello che si sta lamentando.

«Ben!».

I gemiti cessano.

«Ben, sono io. Sto arrivando». Scendo le scale e quando sono a metà strada la torcia si spegne.

Continuo a scendere nel buio pesto, con la consapevolezza che se mi fermo non andrò più avanti. Se ricordo bene, mi mancano ancora nove scalini. Quando arrivo al settimo rallento il passo finché non sento sotto i piedi il pavimento del sotterraneo.

Sollevo gli occhi verso la porta, ma la luce del corridoio è troppo debole per filtrare qui sotto. Mi chino a cercare la torcia e cerco di riaccenderla, ma cadendo dalle scale si è rotta. Devo trovare Ben nel buio più totale.

Se arriveranno adesso, saremo in trappola e senza alcuna difesa.

«Ben», chiamo. «Sono qui, ma non posso vederti. Mi senti, tesoro?».

Odo di nuovo quel lamento, ma non può essere la voce di mio figlio. Mi volto nella direzione del suono e faccio un passo, e poi un altro, senza sapere se davanti a me troverò un muro di mattoni, uno strapiombo o una faccia ringhiante.

Sopra di me, la porta delle scale si chiude di scatto.

Mi sento invadere dal terrore e mi sforzo di conservare la calma. Ben è da qualche parte qui sotto e ha bisogno che io sia forte. Ma il lamento è ricominciato e ora proviene da un punto completamente diverso. Mi volto nella sua direzione e faccio un passo avanti, ma ho perso completamente il senso dell'orientamento. Non so più dove sono le scale, da dove pensavo che arrivasse il lamento.

«Ben?».

L'orribile suono che sta emettendo, se è davvero lui e non la mostruosa creatura strisciante dei miei incubi, riecheggia tutt'intorno a me, come se fosse un'eco. Non so più se i miei occhi sono aperti o chiusi, ma nella mia testa si affollano immagini di esseri mostruosi che vengono verso di me raschiando con gli artigli sul pavimento, con grandi occhi lattiginosi che vedono al buio. Sento il rumore dei loro corpi ossuti che avanzano.

Gli uomini di carta mi stanno sconfiggendo.

Mi porto una mano alla gola in un gesto protettivo e con l'altra stringo il cristallo che mi ha dato Avril. Penso a loro, alle tredici donne ai quattro angoli della città, e immagino i loro pensieri fluire verso di me come raggi lunari.

Sopra la mia testa riecheggiano rumori che mi sforzo di ignorare.

«Ben!», chiamo, ritrovando la voce. «Ben, ascoltami. Ho bisogno che tu faccia qualcosa. È molto importante. Ricordi quando eri piccolo? Quando giocavamo a nascondino e tu squittivi come un topo e io venivo a cercarti? Ho bisogno che tu lo faccia adesso. Squittisci come un topo, Ben. Come quando eri piccolo».

Un istante di silenzio e poi: «Eeek!».

Eccolo! Mi giro nella direzione giusta e aspetto per essere sicura.

Eccolo di nuovo.

«Eeek!».

Avanzo di un passo, poi di un altro.

«Sto arrivando, tesoro», dico.

«Eeek!».

Lo squittio è soffocato, ma ricordo come ero imbavagliata quando mi trovavo là sotto. Ben sta facendo del suo meglio. Squittisce di nuovo e io continuo ad avanzare ripensando ai giorni in cui l'unica cosa che contava nella mia vita era quel minuscolo essere umano affidato alle mie cure. Eravamo tutto l'uno per l'altra, Ben e io. Il mondo esisteva soltanto per noi due, e per molti anni, finché non è andato a scuola, abbiamo giocato a nascondino.

«Continua», dico. «Sono quasi arrivata». I versi che sta emettendo sono sempre più forti e vicini. E poi con il piede urto qualcosa di morbido, mi lascio cadere in ginocchio e afferro la sua gamba. Scendo con le mani fino alle caviglie e sento che sono legate con il nastro adesivo. Anche le mani sono legate dietro la schiena. È seduto sul pavimento. Prendo il suo viso tra le mani e poi mi stacco per cercare il coltello.

Taglio prima il nastro adesivo che gli immobilizza le caviglie, così potrà correre, e poi quello ai polsi, così potrà lottare. E infine lo aiuto a togliersi quello che gli tappa la bocca, così potrà parlare.

Lui emette un debole gemito e posa la testa sul mio petto. È vivo. L'ho trovato, ma gli uomini di carta sono ancora là fuori.

«Riesci a reggerti in piedi, Ben? Dobbiamo uscire di qui».

Gli cingo la vita con un braccio e cerco di sollevarlo. Non immaginavo che mio figlio fosse così pesante, ma dopo qualche tentativo riesce ad alzarsi e si appoggia a me.

Siamo circondati dalle tenebre e non so da che parte uscire.

«Avril, aiutami!».

Non volevo gridare, devo dimostrarmi forte davanti a mio figlio, ma non sono riuscita a trattenermi. Dopo tutto quello che ho attraversato, non sopporto l'idea di essere bloccata qui con lui e di morire insieme.

«È pura follia!», protesta lui con un filo di voce.

Trattengo a stento le lacrime. Ben ha ragione. In tutti questi anni ho lottato contro la follia. In questo seminterrato ho perso una parte della mia anima, e adesso che ci sono tornata mi sento sprofondare.

«Hai dei fiammiferi, mamma?», mi chiede Ben dopo un istante di silenzio.

Mi torna in mente che nella borsa ho una scatola di fiammiferi e anche delle candele. Ne accendo uno e nella luce tremolante scorgo le scale a pochi metri da noi. Quando siamo a metà strada, il fiammifero mi scotta i polpastrelli e si spegne. Ne accendo un altro e saliamo le scale.

La porta non è chiusa, era stato il vento a farla sbattere. Avanziamo lungo il corridoio tenendoci per mano e schizziamo fuori dall'uscita antincendio. Poi ci accostiamo al cancello principale e sbirciamo fuori attraverso le sbarre.

Soltanto a questo punto, quando so che siamo al sicuro e fuori dalla loro portata, chiamo la polizia.

69

Ben viene portato direttamente all'ospedale di Burnley. Sull'ambulanza, nella fioca luce dell'abitacolo, riesco a vedere il suo viso pallido e teso. La prima cosa che faccio è contargli le dita. Dieci, grazie a Dio. Lui ritrae le mani e se le infila sotto le ascelle.

Vorrei che piangesse, la reazione più sana per sfogare la tensione, ma lui non lo fa.

Mentre ci precipitiamo verso il pronto soccorso, appare Brian Rushton e gli spiego che quando ho visto la fotografia della vecchia fabbrica nel dossier, ho avuto un'intuizione. Gli dico che nell'edificio non c'era nessun altro e che non ho idea di chi abbia rapito mio figlio. Lui mi informa che tutta l'area è stata isolata. La polizia vorrebbe parlare con Ben, ma aspetteranno fino a domani mattina.

Ben ha tagli, escoriazioni e una sospetta commozione cerebrale, ma nulla di preoccupante, secondo i medici che l'hanno visitato. Mi hanno proposto un'assistenza psicologica, offrendomi dei contatti, ma ho detto che lo porterò via di qui appena sarà dimesso dall'ospedale.

«Non sottovaluti l'impatto che un'esperienza simile può avere su una giovane mente», dice il medico, come se, dopo quello che ho vissuto, non conoscessi le conseguenze a lungo termine di un trauma. Quando penso a Ben costretto ad affrontare quello che ho subìto io, sia in quel seminterrato sia negli anni successivi, sento montare la rabbia.

Sono ormai le due di mattina e lo staff dell'ospedale è sorpreso dalla folla che avanza verso di noi quando il dottore e io usciamo dalla camera privata dove Ben si è finalmente addormentato.

Daphne, più piccola e più rotonda, ma inconfondibilmente lei, ci viene incontro sottobraccio ad Avril e seguita dalle altre donne. In fondo alla fila, tra la moglie e la sorella, c'è Dwane. Daphne mi abbraccia e le altre si riuniscono attorno a noi. Sento la loro forza fluire in me, come se sapessero quanto mi resta ancora da fare questa notte.

«Non voglio lasciare Ben», dico a Daphne e Avril. «L'idea di lasciarlo solo mi spaventa».

Avril mi tocca il braccio. È un gesto di solidarietà, non di conforto. «Tesoro», mi dice. «Resteremo qui finché non tornerai».

Dwane si volta verso la porta della camera di Ben. Ha le braccia incrociate sul petto e lo sguardo fisso davanti a sé. Sono certa che morirebbe piuttosto che lasciare entrare la persona sbagliata nella stanza di mio figlio. Le donne spostano le sedie e prendono posizione in corridoio ai due lati della porta dietro la quale sta dormendo Ben.

«Sei sicura, Florence?», mi sussurra Avril, e capisco che, nonostante tutto, vorrebbe che cambiassi idea.

Mentre mi allontano lungo il corridoio dell'ospedale, tiro fuori il cellulare e digito un breve messaggio.

Facciamo una nuotata?

70

Arrivo al Black Tarn per prima, come previsto. La polizia ha molto da fare questa notte e lui non riuscirà a liberarsi presto. Prendo dall'auto il tappeto insieme alla bottiglia e ai bicchieri di plastica che ho comprato in una stazione di servizio. Mi siedo ad aspettarlo vicino all'acqua, raccolgo il fango argilloso sulla sponda del lago, lo impasto e lo modello, aggiungendo terra secca per renderlo più solido. Non sono un'artigiana, ma la figura che sto modellando deve essere riconoscibile. Quello che conta è il mio intento. E deve essere chiaro.

Dopo quasi mezz'ora sento il rumore di un'auto. Poso la figura tra le canne e mi sciacquo le mani. Mentre me le sto asciugando appare l'auto di Tom.

Per qualche secondo rimango abbagliata dai fari. Sembrano dei riflettori e sento il battito del cuore accelerare. Non riesco a distinguere chi c'è al voltante. Quando le luci si spengono, sbatto le palpebre e vedo l'alta figura di Tom scendere dall'auto. Naturalmente ha l'autoradio accesa, e quando scende non la spegne. Riconosco le note di *Scarborough Fair* di Simon & Garfunkel. Tom continua ad avanzare e si ferma quando è a un paio di metri da me.

«Come sta?», mi chiede.

«Dorme», rispondo. «Protetto da una guardia armata».

«Armata?»

«Di amore, di coraggio e delle migliori intenzioni», dico guardando la sua espressione accigliata distendersi in un sorriso.

«Sei incredibile, lo sai? Sono passati trent'anni e come sempre sei un passo avanti».

«Vuoi bere?», chiedo.

Lui annuisce, ci sediamo e verso il vino. Tom mi racconta cosa sta succedendo a Perseverance Mill, mi parla dei nuovi indizi che hanno trovato e del testimone convocato la mattina, anche se, naturalmente, sperano che la testimonianza di Ben sarà decisiva.

Gli spiego che prima di essere interrogato Ben deve riposare e riprendersi. Controllo se sotto la sua giacca c'è il rigonfiamento di una pistola, ma non sembra esserci nulla. Sento tuttavia un'energia crescere dentro di lui e controllo che la mia borsa sia a portata di mano.

«Credi a quella vecchia storia secondo la quale le donne battezzate in quest'acqua servono due padroni?», chiedo fissando la superficie immobile del lago.

«E tu?». Il tono della sua voce mi suggerisce di stare molto attenta.

«Credo che le donne battezzate in questo lago cambino», rispondo.

I suoi occhi azzurri mi fissano. «Se tu sei cambiata, è stato per un brutto caso che ti ha fatto rischiare di essere uccisa da un maniaco». Il suo viso si distende e mi sorride. «Ma in questo preciso istante, Floss, giuro che non sei cambiata. Dev'essere la luce della luna».

«Non c'è la luna».

«Non l'avevo notato».

Si sporge in avanti e mi bacia. Lo lascio fare perché una parte di me ha sempre amato Tom e lo amerà sempre. Lo lascio fare perché l'ultima volta che Tom e io siamo stati qui ero una donna integra, una donna per la quale il mondo era pieno di meravigliose ed eccitanti possibilità. Per un istante vorrei essere di nuovo quella ragazza.

Tom si scioglie dall'abbraccio e mi sorride. Gli sorrido anch'io. Poi allunga una mano e l'avvicina alla mia gola. Non in modo amichevole.

Estraggo la bomboletta dalla borsa.

Il gas lacrimogeno funziona molto bene.

Miro al petto, come mi hanno insegnato anni fa, quando ancora entravo regolarmente in contatto con soggetti dalle reazioni imprevedibili. Lo spruzzo di liquido colpisce il bersaglio ed evapora istantaneamente in un gas che per qualche minuto provocherà a Tom un dolore insopportabile. Arretro di qualche passo per non subirne anch'io gli effetti. Lui cade in avanti stropicciandosi gli occhi, anche se dovrebbe sapere che è la cosa peggiore da fare. Devo agire in fretta. Lo spingo a faccia in giù e gli ammanetto le mani dietro la schiena. Poi, prima che possa riprendersi e mettersi a scalciare, gli blocco le caviglie con un cavo di nylon che ho trovato nel capanno di Larry e lo afferro per il colletto per trascinarlo fino all'auto.

Non è facile infilare un uomo grande e grosso come Tom nel bagagliaio di un'auto, ma questa notte ho affrontato ostacoli ben peggiori e la mia determinazione è incrollabile. Lui, naturalmente, oppone resistenza, ma è ancora sotto l'effetto del gas.

«Che cazzo stai facendo? Sei impazzita?», farfuglia quando riacquista l'uso della parola.

«Sono la donna che tu mi hai fatta diventare», rispondo. «Quando mi hai rinchiusa in quel seminterrato, mi hai tagliato un dito e mi hai fatta impazzire di terrore».

Lui inarca le sopracciglia in un'espressione incredula, ma vedo la paura nei suoi occhi. «Ti stai sbagliando, Floss».

«Abbiamo trovato le tue impronte digitali sulle fotografie a casa dei Glassbrook», dico. «Sei stato tu a mandare a Larry quelle foto. Sapevi che avrebbe pensato che la colpevole era Luna. Gli hai messo in mano la prova che l'ha incastrato».

Tom scuote la testa. Ha gli occhi arrossati e lucidi.

«Quando siamo entrati nella casa, tu e io abbiamo sempre indossato i guanti», dico. «Le tue impronte non potevano essere su quelle foto a meno che tu non le avessi toccate trent'anni fa. Oggi sei un agente molto più scrupoloso di quanto non lo fossi allora».

Lui cerca di alzarsi e io lo spingo giù con il piede di porco di Larry.

«Hai una possibilità di farmi cambiare idea», mento. Non sopravvivrà per più di qualche minuto, ma c'è ancora un'informazione che voglio da lui. «Dimmi chi sono gli altri uomini di carta».

«Non so di cosa stai parlando».

«Suppongo fossero Roy Greenwood e David Milner», dico. «Greenwood aveva accesso alla camera mortuaria. Milner era un artigiano ceramista, e tutti e due erano membri della congrega di Daphne e Avril. Greenwood adesso è morto e qualcuno deve averlo rimpiazzato. So di Charles Labaddee. Forse anche John Earnshaw. Chi sono gli altri?».

Lui cerca di nuovo di alzarsi e non ho altra scelta che colpirlo forte alla spalla con il piede di porco, facendolo crollare a terra.

«Dovrebbero essere sette in totale», dico, sapendo che le congreghe contano di solito tredici membri, ma quando c'è in ballo la magia nera, tredici persone di cui fidarsi sono troppe. Sette è il numero più propizio. «Tu, Charles, Milner, se è ancora vivo. Chi sono gli altri quattro?».

«Ti uccideranno», dice lui con un ghigno.

«Possono sempre provarci», rispondo.

E poi, visto che ogni finzione tra di noi è caduta, tiro fuori il coltello di Larry e gli faccio un piccolo taglio sopra lo zigomo. Lui impreca e si agita nel bagagliaio. Tremo di paura. Se riesce a liberarsi, le nostre posizioni si invertiranno, ma ormai ho quasi finito, è questione di secondi. Ritorno verso il lago, recupero la figura di argilla, ancora molle e umida, e ci spargo sopra il sangue di Tom. Quando ritorno all'auto, lui è quasi uscito dal bagagliaio e gli sparo un altro spruzzo di gas.

Appena è in grado di vedere di nuovo gli mostro l'effigie e

l'orrore nei suoi occhi mi rivela che ci crede. Quando lo chiudo nel bagagliaio con l'effigie, si mette a urlare, ma entrambi sappiamo che qui nessuno lo sentirà. Mi siedo al volante, avvio il motore, mi accosto alla sponda del lago, scendo dall'auto e riapro il bagagliaio.

«Ultima possibilità», mento di nuovo.

«Ti perseguiterò», risponde lui.

«Ci conto». Lo spingo giù e richiudo il bagagliaio. Poi accendo il motore e tolgo il freno a mano. L'auto rotola in avanti. Tom scalcia nel bagagliaio.

Il muso della macchina è già nell'acqua. Presto il motore si spegnerà e l'auto sprofonderà nel lago.

Quando un terzo della macchina è sott'acqua, comincio a parlare. Non ho mai pronunciato un incantesimo vincolante, ma più che le parole, quello che conta è l'intento. Sono tuttavia sorpresa dalla facilità con cui mi vengono alle labbra le parole del primo incantesimo che ho sentito.

«Conduci a me Thomas, figlio di Mary e Harold», dico.

La macchina sta galleggiando sul lago, sollevando un nugolo di bolle. Sento ancora Tom scalciare e urlare nel bagagliaio. Se quello che mi ha detto Marlene è vero, continuerà a farlo per l'eternità.

«Trascinalo per i capelli e per i visceri finché non resterà lontano da me», dico, «e finché non mi sarà obbediente per tutta la mia vita, amandomi, desiderandomi e dicendomi sempre cosa gli passa per la mente».

La macchina sta affondando, le bolle si diradano. Un ultimo pezzo di paraurti scintillante emerge dall'acqua e poi scompare. Rimango a guardare finché la superficie del lago non ritorna immobile, poi raccolgo le mie cose e me ne vado.

71

Mercoledì 11 agosto 1999

Il cielo è coperto quando ci raduniamo per la seconda volta attorno alla tomba di Larry Glassbrook. Non è un secondo funerale, naturalmente. Persino a Sabden preferiamo seppellire i nostri morti soltanto una volta. È soltanto una preghiera privata per la famiglia, e questa volta davanti alla tomba ci sono anche Sally e le sue figlie, che piangono insieme.

Una fresca brezza dalla brughiera ci avvolge mentre il prete inizia a parlare e tutti sentono il bisogno di accostarsi a qualcuno per avere un po' di calore. Ma nessuno è abbastanza vicino. Io resto a distanza da tutti.

A parte l'uomo alto alle mie spalle. Sento il suo respiro freddo sul collo. Non c'è nessun calore in lui.

«Ti ringraziamo, oh Signore, per ogni ricordo d'amore e di gioia, per ogni buona azione che ha compiuto nella sua vita», dice il prete.

Sull'altro lato della tomba, un po' discosto dal gruppo, scorgo Dwane. Per qualche ragione, oggi indossa i suoi vecchi abiti da sacrestano e si appoggia a una vanga.

Alle mie spalle sento un sospiro.

Questa volta ci sono fiori. La congrega ne ha portati un sacco, molti dai giardini, altri raccolti nei campi. Artemisie, spiree, viburni e malve, fiori che leniscono il dolore, placano l'ansia e fanno riposare in pace. Le mie amiche, le tredici streghe, sono disposte in cerchio attorno alla tomba, e quando guardo le loro facce vedo tristezza, vergogna, colpa, ma soprattutto paura. Sanno quanto sono impotenti. Quanto lo sono sempre state le donne come loro.

Sopra le nostre teste, il sole filtra tra le nuvole inondando di luce il cimitero e proiettando le nostre ombre tra le lapidi.

Attorno alla tomba di Larry siamo in ventidue, ma conto ventitré ombre.

Appena gli ho permesso di farsi interrogare, Ben ha indicato Tom Devine come l'uomo che l'aveva chiamato in albergo poco dopo che ero uscita, convincendolo a scendere nel parcheggio con il pretesto che io avevo bisogno di aiuto con la macchina, e assistendo impassibile mentre veniva afferrato alle spalle da un altro uomo. La polizia sta ricercando Tom Devine e presume che abbia lasciato la zona. Non si è ancora stabilito se sia in qualche modo collegato ai delitti di trent'anni fa. Mentre aspettavamo il prete, Brian Rushton mi ha detto che le fotografie rinvenute nella casa dei Glassbrook, quelle con le impronte digitali di Tom, sono scomparse. E così pure la mia effigie.

Ti perseguiterò. La voce di Tom è così chiara nella mia testa che per un istante sono convinta di udirla di nuovo e gli rispondo come ho fatto l'ultima volta. Dall'altra parte del cerchio, Daphne mi fissa. Stringo le labbra e mi sforzo di concentrarmi.

L'altro uomo che amo – l'uomo buono che amo – mio marito Nick, è arrivato presto questa mattina, attraversando le brughiere su un'auto sgangherata presa a noleggio all'aeroporto di Manchester, e da quel momento lui e Ben non si sono mai separati. Mi guardano in modo strano, come se pensassero che sto per lasciarli. In un certo senso l'ho già fatto. La notte scorsa ho oltrepassato un limite e non potrò più tornare indietro.

«Ti ringraziamo per la gloria che condivideremo insieme. Ascolta le nostre preghiere tramite Gesù Cristo, nostro Signore».

Dubito che tra di noi ci sia un cattolico, tranne forse Brian Rushton, ma pronunciamo tutti il nostro doveroso «Amen» e poi cominciamo a disperderci. Sally e le ragazze se ne vanno per prime, poi Ben e Nick e infine le streghe, seguite da Brian. Dwane e io siamo soli.

Quasi soli.

«Se succede qualcosa, mi chiami», dico. «Ritornerò».

Dwane non mi risponde. Non mi guarda nemmeno.

«Posso aiutarla. Adesso so degli uomini di carta», aggiungo.

Dwane guarda verso il cancello. «La famiglia sta aspettando», dice. Poi si volta di nuovo e appiattisce la terra della tomba, già perfettamente liscia.

All'altra estremità del cimitero un movimento cattura la mia attenzione. Mi guardo attorno e vedo i tre adolescenti morti seduti sul muro con i piedi penzoloni, come fanno i ragazzi annoiati, e penso a quanto poco ci è mancato che anche mio figlio finisse come loro.

Non rimpiango nulla.

Sollevo la mano in un saluto che chi mi guarda penserà sia indirizzato a Dwane e mi allontano. Due ombre, la mia e quella dell'uomo che mi perseguiterà per il resto della mia vita, mi precedono sul sentiero di ghiaia in fondo al quale mio marito e mio figlio mi stanno aspettando. Pensavo che avrei temuto questo momento, ma in realtà mi scopro curiosa di vedere cosa succederà dopo.

«Sono contenta che tu sia con me», dico.

«Per sempre», risponde Tom.

Nota dell'autrice

Sabden, ai piedi di Pendle Hill, nel Lancashire, è un luogo reale che assomiglia ben poco alla Sabden di questo libro. Affinché la mia storia funzionasse mi serviva una cittadina, non un villaggio. Avevo bisogno di decine di strade, negozi, pub e fabbriche, una biblioteca comunale ben fornita e una stazione di polizia. Mi servivano parchi pubblici, palazzi vittoriani e un sacco di cimiteri.

La mia Sabden si basa sulla cittadina di Darwen, a pochi chilometri di distanza, dove sono nata e cresciuta. I suoi abitanti riconosceranno probabilmente nel libro molti luoghi e molte strade, e me ne scuso sia con i residenti di Sabden sia con quelli di Darwen.

I riferimenti al processo alle streghe del 1612 sono basati su testimonianze storiche.

Ringraziamenti

Ringrazio Sam Eades e i team delle case editrici Trapeze e Orion per la loro fiducia e il loro sostegno.

Anne Marie Doulton e i suoi colleghi delle agenzie Ampersand e Buckman per i saggi consigli e l'incrollabile impegno; il mio vecchio amico John Wilcock che mi ha aiutata a capire cosa fanno le streghe; il mio amico più recente Adrian Summons per le informazioni sulla politica negli anni Sessanta; le Killer Women per avermi accettata nel club più cool della città; quelli che indugiano sulla scena del crimine; e infine la mia famiglia, che mi ha aiutata più di quanto possa immaginare.

Indice

Sharon Bolton

Il prossimo delitto

Volume rilegato di 432 pagine. € 9,90

Nella campagna vicino al confine con la Scozia un uomo aggredisce una donna, uccidendola. Proprio durante quei tragici attimi una mongolfiera sorvola la scena del crimine, così l'assassino spara all'uomo che la guida, uccidendolo e facendo sì che essa precipiti al suolo. Jessie è l'unica sopravvissuta, e l'unica ad averlo visto in faccia. Ma anche l'assassino ha visto lei, e dal momento in cui i loro sguardi si sono incrociati, Jessie è diventata un bersaglio. Perché il killer non si fermerà fino a che non avrà messo a tacere per sempre l'unica testimone dell'efferato omicidio. Sola, spaventata, senza nessuno di cui fidarsi, Jessie dovrà fuggire alla ricerca di un posto sicuro dove nascondersi. Quello che non sa è che potrebbe arrivare direttamente nella tana del lupo...

NEWTON COMPTON EDITORI

Nicola Rayner

Un marito quasi perfetto

Nicola Rayner è nata ad Abergavenny, nel sud del Galles, e lavora come giornalista freelance, specializzata in danza e viaggi. *Un marito quasi perfetto*, il suo romanzo d'esordio, si è classificato al secondo posto al Cheltenham First Novel Competition nel 2018. Vive a Londra.

Volume rilegato di 320 pagine. € 9,90

Alice non ha mai del tutto accettato che il marito sia stato un donnaiolo prima di sposarla. Ormai le sue avventure sono acqua passata, eppure lei non riesce a liberarsi di un'ossessione: vuole saperne di più sul passato di George. Soprattutto su una donna in particolare: si tratta di una studentessa che George frequentava ai tempi dell'università e che scomparve misteriosamente prima di terminare l'ultimo anno: Ruth Walker. Quando poi incontra per caso una donna che assomiglia a Ruth, comincia a nutrire l'inquietante sensazione che ci sia una verità diversa da quella che le ha raccontato George. Ma scavare nel passato di suo marito potrebbe significare inoltrarsi in una fitta rete di bugie più pericolosa di quanto Alice avrebbe mai potuto immaginare.

Karen Katchur

Due cadaveri senza nome

Karen Katchur è un'autrice di thriller di successo, che ha avuto numerosi riconoscimenti di pubblico e critica. Si è laureata in diritto penale e i suoi studi hanno fornito l'ispirazione a molti dei suoi romanzi. Vive in Pennsylvania con il marito e i due figli. Per saperne di più: karenkatchur.com

Volume in brossura di 320 pagine. € 9,90

La piccola città di portland, in Pennsylvania, è sconvolta dal ritrovamento di un corpo martoriato. La scena che si presenta agli investigatori è simile in modo inquietante a un caso rimasto irrisolto circa vent'anni prima: un'altra vittima, brutalmente assassinata, venne ritrovata nel fiume Delaware. Il detective Parker Reed è intenzionato a dimostrare l'esistenza di un collegamento tra i due omicidi e il coinvolgimento degli Scion, un gruppo di motociclisti del luogo che da sempre vive ai margini della legalità con il beneplacito della polizia locale. Ma la gente del posto è diffidente e maldisposta a collaborare con lui. Il passato entrerà in collisione con il presente quando Becca Kingsley, tornata a Portland a causa della malattia del padre, si ritroverà faccia a faccia con il suo primo amore. Parker è molto cambiato da allora, ma ha disperatamente bisogno di lei: avere dalla sua parte la figlia dell'ex capo della polizia, infatti, significa poter penetrare la fitta nube di omertà che circonda i due delitti. Ma, in una città in cui l'oscurità più feroce è in agguato in pieno giorno, fare luce sulla verità può essere molto pericoloso...

NEWTON COMPTON EDITORI